4차
산업
혁명

4차 산업 혁명

지은이 한지형

1판 1쇄 발행 2018년 1월 11일

저작권자 한지형

발행처 하움출판사
발행인 문현광
교 정 성슬기
디자인 김다래 임민희
주 소 광주광역시 남구 주월동 1257-4 3층 하움출판사
I S B N 979-11-88461-84-4

홈페이지 www.haum.kr
이메일 haum1000@naver.com

좋은 책을 만들겠습니다.
하움출판사는 독자 여러분의 의견에 항상 귀 기울이고 있습니다.

「이 도서의 국립중앙도서관 출판예정도서목록(CIP)은 서지정보유통지원시스템 홈페이지
(http://seoji.nl.go.kr)와 국가자료공동목록시스템(http://www.nl.go.kr/kolisnet)에서
이용하실 수 있습니다.(CIP제어번호: CIP2018040737)」

IT전략 컨설턴트가 설명하는

4차
산업
혁명

한지형

4차 산업 혁명이 가져오는 제조업의 환골탈태
그리고 선진국 제조업의 비즈니스모델 혁명!

HAUM

목차

들어가는 글

한국에서 4차 산업 혁명이 이야기되기 시작한 것은 2016년초부터입니다. 이 해에 열린 세계경제포럼 연차총회(다보스 포럼)의 주제가 4차 산업 혁명이었는데 생소한 개념이었음에도 불구하고 이 일을 계기로 한국에서는 4차 산업 혁명이라는 키워드가 점차 확산되기 시작했습니다. 그 몇 달 뒤에는 다보스 포럼의 창립자이자 회장인 클라우드 슈밥의 '제4차 산업 혁명'(새로운 현재, 2016)이라는 책이 국내에서 출간되고 베스트셀러가 되었습니다.

그 이후 몇 년간의 상황은 그야말로 4차 산업 혁명이라는 키워드가 한국을 강타했다고 표현해도 좋을 정도였습니다. 사실 최근 몇 년간 한국처럼 이토록 4차 산업 혁명을 이야기하는데 열정적이었던 나라는 찾아볼 수 없습니다.

짧은 시간 동안 너무 정력을 쏟아 부었던 탓일까요? 이제는 조금씩 4차 산업 혁명이라는 단어에 대한 피로감이 한국 사회를 엄습하고 있는 것 같습니다. 그도 그럴 것이 그동안 한국에서 4차 산업 혁명이라는 단어는 어디든 갖다 붙이면 그럴듯해 보이는, 패션 액세서리와 같은 것이 되어버렸기 때문입니다.

이러한 시점에 제가 4차 산업 혁명을 설명하는 책을 써야겠다고 결심한 이유는 4차 산업 혁명에 대한 한국 사회의 오해가 너무 심각하다고 느꼈기 때문입니다. 사실 2016년 다보스포럼을 비롯하여 서구 사회에서 전개되고 있는 4차 산업 혁명과 관련한 논의에는 컴퓨터와 인터넷이 촉발한 정보 혁명이 사회 전반에 미칠 파급효과는 무엇인가에 대한 고민이 담겨 있습니다.

제가 보기에 지금까지 한국이라는 나라는 이 문제에 대해 국가 차원 혹은 산업계 전반에서 심각하게 고민한 적이 없습니다. 이에 비해 다른 나라들에서는 웹 2.0, 인더스트리 4.0과 같은 키워드 하에 이미 일찍부터 이 문제를 고민해 오고 있었습니다. 특히 이 문제에 대한 독일의 대응방안을 담고 있는 키워드가 인더스트리 4.0입니다. 독일이 제창한 인더스트리 4.0은 정보혁명 시대에 선진국 제조업의 비즈니스 모델은 어떤 것이 되어야 할 것인가 라는 고민과 그 해결책을 담고 있습니다.

다보스 포럼에서 제창되고 클라우드 슈밥이 저서에서 말한 4차 산업 혁명은 실은 이 인더스트리 4.0의 확장 버전이라고 할 수 있습니다. 인더스트리 4.0 논의를 통해 파생된 문제, 즉 정보 혁명으로 나날이 발전하고 있는 인공지능이 제조업을 비롯한 각 산업분야에 적용되었을 때 이것이 세계 경제와 사람들의 일자리, 그리고 공공서비스 등에 어떤 영향을 미칠 것인지 전 세계의 저명한 기업인, 정치인, 저널리스트들이 모두 모인 자리에서 심각하게 고민해 보자는 것이었지요.

다보스 포럼 이후 유독 한국에서만 4차 산업 혁명에 대한 논의가 들끓었던 이유는 유럽에서 4차 산업 혁명이 어떤 배경에서 이야기되고 있는지를 이해하지 못하고 그 단어의 의미를 달리 해석했기 때문입니다. 한국의 경우 유럽에서는 이미 논의가 끝난 문제부터 시작해서 현재 유럽이 고민하고 있는 문제들까지 한꺼번에 4차 산업 혁명이라는 키워드로 고민하게 되었던 것입니다.

이전에 이 문제에 대해 심각하게 고민한 적이 없으니 논의에 사용할 한국 상황에 맞는 축적된 데이터는 없고 해외에서 이야기되고 있는 내용들은 한국과는 다른 상황과 관점에서 나온 것들이니 이해하기 힘들고 이래저래 혼란만 가중되었던 것이지요. 뭔가 엄청난 변화가 닥칠 것 같기는 한데 도대체 그 실체가 무엇인지는 모르겠고 그러다 보니 결국 한국에서 4차 산업 혁명이라는 단어는 '앞으로 우리 삶을 변화시킬 지금까지 경험해본 적 없는 어떤 큰 변화' 정도의 의미로 사용되고 있는 것 같습니다.

사실 한국 사회의 정보 혁명과 IT기술에 대한 이해 부족은 심각한 수준입니다. 얼핏 일반인들이 정보 혁명과 IT기술을 이해하지 못한다고 해서 그것이 무슨 큰 문제인가 싶겠지만 이제는 프로그래머가 아닌, 바로 일반인들이 이것을 이해하지 못하면 그 누구도 올바르게 미래를 대비할 수 없습니다. 사실 이러한 현상은 이미 10여 년 전부터 본격화되고 있었습니다.

10년쯤 전 웹 2.0이라는 키워드가 서구 사회에서 회자되고 있을 즈음, 어느 자동차 회사에서 웹 2.0을 주제로 강연할 기회를 갖게 되었습니다. 당시 서구 사회에서 웹 2.0이 심각하게 논의되었던 이유는 모든 IT서비스가 클라우드 기반으로 가고 있는 상황이 IT업계, 나아가 산업계 전반에 어떤 영향을 미칠 것인가를 고민하게 되었기 때문입니다. 또한 이때부터 어떻게 하면 컴퓨터가 인터넷에 있는 엄청난 양의 정보를 자유롭게 활용할 수 있도록 할 것인가에 대한 논의도 본격화 되었습니다. 이러한 고민에 대한 키워드로는 시맨틱웹, 웹서비스와 같은 것들이 논의되었습니다.

당시 미국과 독일, 일본에서는 자동차 회사들도 이 문제를 심각하게 받아들이기 시작하고 있었습니다. 이들 회사는 자동차용 서비스를 어떻게 클라우드 기반으로 가져갈 것인가, 자동차용 서비스를 클라우드 기반으로 가져가게 된다는 것은 결국 무엇을 의미하는가 등을 진지하게 고민하고 있었습니다. 그 고민의 결과로 이때부터 자동차 제품 판매 수익 모델에서 서비스를 통한 수익모델로의 변화를 모색하기 시작했습니다. 또한 어떻게 하면 자동차용 서비스에 시맨틱웹이나 웹서비스와 같은 기술을 적용할 것인가 하는 문제도 고민하고 있었습니다.

당시 자동차 회사를 상대로 한 강연은 처음이었던 저는 이러한 최근의 현상들을 이야기해 주고 그것을 심각하게 받아들여야 한다고 강조할 작정이었습니다. 그런데 강연 전에 담당자로부터 조금은 충격적인 이야기를 듣게 되었습니다. 그런 이야기들이 듣는 사람들, 즉 그 회사 직원들의 큰 관심을 끌지는 못할 것이라는 이야기였습니다. 그 자동차 회사에서 IT전략을 담당하는 사람은 몇 명 정도에 불과할 뿐 아니라 여기서 어떤 전략을 내놓아도 다른 직원들과 전혀 소통이 되지 않아 묻히기 일쑤라는 것입니다. 그리고 그 회사의 전략은 단지 자신들보다 앞서 있는 자동차 회사가 무엇을 하고 있는지 주시하고 있다가 그대로 따라하는 것이라고요. 아마도 어떤 제품을 출시하는지 보고 비슷한 제품을 출시한다는 이야기였겠지요.

정말이지 어이가 없었습니다. 물론 제 강연이 큰 임팩트를 주지 못했던 탓이 크겠습니다만, 그 이후로 그 회사에서 강연할 기회는 더 이상 없었습니다. 이후 그 회사가 급변하는 시장상황에서 어떤 대응을 해왔는지 알 수는 없지만 글로벌 자동차 회사 가운데 유독 어려움을 겪고 있는 현재의 상황은 10년 전의 이러한 태도를 견지해 온 결과가 아닐까 하는 생각이 드는 것도 사실입니다.

사실 IT기술에 대한 이해 부족과 IT전략의 부재라는 이러한 현상은 다른 나라들보다 유독 4차 산업 혁명을 부르짖고 있는 한국의 대다수 기업에서 찾아볼 수 있는 보편적인 현상입니다.

최근 들어 4차 산업 혁명에 대한 관심이 높아지다 보니 제가 이전에 상대할 기회가 별로 없었던, 유통회사, 금융회사, 제조회사의 직원들을 상대로 강연할 기회가 조금씩 생겨나고 있습니다. 그때마다 저는 10년 전 그 회사에서 느꼈던 것과 같은 감정을 느끼게 됩니다. 보이지 않는 어떤 커다란 벽이 저와 청중 사이를 가로막고 있는 것 같은 느낌 말입니다.

4차 산업 혁명에서 이야기되는 기술들의 함의를 설명하기 위해 "이 기술은 이런 것입니다."라고 설명하고 있는 저에게 청중들은 무언의 질문을 던집니다. "내가 왜 이런 지루한 기술에 대한 설명을 들어야 하는 거죠?" 그런데 제 생각은 이렇습니다. "프로그래머가 아니더라도 이정도 기술에 대한 지식은 가지고 있어야 4차 산업 혁명을 제대로 이해할 수 있어요. 그리고 4차 산업 혁명이 무엇인지 알아야만 올바른 방향으로 미래를 대비할 수 있답니다."

대다수 사람들의 반응이 이런 것이다 보니 기술에 대한 깊이 있는 내용 없이 4차 산업 혁명을 쉽게 설명하거나 어떤 기술을 적용한 어떤 회사가 투자를 많이 받았다는 식의 트렌드만을 다루는 책들이 인기를 끌고 있습니다. 하지만 저는 이렇게 말씀드리고 싶습니다. 물론 이런 책들을 읽는 것이 가치가 없다고는 할 수 없겠지만 그것만으로 이제 4차 산업 혁명이 무엇인지 이해했다고 생각하신다면 그건 오산이라고요.

조직의 리더이신가요? 그렇다면 4차 산업 혁명을 이해하기 위해 IT기술을 공부하시기 바랍니다. 그러지 않으면 조직을 둘러싼 미래 환경의 변화를 올바로 이해할 수 없습니다. 단 여러분이 하시는 공부는 프로그래머가 하는 그것과는 달라야 합니다. 4차 산업 혁명을 가져오는 IT기술들에 담겨 있는 사상을 이해하기 위한 공부를 하시기 바랍니다. 그런데 이것을 이해하기 위해서는 직접 서비스를 만드는 프로그래머 수준까지는 아니더라도 기술에 대한 꽤 깊이 있는 내용까지 공부해야 합니다.

그리고 나서 직원들을 교육시키시기 바랍니다. 4차 산업 혁명 시대를 대비하기 위한 조직의 IT전략을 세우고 추진하는 일은 IT전략 담당 부서의 소수 인원만으로 될 일이 아닙니다. 아무리 훌륭한 전략을 가지고 있다 하더라도 대다수 직원들이 IT기술에 대한 이해가 전혀 없다면 소통의 부재를 겪게 될 것이고 그 전략은 실패로 돌아갈 수밖에 없습니다. 이 경우 아마도 IT전략 담당 부서와 일반 직원들 사이의 소통은 서로 상대방의 언어를 이해하지 못하는 외국인끼리 하는 대화와 같은 것이 될 것입니다.

조직의 구성원으로서 4차 산업 혁명 시대에 대체 불가능한 인재가 되고 싶으신가요? 그러시다면 역시 IT기술을 공부하시기 바랍니다. 4차 산업 혁명 시대를 대비하여 해외의 많은 조직들은 기존 인력을 줄이는 한편 IT기술력을 보유한 인재를 대규모로 채용하고 있습니다. 예를 들어 자동차 회사에서는 기계 엔지니어를 줄이고 자동차용 소프트웨어 엔지니어를 늘리고 있습니다.

하지만 기업들이 가장 선호하는 인재는 기존 업무에 정통하면서도 새로 IT기술을 공부하여 IT기술력을 추가로 보유하게 된 사람입니다. 이러한 인재를 얻기 위해 기업들은 이전에 IT와는 전혀 관련이 없는 업무를 하던 직원들을 위한 IT기술 교육에 힘을 쏟고 있습니다. 기존의 은행 직원이 블록체인 기술을 깊이 있게 이해하고 있다면 블록체인 솔루션 회사가 제안하는 솔루션을 단순히 도입만 하는 것이 아니라 회사를 위한 더 나은 방안을 제시할 수 있을 것입니다.

이 책을 집필한 동기는 일반인들이 올바른 시각에서 4차 산업 혁명을 이해할 수 있도록 돕기 위해서입니다. 그런데 이 4차 산업 혁명은 바로 IT기술을 통해 가능해집니다. 그러므로 4차 산업 혁명을 올바로 이해하기 위해서는 IT기술에 대한 이해가 불가결합니다. 따라서 이 책에서는 상당 부분을 할애해서 정보 혁명, 클라우드와 빅데이터, 인공지능(AI), 사물인터넷(IoT), 블록체인과 같은 IT기술들에 대한 내용을 다루고 있습니다.

다만 읽는 분들이 프로그래밍 지식을 가지고 있지 않은 분들이 대다수임을 감안해서 기술 자체를 설명하는 것 보다는 그 기술이 어떤 의미를 가지고 있는 것인지, 다시 말해 각 기술이 가지고 있는 사상을 이해할 수 있도록 설명하는데 초점을 맞추고 있습니다. 그러기 위해 해당 기술이 등장하게 된 배경 이야기, 기술에 대해 이해할 수 있는 다양한 사례와 이야기들을 통해서 쉽게 이해하실 수 있도록 배려했습니다.

이 책의 구성은 다음과 같습니다. 먼저 1부에서는 독일에서 인더스트리 4.0이 논의되고 있는 배경을 다룰 것입니다. 독일 자동차 회사와 부품 회사들은 중국에서의 비즈니스를 통해 얻게 된 위기감을 바탕으로 개념 설계 역량이 뛰어난 선진국 제조사들이 더이상 제조가 아닌, 소프트웨어 비즈니스에 역량을 집중하는 제조업의 새로운 비즈니스 구조를 제안하고 있습니다. 그야말로 제조업의 환골탈태가 시작된 것입니다.

이러한 변화가 무엇을 의미하는지 제대로 이해하기 위해서는 인더스트리 4.0을 가능하게 하는 IT기술에 대한 이해가 불가결합니다. 그 첫걸음으로 2부에서는 IT산업이 근간으로 하고 있는 정보 혁명이란 무엇인지, 그리고 그 본질은 무엇인지를 이해할 수 있는 내용들을 다룰 것입니다.

3부에서는 정보 혁명으로 탄생한 어떤 IT기술들이 4차 산업 혁명을 가능하게 하는지, 그리고 그 기술들이 가진 의미와 현실 세계에 미친 영향, 그 기술적 내용에 대해 자세히 다룰 것입니다.

마지막으로 4부에서는 2부와 3부에서 다룬 기술에 대한 이해를 바탕으로 1부에서 다룬 제조업의 환골탈태가 의미하는 바가 무엇인지를 다시 한번 좀 더 구체적으로 설명할 것입니다.

그럼 이제부터 저와 함께 4차 산업 혁명이 무엇인지 알아보는 긴 여행을 떠나보시겠습니까?

1부
제조업의 환골탈태

서울대 공과대학 이정동 교수가 쓴 '축적의 길'(지식노마드, 2017)이라
는 책에서는 독일과 같은 선진국 제조업의 경쟁력은 개념설계 역량에서
나온다고 말하고 있습니다. 개념 설계란 최신 공법으로 건물을 짓거나
새로운 컨셉의 제품을 만들 때 아무것도 없는 상태에서 제품의 개념을
최초로 정의하는 것을 말합니다. 모든 제품은 이러한 밑그림을 그리는
것과 같은 개념 설계와 그 밑그림 대로 실행해서 제품을 만들어 내는 실
행의 두 단계를 통해 만들어진다고 합니다.

　　일본 동경대학의 산업경제 학자인 후지모토 교수가 쓴 '일본의 제조업
모노즈쿠리의 부활'(한경사, 2016)이라는 책에서는 이 개념 설계를 설계
정보라고 표현합니다. 후지모토 교수에 따르면 모노즈쿠리, 즉 제조란
무언가를 물체에 만들어 넣는 것인데 그것은 바로 설계자의 의도, 즉 설
계 정보입니다. 설계 정보가 표현하는 것은 물체의 기능(행위), 구조(모
양), 공정(제조 방법)입니다. 모노즈쿠리 관점에서 제품이란 설계 정보

를 담고 있는 매체(금속, 플라스틱, 실리콘 등)이며 제품을 소비할 때 고객이 가치를 느끼는 부가 가치는 매체가 아니라 매체에 녹아 있는 설계 정보입니다.

이 두 책에서 말하고 있는 것은 제조업의 진정한 가치는 물건 자체가 아닌, 그 물건의 설계자가 창조한 설계 정보에 있다는 것입니다. 그리고 독일과 같은 선진국 제조기업들은 이러한 설계 정보를 창조하는 힘, 즉 개념 설계 역량이 탁월합니다.

이정동 교수의 전작 '축적의 시간'(지식노마드, 2015)이라는 책에서는 전반적으로 한국 제조 기업은 아직은 개념 설계 역량보다는 실행 역량, 즉 선진국 제조기업이 준 설계 정보를 물체에 만들어 넣는 행위에서 경쟁력을 인정받고 있다는 사실을 알려주고 있습니다. 서울대 교수 여러 명으로 구성된 이 책의 집필진들은 제조업의 진정한 부가 가치는 개념 설계 역량에서 나온다는 점을 설명하면서 이구동성으로 선진국 제조기업의 개념 설계 역량을 부러워하고 있습니다.

이처럼 한국과 같은 나라의 입장에서는 부러워 마지않는 개념 설계 역량을 보유한 선진국 제조 기업들에게도 고민은 있습니다. 그리고 그 고민에 대한 해결책으로 독일이 제시하고 있는 것이 바로 인더스트리 4.0입니다. 재미있는 것은 인더스트리 4.0에서는 독일의 선진 제조 기업들이 보유한 개념 설계 역량을 중국과 같은 신흥 공업국의 제조 기업들과 공유하는 방안을 제시하고 있다는 것입니다.

신흥 공업국 입장에서 훔쳐서라도 갖고 싶어 할 개념 설계 역량을 그들과 공유하겠다니, 갑자기 독일 제조 기업들이 미쳐 버리기라도 한 것일까요? 물론 그럴 리는 없겠지요. 그럼 이것이 어떻게 된 이야기인지 지금부터 자세히 알아보도록 하겠습니다.

제1장
중국에서 비롯된 독일 제조업계의 고민

중국 시장 공략에 필수적인 매스 커스토마이제이션

독일 제조업계의 가장 큰 고민은 매스 커스토마이제이션, 즉 고객별 맞춤형 제품을 현재 대량 생산되는 제품과 같은 혹은 더욱 저렴한 가격으로 공급할 필요성이 높아지고 있다는 사실입니다. 그러면 매스 커스토마이제이션이 필요해진 이유는 무엇이고 어떤 방법으로 이것을 실현할 수 있을까요? 그 답은 중국에 있습니다.

중국에서는 한 가지 새로운 제품이 시장을 형성하면 곧 1,000만대 규모의 시장으로 성장합니다. 제품을 판매하는 제조 기업 입장에서는 정말 매력적인 시장인 것이지요. 그래서 선진국의 많은 기업들이 중국 시장에 진출했는데, 어찌된 일인지 아무리 뛰어난 제품을 가지고 중국에 들어가도 외국 기업이 중국에서 10% 이상의 시장 점유율을 확보하는 일은 극히 드뭅니다. 시장이 형성되는 초기에는 드물게 50% 이상 시장 점유율을 차지하기도 하지만 시장이 확대될수록 중국 국내 기업과의 경쟁에 밀려 결국 시장 점유율은 10% 이하로 하락하고 맙니다. 사실 중국 국내 기업이라 하더라도 중국에서 20% 이상의 시장 점유율을 가진 기업은 찾아보기 힘듭니다. 그 이유는 중국 제조업의 독특한 문화에서 기인하고 있습니다.

후지모토 교수의 전작 '일본의 제조업 전략 모노즈쿠리'(아카디아, 2006)에서 저자는 중국 제조업이 소련형의 연구 개발 시스템으로부터 출발했다는 역사적 사실에 주목하고 있습니다. 소련형이란 국가가 중앙 집권적으로 R&D를 집중적으로 행하고 그 성과인 설계도 등을 이른바 공공재로서 전국의 공장에 지급하는 시스템입니다. 제조업을 설계 정보를 만드는 개념 설계와 설계 정보 대로 실행해서 제품을 만드는 실행의 두 단계로 나눈다고 할 때 중국의 경우 개념 설계 역량은 국가가 가지고 있고 전국에 흩어져 있는 수많은 공장들은 단지 실행 역량만 가지고 있었다는 뜻입니다. 이러한 시스템 하에서 설계 정보는 일종의 공공재, 즉 누구나 사용할 수 있는 재원이므로 중국의 공장들은 설계 정보를 카피하고 변형해서 활용하는데 아무런 거리낌이 없는 문화를 가지고 있었던 것입니다.

이후 중국의 개혁 개방으로 산업이 발전하고 1990년대에서 2000년대 초반에는 국제 기업의 아웃소싱 바람이 불어닥쳤습니다. 선진국의 제조 기업들은 철저한 역할 분담 하에 중국을 생산 공장으로 활용했습니다. 주로 OEM(주문자 상표 부착 생산)이라는 생산 모델을 사용해서 설계는 선진국 본국의 본사에서 수행하고 중국 공장은 이것을 단순히 실행하는 역할만을 수행하도록 했습니다. 이는 개념 설계 역량이 전무한 중국의 공장에게는 가장 이상적인 모델이었다고 할 수 있습니다.

 그런데 설계 정보를 카피하고 변형해서 활용하는데 거리낌이 없는 중국의 제조업 문화로 인해 설계 역량이 없는 중국 기업들이 대놓고 선진국 제조 기업들이 설계한 제품을 카피해서 판매하기 시작합니다.

 선진국 본사와 계약을 맺은 중국의 완제품 제조 기업은 보통 필요한 부품의 일부를 하청회사에 의뢰합니다. 그런데 이들 하청회사의 대부분은 매우 영세한 기업으로, 가족 몇 명이 운영하면서 정부의 승인조차 받지 않고 세금도 내지 않으면서 운영하는 경우도 많습니다.

 시간이 지나면 선진국 기업의 오리지널 제품을 카피해서 판매하는 기업이 생겨나게 됩니다. 이들은 오리지널 제품의 부품을 만드는 영세 하청업체로부터 불법적으로 부품을 공급받아 제품을 만듭니다. 카피 제품 시장이 커지게 되면 오리지널 부품을 복제한 가짜 부품을 만들어 파는 회사도 다수 등장하게 됩니다. 이렇게 해서 시장에는 영세 부품업체들이 판매하는 복제 부품 혹은 개조한 부품들을 실은 제품 카탈로그가 등장하게 되는데, 이러한 업체들이 어찌나 많은지 카탈로그의 두께가 전화번호부보다 두꺼운 경우도 있습니다.

 이런 과정을 거쳐 완제품을 만들 수 있는 부품을 공급받을 수 있는 체제가 갖추어지면 이때부터는 갑자기 완제품을 만드는 회사들이 100개, 200개 단위로 생겨나기 시작합니다. 오리지널 제품을 카피한 완제품을 만드는 이들 회사는 오리지널 제품을 분해해서 그 설계 원리를 파악한 뒤 부품들을 짜깁기하는 방식으로 다양한 형태로 오리지널 제품을 변형한 제품을 만들어 판매합니다.

 중국 완제품 제작사의 가장 큰 장점은 개발 스피드에 있습니다. 카탈로그에 나와 있는 여러 부품들을 이렇게 저렇게 조립해 보면서 빠른 스피드로 제품을 개발해서 일단 시장에 내놓는 것입니다. 일단 시장에 내놓아 보고 반응이 좋지 않으면 바로 철수하고 반응이 좋으면 대량으로 생산해서 제품을 공급합니다. 마구잡이로 상품을 만들다 보면 많은 실패작 가운데서 어쩌다 히트작이 나오게 되는 것입니다. 이런 식으로 엄청난 스피드로 다양한 제품을 만들어 공급하는 중국 국내 기업들에 둘러싸이게 되면 오리지널 제품을 만드는 선진국 제조사는 순식간에 시장 점유율이 와르르 떨어져 버립니다.

한편 기술적 진입장벽이 높은 제품의 경우 이러한 현상이 벌어지기 힘든 측면이 있지만 상황은 한순간에 급변하기도 합니다. 스마트폰이 등장하기 전, 흔히 피쳐폰이라고도 불리는 일반 휴대폰은 진입장벽이 높아 중국 기업들이 만들지 못하는 대표적인 제품이었습니다. 피쳐폰 제조의 진입 장벽이 높았던 이유는 피쳐폰의 경우 제조 기업이 휴대폰에 들어가는 OS도 직접 만들어야 했는데, 중국 제조 기업들은 이 OS를 만들 수 있는 역량이 없었기 때문입니다.

휴대폰을 개발하는 회사가 개발 난이도가 높은 소프트웨어인 OS까지 직접 만들어야 하는 이러한 구조는 앞서 언급한 중국 제조업의 전형적인 개발형태, 즉 영세 기업들이 마구잡이로 달려들어 오리지널 해외 제품의 복제품을 양산하는 것과 같은 제품 개발을 불가능하게 하는 요인이 되었습니다. 그 결과 중국에서는 매우 이례적인 현상으로, 휴대폰 시장의 대부분을 해외 메이커인 모토로라와 노키아, 삼성전자 등이 차지하고 있었습니다.

상황이 급변한 것은 2004년경 중국에 진입한 대만의 미디어텍이라는 회사 때문이었습니다. 미디어텍은 97년에 설립된 팹리스 반도체 메이커, 즉 공장을 보유하지 않고 반도체 설계만 한 뒤 공장을 보유한 반도체 회사에 의뢰해서 제품을 생산하는 업체입니다. 이 회사는 중국 시장에 진입해서 휴대폰의 핵심 부품인 베이스밴드 칩, 즉 통신기능을 담당하는 반도체 칩을 판매하기 시작했는데 이때 알게 된 사실은 중국의 휴대폰 제조사들은 베이스밴드 칩을 공급받아도 휴대폰을 개발하기 어려워한다는 사실이었습니다. 이유는 중국 제조사들이 OS는 물론 휴대폰 작동에 필요한 소프트웨어를 개발할 능력이 없기 때문이었습니다.

이러한 사실을 인지한 미디어텍은 휴대폰 제조에 필요한 하드웨어부터 소프트웨어에 이르기까지 필요한 부품을 모두 모아 번들로 판매하는 턴키형 모델로 중국에서 큰 성공을 거두게 됩니다.

미디어텍의 턴키형 부품만 있으면 통신과 메일 기능, 카메라와 MP3 재생, 동영상 재생, 손쓰기 입력과 같은 중국에서 수요가 높은 기능을 모두 갖춘 휴대폰을 누구라도 만들 수 있었습니다. 이렇게 되자 본래 진입장벽이 높은 하이테크 제품이었던 휴대폰이 누구라도 만들 수 있는 일반 제품으로 변모하게 됩니다.

이제 휴대폰은 단지 몇 명의 종업원으로 운영되는 정도의 기업이라도 간단히 만들 수 있는 제품이 되어버립니다. 휴대폰을 만드는 영세 기업들은 대부분 정식 허가도 받지 않고 사업을 운영하면서 세금도 내지 않았기 때문에 압도적인 비용 경쟁력이 있었습니다. 미디어텍의 턴키형 제품을 기반으로 간단히 휴대폰을 만들고 탈세와 세금 부정환급 등을 하면 휴대폰 1대당 한화로 약 10만원 정도의 이익을 낼 수 있기 때문에 많은 업자가 쇄도하게 되었습니다.

이렇게 만들어진 휴대폰은 모조품을 의미하는 산짜이라고 불렸는데, 산짜이 휴대폰과 그 부품 관련 기업은 한때 1,000개사 이상에 달했고 관련 기업에서 일하는 종업원 수만 20만 명 이상에 달했습니다. 이들 기업은 주로 중국의 심천 지역에 몰려 있었는데, 이 지역에는 산짜이 휴대폰과 관련된 일대 산업 클러스터가 형성되었습니다.

　미디어텍의 기판과 소프트웨어를 탑재한 산짜이 휴대폰은 제품 기능에 의한 차별화가 불가능하기 때문에 개발 기간이 얼마나 짧은지가 핵심 경쟁력이 됩니다. 산짜이 휴대폰 업체가 즐비한 중국 심천의 영세 기업들 중에는 직원 30명이 연간 1,000기종을 설계하는 기업도 있고 직원 1명이 1개월 동안 3~4기종을 설계하는 것도 드문 일이 아니었습니다. 보통 1기종 당 개발 기간이 1개월 반에 불과했습니다.

　이처럼 단기간에 제품을 개발해 낼 수 있는 능력을 기반으로 해외 제품이 출시되고 중국에서 판매되기까지의 시차를 노려 오리지널 제품이 중국에서 출시되기도 전에 산짜이 제품이 먼저 출시되는 일도 허다했습니다. 보통 해외 제품이 출시되고 중국에서 판매되기까지는 수개월 정도의 시차가 있는데 이 정도면 산짜이 제조업체들이 먼저 제품을 출시하기에 충분한 시간이었던 것입니다. 유명 휴대폰 메이커들은 제품 출시 전에 세계 가전 박람회 등에서 신제품을 미리 선보이는 일도 있었는데 이런 관행도 사라졌습니다. 잘못하면 선진국에서 신제품이 출시되기도 전에 중국에서 이를 복제한 산짜이 제품이 먼저 출시될 가능성도 있기 때문이었습니다.

　2007년 아이폰이 등장한 이후 중국의 휴대폰 시장도 급속히 스마트폰으로 대체되면서 산짜이 휴대폰은 거의 자취를 감추게 되었습니다. 스마트폰의 경우 안드로이드 OS가 오픈소스로 공개되어 있기 때문에 스마트폰 제조사는 구글과의 협의를 거쳐 이 OS를 가져다 쓸 수 있습니다. 또한 컴퓨터처럼 모든 기능을 소프트웨어로 구현하는 스마트폰의 경우 더 이상 디바이스의 하드웨어 디자인에서 차별화를 하는 것이 큰 의미가 없어졌습니다. 때문에 스마트폰 시대에는 중국에서도 일정 규모를 갖춘 제조사들이 더 이상 산짜이가 아닌, 자사 브랜드의 스마트폰을 제조하고 있습니다. 그중에는 산짜이 휴대폰 제조로 덩치를 키운 회사들도 있습니다.

그러나 스마트폰 시장에서도 역시 아이폰 등을 카피해서 예를 들어 아이폰과 외양은 같지만 OS는 안드로이드인 산짜이 아이폰을 만들어 판매하는 회사들이 여전히 존재합니다. 이들은 산짜이 제품을 만들어서 주로 중국보다 더 소득이 낮은 국가들로 수출하는데, 일례로 베트남에서는 실제 애플이 만든 아이폰은 한 번도 본 적 없는 사람들이 중국 메이커가 제조한 산짜이 아이폰에 만족하며 사용하는 경우도 있다고 합니다.

사실 살펴본 것과 같은 중국 제조기업의 이러한 문화는 선진국 기업뿐 아니라 중국 기업들 자신에게도 악영향을 미칩니다. 어떤 중국 기업이 오리지널 제품을 이렇게 저렇게 조립하고 개조해서 만들어 보다가 히트 상품을 내놓게 되면 또 다른 중국 기업이 그것을 카피해서 시장에 내놓습니다. 어차피 시장에 나와 있는 부품을 짜깁기 해서 만드는 것이므로 금세 복제품이 등장합니다. 독자적인 요소기술이 전혀 없고 차별화 요소가 불충분한 다수의 기업이 참여해서 시장을 조금씩 나누어 가지는 이러한 구조 하에서는 결과적으로 아무도 돈벌이를 할 수 없고 다음 기술 투자도 할 수 없는 악순환에 빠지게 되는 것입니다.

그러나 유의할 만한 점은 중국 제조 기업의 이러한 저비용 구조와 다양한 제품을 단기간에 개발해서 시장에 내놓을 수 있는 민첩함은 중국 소비 시장에서는 반드시 필요한 능력이라는 사실입니다. 그 이유는 중국 시장의 다양성 때문인데, 선대인 경제연구소 중국경제 센터장인 윤재웅 씨가 쓴 '차이나이노베이션'(미래의 창, 2018)이라는 책에서는 중국 시장의 다양성을 다음과 같이 설명합니다.

중국 소비시장의 또 다른 중요한 특징은 다양성이다. 단순히 거대하다는 것만으로는 중국 소비시장을 설명할 수 없다. 넓은 국토에 지역마다 발전 수준이 다르고 인구구조와 소득수준이 천차만별이기 때문이다. 지역별로 문화와 역사가 다르고 심지어 언어도 다르다. 14억에 가까운 인구 가운데 표준어인 푸퉁화를 쓸 수 있는 사람은 70% 정도이며 나머지 30%에 해당하는 4억 명은 남방 언어인 광둥어나 소수민족 언어를 사용한다. 수십 년간 지속된 불균형 성장 전략으로 상하이와 텐진 등 동부 연안도시의 1인당 GDP는 10만 위안을 넘는 반면, 윈난, 간쑤 등 중서부 도시의 1인당 GDP는 3만 위안도 되지 않는다. 동부 연안도시는 산업구조와 소비수준이 선진국 수준에 다다랐지만, 낙후된 내륙도시는 이제 막 개발 도상국 수준에 진입한 셈이다.

또한 각 지역별로 문화와 라이프스타일이 다르고 같은 성 내에서도 도시와 농촌 등 이질적인 시장이 공존한다. 개혁 개방의 전초기지였던 광둥, 상하이 등 동남부 연안은 글로벌 기업들이 일찌감치 진출했지만 개혁개방이 상대적으로 늦었던 북부 지역은 여전히 국영기업의 영향력이 크고 소비자들 역시 이에 익숙해져 있다. 당연히 각 지역마다 선호하는 제품과 브랜드가 상이할 수밖에 없다. 중국 소비자를 추상적으로 하나로 뭉뚱그려놓고 여기에 14억을 곱한 수치를 자사의 매출 기반으로 착각했던 기업들이 번번이 실패했던 이유다.

독일 제조기업들에 매스 커스토마이제이션이 필요해진 이유는 선진국 제조기업에 있어 중국 시장의 중요성이 커지고 있기 때문입니다. 특히 자동차 시장에서는 이제 중국 시장에서의 성패가 글로벌 시장에서의 성패를 좌우하는 바로미터가 되고 있습니다. 그런데 선진국 기업 입장에서 중국 시장은 여간 까다로운 곳이 아닙니다. 시장이 크다고는 하나 다양성이 공존하기 때문에 엄청나게 다양한 고객 니즈를 만족시켜 줄 필요가 있는 것입니다. 그런데 이러한 부면에서 중국 국내 기업들은 이미 경험과 노하우를 가지고 있기 때문에 선진국 기업들에 비해 유리합니다.

이러한 상황에서 독일은 자국 제조 기업들이 IT기술을 활용해서 매스 커스토마이제이션을 실현할 수 있도록 지원하고 있습니다. 사실은 바로 이것이 인더스트리 4.0의 핵심 내용이라고 할 수 있습니다. 현재 독일 입장에서 매스 커스토마이제이션의 실현이 가장 시급한 분야는 바로 자동차 산업입니다.

그럼 이제 전 세계 자동차 시장에서 중국이 차지하는 위치가 중요해지고 있는 이유와 그 시장에서 독일 등의 글로벌 자동차 기업들이 중국 국내 자동차 기업과 경쟁하는 일이 점점 힘겨워지고 있는 상황에 대해 살펴보도록 하겠습니다.

중국 자동차 시장의 부상과 해외 자동차 회사의 중국 시장 진출

독일의 자동차 전문가인 페르디난트 두덴회퍼가 쓴 '누가 미래의 자동차를 지배할 것인가'(미래의 창, 2017)라는 책에 따르면 1995년 중국의 신차 판매 대수는 41만 1,000대로 네덜란드의 연평균 신차 판매 대수보다 적었습니다. 그러나 2005년 중국의 신차 판매 대수는 320만 대로 훌쩍 뛰었는데 이는 독일의 자동차 시장 규모와 맞먹습니다. 그리고 다시 10년 만에 중국은 신차 판매 대수 2,000만대 고지를 넘어섰습니다. 과거 세계 최대의 신차 시장이었던 미국은 이미 2009년에 그 자리를 중국에 내어주고 2위로 물러났습니다. 2016년 중국의 신차 판매 대수는 2,800

만대를 넘어섰습니다.

요약하자면 중국은 불과 20년 만에 네덜란드와 독일에 이어 미국을 가볍게 제치고 세계 최대의 자동차 시장으로 성장한 것입니다. 이 책에서 저자는 중국 자동차 시장의 잠재력에 대해 중국이 지속적인 경제성장을 보이면서 앞으로 30년 뒤 1인당 국민소득이 서유럽 수준까지 향상되리라는 점을 감안하면 약 13억 명의 중국인이 연간 5,000만대 이상의 신차를 구입할 것으로 전망하고 있습니다.

이처럼 엄청난 잠재력이 있는 중국 자동차 시장에 독일을 비롯한 글로벌 자동차 메이커들은 일찍부터 진입하고 있습니다. 이 엄청난 시장을 그냥 두고 볼 수 없었던 것이지요. 그러나 아이러니하게도 중국의 자동차 시장이 급 확장을 맞이한 시기부터 글로벌 자동차 메이커들은 빠른 개발 스피드로 다양한 신제품을 개발해 내는 중국 국내 자동차 메이커들에 둘러싸여 지속적인 시장 점유율 하락을 경험하고 있습니다. 일찍이 중국 가전 시장과 휴대폰 시장에서 벌어졌던 일들이 재현되고 있는 것입니다.

중국의 자동차 산업은 군수산업을 기반으로 시작되었습니다. 1949년 중국 정부가 구 소련에 트럭 생산기술 지원을 요청한 뒤 1951년 최초의 국영 자동차 회사인 제일자동차그룹이 설립되고 1956년 해방이라는 최초의 트럭이 생산되기 시작했습니다. 이후 상하이자동차, 북경자동차 등의 국영 자동차 회사가 설립되었는데 1980년대까지도 중국 국내 자동차 회사들은 트럭과 버스를 주로 생산했고 승용차 생산기술이 없었습니다.

중국에서 승용차가 생산되기 시작한 것은 1980년대 자동차 산업 부문의 개혁 개방정책이 실시되면서부터였습니다. 이 시기 중국은 자동차 산업을 기간산업으로 성장시킨다는 목표 하에 승용차 제조 기술이 전무했던 중국 국내 제조사가 해외 제조사로부터 기술을 도입할 수 있도록 하는 정책에 중점을 두었습니다. 1987년 중국 정부는 국내 승용차 생산량을 늘리기 위한 목적으로 8개 자동차 회사를 중점 육성기업으로 선정했습니다.

중점 육성기업으로 선정된 회사들은 모두 국영 자동차 회사들로, 중앙 정부가 설립한 제일자동차, 동풍자동차, 상하이자동차와 지방 정부가 설립한 베이징자동차, 텐진자동차, 광주자동차, 그리고 주로 군수용 차량을 생산하던 북방공업과 항공공업이 포함되었습니다. 이들 8개 자동차 회사는 정부의 전폭적인 지원 하에 폭스바겐, 닛산, 현대자동차 등 글로벌 자동차 메이커와의 합작회사를 설립하여 성장하게 됩니다.

당시 중국에는 100개사 이상의 소규모 제조사들이 난립하고 있었는데 그 대부분은 지방 정부가 설립한 국영 자동차 회사였습니다. 그런데 중앙 정부는 난립하고 있는 소규모 제조사를 통합하고 몇 개 대형 제조사를 글로벌 기업으로 성장시킨다는 생각을 가지고 있었기 때문에 중점 육성기업을 선정하고 이들 기업에 정책지원과 자금지원을 집중시켰습니다. 아울러 신규로 자동차 제조에 진입하려는 사업자에 대해서는 요건을 엄격히 하여 그 수가 늘어나는 것을 제한했습니다.

사실 앞서 살펴본 중국 제조업 문화의 특성상 중국 정부가 자동차 시장에 신규로 진입하려는 민간 회사에 대한 규제 정책을 실시하지 않았더라면 지금쯤 중국에는 1,000여 개의 자동차 제조회사가 난립하고 있었을지도 모를 일입니다.

중국 정부는 해외에서 생산된 자동차에 대해서는 엄청난 과세를 부과하고 있기 때문에 해외 메이커들은 대부분 중국 정부가 요구하는 대로 중국 국내 제조사와 50:50 합작회사를 만들어 중국 현지 공장에서 생산한 자동차를 판매하고 있습니다. 이들 해외 기업과 합작회사를 만들어 운영하고 있는 것이 바로 중앙 정부가 지원하는 중점 육성기업들입니다. 이들 합작회사에는 상하이자동차와 폭스바겐이 만든 상하이 폭스바겐, 제일자동차와 도요타자동차가 만든 일기도요타, 베이징자동차와 현대자동차가 만든 베이징현대 등이 있습니다.

합작회사에서 생산되는 자동차는 합작회사의 모기업인 해외 자동차 회사가 생산하고 있는 승용차 제품들입니다. 이들 제품의 설계는 모기업이 해외 본사에서 수행하고 합작회사의 공장에서 설계도 대로 생산해내는 시스템인 것입니다. 이러한 시스템을 통해 승용차 생산기술이 전무하던 중국 기업들은 승용차 생산기술을 확보하게 됩니다.

당초 중국 정부는 중점 육성기업이 합작회사를 통해 승용차 생산기술을 확보한 뒤에는 중국 독자 브랜드의 제품을 개발해서 판매할 것으로 기대했습니다. 그러나 합작회사에서 생산된 제품이 중국에서 날개돋친 듯 팔려 나갔기 때문에 중점 육성기업으로 선정된 기업들은 대부분 그 상황에 만족하고 굳이 독자 브랜드 제품 개발에 나서려 하지 않았습니다. 이러한 상황에 대해 중점 육성기업에 막대한 자금지원을 한 중국 정부는 물론 매스미디어들까지 가세해 이들의 안일한 태도를 비판하는 목소리가 높아졌습니다.

사실 합병회사를 통해 생산된 차량은 해외 모기업이 설계한 것이기 때문에 설계 도면에 대한 특허권을 폭스바겐과 같은 해외 기업이 가지고 있습니다. 이 차량을 제3국에 수출하려면 해외 모기업의 승인이 필요합니다. 이처럼 합병회사를 통해 만들어진 제품은 중국이 그 기술을 자유롭게 사용할 수 없다는 제약이 있었습니다. 이러한 상황은 중국 기업이 승용차 제조 기술을 확보한 뒤 중국 독자 브랜드의 제품을 만들어 중국 시장에서 국산 제품의 시장 점유율을 높이고 나아가 해외시장으로 진출한다는 중국 정부의 기대에 부응하는 것이 아니었습니다.

리버스 엔지니어링으로 성공한 중국 자동차 회사들

이러한 가운데 오히려 중앙 정부의 지원 없이 어렵게 승용차 제조업에 뛰어든 회사들이 해외 제조사와 상관없는 독자 브랜드의 승용차 제품을 만들어 시장에 내놓게 됩니다. 이들 회사는 승용차 제조 기술이 전혀 없었고 그렇다고 해서 중앙 정부의 지원을 받는 중점 육성기업들처럼 해외 제조사로부터 기술전수를 받을 수 있는 입장도 아니었습니다. 그런 상황에서 어떻게 자체 브랜드의 승용차를 제조할 수 있었던 것일까요? 이들 회사가 사용한 방법은 다름 아닌 리버스 엔지니어링, 다시 말해 중국에서 잘 팔리는 합작회사의 차종을 카피하는 것이었습니다. 바로 중국 제조기업이 가전이나 휴대폰에서 사용하던 방법을 자동차 분야에서 사용한 것이지요.

리버스 엔지니어링 방식으로 제품을 개발하는 방법은 다음과 같습니다. 먼저 카피할 대상을 결정하는데, 이것을 포컬 모델이라고 부릅니다. 다음으로 그 포컬 모델의 리버스 엔지니어링, 즉 역설계를 합니다. 리버스 엔지니어링을 하는 방법은 다음과 같습니다. 먼저 포컬 모델을 개별 부품 단위로 완전히 분해하여 개별 부품의 기능과 구조를 파악한 뒤 모든 부품을 3차원 스캐너를 사용하여 스캔합니다. 그리고 나서 스캔한 부품의 2차원 설계 도면을 그립니다. 그다음 이 설계 도면을 가지고 제품을 만드는 것입니다. 이것은 일반적인 제품 개발 방식인 설계도를 먼저 만든 다음 그 설계도에 근거해서 제품을 만드는 것을 거꾸로 한 것이기 때문에 리버스 엔지니어링, 즉 역설계 방식이라고 불립니다.

새롭게 자동차 제조에 뛰어든 중국 제조 기업들은 자동차를 리버스엔지니어링 방식으로 개발하는데 있어 포컬 모델을 그대로 카피하는 것이 아니라 제품 자체나 부품의 디자인을 부분적으로 변경하거나 비용 절감을 위해 재료를 좀 더 저렴한 것으로 바꾸는 등의 변화를 주어 가격 측면에서 경쟁력을 확보했습니다.

리버스 엔지니어링 수법으로 중국 독자 브랜드의 자동차 제품을 만들어 성공한 대표적인 회사로 치루이자동차와 길리자동차가 있습니다.

치루이자동차는 1997년 자동차 시장에 진입하여 2001년부터 본격적으로 자동차를 양산하기 시작했는데, 2005년에는 판매 대수 18만 9,000대를 달성하면서 일약 중국 시장 점유율 8위(4.8%)에 오르게 됩니다. 다음 해인 2006년에는 30만 5,000대를 판매하여 쟁쟁한 글로벌 합작회사 및 국영 자동차 회사들을 제치고 시장 점유율 4위(5.8%)를 차지하더니 2007년에 누계 생산대수 100만대를 달성하기에 이릅니다. 길리자동차 역시 1997년 본격적으로 자동차 시장에 진입한 회사인데, 자동차 시장에 진입한지 13년 만인 2010년, 당시 미국 포드자동차가 소유하고 있던 스웨덴의 고급차 브랜드 볼보를 인수하면서 전 세계 매스컴의 스포트라이트를 받게 됩니다.

치루이자동차와 길리자동차는 신규 진입한 자동차 회사가 10년 만에 100만대 단위의 자동차를 판매할 수 있는 거대한 중국 시장에서라면 20년 만에 선진국 자동차 회사의 기술 수준을 따라잡는 것도 불가능하지 않다는 사실을 보여주고 있습니다.

이제 중국에서의 성장을 기반으로 유럽과 미국 등 선진국 시장으로의 진출까지 눈앞에 두고 있는 양사이지만 그 시작은 정말이지 엉성함 그 자체였습니다.

 중국 자동차 시장의 확대가 본격화될 조짐을 보이던 1990년부터 중국 각지에서는 지방 정부와 민간에서 자동차 시장에 진입하려는 움직임이 활발해지기 시작했습니다. 이러한 가운데 안미성에 있는 우후시의 지방 정부는 자동차 산업 진출 프로젝트를 진행하게 됩니다. 이후 1996년 우후시는 2,000만 달러를 들여 영국에 있는 포드자동차의 엔진 생산기술과 생산라인을 구입해서 중앙 정부로부터 자동차 엔진 생산 허가를 받게 됩니다. 다음 해인 1997년 우후시 정부의 주도 하에 5개 국유 투자공사가 공동으로 출자해 자동차 엔진 공장을 세우고 엔진 생산에 나서게 되는데 이 공장이 치루이자동차의 전신입니다.

 이어서 프레스와 용접, 도장, 조립 생산 라인 등의 공장을 차례로 만들고 1998년에는 스페인의 자동차 메이커 SEAT가 91년식 Toledo의 모델을 바꾸면서 불필요해진 설비를 사들여 완성차 생산체제를 완성해 나갑니다. 그리고 1999년 12월 드디어 첫 번째 완성차를 생산하게 되는데 당시는 중앙 정부로부터 생산 인가를 받지도 못한 때였습니다. 인가도 받지 못한 상태에서 2,000대 정도를 생산하여 우후시 내 택시업체 등에 판매하기 시작했습니다. 이 무허가 생산이 매스컴에 의해 크게 보도되면서 파문을 일으켜 결국 공안부 교통관리국에 의해 판매금지 처분이 내려지게 됩니다.

 자동차 생산 인가를 받기 위해 치루이는 2001년 1월 자본금의 20%를 상하이자동차에 양도하는 형태로 그 산하에 들어가게 됩니다. 이렇게 우여곡절 끝에 치루이는 중앙 정부로부터 자동차 생산 인가를 받아 정식으로 자동차 시장에 진입하게 됩니다.

 한편 지방 정부의 지원조차 받을 수 없는 민영기업으로 자동차 시장에 진입한 길리자동차의 시작은 더욱 형편없었습니다. 창업주인 리수푸 회장은 폐가전에서 금속을 회수하는 사업을 거쳐 1986년 냉장고 메이커 지리를 설립합니다. 가전 제조에 대한 노하우를 쌓은 다음 1994년에는 오토바이 제조업에 뛰어들게 됩니다. 그리고 1997년 서민도 살 수 있는 자동차를 만들겠다고 선언하고 자동차 제조업에 진입합니다.

고졸 출신의 리수푸 회장이 차례로 디바이스 제조업에 뛰어들어 성공을 거둔 방법은 바로 리버스 엔지니어링이었습니다. 전국에서 기술자를 모으고 사온 부품과 완성품을 분해하여 구성부품과 요소기술, 구조를 이해한 다음 반복해서 제품을 만들어 보는 것입니다. 오토바이 제조 분야에서는 이 방법으로 중국 최초로 사기통 엔진의 스쿠터식 오토바이 연구 개발에 성공함으로써 오토바이 제조에 뛰어든지 2년 만인 1996년에는 20만 대, 1998년에는 35만 대를 판매하며 순조롭게 사업을 확장시켜 나갑니다.

리수푸 회장이 승용차의 국산화에 나설 결심을 한 것은 1990년대 초반의 일이라고 합니다. 자동차에 관한 지식이나 기술이 전혀 없었기 때문에 처음에는 벤츠와 BMW, 도요타자동차, 그리고 해외에서 사온 각종 부품을 해체하여 자동차의 구조부터 엔진이나 관련 전자전기부품 등에 대한 연구를 해 나가게 됩니다.

그러나 중앙 정부에서 자동차 제조에 대한 신규 진입 허가를 쉽게 내주지 않았기 때문에 1998년에 도산 위기에 있던 버스 생산인가를 가진 공장을 합병하는 방법으로 자동차 제조 분야에 뛰어들게 됩니다. 그리고 결국 2001년에 승용차 생산 인가를 받게 됩니다.

이처럼 우여곡절 끝에 비슷한 시기에 자동차 제조업에 뛰어든 치루이 자동차와 길리자동차가 초기에 자동차를 생산한 방법은 바로 당시 해외 자동차와의 합작회사들이 출시하여 중국에서 인기를 얻고 있던 자동차를 카피하여 훨씬 더 저렴한 가격에 내놓는 것이었습니다.

치루이자동차는 상하이자동차의 산하에 들어가게 된 일을 계기로 상하이자동차의 부품 공급망을 통한 부품 조달이 가능해지게 됩니다. 상하이자동차는 독일 폭스바겐 및 미국 GM과의 합작회사를 산하에 두고 있었는데 치루이자동차가 초기 포컬 모델로 선정한 제품은 다름 아닌 폭스바겐과 GM이 중국 합작회사를 통해 출시한 제품들이었습니다. 치루이자동차의 첫 모델인 펑윈A11은 상하이자동차와 폭스바겐 합작회사인 일기폭스바겐이 출시한 제타를 카피한 제품이었습니다. 펑윈A11의 출시 가격은 8만 8,000위안이었는데 이는 제타의 반도 안되는 가격이었습니다. 치루이자동차의 초창기 인기 모델이었던 QQ는 GM이 중국에서 출시한 마티즈를 카피한 제품이었는데 출시가는 2만 9,800위안, 한화로 400만원에 불과했습니다.

치루이자동차는 지방 정부의 전폭적인 지원하에 공장 부지 매입이나 공장 설립 등에서 비용 면으로 큰 혜택을 입을 수 있었고 우후시 주변 지역의 저렴한 인력도 공급받을 수 있었습니다. 또한 본래 엔진 부품회사로 출발한 만큼, 이 시기에 만든 제품에 탑재된 엔진은 독자 제품이었습니다. 아울러 다른 자동차를 카피해서 제품을 만들었기 때문에 연구 개발비를 크게 절약할 수 있었습니다. 이러한 요소들은 치루이자동차가 초기에 경쟁사에 비해 큰 폭의 가격 우위를 달성할 수 있도록 하는 요인이 되었습니다.

한편 길리자동차가 출시한 최초 차종의 포컬 모델은 도요타의 셔레이드였습니다. 길리자동차는 셔레이드가 사용하고 있는 엔진 등의 부품 공급처를 철저히 조사한 뒤 이들 회사로부터 부품을 직접 공급받거나 필요할 경우 카피 부품을 만들어 자동차를 제작했습니다. 이렇게 만든 셔레이드 카피 제품을 역시 셔레이드보다 훨씬 저렴한 가격에 내놓게 되는데, 당시 셔레이드는 중국에서 7~8만 위안에 판매되고 있었는데 길리 자동차는 카피 제품을 3~6만 위안에 출시했습니다.

이 시기에 필요한 부품을 개발한 것은 주로 길리자동차를 따라 자동차 산업에 진입한 오토바이 부품 메이커들이었습니다. 이들은 길리자동차의 지시에 따라 필요한 오리지널 부품을 카피하거나 개조해서 납품했습니다. 그 결과 길리자동차는 매우 저렴한 가격으로 부품을 조달함으로써 가격 우위를 달성할 수 있었습니다.

치루이자동차와 길리자동차가 초기에 큰 성공을 거둘 수 있었던 이유는 타겟 고객을 차별화했기 때문입니다. 당시 해외 브랜드를 생산하던 합작회사들은 주로 중국의 부유층 시장을 공략하는 고급 차종 개발에 치중했습니다. 그 결과 제품 가격은 계속해서 상승기로에 있던 상황이었습니다. 이러한 가운데 치루이자동차와 길리자동차는 자동차를 원하지만 비싼 가격 때문에 구매를 할 수 없었던 중간 소득층을 겨냥했습니다. 중국의 경제성장과 맞물려 중간 소득층이 급 확대되고 있던 상황이었기 때문에 이러한 전략은 주효하여 양사는 엄청난 판매고를 올릴 수 있었습니다.

하지만 이들 회사가 초기에 내놓은 제품은 누가 봐도 타 메이커의 제품을 카피한 것이었고 이로 인해 오리지널 제품을 만든 회사들이 소송을 제기하는 일도 있었습니다. 중국 정부는 중국에 진출해 있는 해외 메이커의 특허를 보호해 주는 입장에 있었기 때문에 사태를 수습하기 위해서는 거액의 합의금을 지불하는 수밖에 없었습니다. 아울러 엔진과 같은 핵심 부품에 대한 기술력 없이 외부에서 조달하면서 계속해서 가격

우위를 유지하는 데에는 한계가 있었습니다. 때문에 치루이자동차와 길리자동차는 초기 모델의 성공으로 어느 정도 자금을 확보한 다음에는 독자기술 확보에 나서게 됩니다.

이 무렵 중국 정부의 자동차 제조기업 지원 정책에 변화가 있었는데, 이로 인한 넉넉한 자금 확보로 이들 두 회사의 독자기술 확보 전략은 더욱 탄력을 받게 됩니다. 중국 정부는 이전 해외 자동차 메이커와의 합작사를 통한 개술개발 지원전략에서 방향을 바꾸어 독자 자동차 브랜드를 개발하여 성공을 거두고 있는 4개사를 다시 선정하여 산업자주 브랜드 중점 육성 모델 기업으로 지정합니다.

이들 4개 회사는 치루이자동차, 길리자동차, 제일자동차그룹, 우통객차였습니다. 이전 중점 육성 모델 기업 중 제일자동차그룹 1개사만 포함되고 나머지는 전혀 새로운 기업들이 지정된 것입니다. 지정된 4개 회사는 자금과 정책 면에서 정부의 전폭적인 지원을 받게 되는데, 실제로 2006년 11월에 중국 개발은행은 치루이자동차에 대한 융자를 결정하고 2006년부터 2011년까지의 5년간 한화로 2조원이라는 막대한 자금을 지원해 주기도 했습니다.

필요한 자금은 얼마든지 있었기 때문에 이때부터 치루이자동차와 길리자동차는 필요한 고급 인력을 외부로부터 대거 유치하는 한편, 필요한 기술에 대해서는 해외 선진기업과의 공동 개발, 기업 M&A 등의 방법으로 빠른 속도로 내재화해 가게 됩니다.

자동차 회사 전문 인력을 유치하기 전까지 이들 회사는 그야말로 주먹구구식으로 회사를 운영했는데, 길리자동차의 경우 2003년까지 제품 개발에 관한 과거 데이터를 저장해 두는 일조차 하지 않았다고 합니다. 유치한 전문 인력을 새로운 경영진으로 하여 데이터의 수치화와 각 공정의 표준화와 같은 현대 자동차 기업의 기술 관리체계가 정비되기 시작했습니다.

외부에서 전문인력을 유치한 다음에는 회사의 기술 수준을 글로벌 기업 수준으로 끌어 올리는데 매진하고 있습니다. 그 방법은 해외 기업과 공동으로 제품 개발을 하거나 M&A를 하는 것입니다.

치루이자동차는 오스트리아의 AVL사와 공동으로 엔진 개발을 해서 높은 수준의 엔진 기술력을 확보할 수 있었습니다. AVL사는 폭스바겐 등 글로벌 메이커도 이용하는 자동차 엔진 관련 최고 기술수준을 자랑하는 유럽의 대표적인 엔지니어링 회사입니다. 치루이는 2002년부터 이 AVL사와 엔진에 관한 공동개발 프로젝트를 진행, 2005년에는 치루이가 지적재산권을 가진 ATCECO 시리즈 엔진을 생산할 수 있게 되었습니다. 치루이가 보유한 엔지니어와 AVL사의 엔지니어가 공동으로 엔진을 연구 개발해 가는 과정에서 치루이의 엔지니어들은 엔진 설계 및 개발에 관한 지식과 노하우를 축적할 수 있었습니다. 2005년 이후 치루이가 개발한 자동차에는 독자 개발한 엔진과 트랜스미션 등의 기간부품이 탑재되고 있습니다.

길리자동차 역시 치루이자동차와 비슷한 방법으로 독자 기술력 확보에 힘을 기울임으로써 짧은 기간 내에 큰 성장을 거둘 수 있었습니다. 아울러 2010년 볼보자동차를 인수한 것을 시작으로 선진국 자동차 회사와 부품회사에 대한 적극적인 M&A로 연일 기사화되고 있습니다. 2017년에는 영국 스포츠카 업체인 로터스의 지분 51%를 사들이기도 했습니다.

길리자동차가 이처럼 선진국 자동차 회사를 사들이는 이유는 해당 자동차 회사 내에 있는 고급 기술 및 엔지니어의 확보, 그리고 선진국에 알려진 브랜드를 확보하기 위한 것입니다.

먼저 고급 인력 및 기술 확보와 관련해서 길리자동차는 인수한 회사의 인재를 적극 활용하고 있는데, 일례로 현재 길리자동차의 주요 설계 책임자는 전 볼보의 설계 책임자가 맡고 있습니다. 아울러 볼보자동차와 길리자동차의 부품 모듈을 공통화해서 볼보자동차의 부품 공급업체들로부터 주요 부품을 공급받고 있습니다. 이러한 방법으로 길리자동차 역시 선진국 수준의 제품 개발 기술을 내재화해 가고 있습니다.

중국에서 가속화되는 내연기관의 전기화

중국은 내연기관의 전기화에 가장 적극적인 움직임을 보이고 있는 나라 중 하나입니다. 중국에서 자동차를 판매하는 제조사들은 당장 2019년부터 판매하는 자동차 중 상당수를 전기자동차로 대체해야 하는 상황에 직면해 있습니다. 중국 정부는 2017년 9월, 점진적인 전기자동차 전환 정책을 발표했는데 그 주요 내용 두 가지는 다음과 같습니다. 첫 번째는 2020년까지 신규로 생산되는 승용차의 평균 연비를 1리터 당 20km로 개선하도록 한다는 것입니다. 두 번째는 2019년과 2020년에 승용차 제조사들이 일정 비율의 신 에너지차 포인트를 받도록 의무화한다는 것입니다.

여기서 신 에너지차 포인트란 자동차 회사들이 전기자동차(EV)와 플러그인 하이브리드 차량(PHEV), 연료전지차와 같은 신 에너지차를 제조하면 받을 수 있는 포인트를 말합니다. 제조사가 EV를 1대 만들면 약 4~5포인트, PHEV를 1대 만들면 2포인트를 받을 수 있습니다. 중국 정부는 2019년에는 승용차 제조사들이 중국에서 생산하는 전체 자동차 대수의 10%, 2020년에는 12%에 해당하는 신 에너지차 포인트를 받을 것을 의무화 했습니다. 예를 들어 연간 100만 대의 자동차를 생산하는 제조사라면 2019년에 신 에너지차 포인트를 10만 포인트 받아야 합니다. 이것은 전기자동차라면 2~2.5만대, PHEV라면 5만대 생산해야 받을 수 있는 수치입니다.

신 에너지차 포인트 제도는 중국에서 자동차를 생산하고 있는 해외 메이커에게는 매우 불리한 제도입니다. 아직까지 대부분의 해외 메이커가 전기차를 생산하고 있지 않은 상황에서 당장 2019년부터 수만 대 규모의 전기차를 생산하기는 어려운 상황이기 때문입니다. 이에 비해 중국 자동차 회사들은 매우 유리한 상황입니다. 중국 자동차 회사들의 경우 이미 수만 대 규모의 전기차를 생산하고 있기 때문입니다.

예를 들어 중국의 자동차 회사인 비야드(BYD)는 2016년 모두 42만 대의 자동차를 생산했는데 그 중 9만 6,000대가 전기차였습니다. 이것을 신 에너지차 포인트로 환산하면 50%가 넘습니다.

만일 자동차 회사가 신 에너지차 포인트의 목표치를 달성하지 못하는 경우 목표치를 초과 달성한 다른 자동차 회사로부터 포인트를 구매해야 합니다. 때문에 신 에너지차 포인트를 달성하지 못한 해외 자동차 메이커들은 목표치를 초과 달성한 중국의 자동차 메이커들로부터 신 에너지차 포인트를 구매해야 될 가능성이 높은 상황입니다.

중국 자동차 제조사들이 많은 수의 EV를 제조할 수 있었던 배경에는 중국의 지방 정부가 전기자동차의 보급을 후원하는 정책을 강력히 추진해 왔기 때문입니다. 북경, 상해, 심천 등 주요 도시에서는 대기오염 등을 우려하여 가솔린 승용차에 대한 신규 번호판 부여를 제한하고 있습니다. 다시 말해 대도시에는 신규로 자동차를 구매하고 싶은 사람이 있어도 번호판을 부여 받지 못해 구매하지 못하는 사람이 상당수 존재하는 것입니다.

하지만 전기차의 경우에는 무제한으로 번호판을 내주기 때문에 원하는 사람은 누구든 구매할 수 있습니다. 아울러 일반 승용차는 통행 제한이 있는 도로도 전기자동차라면 달릴 수 있는 경우도 많습니다. 비야드의 본거지인 심천시의 경우 지방 정부의 전폭적인 지원으로 2016년 말 전체 등록 차량의 2.8%를 EV와 PHEV가 점하고 있는데, 그 대수는 8만 대에 이릅니다. 심천시의 경우 시 전체에 3만 대 이상의 전기차 충전 스탠드가 설치되어 있다고 합니다.

중국에 진출한 해외 메이커들이 중국 시장을 무대로 많은 대수의 경유 및 가솔린 자동차를 판매하고 있는 사이, 중국 제조사들은 지방 정부의 각종 지원을 받으면서 EV 생산 실적을 쌓아 왔습니다. 그 결과 다수의 중국 제조사들이 전체 생산 차량의 상당 부분을 EV로 생산하고 있는 시점에 중국 정부가 내놓은 신 에너지차 포인트 제도의 숨은 목적은 누가 봐도 중국 국내 자동차 메이커들을 지원하기 위한 것임이 분명해 보입니다. 하지만 영리하게도 이 정책에는 이산화탄소 배출 감소와 대기오염 방지라는 대의명분이 있기 때문에 해외 메이커들이 WTO에 제소하기도 어렵습니다. 결국 중국에서 자동차를 생산하는 메이커들은 서둘러 수만 대 규모의 전기차를 생산하는 수밖에 없는 상황입니다.

글로벌 자동차 메이커들이 중국에서 전기차 생산을 늘려야 하는 이유는 비단 정부 정책 때문만은 아닙니다. 중국에서 앞으로 자동차 판매 대수를 더욱 늘리기 위해서는 전기차 생산이 불가결합니다. 그 이유는 기존 구매자의 대체 수요가 아닌, 신규 자동차 구매 수요의 경우 가솔린차보다는 전기차를 구매할 가능성이 높기 때문입니다.

중국에서 전기차를 구매하는 주요 소비자는 도시권에 사는 중간 소득층의 사람들 입니다. 이들은 현재 자동차를 소유하지 않고 주요 이동 수단으로 대중교통이나 자전거, 오토바이를 이용하고 있습니다. 소득이 늘어감에 따라 이들 중 자동차 보유를 희망하는 사람도 늘고 있는데 도시권에 사는 사람들의 경우 앞서 언급한 것처럼 신규 차량 등록 제한으로 가솔린차를 구매하기는 어렵습니다. 이들에게 있어 선택지는 전기차뿐인 것입니다.

2016년 시점에 중국에서 연간 가처분 소득이 10,000달러를 넘는 세대는 전체 인구의 약 10%에 해당하는 1.35억 명이었는데 이 수는 2030년에는 35%인 4.73억 명으로 늘어날 전망입니다. 2030년까지 3.38억 명의 자동차 신규 구매 잠재 수요가 있는데, 그중 상당수가 전기차를 구매할 것으로 전망되고 있는 것입니다. 자동차 제조사 입장에서는 이 엄청난 시장을 잡기 위해서는 반드시 전기차 생산량을 늘려야 하는 상황인 것입니다.

중국 자동차 시장이 선진국 자동차업계에 던지는 과제

중국 브랜드 자동차에 대한 중국 소비자의 인식이 달라진 것은 극히 최근의 일입니다. 이전 중국 소비자에 있어 중국 자동차에 대한 인식은 외제차를 불법으로 카피하고 품질과 안전성에서도 신뢰가 가지 않는다는 것이었습니다. 하지만 최근에는 가격 대비 좋은 품질을 갖춘 자동차라는 인정을 받고 있습니다. 이러한 평판은 중국 브랜드 자동차의 판매 증가로도 이어져 2017년 중국에서 판매된 전체 자동차의 40%가 중국 브랜드의 자동차들이었습니다. 이들 중국 브랜드의 자동차는 중국 국내뿐만 아니라 인도네시아, 이집트, 우크라이나와 같은 중국과 비슷한 소득

수준의 나라에서도 인기리에 판매되고 있습니다.

그러나 유럽이나 미국과 같은 선진국에서 자동차를 판매하는 것은 또다른 이야기입니다. 선진국 소비자들에게 있어 아직은 중국 자동차 브랜드는 신뢰할 수 없는 제품이라는 인식이 강합니다. 이런 선진국 소비자들에게 다가갈 수 있는 방법은 그들에게 익숙한 브랜드로 가격대비 좋은 제품을 선보이고 품질과 안전성에 문제가 없다는 것을 증명하는 것입니다. 이러한 전략이 성공할 수 있다는 것을 보여주는 사례로 르노자동차가 개발한 다치아로간이 있습니다.

프랑스의 자동차 회사인 르노는 2004년 신차 다치아로간을 동유럽에서 5,000달러가 조금 넘는 가격에 출시하여 큰 성공을 거두게 됩니다. 선진국 자동차 회사가 이처럼 저렴한 가격에 제품을 출시할 수 있었던 이유는 다치아로간을 루마니아에서 만들었기 때문입니다. 르노는 몰락해 가던 루마니아의 국영 자동차 회사 다치아를 인수해서 당시 선진국 자동차 회사들이 집중하던 세련된 디자인과 고급스러운 감성은 접어 두고 단순히 신뢰할 만한 품질의 제품을 만들어 저가에 판매하는 전략을 구사했습니다. 이렇게 만든 제품이 다치아로간인데, 이 제품은 선진국에 비해 소득 수준이 낮은 동유럽 국가를 겨냥해 출시되었습니다.

그런데 제품 출시 직후 서유럽 국가의 르노 딜러들이 이 차를 서유럽에도 공급해 줄 것을 요구했다고 합니다. 딜러들은 만약 이러한 요구를 들어주지 않으면 동유럽에서 직접 수입해오겠다고 협박까지 했습니다. 이렇게 해서 다치아로간은 2005년 6월 7,200유로에 독일을 비롯한 서유럽 시장에서도 판매가 시작되었는데 여기서도 큰 성공을 거두었습니다. 이 성공은 지금까지 계속되어 다치아로간은 2016년에는 전 세계에서 가장 많이 팔린 자동차 5위에 랭크되었습니다.

다치아로간의 성공이 보여주는 것은 분명 선진국에도 신뢰할 만한 품질의 제품을 저가에 구매하고 싶다는 니즈가 상당수 존재한다는 것입니다. 지금까지는 이 니즈를 주로 한국과 일본의 자동차 메이커들이 충족시켜 주고 있습니다. 바로 이 시장을 중국의 자동차 회사들이 노리고 있는 것입니다. 실제로 이러한 니즈를 충족시켜 주기에 치루이나 길리와 같은 중국 자동차 메이커들은 최적의 조건을 갖추고 있습니다. 길리자동차의 경우 이러한 전략 하에 선진국 소비자들에게 익숙한 볼보나 로터스와 같은 브랜드를 활용하려는 것입니다.

중국 자동차 회사들은 가격 경쟁력을 갖추기 위해 선진국에 비해 자동차 안전 기준이 낮은 중국의 제도적 상황을 십분 활용했습니다. 예를 들어 선진국에서는 자동차 안전 기준이 높기 때문에 충돌 테스트를 할 때 중국에서 제조되는 차량이라 해도 보통 125회에서 150회 정도를 실시합니다. 이에 비해 중국 자동차 제조사는 개발 단계에서 충돌 테스트를 20~25회밖에 하지 않는데 대신 컴퓨터를 사용한 시뮬레이션에 의지하는 부분을 늘려 부족한 부분을 보충한다고 합니다. 일례로 이렇게 개발 공정을 단순화시켜 개발한 길리자동차의 인기 차종 팬더는 선진국 자동차 수준으로 개발했을 경우 드는 개발비용에 비해 3,157만 달러를 절약할 수 있었고 개발 기간도 2년 정도 단축할 수 있었다고 합니다.

제품 가격을 낮추기 위한 이러한 전략을 선진국으로 수출하는 자동차에 대해서도 적용할 수는 없겠지만 분명한 것은 중국 자동차 회사들은 같은 수준의 자동차를 개발하면서 비용은 낮출 수 있는 방법을 끊임없이 연구하고 있다는 사실입니다. 사실 자동차 개발 과정에서 실제 제품으로 실시하는 테스트를 컴퓨터 시뮬레이션으로 대체하는 방법은 인더스트리 4.0의 주요 과제 중 하나입니다.

다양한 방법으로 생산 비용을 줄여 믿을 만한 품질의 제품을 저가에 내놓는다는 중국 자동차 회사의 전략은 선진국 자동차 산업계에 심각한 과제를 던지고 있습니다. 선진국 자동차 회사들이 하고 있는 현재의 생산방식으로는 비용을 더욱 절감하는 것은 한계에 다다른 상황인데 중국 자동차 제조사들은 앞으로 30~40%는 더 비용절감을 할 수 있다고 말하고 있기 때문입니다. 신차 개발 기간도 글로벌 자동차 회사는 보통 4~5년 정도 걸리는데 비해 중국 자동차 회사들은 2년 반 만에 개발해 내고 있습니다.

물론 중국 자동차 회사들은 품질기준을 희생해서 저가격화 및 개발 기간 단축을 실현하고 있다는 비난도 받고 있지만 선진국의 자동차 회사들도 지금까지 과잉품질, 과잉기능으로 자동차 가격을 높여만 온 것이 아닌가 하는 반성을 하기 시작하고 있습니다. 분명한 것은 선진국의 자동차 회사들이 지금과 같은 방식으로는 빠른 제조 혁신을 무기로 무섭게 추격해 오는 중국 제조사들에게 추월당할 날이 멀지 않았다는 위기감을 이전 어느 때보다 강하게 느끼고 있다는 사실입니다.

제2장
자동차 산업의 비즈니스 모델 변화

소프트웨어로 제어되는 자동차

최근에 생산된 자동차를 보면 이제 자동차는 그야말로 디지털 디바이스가 되었다는 사실을 실감하게 됩니다. 디지털 디바이스란, 기계적으로 작동되는 기기가 아닌, 소프트웨어로 제어되는 기기를 말합니다. 소프트웨어로 기기를 제어하게 되면 기기의 작동을 자동으로 제어하는 일이 가능해집니다. 10년 전에 나온 자동차와 최근에 나온 자동차를 비교해 보면 이전에 비해 훨씬 더 많은 기능들이 자동으로 제어된다는 사실을 알 수 있습니다. 예를 들어 최근 일부 고급 차종에서는 자동 주차기능까지 제공되고 있습니다. 뿐만 아니라 이제는 자동차 엔진의 연료분사 장치와 같이 눈에 보이지 않는 기능들도 소프트웨어로 자동 제어되고 있습니다.

자동차에는 ECU(Electronic Control Unit)라는 전자 장치가 탑재되어
있는데, 바로 이것이 자동차를 디지털화 해주는 핵심 장치입니다. ECU
는 최소한의 CPU와 메모리를 가진 일종의 마이크로 컴퓨터인데, 여기에
는 자동차의 부품을 제어하는 임베디드 소프트웨어가 탑재되어 있습니
다.

　　예를 들어 엔진용 ECU는 엔진에 연료를 분사하는 장치인 인젝터를 제
어합니다. 엔진용 ECU에 탑재되어 있는 소프트웨어는 운전자가 가속
페달을 밟은 정도, 엔진의 회전수, 엔진 냉각수의 온도, 공기 흡입량 등
을 바탕으로 연료 분사량을 결정합니다. 엔진용 ECU에는 가속 페달과
공기 유량 계측기 등이 연결되어 있고 엔진에 부착되어 있는 속도센서,
수온센서, 산소센서 등도 연결되어 있기 때문에 엔진용 ECU는 이들 장
치로부터 수집한 데이터를 근거로 연비를 향상시키면서도 CO_2 배출을
최소화할 수 있는 최적의 연료 분사량을 계산해 냅니다. 엔진용 ECU는
연료의 분사량뿐만 아니라 점화 플러그의 점화 시기도 조정하는 등 엔
진 전체를 제어하는 감독 역할을 합니다.

　　최근에 판매되고 있는 자동차는 엔진은 물론 트랜스미션과 변속기, 에
어컨이나 발전기와 같은 보조 기구류, 파워윈도우와 파워시트, 나아가
서스펜션 같은 주행 성능과 관련된 부품까지 모두 ECU로 제어되고 있
습니다.

　　자동차의 디지털화는 점차 가속화되어 시간이 지날수록 자동차에는
점점 더 많은 ECU가 탑재되고 있습니다. 현재 자동차에 탑재되는 ECU
의 수는 소형 엔진 자동차의 경우 40~60개, 고급 엔진 자동차의 경우
100여 개에 이른다고 합니다. 전체 자동차 제조 비용에서 전자 부품이
차지하는 비율도 점차 늘고 있는데, 소형 엔진 자동차 제조 비용의 15%,

고급 엔진 자동차 제조 비용의 30% 정도를 전자부품이 차지하고 있다고 합니다. 이 비율은 전기자동차 등 내연기관의 전동화가 진전되면 더 크게 늘어날 전망인데, 전기차의 경우 배터리로 작동하는 모터가 엔진을 대신해서 자동차의 구동을 담당하게 되기 때문에 사실상 구동장치가 100% 전자부품으로 대체되기 때문입니다. 하이브리드카의 경우 전체 제조 비용의 47%, 전기차의 경우 70%를 전자부품이 차지하게 된다고 합니다.

언급한 바와 같이 ECU는 하나의 컴퓨터입니다. 각 ECU에는 자동차의 부품을 제어하는 소프트웨어가 탑재되어 있습니다. 이제 자동차는 ECU와 ECU가 제어하는 부품, 그리고 ECU 소프트웨어가 최적의 값을 산출할 수 있는 기본 데이터를 제공하는 각종 센서들로 구성된 하나의 시스템이 되었습니다.

자동차 시스템을 이해하기 위해서는 먼저 시스템이란 무엇인가를 이해할 필요가 있습니다. 시스템이란, 다양한 구성요소들이 모여 어떤 특정한 목적을 달성하는 구조를 말합니다. 예를 들어 기업도 일종의 시스템입니다. 기업에는 그 기업의 목적에 기여하는 다양한 구성요소들이 존재합니다. 여기에는 공장이나 물류창고, 사람과 같은 것들이 있을 수 있습니다. 이러한 요소들이 모여 '상품을 생산해서 이윤을 낸다.'와 같은 목적을 달성하는 것입니다.

자동차용 시스템은 앞서 언급한 ECU와 ECU가 제어하는 부품, 각종 센서와 같은 자동차의 구성요소들이 모여 어떤 하나의 목적을 달성하는 것을 말합니다. 예를 들어 자동차용 소프트웨어가 사람의 지시가 없어도 스스로 하드웨어의 특정 기능을 제어해서 사고를 미연에 방지하는 자동운전 시스템이 있습니다. 어떤 자동차는 타이어가 미끄러지기 시작하면 차체를 안정시키기 위해 그 미끄러진 방향으로 자동으로 핸들을 꺾어 미끄러짐을 방지합니다. 이 경우 사람은 직관적으로 판단해서 반대 방향으로 핸들을 꺾어 더 크게 미끄러질 가능성이 높습니다. 또 어떤 자동차는 운전자가 브레이크와 엑셀을 동시에 밟은 경우 브레이크만 기능하도록 하여 사고를 방지합니다.

최근 고급 자동차들은 모두 다양한 종류의 자동운전 기능을 제공하고 있으며 이러한 종류의 자동차용 시스템 개발 능력은 점차 자동차 회사의 경쟁력을 좌우하는 가장 큰 요소가 되어가고 있습니다. 그런데 자동운전 기능과 같은 자동차용 시스템의 핵심은 그 소프트웨어에 있습니다. 예를 들어 자동운전 시스템에 탑재된 소프트웨어는 운전 중 위기상황이 발생했을 때 사람이 기계에 직접 어떤 조작을 하지 않아도 자동으로 어떤 기능을 작동시켜 사고를 방지합니다.

자동차의 디지털화로 인해 이전에는 자동차 회사들이 중요하게 여기지 않았던 소프트웨어 개발 능력이 자동차 회사간 경쟁력을 좌우하는 핵심 요소가 되어가고 있습니다. 궁극의 자동차용 시스템이라고 할 수 있는 자율주행차 시대에 이르면 소프트웨어 개발 능력은 그야말로 자동차 회사의 경쟁력 그 자체가 될 것입니다.

자율주행차는 자동차 시스템이 사람을 배제하고 스스로 운전해서 100% 안전 운행을 달성하는 것을 목표로 합니다. 자율주행차에 탑재되는 중앙 제어 소프트웨어를 작동시키기 위해 자율주행차에는 일반 PC에서 사용되는 수준의 고성능 CPU와 메모리가 탑재되게 됩니다. 자율주행 소프트웨어는 말하자면 자동차의 두뇌 역할을 하게 되는데, 자동차에 탑재된 모든 ECU를 직접 제어하면서 사람을 배제한 자율주행을 실현합니다.

그러면 자율주행 시스템은 어떤 방법으로 자율주행을 실현하는 것일까요? 그 방법은 사람이 자동차를 운전하면서 의식적 혹은 무의식적으로 거치는 3가지 단계를 기본 기능으로 실현하는 것입니다. 그 기본 기능이란 인식과 주행 계획, 차량 제어입니다.

먼저 인식 기능은 주변 물체의 위치와 속도, 방향, 종류 등을 인식하는 일입니다. 이것을 가능하게 하기 위해 라이더와 카메라, 레이더와 같은 장치가 사용됩니다.

라이더는 자동차 지붕에 탑재되는 일종의 센서인데, 360도 회전하면서 주변의 정보를 습득합니다. 원리는 빛을 쏘아서 되돌아오는 시간을 측정하는 것인데, 이렇게 하면 자동차 주변의 물체나 길의 입체적인 모양이 그려지고 각 물체와 자동차 사이의 거리를 알 수 있습니다. 그러나 이것만으로는 사물의 선명한 모습을 얻을 수 없기 때문에 자동차 주변의 사물을 좀 더 정확히 분류하고 추적할 수 있도록 하기 위해 카메라가 사용됩니다. 예를 들어 자동차의 두뇌에 해당하는 자율주행 소프트웨어가 신호등 색이나 차선을 구분하기 위해서는 카메라의 도움이 필요합니다. 한편 라이더는 멀리 있는 물체를 입체화하고 거리를 파악하는 데는 유용하지만 스캔 속도가 느리고 정밀하지 못하다는 단점이 있습니다. 이를 보완하기 위해 사용되는 것이 레이더입니다. 레이더는 라이더와 같은 기능을 제공하지만 라이더와 다른 측정 원리를 사용하기 때문에 라이더의 단점을 보완해 줄 수 있습니다.

다음으로 주행 계획은 인식 결과를 바탕으로 목적지까지의 경로를 계산하는 일을 말합니다. 목적지까지의 경로 계산에는 매크로한 경로 계산과 마이크로한 경로 계산의 두 가지가 있습니다. 매크로한 경로 계산은 목적지까지 가장 빨리 갈 수 있는 경로를 계산하는 것으로, 지금도 내비

게이션 앱 등을 사용하면 이 기능을 이용할 수 있습니다. 한편 마이크로한 주행 계획은 현재는 사람이 하는 일을 자율주행 소프트웨어가 대신하는 것인데, 사고 확률을 낮출 수 있는 마이크로한 경로를 계산하는 일을 말합니다. 자동차 주변에 있는 사물이나 사람의 움직임을 예측한 뒤 충돌하지 않고 달릴 수 있는 범위를 계산하고 그 범위 내에서 움직이는 것입니다.

마이크로한 주행 경로를 계산하기 위해 자율주행 소프트웨어는 라이더 등으로 인식한 주변 물체들에 대한 3차원 모형을 만들어 지도 상에 배치합니다. 그리고 나서 해당 물체의 움직임을 예측하는 예측 모델을 만듭니다. 인식한 물체가 자동차인지 사람인지 혹은 같은 자동차라도 그것이 트럭인지 승용차인지에 따라 예측 모델이 달라집니다. 그리고 나서 이 정보를 바탕으로 자동차가 주변 사물과 충돌하지 않고 달릴 수 있는 마이크로한 주행 범위를 계산하는 것입니다.

마지막으로 차량제어 기능은 주행계획에 근거하여 자동차의 가속이나 감속, 조타 등을 제어하는 기능을 말합니다. 이때 자율주행 소프트웨어는 중앙에서 자동차에 탑재된 모든 ECU를 제어하게 됩니다. 자율주행 소프트웨어의 지시에 따라 각 ECU는 자동차의 개별 부품을 제어하면서 자율주행을 실시하게 됩니다.

자동차 제조의 모듈화

자동차의 디지털화가 진전되어 자동차 스스로 운전하는 자율주행차가 실현되면 이제 자동차는 더 이상 일반 기계가 아닌, 일종의 로봇 디바이스로 분류될 것입니다. 실제로 구글이 시험 주행하고 있는 무인 자율주행차 웨이모(Waymo)는 로봇카라고 불립니다.

로봇의 작동 방식은 앞서 설명한 자율주행차의 작동 방식과 매우 유사합니다. 로봇의 팔이나 다리와 같은 모든 개별 부품은 모두 소프트웨어로 제어됩니다. 로봇의 각 부품에는 이 제어 소프트웨어를 탑재한 일종의 마이크로 컴퓨터가 탑재되어 있습니다. 자율주행차의 ECU와 같은 장치입니다. 또한 로봇에는 각 부품을 제어하는 마이크로 컴퓨터를 제어하는 중앙 소프트웨어가 탑재되어 있는데, 이것은 마치 로봇의 두뇌와 같은 역할을 하게 됩니다. 이 로봇의 두뇌 역할을 하는 소프트웨어는 매우 고기능이기 때문에 자율주행차와 마찬가지로 로봇에도 일반 PC수준의 고성능 컴퓨터에 탑재되는 CPU와 메모리가 탑재됩니다.

이렇게 보면 로봇에는 매우 많은 소프트웨어가 탑재되게 된다는 것을 알 수 있습니다. 먼저 로봇의 각 부품을 제어하는 마이크로 컴퓨터마다 탑재되는 제어 소프트웨어가 있습니다. 이 제어 소프트웨어는 로봇의 팔이나 다리 등 각 부품마다 개별적으로 개발되어야 합니다. 또한 몇몇 제어 소프트웨어와 부품이 관련되어 특정 기능을 실현하는 로봇 시스템용 소프트웨어도 개발되어야 합니다. 이것은 자동차에서라면 현재도 제공되고 있는 안전을 위해 핸들이나 브레이크 등을 자동 제어하는 자동운전 시스템과 같은 것입니다. 그리고 궁극의 로봇 두뇌에 해당하는 중앙 제어 소프트웨어도 개발되어야 합니다.

이처럼 많은 소프트웨어 개발을 필요로 하는 로봇 산업 분야는 현재 개발 효율성이라는 측면에서 커다란 문제에 직면하고 있습니다. 어떤 로봇을 개발할 때 그 로봇을 개발하는 개발사가 해당 로봇에 필요한 모든 소프트웨어를 하나부터 열까지 직접 개발하는 구조로 되어있기 때문입니다. 뿐만 아니라 이렇게 개발한 소프트웨어를 다른 로봇에서 재활용하는 것이 불가능합니다. 이러한 비효율적인 구조 하에서는 로봇 산업의 발전을 기대하기 힘들다는 것이 일반적인 견해입니다.

이 문제를 해결하기 위해 로봇 산업 분야에서는 소프트웨어 기능이 고도로 발달한 PC산업 분야의 방식을 따라야 한다는 쪽으로 의견이 모아지고 있습니다. 바로 모듈형 제품개발 방식을 로봇산업 분야에 도입하자는 것입니다.

모듈형 제품 개발이란 표준화된 모듈들을 조립해서 완제품을 만들 수 있도록 하는 방식을 말합니다. 모듈형 제품개발 방식은 흔히 레고 블록들을 조립해서 다양한 형태의 장난감을 만드는 것에 비유됩니다. 모듈형 제품 개발이란 무엇이며 그 이점은 무엇인지에 대해 허버트 A. 사이먼은 'The Architecture of Complexity'(Simon, 1962)라는 책에서 두 명의 시계 제작자 우화를 예로 들어 설명합니다.

옛날에 호라와 템프스라고 하는 매우 유명한 두 명의 시계 제작자가 있었다. 두 명 모두 시계 제작에 있어 명성이 드높았고 시계를 주문하려는 수많은 고객으로 인해 작업실의 전화가 쉴 틈 없이 울려댔다. 그러나 호라의 가게는 번창한 반면 템프스의 가게는 적자를 면치 못하다가 끝내 문을 닫고 말았다. 이유가 뭘까?

시계는 1,000개 정도 되는 많은 부품을 이용해 만들어진다. 템프스가 시계를 조립하다가 전화를 받기 위해 조립 중인 시계를 내려 놓으면 기껏 조립해 놓은 시계의 부품들은 즉시 조각조각 떨어져 나갔다. 전화 통화가 끝난 후 템프스는 어쩔 수 없이 한숨을 쉬며 처음부터 다시 부품을 조립해야만 했다. 고객들이 템프스의 시계를 선호하면 할수록 더 많은 전화가 걸려왔고 전화가 걸려오면 올수록 템프스가 처음부터 다시 작업해야 하는 횟수가 많아졌다. 템프스는 방해받지 않고 시계를 완성할 수 있는 시간을 확보하기가 점점 더 어려워졌다.

호라가 제작한 시계가 템프스의 것보다 덜 복잡하거나 더 복잡한 것은 아니었다. 그러나 호라는 10개의 기본 부품을 모아 하나의 조립 부품을 구성했다. 다시 그 조립 부품을 10여 개 정도 모아 더 큰 조립 부품을 만들었고 최종적으로 10개의 더 큰 조립부품을 모아 시계를 완성했다. 따라서 호라가 전화를 받기 위해 조립 중인 시계를 내려놓더라도 전체 작업 중에서 적은 부분만을 잃을 수 있었고 템프스가 시계를 조립하는데 걸린 시간보다 상대적으로 짧은 시간에 시계를 조립할 수 있었다.

현재 우리가 PC와 스마트폰에서 사용하는 모든 소프트웨어는 모듈형으로 개발됩니다. PC용 소프트웨어 개발에 모듈형 개발 방식이 도입되기 전에는 프로그래머가 처음부터 끝까지 순서 대로 코딩해서 하나의 소프트웨어를 만드는 방식이 사용되었습니다. 이것은 앞서 설명한 예에서 시계 제작자 템프스가 사용한 방법과 같다고 볼 수 있을 것입니다. 시간이 흘러 PC용 소프트웨어가 점차 고기능화 되면서 소프트웨어 개발에 필요한 코딩 행수가 기하급수적으로 증가하게 됩니다. 그러자 기존 방식으로는 소프트웨어를 개발하는 것이 불가능한 지경에 이르게 됩니다. 이러한 상황에서 등장한 것이 구조적 프로그래밍 언어입니다.

구조적 프로그래밍 언어를 사용하면 하나의 소프트웨어를 부품(모듈) 단위로 분리해서 개발한 뒤 개발한 모든 부품을 조립해서 완제품을 만들 수 있습니다. 한 번 개발한 개별 소프트웨어 부품들은 다른 소프트웨어에서 재사용하는 것이 가능합니다. 이것은 앞서 예에서 설명한 시계 제작자 호라가 사용한 방식과 유사합니다.

모듈형 개발에서 중요한 것은 각 모듈이 연결되는 연결부인 인터페이스를 공통화하는 것입니다. 인터페이스는 예를 들어 레고 블록들이 공통적으로 가지고 있는 범프(Bump)와 같은 것이라고 할 수 있습니다. 레고 블록을 조립해서 완성된 장난감을 만들 수 있는 비밀은 레고 블록의 툭 튀어나온 부분인 범프에 있습니다. 모양이나 용도에 상관없이 모든 레고 블록은 상부에 같은 모양의 범프가 있고 하부에는 움푹한 덴트(Dent)가 있어 서로 잘 맞도록 되어 있습니다.

소프트웨어라면 소프트웨어 부품(모듈)들을 연결하는 인터페이스가 레고 블록의 범프와 같이 공통화되어 있고 그 공통 인터페이스에 끼울 수 있는 형태로 소프트웨어 부품(모듈)들이 개발된다면 이것들을 레고 블록처럼 조립하기만 하면 하나의 완성된 소프트웨어를 개발하는 것이 가능해집니다.

구조적 프로그래밍 언어는 바로 이것을 가능하게 했습니다. 구조적 프로그래밍 언어를 사용해서 소프트웨어를 개발할 수 있게 된 덕분에 PC용 소프트웨어를 개발하는 개발사들은 이전에 비해 훨씬 더 효율적으로 고기능 소프트웨어를 개발할 수 있게 되었습니다. 사실 PC산업 분야에서 이처럼 소프트웨어를 모듈형으로 개발하는 방식이 도입되지 못했더라면 지금과 같은 소프트웨어 산업 분야의 발전은 불가능했을 것입니다.

로봇 산업 분야에 모듈형 개발 방식이 도입되면 로봇 부품과 해당 부품을 제어하는 각 소프트웨어를 표준형의 모듈 형태로 개발한 뒤 이것들을 조립해서 완제품 로봇을 만들 수 있게 될 것입니다. 이렇게 되면 고기능의 로봇 시스템을 매우 손쉽게 개발할 수 있게 됩니다.

자동차 시스템을 구성하는 하드웨어와 소프트웨어가 갈수록 고기능화 되면서 이제 자동차는 일종의 로봇으로 진화해 가고 있습니다. 이러한 시점에 자동차 업계에서도 자동차 제품 개발방식을 모듈형으로 해야 한다는 의견이 강하게 지지를 받기 시작하고 있습니다. 현재 자동차 산업 분야는 자동차 제품 개발에 어떻게 모듈형 구조를 도입할 것인가 하는 매우 중요한 과제에 직면해 있습니다.

모듈형 제조로 인한 자동차 산업 비즈니스 구조의 변화

자동차 산업 분야에 모듈형 제작 방식이 도입된다는 것은 단순히 제조 방식을 바꾼다는 것 만을 의미하지 않습니다. 모듈형 제작 방식의 도입은 결국 자동차 산업 분야의 구조 자체가 바뀌는 결과로 이어지게 됩니다. 바로 컴퓨터 산업 분야에서 벌어졌던 일들이 자동차 산업 분야에서 재현되게 되는 것입니다.

컴퓨터 산업 분야에서는 컴퓨터의 하드웨어와 소프트웨어 제작 방식에 모듈형 제조 방식이 도입되면서 산업 구조 자체에 큰 변화가 있었습니다. 모듈형 제조 방식이 도입되기 전, 컴퓨터는 제작에 높은 기술수준을 요하는 첨단 제품이었습니다. 특히 컴퓨터 하드웨어를 만드는 업체들이 컴퓨터에 필요한 OS를 직접 만드는 구조였기 때문에 컴퓨터는 아무나 만들 수 있는 제품이 아니었습니다. 이렇게 컴퓨터 하드웨어와 OS를 모두 직접 만들던 대표적인 회사로 IBM이 있었습니다.

이러한 PC시장에 모듈형 제조 방식이 도입됩니다. 표준 부품들을 조립해서 컴퓨터를 만들 수 있는 표준 인터페이스가 제시된 것입니다. 이 표준 인터페이스를 제시한 회사는 컴퓨터 칩셋을 만드는 인텔과 OS를 만드는 마이크로소프트였습니다. 이제 컴퓨터는 누구라도 만들 수 있는 범용 제품으로 변모하게 됩니다. 앞서 언급한 피처폰과 스마트폰 시장 구조의 차이가 떠오르시나요? 네, 똑같은 일이 앞서 PC시장에서도 벌어졌던 것입니다.

이것은 모든 사람이 시계 제작자 템프스와 같은 방식으로 제품을 만들던 시장에 모듈형 방식을 도입한 호라가 시장의 구조를 바꾸어 놓은 것과 같습니다. 모든 사람이 템프스와 같은 방식으로 시계를 만들던 시기에는 시계는 아무나 만들 수 없는 첨단 제품이었을 것입니다. 1,000개의 부품을 하나하나 순서대로 조립해서 만들 수 있는 사람은 별로 없었을 것이기 때문입니다.

그런데 이 시장에 호라가 등장해서 시계 제작의 모듈형 아키텍처를 제안합니다. 그리고는 표준화된 모듈 인터페이스를 제시합니다. 일단 10개의 부품으로 하나의 모듈을 만들 수 있는데, 이렇게 만든 모듈은 호라가 제시한 표준 인터페이스를 준수해야 합니다. 10개의 부품으로 하나의 모듈을 만드는 일은 어렵지 않기 때문에 여러 업자가 등장해서 10개 부품으로 만든 모듈들을 만들어 판매하기 시작합니다. 이렇게 만들어진 모듈들은 표준 인터페이스를 준수하기 때문에 이렇게 만들어진 10개의 모듈을 이어붙이면 더 큰 덩어리의 모듈을 만들 수 있습니다. 이렇게 만들어진 모듈 역시 호라의 표준 인터페이스를 준수해야 합니다. 이 역시 어렵지 않기 때문에 이러한 큰 모듈을 만드는 여러 업자가 등장해서 제품을 만들어 판매하기 시작합니다.

시계 완제품 제작자는 이 큰 모듈 10개를 모아 이어붙이기만 하면 됩니다. 때문에 사실상 완제품 제작이 가장 진입 장벽이 낮은 비즈니스가 되어 많은 사업자가 뛰어들어 자신의 브랜드를 붙인 제품을 판매하게 됩니다. 이렇게 모듈과 완제품을 만드는 사업 분야는 날로 경쟁이 치열해져서 누구도 많은 이익을 내기가 힘들어집니다. 어차피 누가 만들어도 큰 차이가 나지 않기 때문에 결국 가격 인하 경쟁으로 치달을 수밖에 없기 때문입니다.

호라는 무엇을 얻었을까요? 모든 모듈 혹은 완제품 제작자들은 호라가 제시한 표준 인터페이스를 따라야 했는데, 이 표준 인터페이스 규격을 충족시킬 수 있는 핵심 부품을 호라가 독점하고 비싼 값에 팔았습니다. 관련 사업자들은 너무 비싼 것 아닌가 하는 억울한 심정도 들었지만 호라가 독점한 부품을 사용해서 표준 인터페이스를 충족시키지 못하면 누구도 자신의 제품을 사지 않을 것이란 점을 알았기 때문에 울며 겨자 먹기로 구매할 수밖에 없었습니다. 이미 템프스와 같은 방식으로 시계를 제작하던 회사들은 모두 망한 뒤였기 때문에 이제 모든 시계는 호라가 제시한 인터페이스에 따라 만들어지고 있었고 호라는 그야말로 자신이 만들지도 않은 어떤 시계든 하나 팔릴 때마다 그에 따른 수익을 얻을 수 있게 되었습니다.

결국 어떤 제품 제조에 모듈형 방식을 도입한다는 것은 아무나 만들 수 없었던 첨단 제품을 누구나 만들 수 있는 범용 제품으로 만들어 버린다는 것을 의미합니다. 어떤 산업 분야가 이렇게 모듈형으로 변모하면 모듈 혹은 완제품을 만드는 회사 간에는 경쟁이 치열해져서 이익을 내기가 힘들어집니다. 하지만 소비자들은 덕분에 전에는 생각할 수 없었던 저렴한 가격에 원하는 제품을 손에 넣을 수 있게 됩니다. 이 시장에서 유일하게 많은 이익을 낼 수 있는 것은 표준 인터페이스를 제시한 사업자입니다. 모든 사업자가 따라야 하는 표준 인터페이스를 장악했기 때문에 어떤 방법으로든 수익을 낼 수 있는 방향으로 이것을 활용하면 한 회사가 전체 시장의 일정 부분을 수익으로 가져갈 수 있게 됩니다.

사실 가상이기는 하지만 호라의 등장으로 시계 제작 비즈니스가 변화했던 것과 꼭 같은 일이 PC와 스마트폰 산업 분야에서 벌어졌습니다. 짐작하시겠지만 표준 인터페이스를 장악해서 막대한 수익을 얻게 된 호라의 역할은 PC산업 분야에서는 인텔과 마이크로소프트가, 스마트폰 산업 분야에서는 애플과 구글이 담당했습니다. 소위 흔히 듣게 되는 플랫폼 비즈니스라는 것은 바로 이러한 종류의 비즈니스를 말합니다.

현재 자동차는 3만여 점의 부품을 시계 제작자 템프스가 하고 있는 것과 유사한 방식으로 제작하는 첨단 제품입니다. 자동차용 소프트웨어 역시 처음부터 끝까지 하나하나 만들어야 하는 방식으로 만들어지고 있습니다. 그런데 자동차에 자율주행과 같은 고기능 소프트웨어가 사용될 것이 요구되면서 소프트웨어 분야에서 제품을 모듈형으로 제작해야 할 필요성이 높아지고 있습니다. 자동차의 경우 소프트웨어의 기능은 하드웨어 부품 하나하나에 의존하는 경향이 크기 때문에 이것은 결국 자동차 부품의 하드웨어 역시 모듈형으로 제작할 것을 요구하게 된다는 것을 의미합니다.

문제는 자동차 제조가 모듈형으로 변모하게 되면 자동차는 누구라도 쉽게 만들 수 있는 범용 제품이 되어버릴 것이라는 점입니다. 사실 중국의 자동차 회사들이 무섭게 추격해오고 있는 현재의 상황은 자동차 제조가 모듈형이 되지 않더라도 결국은 선진국 제조사만의 전유물이 되지는 않을 것이라는 점을 강하게 시사하고 있습니다.

이러한 상황에서 자동차 산업을 리드하고 있는 독일과 같은 선진국의 자동차 제조사, 부품업체들은 어떻게 자사의 비즈니스를 부가 가치가 높은 분야로 순조롭게 이행할 수 있을까요? 이에 대한 답이 떠오르십니까? 네, 당연히 직접 제조하는 방식에서 벗어나 플랫폼 비즈니스를 해야 하겠지요.

사실은 바로 이것이 독일이 인더스트리 4.0을 적극 추진하고 있는 배경이라고 할 수 있습니다. 그럼 독일이 인더스트리 4.0을 통해 이 문제를 어떻게 해결하려 하고 있는지 살펴보기에 앞서 자동차 업계에서 시작되고 있는 모듈형 제조 움직임과 제품 개발 및 생산 분야의 디지털화에 대해 살펴보도록 하겠습니다.

제3장
자동차 업계에서 가속화 되는 모듈형 제조

중국 시장에서 개발 현지화에 성공한 폭스바겐

2015년, 독일의 폭스바겐은 디젤게이트 사건으로 기업의 신뢰성에 심각한 타격을 입었습니다. 디젤게이트 사건이란 폭스바겐이 디젤 차량의 엔진을 제어하는 소프트웨어를 조작하여 배출 가스량과 성능, 연비 등을 조작해온 사실이 미국 환경보호국에 의해 들통난 사건을 말합니다. 이 사건으로 폭스바겐은 86조 원이라는 천문학적인 벌금과 엄청난 대수의 차량 리콜 사태를 겪게 된 것은 물론, 기업의 명예가 심각하게 실추되어 앞으로의 판매량에도 큰 영향을 미칠 것으로 전망되었습니다.

어느 정도 시간이 흐른 뒤인 2017년 초, 2016년도 전 세계 자동차 회사의 글로벌 판매 랭킹이 발표됩니다. 놀랍게도 2016년 글로벌 자동차 판매 1위를 기록한 회사는 폭스바겐 그룹이었습니다. 폭스바겐은 2016년

한 해 동안 1,031만 2,400대를 판매하여 2015년까지 4년 연속 1위를 기록했던 도요타를 제치고 1위로 올라섰습니다.

이러한 폭스바겐의 놀라운 성과를 가져온 것은 다름 아닌 중국 시장에서의 선전이었습니다. 2016년 폭스바겐의 국가별 판매량을 보면 판매 대수 1위를 차지한 나라는 중국으로, 전년도 대비 12.2% 증가한 398만 대였습니다. 같은 해 중국의 전체 자동차 판매량이 2,803만 대였음을 감안하면 폭스바겐의 중국 시장 점유율은 약 14% 정도였음을 알 수 있습니다.

디젤게이트 사건의 여파로 미국에서의 판매량이 2.6% 감소하기는 했지만 그 감소분은 59만 1,100대에 그쳤습니다. 결국 중국 시장에서의 판매량이 글로벌 자동차 회사간 경쟁의 승패를 가른 셈이었습니다.

폭스바겐은 2017년에도 글로벌 완성차 판매 1위 타이틀을 거머쥐었습니다. 주목할 만한 점은 2016년 2위로 밀려났던 도요타가 다시 3위로 밀려나고 르노-닛산 얼라이언스가 2위로 부상한 점입니다. 르노-닛산의 부상 역시 중국 시장에서의 선전이 큰 역할을 하고 있습니다. 르노-닛산은 중국의 중간 소득층을 타겟으로 한 다양한 소형 자동차 판매와 저렴한 전기차 판매 전략이 주효하여 2017년 예상치를 웃도는 판매량을 달성했습니다. 반면 3위로 밀려난 도요타자동차는 중국에서의 판매량이 일본 경쟁회사인 닛산과 혼다에도 밀리고 있는 상황입니다. 2016년과 2017년의 글로벌 자동차 업체간 경쟁 구도가 보여주고 있는 것은 이제는 중국 시장에서의 성과가 글로벌 경쟁에서의 승패를 결정짓는 바로미터가 되고 있다는 사실입니다. 그리고 폭스바겐은 중국 시장에서의 성공을 기반으로 글로벌 자동차 판매 1위 회사로 부상했습니다.

폭스바겐이 중국 시장에 진출한 것은 1985년의 일이었습니다. 폭스바겐은 중국의 국영 자동차 회사인 상하이자동차와 함께 합작회사인 상하이 폭스바겐을 설립하고 자동차 생산을 개시했습니다. 당시 중국 정부는 승용차에 들어가는 부품의 국산화를 추진하고 있었기 때문에 수입 부품에 대해 높은 관세를 부과하고 있었습니다.

폭스바겐은 독일의 부품 메이커들에게 중국에 동반 진출할 것을 요청했지만 당시 중국 시장의 규모가 크지 않았기 때문에 독일의 부품회사들은 그 요청을 거절했습니다. 독일의 경우 부품회사들의 독립성이 높았던 점도 한 가지 요인이었습니다.

이러한 상황에서 폭스바겐은 어느 정도의 품질을 보장하는 부품을 생산할 수 있는 중국 부품 메이커를 찾아내어 기술지도를 하는 등의 방법으로 중국 부품 메이커를 육성해 가면서 중국에서 부품의 국산화를 실현했습니다. 그 결과 상하이 폭스바겐이 위치한 상하이 안팅 지역과 절강성, 강서성 일대에는 자동차 부품 산업 클러스터가 형성되었습니다. 폭스바겐은 이 지역에 모인 중국 자동차 부품 메이커들과의 거래를 확대해 가면서 인기 모델인 산타나에 들어가는 부품의 국산화율을 높여갔습니다. 1986년에 생산 개시된 산타나 1800의 첫해 생산 대수는 8,000대, 국산부품 비율은 3.99%였으나 1996년에는 생산 대수 20만 대, 부품의 국산화 비율은 90%에 달했습니다.

현지 부품 메이커와의 거래를 늘려 가면서 폭스바겐은 품질이나 납기일과 관련된 리스크를 회피하기 위해 문제를 일으킨 부품 메이커와는 거래를 단절하는 등의 방법으로 선별된 현지 메이커와의 거래를 지속해 나갔습니다. 또한 여러 자동차 부품 메이커가 입찰을 통해 참가하는 오픈 거래를 통해 부품의 품질 향상과 부품 가격의 인하를 꾀했습니다.

산타나는 독일 국내에서는 이미 1990년대에 생산이 중단된 모델인데, 중국에서 꽤 인기가 있었기 때문에 폭스바겐은 이 제품을 모델 체인지하여 산타나 2000(1995년), 산타나 3000(2004년)이라는 명칭을 붙여 계속 업그레이드해 나갔습니다. 이 제품은 독일에서는 이미 구세대 차량에 속했기 때문에 폭스바겐은 독일에서 만든 이 차의 부품 도면을 중국의 현지 부품 메이커에 대여하는 등의 적극적인 방법으로 현지 부품 메이커의 개발 능력을 높이기 위해 노력했습니다. 모델 체인지한 산타나 2000, 산타나 3000 등의 제품은 독일에서 생산된 제품과는 상당히 다른, 사실상 중국 고유의 차종이나 다름이 없습니다. 이 모델의 경우 기본 부분의 설계권은 폭스바겐이 가지고 있지만 바뀐 디자인 부분에 대한 의장권과 도면 권리는 상하이 폭스바겐이 가지고 있습니다.

2000년대 들어 새로 중국에 진출한 다른 글로벌 자동차 메이커들은 최신 모델의 자동차를 중국 시장에서 제조, 판매를 개시했습니다. 중국은 WTO 가맹 이후 해외에서 수입하는 부품에 대한 관세를 큰 폭으로 인하했습니다. 때문에 이 시기에 중국에 진출한 다른 해외 메이커들은 굳이 중국의 부품회사들을 이용하기보다는 자국에서 부품을 수입해서 제품을 만들었습니다. 이렇게 만들어진 제품은 해외에서 판매되고 있는 것과 거의 동일한 최신형 제품들이었습니다.

그 결과 폭스바겐은 낡은 모델만 만드는 회사라는 이미지가 확산되어 중국에서의 시장 점유율이 낮아지게 됩니다. 2002년 당시 최신 모델인 폴로와 골프를 중국 시장에 내놓지만 판매는 늘지 않고 중국 시장에서 폭스바겐의 시장 점유율은 낮아져만 가게 됩니다. 이러한 상황에서 폭스바겐이 취한 전략은 그동안 중국 부품 메이커와 쌓은 관계를 최대한 활용하면서 중국 소비자의 니즈에 최적화된 제품을 현지 개발하는 것이었습니다.

폭스바겐이 거래하는 중국 현지 부품 메이커들은 폭스바겐과의 그동안 거래를 통해 상당한 수준의 부품 설계능력까지 갖추게 된 회사들이었습니다. 아울러 합작회사인 상하이 폭스바겐은 산타나를 모델 체인지한 산타나 2000, 산타나 3000 등의 설계를 직접 하면서 역시 상당한 수준의 설계 능력을 갖추게 되었습니다. 또한 이 시점에는 중국 시장이 급성장하면서 독일의 부품 메이커들도 대부분 중국에 진출해 있었기 때문에 이것 역시 현지에서 직접 제품을 개발하는데 유리하게 작용했습니다.

최근 보여지고 있는 폭스바겐의 중국 시장에서의 선전은 이러한 현지화 전략의 성공에 따른 결과로 평가받고 있습니다. 때문에 이제는 다른 글로벌 자동차 제조사들도 중국 시장에 특화된 현지 모델 개발에 나서고 있습니다.

폭스바겐이 중국에서 직면한 두 가지 문제 해결의 열쇠 '모듈형 제조'

중국 현지에서 제품을 개발, 생산하는데 주력하기로 결정했던 당시 폭스바겐은 두 가지 문제에 직면하게 됩니다. 첫 번째는 중국 시장의 다양성을 고려하여 다양한 종류의 제품을 출시해야 한다는 것이고 두 번째는 저렴한 가격을 무기로 급속히 시장 점유율을 늘려가고 있는 중국 브랜드 제조사들과의 경쟁을 고려할 때 제품 가격은 낮추어야 한다는 문제였습니다.

그러나 이 문제를 해결하는 것은 쉽지 않은 일입니다. 자동차 회사가 새로운 차종 하나를 개발하는 데는 엄청난 수고와 비용이 들기 때문입니다. 새로운 차종 하나를 개발하기 위해서는 해당 차종의 기초 설계, 시뮬레이션, 실제 차량을 가지고 수행되는 각종 안전실험 등이 필요합니다. 뿐만 아니라 새로운 차종을 생산하기 위해 공장 설비도 교체해야 합니다. 차량의 크기에 따라 용접 설비가 달라지는 것은 물론, 조립 공정도 바뀌기 때문에 새로운 작업라인이 필요해집니다. 또한 작업 내용이 바뀌기 때문에 직원들을 재훈련해야 합니다.

새로운 차종을 개발하는 데는 이처럼 막대한 수고와 시간, 비용이 들기 때문에 자동차 회사들은 1990년대 중반부터 플랫폼 방식이라는 새로운 제조 방식으로 이 문제에 대응해 왔습니다. 플랫폼 방식이란 크기가 비슷한 다른 차종 간에 차대(샤시)를 공유하는 방법을 말합니다. 오늘날 제조되는 차량에서 차대(샤시)는 자동차의 기본 골격 안에 엔진과 구동계 등이 포함된 주행을 위한 기능요소 전체가 포함된 일체화된 구조로 되어 있습니다. 이렇게 자동차의 기본 골격과 주행을 위한 기능 요소 전체가 일체형으로 되어 있는 차대를 플랫폼이라고 부릅니다. 먼저 하나의 플랫폼을 개발한 뒤, 예를 들어 이 플랫폼에 맞는 3개의 다른 자동차 외형을 개발하면 새로운 차종 3가지를 개발하게 되는 셈입니다.

이처럼 플랫폼 제조 방식을 사용하면 새로운 차종을 개발할 때 비용과 개발기간을 크게 줄일 수 있기 때문에 1990년대 중반부터는 사실상 모든 자동차 회사들이 플랫폼 제조 방식을 도입하고 있습니다. 하지만 플랫폼 제조 방식을 어느 정도로 활용하는 가는 각 회사마다 차이가 있습니다. 폭스바겐의 경우 하나의 플랫폼으로 가장 많은 종류의 차종을 개발하는, 즉 플랫폼 제조 방식에 가장 적극적인 회사 중 하나입니다. 플랫폼 방식으로 자동차의 차종을 개발할 경우 차종 간 차별화가 쉽지 않습니다. 때문에 폭스바겐이 가장 중요하게 생각한 것은 제품 디자인입니다. 폭스바겐은 플랫폼 제조 방식을 적극 활용하면서 최고의 디자이너 팀을 꾸려 디자인 차별화를 통해 이 한계를 극복해 가고 있습니다.

한편 도요타는 플랫폼 제조 방식에 소극적입니다. 도요타의 경우 하나의 플랫폼으로 개발하는 차종 수가 적은 편입니다. 이는 제품 라인업에 좀 더 많은 다양성을 주기 위해서입니다. 하나의 플랫폼으로 다양한 차종을 만드는 대신, 도요타가 문제를 해결한 방식은 생산 현장의 효율성을 극한까지 끌어올리는 것이었습니다.

후지모토 교수는 '일본의 제조업 전략 모노즈쿠리'(아카디아, 2004)에서 1990년대 후반 도요타를 비롯한 일본의 자동차 메이커는 미국이나 유럽의 자동차 메이커에 비해 두 배 정도의 생산성을 보이고 있다고 말합니다. 이는 도요타는 같은 인원수의 개발 인력으로 폭스바겐보다 두 배 많은 새 모델을 내놓을 수 있다는 의미입니다. 개발 소요시간도 새로운 플랫폼을 개발하는데 드는 시간이 일본의 경우 20개월 이하인데 비해 유럽 등 해외 메이커의 개발 시간은 30개월 정도라고 합니다.

1980년대와 90년대에 미국과 유럽에서는 한때 도요타 생산 방식 배우기 열풍이 불었는데, 폭스바겐도 예외는 아니었습니다.

미국 MIT의 국제자동차산업 연구프로그램에서는 도요타 생산 방식을 연구한 뒤 린(Lean) 기반 방식이라는 이름을 붙였는데, 이것은 도요타 방식을 더욱 일반적인 흐름으로 확대 해석한 생산방식입니다. 기존의 부품 공급방식은 자동차 회사가 미리 수요를 예측한 뒤 일정량을 부품 회사에 주문하면 부품회사는 수량 대로 생산해서 납품하는 것이었습니다. 그러나 이러한 방식은 상황 변화에 신속히 대응하기 어렵습니다. 예를 들어 자동차를 생산하는 도중 장애가 발생해서 생산에 차질이 빚어질 수도 있고 수요 예측이 빗나가 계획한 수량만큼 자동차를 생산하지 못하면 공급받은 부품은 재고가 되어 창고에 쌓이게 됩니다.

이에 비해 린 기반 방식은 자동차 회사의 생산 상황에 따라 필요한 부품을 그때그때 공급받는 방식입니다. 자동차 생산 공장의 가장 최종 공정부터 시작해서 후속 공정은 선행 공정으로부터 필요한 부품을 필요한 시기에 필요한 수량만큼 인수합니다. 다시 말해 각 공정 단계에서 후속 공정이 부품을 가져가면 그 수량만큼만 생산하는 것입니다. 이렇게 하면 최종 생산되는 자동차의 수량에 맞추어 부품이 공급될 수 있기 때문에 재고 부담을 줄일 수 있습니다.

하지만 이것이 가능해지기 위해서는 자동차 제조사와 부품회사가 마치 한 회사처럼 긴밀하게 협조하며 작업해야 합니다. 이러한 방식은 자본 관계에 있는 계열사가 자동차 부품을 공급하는 일본이나 한국과 같은 시스템이라면 가능하지만 유럽과 같이 자동차 회사와 부품회사 간 관계가 밀접하지 않은 구조에서는 도입하기가 어렵습니다.

한편 도요타 등 일본식 생산 방식에서는 같은 작업현장에서 오랜 시간 일한 능숙한 작업자에 의존하는 부분이 높습니다. 예를 들어 설비관리 부문에서는 자주보전 방식의 활동을 요구하는데, 자주보전이란 제조부문의 작업자 한 사람 한 사람이 자신의 설비는 자신이 지킨다는 사명을 가지고 설비에 대한 일상점검, 급유, 부품 교환, 수리, 설비 이상의 조기 발견 등을 직접 하는 방식을 말합니다. 사실 이러한 작업은 작업자가 아닌, 설비 보전자가 해야 하는 일인데 이것을 작업자에게 요구한다는 것은 작업자에게 설비의 이상을 발견할 수 있는 능력과 빠른 시간 내에 조치를 취해서 회복시킬 수 있는 능력까지 요구하는 것입니다.

이처럼 베테랑 작업자의 암묵지에 크게 의존하는 방법은 중국과 같은 신흥국의 공장에는 도입하기 어렵습니다. 중국 현지공장은 인건비는 저렴하지만 이직율이 높기 때문에 안정적으로 베테랑 직원을 길러 내기 어려운 환경입니다. 이러한 중국 현지공장에서 자주보전 방식과 같은 직원의 암묵지에 의존한 생산성 향상은 기대하기 힘듭니다.

이처럼 도요타와 같은 일본 자동차 제조사와는 전혀 다른 환경에 있는 폭스바겐이 도요타 생산방식을 도입하는 데는 무리가 있었습니다. 때문에 폭스바겐은 일찌감치 도요타식 생산성 향상이라는 방식을 포기하고 플랫폼 제조방식의 확대를 통한 생산성 향상에 힘을 쏟고 있습니다.

그리고 2012년, 폭스바겐은 MQB(Modular Transverse Matrix) 플랫폼이라는 모듈형 제조 아키텍처를 발표합니다.

자동차 회사들이 활용하고 있는 플랫폼 제조 방식은 일종의 모듈형 제조 방식입니다. 플랫폼 제조 방식은 자동차를 자동차의 기본 성능이 모두 포함되어 있는 차대(샤시)라는 모듈과 외장이라는 모듈 두 가지로 나누어 제조하는 방식입니다. MQB 플랫폼은 자동차를 더 많은 다양한 모듈들로 나누고 이것들을 조립하여 만들 수 있도록 하는 새로운 종류의 자동차 제조 아키텍처입니다.

MQB는 플랫폼 수를 5개로 늘려 모듈화 합니다. 한 대의 자동차를 5부분으로 나누는 것입니다. 이렇게 나눈 5개 모듈 중 자동차 앞바퀴에서 운전석까지 세로로 자른 핵심 모듈에는 엔진 등의 동력원과 공조 냉열장치, 오디오 및 내비게이션 등 자동차에 반드시 필요한 부품들이 대부분 탑재됩니다. 이 하나의 모듈 안에 자동차로서 가치를 낳는 요소의 60%가 들어간다고 합니다. 이 핵심 모듈에 엔진이 탑재되는데, 여기에는 가솔린 엔진이 탑재될 수도 있고 전기차의 경우 동력원인 배터리가 탑재될 수도 있고 수소차의 동력원인 연료전지가 탑재될 수도 있습니다. 그러니까 MQB 플랫폼으로 가솔린차부터 디젤엔진차, PHEV, 전기차, 연료전지차에 이르는 서로 다른 동력원을 이용하는 모든 차량을 만들 수 있는 것입니다.

이 핵심 모듈을 제외한 나머지 모듈은 크기나 모양 등을 자유롭게 만들 수 있습니다. 때문에 이렇게 다양하게 만들어진 5개 모듈들을 이렇게 저렇게 이어붙이면 다양한 크기와 모양의 자동차를 만들 수 있게 됩니다.

각 모듈에 들어가는 부품들도 모듈화됩니다. MQB에서는 자동차에 탑재되는 3만여 점의 부품을 90개 정도의 모듈로 만들어서 조립할 수 있도록 했습니다. 다시 말해 부품들을 모아 만든 90개 모듈들을 조립해서 5개의 플랫폼 모듈로 만든 뒤 다시 이것들을 조립해서 하나의 완성차를 만드는 방식입니다.

MQB 이전의 플랫폼 제조 방식에서는 만들어진 차종의 크기가 모두 비슷했기 때문에 예를 들어 컴팩트카용 플랫폼, 중형차용 플랫폼, 대형 세단용 플랫폼 등 자동차의 크기에 따라 다른 플랫폼을 사용해야 했습니다. 그러나 MQB 플랫폼은 다양한 크기의 차량에 공통으로 적용할 수 있습니다. 폭스바겐은 이 MQB 플랫폼을 폭스바겐, 아우디, 스코다, 세아트 등 서로 다른 브랜드의 컴팩트카부터 패밀리카, SUV, 아우디의 일부 세단에 이르는 다양한 차량에 공통적으로 적용하고 있습니다.

그런데 이렇게 다양한 종류의 차량에 하나의 플랫폼을 적용하는 일은 말처럼 쉬운 일이 아닙니다. MQB 아키텍처의 개발을 담당하는 팀은 아우디와 스코다, 세아트 등 폭스바겐 그룹 산하의 모든 브랜드로부터의 모든 요구를 반영하는 아키텍처를 개발해야 합니다. 뿐만 아니라 개발된 아키텍처는 적어도 10년 이상 사용될 것을 전제로 하기 때문에 이 문제도 고려해야 합니다. 10년 뒤에도 통용될 만한 기능 및 디자인을 실현할 수 있는 플랫폼으로 만들어야 한다는 것입니다. 때문에 기본 아키텍처의 개발 프로세스에서는 초기 단계에 대단히 큰 노력과 시간이 필요해집니다. 가장 많은 수고를 요하는 기본 아키텍처가 결정된 뒤에야 개별 개발 계획을 수립해 나갈 수 있습니다.

폭스바겐에는 특정 위원회가 있어서 각 브랜드는 신차에 채용하고 싶은 새로운 아이디어가 있는 경우 그 위원회에 문의해야 한다고 합니다. 아키텍처에 새로운 기능을 추가하는 경우 반드시 이 위원회에서 합의를 이룰 필요가 있습니다.

2012년에 발표한 MQB 아키텍처는 개발 기간 5년, 소요 비용 500억 파운드에 이르는 폭스바겐의 초대형 프로젝트를 통해 탄생했습니다.

MQB의 장점은 단순히 자동차를 모듈형으로 조립해서 만들도록 했다는 데 있지 않습니다. 사실 MQB의 핵심이라고 할 수 있는 요소는 MQB 방식으로 제조하는 차량의 제조 프로세스를 공통화한 데 있습니다. 기존의 플랫폼 제조 방식에서는 같은 플랫폼에 속한 서로 다른 차종이라도 각기 다른 제조 프로세스를 통해 만들어집니다. 예를 들어 폭스바겐 골프, 아우디 A3, 세아트 레온, 슈코다 옥타비아와 같은 차종은 같은 플랫폼을 사용하기 때문에 엔진과 서스펜션의 기본 구성과 이것을 이어붙이는 골격의 기본 형태 등은 공통화 되어 있지만 최종 조립 라인 안에서 무엇을 어디서 어떤 수순으로 이어붙여 갈 것인가와 같은 조립 프로세스는 각기 다릅니다. 또한 개별 모델마다 골격이나 부품의 조립 방법에도 차이가 있는데, MQB 플랫폼에서는 이러한 제조 프로세스의 차이를 공통화하고 있습니다.

이렇게 되면 같은 공장 내 같은 제조라인에서 폴로에서 파사트까지, 폭스바겐에서 아웃, 슈코다, 아우디까지 자유자재로 생산할 수 있는 체제를 갖출 수 있다는 말이 됩니다. 아울러 구동방식이 다른 차량이라 하더라도 폭스바겐의 MQB 플랫폼 방식 제조에서는 같은 생산라인에서 필요에 따라 PHV와 EV의 생산량을 자유롭게 변경할 수 있습니다. 게다가 월요일은 EV, 화요일은 디젤차, 수요일은 CNG차와 같은 식으로 하루 단위로 생산차종을 바꾸는 것이 아니라 라인을 지나가는 자동차 1대마다 차종을 바꿀 수 있습니다.

이처럼 제조 프로세스를 공통화 하면 앞서 설명한 폭스바겐이 안고 있었던 두 가지 문제, 즉 다양한 차종을 빠른 시간 내에 개발해야 한다는 문제, 그러면서도 개발 비용을 최소화해야 한다는 문제를 모두 해결할 수 있게 됩니다.

폭스바겐은 독일 내 4개 거점과 동구권, 스페인, 남아프리카, 중국, 미국, 브라질, 멕시코, 러시아에 공장을 가지고 있습니다. 이들 나라에서 만들어진 폭스바겐의 자동차는 해당 국가와 인접 지역에서 판매됩니다. 사실 중국 한 지역만 놓고 봐도 사는 지역과 소득 수준 등에 따라 각 고객마다 다양한 니즈가 존재합니다. 인접 지역에 있는 일본과 한국의 소비자들에게는 또 다른 니즈가 존재합니다.

그럼에도 불구하고 지금까지는 각 공장마다 해당 국가와 주변 지역의 니즈를 반영하는 자동차를 독자적으로 개발해서 개별적으로 생산하는 일이 사실상 불가능했습니다. 폭스바겐의 MQB 플랫폼은 바로 이것이 가능해지도록 하기 위한 것입니다. 선진국 자동차 구매객들의 요구사항에 대응하기만 하면 되었던 이전과 달리 중국 등 신흥국 시장에서의 판매가 가장 중요해지고 있는 앞으로의 자동차 판매 경쟁에서 개별 고객의 다양한 니즈를 충족시키는 일은 그 어느 때보다 중요해지고 있기 때문입니다.

MQB 방식에서 제조 프로세스는 표준화되고 매뉴얼화 되어 있기 때문에 현지 공장의 값싼 인력을 활용하기도 훨씬 수월해집니다. 작업자가 정해진 매뉴얼에 따라 작업하기만 하면 되고 작업 내용도 바뀌지 않기 때문에 일을 시작한지 얼마되지 않은 단순 작업자도 쉽게 작업할 수 있기 때문입니다. 작업자가 다른 나라의 공장으로 이동한다고 해도 바로 현장에 참가할 수 있습니다. 그러면서도 세계 어느 장소에서 만드는 어느 차종이든 같은 품질 수준을 유지할 수 있게 됩니다.

살펴본 것처럼 자동차 하드웨어의 모듈화가 진전되면서 자동차 생산 공장의 표준화, 매뉴얼화가 가능해지고 있습니다. 생산공장이 표준화, 매뉴얼화된다는 것은 지금까지 높은 기술력을 요했던 자동차 제조가 누구라도 할 수 있는 진입 장벽이 낮은 산업으로 변모하게 되는 것을 의미합니다. 게다가 이렇게 표준화, 매뉴얼화된 생산공장에서는 필요에 따라 다양한 종류의 차종을 필요한 만큼 생산해 낼 수 있습니다.

사실 이 제품 생산공장의 표준화, 매뉴얼화는 인더스트리 4.0의 핵심이라고 할 수 있는 요소입니다. 독일은 인더스트리 4.0을 통해 표준화, 매뉴얼화된 중국의 생산공장에서 선진국 수준의 질 높은 제품을 생산해 낼 수 있는 체제를 만들려 하고 있습니다. 이때 선진국 본사의 역량은 개발 부문과 생산 현장 관리 역량 등에서 발휘됩니다.

최근 자동차 개발 부문에서의 디지털화도 급속하게 진전되고 있습니다. 자동차의 개발이 디지털화되면서 자동차 제조의 모든 역량이 개발 부문에 집중되는 현상이 발생하고 있습니다. 그러면 자동차 개발의 디지털화란 무엇이고 이것이 자동차업계에 어떤 영향을 미치고 있는지 살펴보도록 하겠습니다.

제4장
자동차 제품 개발의 디지털화

자동차 개발을 디지털화한 모델 베이스 개발이란

최근 자동차의 디지털화가 진전되고 있는데, 이것은 자동차의 개발 프로세스에도 큰 영향을 미치고 있습니다. 자동차의 많은 기능들이 소프트웨어로 제어되고 있기 때문에 이들 소프트웨어의 개발과 그 테스트가 중요해지고 있기 때문입니다. 이로 인해 최근에는 자동차의 개발 프로세스도 디지털화되고 있습니다. 자동차 개발 프로세스에는 설계부터 시제품 제작, 시제품 테스트에 이르는 실제 제품 생산단계 이전까지의 모든 개발 과정이 포함됩니다.

일반적으로 자동차 개발 프로세스는 자동차의 설계 작업부터 시작되는데, 이때 자동차의 가장 큰 요소부터 가장 작은 요소 순으로 설계 작업이 진행됩니다. 먼저 전체적인 자동차 모양 및 기능에 대한 설계를 하고 다음으로 엔진이나 트랜스미션과 같은 부품의 모양 및 기능에 대한 설계를 하게 됩니다. 그리고 다시 각 부품을 이루고 있는 작은 유닛들에 대한 설계가 진행됩니다.

설계 작업이 끝난 뒤에는 설계도 대로 실물 모형을 제작하면서 이것들이 설계도 대로 기능하는지 검증하는 작업이 진행됩니다. 실물 모형 제작과 검증은 반대로 가장 작은 요소부터 가장 큰 요소 순으로 진행됩니다. 먼저 부품을 구성하는 작은 유닛들을 제작한 뒤 검증합니다. 그리고 그 작은 유닛들로 이루어진 엔진이나 트랜스미션과 같은 부품들을 제작한 뒤 검증합니다. 그리고 마지막으로 모든 부품들을 이어붙여 실물 자동차 시제품을 만든 뒤 전체적인 작동을 검증하게 됩니다.

흔히 이러한 자동차 개발 프로세스, 즉 자동차의 설계부터 검증까지의 작업은 V자형으로 진행되는 것으로 묘사됩니다. V자의 왼쪽 끝에서부터 아래로 내려가면서 가장 큰 요소부터 작은 요소 순으로 설계 작업이 이루어지고 다시 거기서 V자의 오른쪽 끝으로 올라가면서 가장 작은 요소부터 가장 큰 요소 순으로 실물 모형 제작과 그 검증 작업이 이루어지기 때문입니다.

이러한 방식의 전통적인 자동차 개발 프로세스는 설계부터 모형 제작, 검증작업까지의 단계가 끊김 없는 일련의 프로세스로 이루어지기 때문에 이것이 진행되는 도중 어딘가에서 문제가 발생하면 다시 처음으로 되돌아가서 진행해야 합니다. 예를 들어 자동차 개발 프로세스가 잘 진행되어 마지막으로 자동차의 전체 실물 모형을 만들고 검증 작업을 진행했는데 이 단계에서 문제가 발생했다면 이때까지의 노력이 모두 허사가 되고 개발 프로세스의 처음으로 되돌아가서 다시 진행해야 합니다.

이 문제를 해결하기 위해 최근 자동차 업계에서는 모델 베이스 개발

(MBD: Model Based Development)이라는 방법을 사용하고 있습니다. 이것은 자동차 개발 프로세스에서 실물 모형 제작 및 검증 작업을 디지털화한 개발 수법입니다.

MBD 방식에서는 전체 자동차, 부품, 부품을 구성하는 유닛 별로 설계부터 모형 제작, 검증작업까지 각각 독립적으로 진행됩니다. 먼저 전체적인 자동차의 모양과 기능에 대한 설계 작업을 진행합니다. 그리고 나서 부품 설계 작업으로 이어지는 것이 아니라 곧바로 전체 자동차의 모형을 만듭니다. 그런데 이때 만드는 자동차 모형은 실물 모형이 아닌, 컴퓨터 상에서 보여지는 3D모형입니다. 그리고 나서 이 제품이 설계도 대로 제품화 되었을 때 제대로 작동할 것인지를 컴퓨터 상에서 시뮬레이션 하는데, 이때 사용되는 것이 모델입니다.

본래 모델이란 복잡한 현상의 본질을 수식으로 표현한 것을 말합니다. 모델은 주로 과학자들이 어떤 자연 현상을 이해하기 위해 사용해 왔습니다. 예를 들어 뉴턴의 운동 제2법칙은 일종의 모델입니다. 여기에 따르면 물체의 질량이 같을 때는 힘의 크기가 클수록 가속도가 크고 같은 크기의 힘이 작용할 때는 질량이 클수록 물체의 가속도가 작습니다. 뉴턴의 운동 제2법칙이라는 모델을 사용하면 예를 들어 1kg의 질량을 가진 물체를 특정한 힘으로 밀었을 때 얼마의 가속도가 나오는지를 알 수 있습니다. 다시 말해 실제로 물체를 만들고 특정 힘을 가하지 않아도 그 물체가 그런 환경에 처했을 때 얼마의 가속도가 나오는지를 알 수 있는 것입니다. 바로 이것이 시뮬레이션입니다.

전체 자동차 요소에 대한 설계와 3D모형 제작, 시뮬레이션이 끝나면 다음으로 부품 요소에 대한 설계와 3D모형 제작, 시뮬레이션이 진행됩니다. 그다음 역시 같은 방법으로 각 부품을 구성하는 유닛의 3D모형 제작과 시뮬레이션이 진행됩니다.

MBD 개발 방식의 핵심은 바로 모델을 만드는 능력에 있습니다. 뉴턴의 운동 제2법칙과 같이 잘 만들어진 자동차 시뮬레이션 모델은 자동차의 실물 모형으로 실시한 충돌실험 결과값과 컴퓨터상에서 3D모형으로 충돌 시뮬레이션한 결과값에 차이가 없도록 해줄 수 있습니다. 이렇게 해서 실물 자동차 모형을 만들지 않고 컴퓨터상에서 가상으로 시제품을 만들고 충돌 테스트만 한 뒤 바로 제품 생산에 돌입할 수 있도록 해줄 수 있는 것입니다.

짐작할 수 있는 바와 같이 만일 이것이 가능해진다면 실물 시제품 제작과 테스트에 드는 비용과 시간을 줄일 수 있기 때문에 자동차 회사가 새로운 차종을 개발하는데 드는 부담을 크게 줄일 수 있게 됩니다. 사실 인더스트리 4.0에서는 자동차 개발 프로세스를 100% 디지털화해서 컴퓨터 상에서 이루어지는 제품 개발이 끝나면 곧바로 공장에서 제품 생산 단계에 돌입하는 것을 목표로 하고 있습니다.

모델 베이스 개발이 자동차 업계에 미친 영향

현재 모델 베이스 개발이 자동차 업계에 미치고 있는 가장 큰 영향은 자동차 회사에 대한 부품회사의 독립성이 높아지고 있다는 점입니다.

모델 베이스 개발 도입 이전의 자동차 개발 방식은 보통 모든 설계 작업을 자동차 회사가 하고 나면 부품회사가 그 설계도 대로 시제품을 만든 뒤 테스트하는 것이었습니다. 이것이 일련의 끊김 없는 프로세스로 진행되기 때문에 자동차 회사와 부품회사는 마치 한 회사처럼 밀접히 협력해야만 했고 한 부품회사가 여러 자동차 회사를 상대로 제품을 만드는 일은 사실상 불가능했습니다.

　모델 베이스 개발 방식은 자동차 외형 부분의 설계와 시제품 제작 및 테스트, 그리고 각 부품의 설계와 시제품 제작 및 테스트가 각각 독립적으로 진행되기 때문에 예를 들어 어떤 부품회사가 특정 부품의 설계부터 시제품 제작, 테스트까지의 모든 개발 작업을 독립적으로 진행하는 것이 가능합니다. 부품회사는 이렇게 독자적으로 개발한 자동차 부품을 여러 자동차 회사를 상대로 판매할 수 있습니다.

　대부분의 자동차 부품을 ECU로 제어하고 있는 지금, 부품회사들은 자동차 부품과 ECU 및 ECU에 탑재되는 소프트웨어까지 독자적으로 개발해서 자동차 회사에 납품하고 있습니다. 세계적인 자동차 부품회사들은 이제 자동차의 여러 부품과 ECU가 연동해서 실현하는 자동운전 시스템까지 독자적으로 개발해서 자동차 회사에 납품하고 있습니다. 사실 세계 1위 자동차 부품회사인 독일 보쉬는 BMW 등 독일제 고급 차종에 들어가는 대부분의 자동운전 시스템을 개발하고 있습니다.

　모델 베이스 개발 방식의 도입이 진전되면서 자동차 업계에서 부품회사가 차지하는 위상은 날로 높아지고 있습니다. 모델 베이스 개발 방식의 도입은 또한 자동차 제조 분야에 처음 진입한 회사가 일약 세계 유수의 자동차 부품회사로 도약하는 일도 가능하게 하고 있습니다.

　2014년 11월, 일본 자동차 부품업계를 발칵 뒤집어 놓은 사건이 발생하게 됩니다. 도요타자동차가 신기술인 도요타 세이프티 센스를 구현하는 데 필요한 기간 부품 중 하나를 독일의 자동차 부품회사인 콘티넨탈로부터 조달하기로 한 사실이 알려졌기 때문입니다. 고작 부품 하나를 독일 부품회사로부터 조달 받기로 한 것이 왜 일본 자동차 부품업계를 들썩이게 할 정도의 사건이 된 것일까요?

지금까지 도요타는 어떤 신기술을 개발하면 이것을 구현하는데 필요한 모든 부품을 계열사인 덴소로부터 조달해 왔습니다. 덴소는 세계 유수의 자동차 부품회사로, 자동차 관련 신기술 개발력에서 시장을 리드하고 있는 회사입니다. 이런 우수한 회사를 계열사로 두고 있는 만큼, 도요타는 신기술 개발에서 항상 덴소와 협력하는 한편 관련된 모든 부품을 덴소를 통해 공급받는 것이 일반적인 관행이었습니다. 이러한 관계에 있는 덴소를 두고 도요타자동차가 일본 회사도 아닌, 독일 회사로부터 신기술에 필요한 부품을 공급받기로 한 것이 일본의 자동차 부품업계에는 큰 충격으로 다가왔던 것입니다.

이 사건을 계기로 일본 자동차 회사와 계열 부품회사 간에 오랜 기간에 걸쳐 형성된 신뢰에 기반을 둔 장기적이고 안정적인 거래 관계가 깨지는 것은 아닌가 하는 불안감이 일본 부품회사들을 엄습했던 것입니다.

도요타의 신기술 도요타 세이프티 센스는 자동차가 주행하고 있을 때 전방에 장해물을 검지하면 자동차가 자동으로 브레이크를 밟아 충돌을 피하거나 충돌 시 피해를 줄이는 충돌회피 시스템입니다. 도요타가 콘티넨탈로부터 공급받기로 한 부품은 이 기능을 실현하는데 필요한 센서 제품이었습니다. 사실 이 부품은 이미 덴소도 개발하고 있는 제품이었습니다.

콘티넨탈이 도요타에 납품한 제품의 차별점은 도요타 세이프티 센스를 구현하는데 필요한 레이저 레이더와 카메라를 일체화해서 소형화한 제품이었다는 데 있었습니다. 소형이기 때문에 실내 룸미러 부근에 붙일 수 있다는 점이 도요타에 어필된 것입니다. 이 기능을 구현할 수 있도록 해주는 다른 회사의 센서는 레이더를 앞 범퍼나 엠블럼 주변에 붙여야 하기 때문에 자동차 회사 입장에서는 이 기능을 구현하기 위해서는 자동차의 설계를 변경해야 하는 문제가 발생하게 됩니다. 콘티넨탈은 두 가지 부품을 일체형으로 만들어 소형화함으로써 자동차 회사가 가진 이러한 문제를 해결해 주었던 것입니다.

뿐만 아니라 콘티넨탈은 이미 이 제품을 독일 자동차 회사들은 물론, 혼다나 마츠다와 같은 다른 일본 자동차 회사들에도 납품하고 있었기 때문에 양산효과에 따른 저가격을 실현하고 있었습니다. 다른 부품회사들은 불가능할 정도의 저렴한 가격으로 제품을 공급했기 때문에 도요타까지도 오랜 관행을 깨고 콘티넨탈의 부품을 선택한 것이었습니다.

콘티넨탈은 최근 자동운전 관련 부품 시장의 라이징 스타로, 자동운전에 필수적인 라이더와 레이더 센서에 강점을 보유하고 있습니다. 그런데 이 회사의 최근 10여 년간의 행보가 매우 흥미롭습니다. 콘티넨탈은 1871년에 창업한 오랜 역사를 지닌 기업으로, 사실은 자동차 타이어 제조를 전문으로 해왔습니다. 그나마 미쉐린이나 굿타이어와 같은 유럽과 미국 유수의 타이어 회사에 밀려 세계 시장 점유율은 한 자릿수에 불과했습니다. 그러던 이 회사가 2014년 자동차 부품 분야에서 306억 유로의 매출을 올리면서 당시 세계 2위 자동차 부품회사였던 덴소를 제치고 그 자리를 차지하게 됩니다. 그 10년 전만 해도 콘티넨탈의 매출은 덴소의 10분의 1 정도에 불과했습니다.

타이어 제조 회사였던 콘티넨탈이 변신을 시작한 시점은 1990년대 중반이었습니다. 이 즈음 콘티넨탈은 미국의 ITT 인더스트리로부터 자동차 브레이크 제조 부문을 19억 3,000만 달러에 인수합니다. 이어서 2001년에는 자동차용 전자제품을 제조하던 독일 테믹을 인수해서 소프트웨어로 자동차의 브레이크를 제어하는 기술개발 능력을 강화하게 됩니다. 이때부터 콘티넨탈은 자동차 브레이크를 자동으로 제어하는데 필요한 센서와 ECU를 전문으로 하는 기업으로 재탄생하게 됩니다.

콘티넨탈의 자동 브레이크 제어 사업에 보조를 맞춘 듯이 이 즈음 유럽에서는 자동차 안전에 대한 규제가 강화되어 다수의 자동차 제조사들이 신차에 자동 브레이크 제어 시스템을 도입하게 됩니다. 당시 콘티넨탈은 자동 브레이크 제어 시스템 부문에서 세계 제일의 경쟁력을 갖추고 있었고 이러한 이유로 이때부터 콘티넨탈의 자동차 부품 관련 매출은 수직 상승하게 됩니다. 이렇게 해서 콘티넨탈은 자동차의 안전 및 자율주행 관련 부품에 주력하면서 세계 수위의 자동차 부품회사로 발돋움하게 됩니다.

콘티넨탈의 사례에서 볼 수 있는 바와 같이 이제 실력 있고 독립성 높은 부품회사들은 더 많은 자동차 회사에 더 많은 부품을 납품할수록 양산효과를 통해 더 저렴한 가격으로 제품을 공급할 수 있게 됩니다. 때문에 그동안 다른 부품회사로부터 부품을 공급받던 자동차 제조사들에 납품할 기회가 더 늘어나게 됩니다.

그 결과 자동차 부품 산업에서의 과점 현상이 일어날 가능성이 점차 높아지고 있습니다. 다시 말해 실력을 갖추지 못한 자동차 부품회사들은 도태될 가능성이 높아지고 있는 것입니다. 반대로 자동차 회사와 밀접한 관계를 맺고 있지 않은 어떤 기업이 특정 부품 영역에 대한 실력을 쌓아 세계적인 자동차 부품회사로 발돋움하는 일도 가능해지고 있습니다.

고도의 소프트웨어 개발능력이 요구되는 자율주행차 시대에 이런 일은 점점 더 흔하게 일어날 것입니다. 자동차 부품과는 관련 없던 어떤 기업이 자율주행 시스템과 관련한 경쟁력을 확보해서 일약 세계 수위의 자동차 부품회사로 발돋움하는 일도 충분히 가능해질 것입니다.

실제로 자동차 부품개발에서 소프트웨어 개발능력이 점차 중요해지고 있는 지금, 디지털 가전을 만들던 삼성전자나 LG전자와 같은 회사들이 자동차 부품개발 사업에 뛰어들고 있습니다. 이들 회사는 디지털 가전에서 쌓은 임베디드 소프트웨어 개발능력을 자동차 부문에서 발휘하려 하고 있습니다. 뿐만 아니라 구글이나 애플, 마이크로소프트 등 소프트웨어 개발에 강점을 보유한 회사들은 자율주행차의 두뇌에 해당하는 자율주행 소프트웨어 개발에서 기존 자동차 회사나 부품회사보다 경쟁력을 보유하고 있습니다.

이제 자동차업계는 소프트웨어에 경쟁력을 보유한 새로운 경쟁자들과 경쟁해야 하는 상황에 직면하고 있는 것입니다.

제5장
인더스트리 4.0이 가져올 제조업의 환골탈태

지금까지 독일을 위시한 선진국 자동차 회사들이 직면하고 있는 문제들에 대해 살펴보았습니다. 그 문제들이란 첫째, 중국을 비롯한 신흥국 시장에서의 제품 판매를 확대해야 하는 상황에서 로컬 제조사와의 경쟁이 치열해지고 있다는 점, 둘째, 자동차의 제품 및 개발 프로세스의 디지털화가 진전되고 있는 상황에서 자동차 제조 부문에서 소프트웨어 개발 능력이 무엇보다 중요해지고 있다는 점이었습니다.

인더스트리 4.0은 독일을 중심으로 한 유럽의 제조 선진국들이 이 문제를 해결하기 위해 추진하고 있는 범 국가 차원의 아젠다라고 할 수 있습니다. 무엇보다 인더스트리 4.0에서는 첨단 IT기술을 활용해서 이 문제를 해결할 수 있는 방안들을 제시하고 있습니다. 그러면 인더스트리 4.0에서는 어떤 방법으로 이 문제를 해결하고자 하고 있을까요? 바로 제조산업 구조의 모듈화와 선진 제조기업들의 소프트웨어 기업으로의 변신이라는 두 가지 방법을 통해서입니다.

제조업의 모듈화

먼저 제조업의 산업 구조를 '모듈형'으로 바꾸는 문제와 관련하여, 여기서는 제품 자체의 모듈화와 생산공장의 모듈화가 동시에 추진됩니다.

제품 자체의 모듈화와 관련해서는 자동차와 같은 제품들이 디지털화되고 있는 상황과 관련하여 제품을 구성하고 있는 하드웨어 부품과 그 하드웨어 부품을 제어하는 소프트웨어 각각이 모듈화되는 구조를 상정하고 있습니다. 하드웨어 부품의 모듈화와 관련해서는 다양한 회사들이 컴퓨터 본체를 구성하는 표준화된 규격의 각종 부품들을 생산하기 때문에 다양한 회사의 다양한 부품들을 조립해서 조립형 PC를 만들 수 있는 컴퓨터 제품을 생각해 보면 쉽게 이해될 수 있습니다. 인더스트리 4.0에서는 자동차와 같은 제품들도 다양한 회사들이 각기 표준화된 규격의 부품들을 생산하고 완성차 업체는 어떤 업체가 만든 것이든 표준 규격의 부품들을 조립하기만 하면 완성차를 만들 수 있는 구조를 상정하고 있습니다.

한편 인더스트리 4.0에서 주로 다루는 제품의 종류는 인터넷에 연결되어 자동 제어되는 디지털 제품들입니다. 이 디지털 제품의 경우 하드웨어 부품과 그 하드웨어 부품을 자동 제어하는 소프트웨어가 세트로 되어 있습니다. 현재는 제품, 즉 하드웨어를 만드는 업체가 필요한 소프트웨어까지 함께 개발하는 구조로 되어 있습니다. 인더스트리 4.0에서 상정하는 제품의 모듈화가 진전되면 하드웨어 부품을 제어하는 소프트웨어만 개발하는 회사도 등장하게 됩니다. 디지털 부품의 하드웨어와 소프트웨어가 분리되어 각각 모듈화가 진행되는 것입니다. 이렇게 되면 완제품 제작사는 다양한 기업들이 개발한 하드웨어와 소프트웨어를 제각기 구매해서 조립하기만 하면 완제품을 만들 수 있게 됩니다.

한편 제조 공장의 모듈화와 관련해서는 우선적으로는 공장 자체의 디지털화, 즉 자동화를 추진하고 있습니다. 공장이 디지털화된다는 것은 공장에서 제조에 사용되는 모든 생산기기들이 디지털화된다는 것을 의미합니다. 다시 말해 공장의 생산 기기들은 소프트웨어로 자동 제어됩니다. 이렇게 되면 공장 내 기기들 역시 디지털 자동차 부품처럼 기기 하드웨어와 이것을 제어하는 제어 소프트웨어로 구성되게 됩니다. 그리고 이들 기기는 제어 소프트웨어로 자동 제어되면서 제품을 생산해 내게 됩니다. 이처럼 공장이 자동화되어 사람이 거의 필요하지 않은 자동화 공장은 이미 존재하고 있습니다. 독일 지멘스는 이러한 공장 자동화기기를 생산하는 대표적인 업체입니다.

다만 현재의 자동화 공장은 다른 디지털 기기들과 마찬가지로 공장기기, 즉 하드웨어를 만드는 업체가 그 기기를 제어하는 제어 소프트웨어까지 함께 만드는 구조로 되어 있습니다. 공장 자동화에 이어 자동화 공장의 모듈화까지 진행되게 되면 역시 공장 자동화기기의 하드웨어와 소프트웨어를 만드는 업체가 분리되고 다양한 업체들이 표준 규격에 따라 이들 제품을 만들게 됩니다. 공장을 운영하는 회사는 다양한 기업들이 만드는 하드웨어와 소프트웨어를 제각각 구매해서 마치 이것을 조립하는 것과 같은 형태로 자동화 공장을 지어 운용할 수 있게 됩니다. 바로 이것이 인더스트리 4.0에서 말하는 스마트 공장의 기본 개념입니다.

제조 공장의 모듈화는 여기서 그치지 않습니다. 이렇게 만들어진 스마트 공장들 역시 전체 공장 시스템의 하나의 모듈로서 기능하게 됩니다.

예를 들어 자동차의 경우 수많은 부품 공장들과 소재 납품 기업 등으로 이루어진 엄청난 규모의 공급망을 필요로 합니다. 이 공급망을 얼마나 잘 갖추고 있는가에 따라 완제품 생산기업의 경쟁력이 좌우됩니다. 그런데 이 공급망에 참여하고 있는 모든 공장, 기업들이 모듈형으로 되어 있다면 어떻게 될까요? 말하자면 하나의 레고블록처럼 되어 있어 여기에도 끼울 수 있고 저기에도 끼울 수 있는 형태로 되어 있다면 어떻게 될까요?

그러면 완제품 회사들의 공급망은 고정형이 아닌, 유동적인 형태로 바뀌게 될 것입니다. 다시 말해 지금은 어떤 부품공장이나 소재 기업이 특정 완제품 제작사의 공급망으로 참여하게 되면 해당 기업은 그 완제품 회사용의 제품을 주로 생산하게 됩니다. 특히 부품의 경우 공장의 조립 라인 등이 해당 완제품 회사의 제품 용으로 고정되기 때문에 다른 완제품 제작사를 대상으로 제품을 납품하는 것이 거의 불가능합니다.

하지만 모듈형 공장에서는 공장 자체의 기기들 역시 모듈형으로 구성되기 때문에 부품기업들은 제품 하나하나를 만들 때마다 레고 블록을 조립하는 것처럼 쉽게 조립해서 해당 제품에 맞는 조립 라인을 그때그때 만들 수 있습니다. 이렇게 되면 하나의 부품 공장이 다양한 완제품 회사를 대상으로 제품을 생산하는 일이 매우 수월해집니다. 그 결과 하나의 공장이 여러 완제품 업체의 공급망에 편입되는 일이 가능해집니다.

완제품 제작사는 제품 종류에 따라 혹은 제품 하나하나를 생산할 때마다 유동적으로 공급망을 바꿀 수 있게 됩니다. 마치 레고 블록을 끼워서 장난감을 만드는 것처럼 조립식으로 공급망을 그때그때 새로 만들 수 있게 되기 때문입니다.

공장의 이러한 모듈형 구조는 공장의 생산능력이 평준화되기 때문에 가능해집니다. 예를 들어 지금과 같이 공장의 생산능력이 개별 공장의 능력에 따라 좌우된다면 완제품 업체들은 설령 공급망을 손쉽게 바꿀 수 있게 된다 하더라도 쉽게 바꾸려 하지 않을 것입니다. 검증된 제품을 납품받기 원하기 때문입니다.

그런데 자동화 공장에서 공장의 생산능력은 전적으로 제어 소프트웨어에 의해 좌우됩니다. 따라서 서로 다른 하드웨어를 사용하는 공장이라 하더라도 같은 제어 소프트웨어를 사용하기만 한다면 같은 수준의 제품을 생산해내는 일이 가능해지게 됩니다. 이러한 시대에 모듈형 공장들은 비록 하드웨어 제품은 저렴한 것을 사용하더라도 제어 소프트웨어만큼은 최고의 제품을 사용하기 원하게 될 것입니다. 결국 소프트웨어 제품 분야에서는 소수 기업의 과점화가 발생할 가능성이 높아지게 됩니다. 그리고 이 시장을 독점 혹은 과점한 소수 기업은 그야말로 제조업 분야의 플랫폼 회사가 되는 것입니다.

이제 인더스트리 4.0에서 독일 제조기업들이 차지하고자 하는 영역이 어디인지가 명확해집니다. 바로 자동화, 모듈화 된 스마트 공장의 제어 소프트웨어 영역입니다. 독일 기업들이 이 영역을 차지할 수 있다고 확신하는 이유는 바로 지금까지 쌓아온 제조기업으로서의 개념설계 역량을 최대한으로 발휘할 수 있는 부문이기 때문입니다.

선진 제조기업의 소프트웨어 기업으로의 변신

앞서 선진국 제조기업의 경쟁력은 그 개념설계 역량에 있다는 사실을 설명한 바 있습니다. 언급한 바와 같이 개념설계란 제품의 개념을 최초로 정의하는 것을 말합니다. 이 개념설계는 다른 말로 설계정보라고도 표현할 수 있는데, 설계정보가 표현하는 것은 물체의 기능(행위), 구조(모양), 공정(제조방법)입니다.

설계정보가 포함하고 있는 물체의 기능(행위)과 구조(모양)는 제품개발 역량에 해당합니다. 앞서 4장에서는 제조 부문의 제품개발 부문, 즉 설계에서 시제품 제작, 시제품 테스트에 이르는 영역이 모두 디지털화되어 컴퓨터상에서 가능해지고 있는 상황에 대해 살펴보았습니다. 설계정보의 나머지 부분은 공정, 즉 제조방법에 대한 것인데 인더스트리 4.0의 스마트 공장에서는 이 공정과 관련된 부분 역시 디지털화되는 구조를 상정하고 있습니다.

현재 선진 제조기업의 공정(제조방법)과 관련한 개념설계 역량은 한 공장에서 오랜 시간 일해 온 베테랑 엔지니어의 암묵지, 즉 경험적 지식에 의존하는 경우가 대부분입니다. 여기에는 오랜 시간 같은 일을 해온 베테랑 엔지니어의 작업 노하우, 그리고 기계의 이상 유무를 감지하는 능력 등이 포함됩니다.

인더스트리 4.0에서는 선진국 공장의 경험 많은 엔지니어가 가지고 있는 암묵지를 현실 세계로 끌어 내어 다른 공장이나 나아가 타 기업에서도 활용할 수 있는 형태의 소프트웨어로 제품화하는 방안을 강구하고 있습니다. 예를 들어 인더스트리 4.0의 연구과제 중 하나인 앱시스트(APPsist)라는 것이 있습니다. 여기서는 경험 많은 숙련된 작업자의 노하우를 디지털 정보로서 데이터베이스화하는 것을 목표로 하고 있습니다. 이를 위해 숙련된 작업자가 작업하는 모습을 지속적으로 디지털 카메라로 촬영하고 그 영상을 학습합니다. 이 정보를 기반으로 산업용 로봇과 같은 공장기기를 제어하는 제어 소프트웨어를 개발한다면 그 제어 소프트웨어 안에는 숙련된 작업자의 암묵지라는 귀중한 정보가 담기게 되는 것입니다. 이 제어 소프트웨어를 사용하게 되면 산업용 로봇이 숙련된 작업자의 노하우를 활용해서 작업할 수 있게 됩니다.

기계의 이상 유무를 감지하는 능력과 관련해서는 예를 들어 베테랑 엔지니어라면 가동되는 기계에 손을 얹고 기계의 진동을 느껴서 해당 기계의 이상 유무를 감지할 수 있습니다. 또한 공장에서는 알 수 없는 이유로 공장 설비의 가동이 순간 정지하는 경우가 자주 발생하는데, 이때 베테랑 엔지니어라면 즉시 이상 원인을 찾아내어 재가동시키는 일도 가능합니다. 이것은 오랜 경험을 통해 얻은 일종의 '감'에 의지하는 것으로, 말로 설명해 달라고 하면 설명하지 못하는 경우가 많습니다. 그야말로 베테랑 엔지니어 안에 내재되어 있는 암묵지인 것입니다.

인더스트리 4.0에서는 베테랑 엔지니어의 이러한 능력까지도 소프트웨어화하는 방안을 모색하고 있습니다. 이러한 것들이 가능해지면 마침내 개념설계, 즉 설계정보 역량의 모든 부문이 소프트웨어화될 것입니다.

한번 상상해 보실까요? 전 세계 모든 공장이 자동화 되어 있고 공장 내 모든 기기는 소프트웨어를 통해 자동 제어됩니다. 선진 제조기업은 이 제어 소프트웨어 영역에 집중하게 됩니다. 선진 제조기업은 먼저 제품의 설계, 시제품 제작, 시제품 테스트에 이르는 제품 개발을 온전히 컴퓨터상에서 완료합니다. 그리고 나서 공장의 자동화기기들이 이 제품을 만들 수 있도록 하는 제어 소프트웨어를 개발합니다. 공장 자동화기기들은 선진 제조기업에서 오랜 시간 일해 온 베테랑 엔지니어의 작업 노하우가 담긴 제어 소프트웨어의 지시 하에 섬세한 작업들을 진행하게 됩니다. 기기의 이상 등 공장 가동에 문제가 생겼을 때는 역시 선진 제조기업이 제공하는 소프트웨어를 사용해서 문제를 해결하게 됩니다. 이렇게 해서 전 세계 모든 공장의 생산능력이 평준화 됩니다.

인더스트리 4.0을 둘러싼 독일과 중국의 동상이몽

인더스트리 4.0을 추진하고 있는 독일이 이상적으로 생각하는 구조는 모듈화된 제조 공장의 하드웨어 모듈은 중국 등 신흥국 기업들이 담당하고 독일 등 유럽의 선진국 기업들은 소프트웨어 모듈을 담당하는 것입니다. 이러한 구조가 가능해지도록 하기 위해 인더스트리 4.0에서는 모든 제품과 제조 공장들이 따라야 할 표준 인터페이스를 만들고 있습니다.

인더스트리 4.0에서 표준 인터페이스가 제시되면 중국과 같은 신흥국 기업의 공장들은 표준 규격의 스마트 공장을 만들어 운영하게 됩니다. 표준 규격의 스마트 공장을 짓고 생산기기의 하드웨어 모듈을 설치해 두기만 하면 모든 생산공정은 소프트웨어가 알아서 처리하게 됩니다. 선진 제조기업의 소프트웨어는 해당 회사의 서버에서 운용되는 사스(SaaS: Software as a Service)형으로 운용됩니다. 이러한 사스형 소프트웨어 제공 방식의 장점은 소프트웨어 이용 기업은 소프트웨어를 이용만 할 수 있을 뿐, 소프트웨어 자체를 건드릴 수 없기 때문에 정보 유출을 걱정할 필요가 없다는 점입니다. 소프트웨어 이용에 대한 대가는 매월 혹은 연 단위로 이용 기간만큼 지불하게 됩니다.

제품 생산과정을 통해 쌓인 작업 노하우, 그리고 공장 운용 과정에서 생긴 문제를 해결해 가면서 쌓인 노하우는 모두 소프트웨어가 관리하기 때문에 이와 관련된 모든 경험적 지식은 소프트웨어를 제공하는 기업들이 가져가게 됩니다. 소프트웨어를 제공하는 회사는 이렇게 끊임없이 개념 설계 역량을 강화할 수 있는 데이터와 지식을 축적해 가기 때문에 제품 생산만을 담당하고 있는 중국이나 신흥국 기업들이 이것을 따라잡기는 점점 더 어려워집니다.

이러한 구조 하에서 제품 생산기업, 즉 하드웨어 모듈을 담당한 회사의 차별화 요소는 가격밖에 없기 때문에 가격경쟁이 심화되어 제품 생산에 대한 부가 가치는 극히 낮아지게 됩니다. 한편 제품 생산을 지원하는 소프트웨어 제공 사업자라면 최고의 기업만이 살아남을 수 있습니다. 스마트 공장 운영 회사라면 누구라도 최고의 제품을 만들 수 있게 해주는 사업자의 서비스를 이용하고자 할 것이기 때문입니다. 독일은 이 최고의 기업이 독일 기업들이 될 것임을 확신하면서 인더스트리 4.0을 추진하고 있는 것입니다.

인더스트리 4.0을 추진하고 있는 독일의 차세대 제조업 전략을 살펴보고 나니 한국 제조업의 앞날이 걱정되지 않을 수 없습니다. 앞으로 제조업은 최고의 개념 설계 역량을 지닌 소수의 기업과 가장 저렴하게 제품을 생산할 수 있는 생산업체라는 이분법적 구조로 가게 될 것임을 시사하고 있기 때문입니다. 한국의 제조기업이 제품 생산을 담당하게 된다고 했을 때 과연 중국 등 신흥국 기업과의 경쟁에서 이길 수 있을까요? 아니면 개념 설계 역량이라는 측면에서 독일 등 선진 제조기업들을 능가할 수 있을까요?

사실 중국도 이 문제를 심각하게 고민하고 있습니다. 중국은 2015년, '중국 제조 2025'라는 국가 차원의 차세대 제조업 전략을 발표했습니다. 그 핵심은 앞으로 중국이 '질적인 면'에서 제조 강대국이 되겠다는 것입니다.

중국 제조 2025 전략을 발표하기까지 중국은 독일의 인더스트리 4.0

전략을 철저히 연구했습니다. 그리고는 독일의 이러한 야심찬 계획을 파악하게 된 것이지요. 제조업의 고부가 가치 영역은 독일 기업들이 가져가고 중국은 부가 가치가 극히 낮은 단순 제조 영역을 담당하게 하겠다는 이 계획에 대해 중국인들은 어떻게 느꼈을까요? 자존심 문제이기 때문에 독일이 추진하는 인더스트리 4.0에 협조하지 않는 방안도 분명 고려했을 것입니다.

하지만 중국이 선택한 방안은 정면 돌파였습니다. 인더스트리 4.0의 표준 인터페이스 사양을 적극 따르기로 한 것입니다. 단 독일 뜻대로는 되지 않게 하겠다는 생각이 중국 제조 2025 전략에 분명히 드러나 있습니다. 여기에는 2025년까지 중국 제조업이 독일 수준의 글로벌 제조 강국 수준에 도달하고 2045년까지는 세계 시장을 혁신적으로 선도하는 위치로 도약하겠다는 내용이 담겨 있습니다. 인더스트리 4.0 구조 하에서 독일 기업들이 차지하고자 하는 고부가 가치 영역을 중국 기업들이 차지하기 위해 국가 차원의 모든 역량을 집중하겠다는 것입니다. 최근 중국은 국가와 민간 양쪽에서 중국 제조 2025에 담긴 내용을 실현하기 위해 엄청난 인적, 물적 자본을 투입하고 있습니다.

어쩌면 중국보다 더 절박한 상황에 있는 한국 입장에서 이 문제에 대한 대응방안이 제시되지 못하고 있는 현재 상황은 한국이 이 문제에 얼마나 무지한가를 여실히 드러내는 것이라는 생각이 듭니다. 그 이유 중 하나는 제조업이라는, 지금까지 소프트웨어와는 거의 관계가 없었던 산업 분야가 소프트웨어 산업의 구조를 닮아가는 방향으로 가고 있는데 한국 제조업계, 특히 자동차와 같은 기계산업 분야에서는 이것이 너무도 이질적인 것이기 때문에 이것이 의미하는 바를 이해하기가 쉽지 않기 때문입니다.

이제 이어지는 2부와 3부에서는 지금까지 설명 드린 제조업의 환골탈태란 정확히 어떤 모습이 될 것인지, 그 구체상을 이해하기 위해 필요한 기술적인 내용을 설명 드릴 것입니다.

여기서는 오늘날 IT산업을 있게 한 정보 혁명이란 무엇인지를 설명하고 이 정보 혁명의 연장선상에서 발전하고 있는 4차 산업의 토대가 되고 있는 기술들이 가진 의미와 그 내용에 대해 설명할 것입니다. 이 내용을 통해 우리가 미처 깨닫지 못하고 있는 사이에 정보 혁명과 IT기술들이 우리의 현실 세계를 어떻게 바꾸어 놓았고 또 어떻게 바꾸려 하고 있는지를 이해하실 수 있게 될 것입니다.

2부
정보 혁명의 본질

4차 산업 혁명이란 결국 제조업에 정보산업 분야에서 성공하고 있는 아키텍처를 도입하겠다는 것을 의미합니다. 정보산업이란 한마디로 소프트웨어 산업이라고 할 수 있습니다. 그런데 문제는 제조업에 종사하고 있는 분들을 포함하여 프로그래머가 아닌 일반인들이 디지털을 근간으로 하고 있는 정보산업을 이해하기가 쉽지 않다는 점입니다.

무엇보다 제조업은 눈에 보이는 물건을 만드는 비즈니스인데, 정보산업 분야의 기업들은 눈에 보이지 않는 소프트웨어를 만듭니다. 그리고 디지털 세계에서 무엇인가가 작동하는 방식은 눈에 보이는 세계에서 무엇인가가 작동하는 방식과 크게 다릅니다. 따라서 4차 산업 혁명을 이해하는 첫걸음으로 정보산업을 낳은 정보 혁명이란 무엇이며 그 본질에 대해 알아보는 것은 적절할 것으로 생각됩니다.

제6장
컴퓨터, 생각하는 기계의 탄생

　현대인들은 일상적으로 컴퓨터를 사용합니다. 문서도 작성하고 검색도 하고 쇼핑도 하고 때로는 게임도 합니다. 그런데 이 컴퓨터란 대체 무엇인지 생각해 본 적 있으신가요? 예를 들어 컴퓨터와 세탁기의 차이는 무엇일까요? 세탁기는 사람이 손으로 힘들게 해야 하는 빨래를 도와주는 기계입니다. 그럼 컴퓨터는 사람이 하는 어떤 일을 도와주는 기계일까요? 사실 컴퓨터는 사람이 하는 '생각'을 대신해주는 기계입니다. 이렇게 보면 컴퓨터라는 것, 실은 컴퓨터에서 작동하는 소프트웨어라는 것이 바로 AI에 다름 아닙니다.

　정보 혁명의 본질을 이해하기 위해서는 오래 전부터 사람들이 원했던 무엇을 컴퓨터가 해결해 주었는지 알아볼 필요가 있습니다. 그러기 위해 시간을 거슬러 먼 여행을 떠나보기로 하겠습니다. 지금부터 약 2,300여 년 전 고대 그리스 시대로요.

논리적 사고를 대신해주는 기계

현대 컴퓨터의 발명에 고대 그리스인들이 끼친 영향은 주목할 만합니다. 고대 그리스인들은 이성에 주목하고 이것을 이용할 것을 강조했는데 인간이 이성을 사용하지 않았더라면 결과적으로 컴퓨터의 발명이라는 것도 불가능했을 것입니다.

그러면 이성이란 무엇일까요? 그것은 논리적으로 생각하는 힘이라고 할 수 있습니다. 사람은 현실 세계의 정보를 받아들일 때 주로 시각이나 청각, 촉각과 같은 감각기관에 의지합니다. 이처럼 인간이 감각기관을 사용해서 얻은 정보를 직관이라고 합니다. 그런데 직관으로는 이 세상에 대한 정확한 지식을 얻을 수 없습니다. 예를 들어 우리가 시각기관을 이용해서 태양을 보고 직관적으로 얻을 수 있는 정보는 '태양은 축구공만한 크기다.'라는 것입니다. 이것은 이 세상에 대한 정확한 지식이 아닙니다. 또 인간이 직관적으로 얻을 수 있는 정보로는 공기의 존재를 알수 없습니다. 공기는 볼 수도 없고 느낄 수도 없고 냄새를 맡을 수도 없기 때문입니다.

그러면 태양이 우리가 상상할 수도 없을 만큼 거대한 크기이고 공기가 존재한다고 하는 이 세상에 대한 정확한 지식을 우리는 어떻게 알 수 있었던 걸까요? 바로 논리적인 사고, 즉 그리스인들이 중요시하던 이성을 사용했기 때문입니다. 그런데 문제는 이성을 사용하는 것, 즉 논리적으로 사고하는 것이 인간에게 결코 쉬운 일이 아니라는 점입니다. 이것이 쉬운 일이었다면 고대 그리스인들이 이성을 사용하라고 강조할 일도 없었을 터이지요.

사람이 직관에 따라 사고하기를 좋아하고 이성을 사용하기 힘들어한다는 사실은 현대 심리학 연구에 의해서도 널리 알려진 사실입니다. 심리학자인 대니얼 카너먼은 '생각에 관한 생각'(김영사, 2012)이라는 책에서 직관을 시스템1 사고, 이성을 시스템2 사고라고 명명하는데, 책 전체에 걸쳐 인간이 시스템2 사고를 하는 것을 얼마나 힘들어 하는지 설명하고 있습니다.

인간에게 있어 이렇게 힘든 논리적 사고를 대신해주는 기계가 있다면 얼마나 편리할까요? 사실 컴퓨터는 이러한 생각에서 발명된 기계입니다. 따라서 컴퓨터는 '사람은 어떤 방법으로 논리적으로 사고하는가'에 대한 연구의 결과물이라고 할 수 있습니다. 이 연구의 시작점으로 거슬러 올라가면 바로 인간의 이성에 주목했던 그리스인들을 만날 수 있게 되는 것입니다.

알고리즘에 따라 사고하기

고대 그리스 시대부터 지금까지 알려진 바로 인간이 논리적으로 사고하는 방법에는 세 가지가 있는데 유추와 귀납, 연역이 그것입니다. 고대 그리스인들은 사람이 논리적으로 생각하는 세 가지 방법 중 특히 연역에 관심을 가졌습니다. 연역은 전제라고 하는 확실한 진술에서 출발하여 그 전제들의 필연적인 또는 불가피한 결과를 결론으로 내놓습니다. 이 방법을 사용할 경우 전제들이 옳다면 추론을 통해 내놓은 결과 또한 반드시 옳은 보편 타당한 진리라고 확신할 수 있습니다.

고대 그리스인들은 연역적 사고법 중 하나로 형식 논리학이라는 학문 분야를 탄생시켰습니다. 아리스토텔레스는 형식 논리학을 하나의 학문 분야로 집대성했는데, 그가 생각하기에 사람들이 형식 논리학이 제시하는 추론 법칙에 따라 사고하면 논리적으로 결함이 없는 올바른 문장을 만들어 낼 수 있고 이것이 곧 진리였습니다. 즉 진리에 이르는 길은 형식 논리학이 제시하는 올바른 추론 법칙에 따라 사고하는 것이었습니다. 형식 논리학에서 제시하는 추론의 법칙은 일종의 알고리즘이라고 할 수 있습니다. 알고리즘은 흔히 요리 레시피에 비유되는데 요리 레시피를 그대로 따라하면 완성된 요리를 만들 수 있듯이 알고리즘은 그대로 따라하면 원하는 결과를 얻을 수 있는 어떤 일의 절차라고 할 수 있습니다.

형식 논리학을 요리의 예로 설명하면 문장에 들어 있는 단어와 술어 등은 요리 재료에 해당합니다. 추론 법칙은 요리 레시피에 해당합니다. 그리고 만들어진 요리는 논리적으로 올바른 문장, 곧 진리입니다. 요리 레시피는 현실 세계의 요리 재료나 요리와는 전혀 관계없이 추상화 된, 즉 물리적 실체를 가지지 않는 일종의 정보입니다. 그런데 이 정보를 사용해서 요리를 만들면 제대로 된 요리를 만들 수 있습니다. 이와 마찬가지로 형식 논리학에서 제시하는 추론 법칙도 일종의 정보입니다. 이 정보를 사용해서 문장을 구성하면 논리적으로 오류가 없는 문장을 만들 수 있는 것입니다.

오늘날 컴퓨터는 데이터라는 재료를 사용해서 채팅 앱을 만들기도 하고 게임 소프트웨어를 만들기도 합니다. 이때 컴퓨터가 사용하는 정보는 어떤 데이터를 가지고 어떤 논리식을 사용해서 어떤 순서로 계산해 나갈 것인가 하는 알고리즘입니다. 인간인 컴퓨터 프로그래머가 만드는 것은 바로 이 알고리즘입니다. 고대 그리스 시대에는 사람이 형식 논리학의 추론 법칙에 따라 사고해서 진리를 발견했다면 오늘날에는 컴퓨터가 알고리즘에 따라 사고해서 인간 사회의 다양한 문제들을 해결합니다. 오늘날의 정보 산업은 컴퓨터가 어떤 결과물을 만들어 내기 위해 사용하는 정보, 즉 알고리즘을 만드는 비즈니스라고 할 수 있습니다.

형식 논리학이 오늘날 정보 산업에 공헌한 점은 인간이 하는 생각의 절차를 정보로서 활용할 수 있다는 사실을 이해하게 된 것입니다. 그러나 이것 만으로 생각하는 기계가 탄생할 수는 없었습니다.

수학 연산으로 세상의 모든 문제를 해결할 수 있다면

16세기 말이 되자 수학자들은 형식 논리학에서 사용하는 문장을 수학 기호로 바꾸어 표시할 수 있는 방법을 모색하기 시작합니다. 형식 논리학의 추론 법칙에 따라 기술되는 문장들을 한 차원 추상도가 높은 수학 기호로 바꾸어 표시하고자 했던 것입니다.

이 점을 이해하기 위해 추상화라는 개념에 대해 살펴보기로 하겠습니다. 언급한 바와 같이 인간은 생각의 재료로 문장을 사용합니다. 그런데 문장이란 무엇일까요? 문장은 단어들로 구성되어 있습니다. 그럼 단어는 무엇일까요? 사과라는 단어를 생각해 볼까요? 사과라는 단어는 이 세상에 존재하는 사과라는 모든 물리적 실체를 가리키고 있습니다. 그런데 사실 이 사과라는 단어는 사과 그 자체는 아니지요. 달린다 라는 단어는 어떤가요? 이 단어 역시 물리 세계에서 벌어지는 달린다 라는 모든 행위를 가리키지만 그 행위 자체는 아닙니다. 사과와 달린다 라는 단어는 물리적 실체인 사과와 물리 세상에서 벌어지는 달린다 라는 행위를 추상화시켜 만든 일종의 기호입니다.

추상화시킨다는 것은 일반화시킨다는 의미입니다. 일반화시킨다는 것은 단순화시키는 것이라고 할 수 있습니다. 세상에는 크기와 모양, 색깔이 제각각인 수많은 사과가 있습니다. 그리고 자동차가 달리고 말이 달리고 아이가 달리는 수많은 달리는 행위들이 있지요. 그런데 사과라는 단어는 그 수많은 사과라는 개별 사물을 하나의 개념으로 일반화시켜서 전달합니다. 그리고 달린다 라는 단어도 달린다 라는 그 수많은 행위들을 하나의 개념으로 일반화시켜 전달합니다. 사과와 달린다 라는 단어는 이렇게 일반화된 개념을 담고 있는 하나의 기호인 것입니다.

추상도가 더 높다는 것은 한 차원 더 일반화시켰다는 의미입니다. 예를 들어 1+2=3이라는 수학 식을 생각해 보겠습니다. 이 식은 하나와 둘을 더하면 3이 된다는 개념을 전달합니다. 그런데 이 식 하나에 많은 의미들을 담을 수 있습니다. 옥수수 하나와 사과 두 개를 더하면 3이 된다는 의미를 담을 수도 있고 양 한 마리와 염소 두 마리를 더하면 3마리가 된다는 의미를 담을 수도 있지요. 다시 말해 1+2=3이라는 하나의 패턴에 수많은 의미들을 담을 수 있는 것입니다. 이것은 1+2=3이라는 패턴이 특정한 의미를 가지지 않음으로써 가능해집니다. 이에 비해 사과나 달린다 라는 단어는 물리적 실체에 대응하는 특정한 의미를 가지고 있지요.

다시 말해 사람들은 세상에 있는 물리적 실체를 추상화시켜 만든 기호라는 것을 사용하는데, 이 기호에는 추상도가 낮은 기호와 추상도가 높은 기호가 있다는 것입니다. 추상도가 낮은 기호는 사람들이 그것을 보고 단번에 그 의미를 알 수 있지만 추상도가 높은 기호는 그것을 보고 의미를 알 수 없습니다. 사람들이 추상도 낮은 기호를 볼 때는 그 의미에 함몰되어 거기서 어떤 패턴을 볼 수 없습니다. 반면 추상도 높은 기호는 그 안에 많은 의미가 일반화되어 표시되는 하나의 패턴으로 되어 있습니다. 그리고 이 패턴은 그 자체로 세상에 대한 어떤 진실을 말해줄 수 있게 됩니다. 예를 들어 1+2=3이라는 수학 패턴은 그 자체로 이 세상에 있는 모든 것은 하나와 둘을 더하면 셋이 된다는 진실을 드러내고 있습니다.

수학자들이 원했던 것은 이처럼 추상도가 낮은 문장을 추상도가 높은 수학 기호로 바꾸어 표시하는 것이었습니다. 수학자들이 생각하기에 만일 이것이 가능해진다면 수학 연산을 통해 논리적으로 오류가 없는 문장들, 즉 진리를 발견해 나가게 될 것이었습니다. 수학자 라이프니츠는 이렇게 수학 기호로 표현되고 계산할 수 있는 언어를 상상하고 이것을 보편 언어라고 불렀습니다. 라이프니츠가 생각하기에 인간이 보편 언어를 갖게 되면 예를 들어 사람들 사이에 무엇이 옳은가를 놓고 논쟁이 붙을 경우 함께 머리를 맞대고 계산만 하면 될 터였습니다. 계산을 하면 누가 혹은 무엇이 옳은지 판가름날 것이었으니까요.

인간이 문장으로 하는 논리적인 추론과 수학 연산이
결국 같은 것이었다니!

형식 논리학의 추론 법칙에 따라 기술되는 문장을 수학 기호로 바꾸어 표시하고 싶다는 수학자들의 바람은 드디어 이루어지게 되는데, 그 실마리를 푼 것은 19세기의 수학자 부울과 프레게였습니다. 부울은 형식 논리학에 사용되는 문장의 문장 연결사를 일종의 수학 연산자로 부호화할 수 있는 법칙을 제시했습니다. 이 연구를 이어받아 프레게는 문장 자체를 의미가 없는 추상도 높은 기호로 부호화할 수 있는 법칙을 제시하게 됩니다. 이것을 프레게의 형식 언어라고 부릅니다.

여기서 부호화란 추상도가 낮은 기호를 추상도가 높은 기호로 바꾸어 표시하는 것을 말합니다. 사실 이것은 매우 어려운 작업인데, 추상도 낮은 기호로 표시되는 많은 것들을 추상도 높은 기호 하나로 함축시켜서 표시할 수 있는 방법을 찾아내야 하기 때문입니다.

부호화가 무엇인지 이해하기 위해 우리가 잘 아는 모스부호를 생각해 보기로 하겠습니다. 영화 인터스텔라에는 우주비행사이자 과학자인 아버지가 시공간 너머에 있는 딸에게 모스부호로 메시지를 보내는 장면이 나옵니다.

모스부호는 점과 선만으로 이루어진 다양한 패턴들에 영어 알파벳이나 한글의 모음과 자음, 숫자 등을 대입시켜 의미를 나타내는 방법입니다. 모스부호를 보내는 쪽과 받는 쪽이 정해진 규칙을 알면 서로 메시지를 주고받을 수 있습니다. 이 정해진 규칙이 모스부호 표입니다. 예를 들어 모스부호 표를 보면 영어 알파벳 a는 모스부호 *-으로, b는 모스부호 -***으로 표시됩니다. 한글 ㄱ에 해당하는 모스부호 패턴은 *-**이고 ㄴ에 해당하는 모스부호 패턴은 *--*입니다. 각 글자에 해당하는 모스부호 패턴을 이어붙이면 단어와 문장을 표시할 수 있습니다. 영어 단어인 hello를 모스부호로 표시하면 **** * *-** *-** ---가 됩니다.

그럼 다시 영화 인터스텔라 이야기로 돌아가서, 아버지가 딸에게 메시지를 전달하는 수단으로 모스부호를 선택한 이유는 무엇일까요? 바로 딸에게 남겨둔 시계의 초침으로 메시지를 전달할 수 있었기 때문입니다. 일반적인 시계는 일정한 간격으로 초침이 움직이기 때문에 메시지를 담을 수 없습니다. 그러나 시계의 초침 간격을 약간 달리해서 예를 들어 1초에 한 번 움직이는 것과 2초에 한 번 움직이는 것, 3초에 한 번 움직이는 것을 구분하면 여기에 메시지를 담을 수 있게 됩니다. 1초에 한 번 움직이는 것을 모스부호의 점, 2초에 한 번 움직이는 것을 글자와 글자 사이의 간격, 3초에 한 번 움직이는 것을 모스부호의 선으로 대입시키면 되지요. 그러면 예를 들어 시계 초침이 1초 1초 1초 1초 2초 1초 2초 1초 3

초 1초 1초 2초 3초 3초 3초 3초에 한 번 이렇게 움직이면 여기에 hello라는 메시지가 포함되어 있는 것이지요.

모스부호는 인간의 언어를 점과 선이라는 추상도 높은 기호로 부호화한 것입니다. 점과 선으로 이루어진 다양한 패턴을 만들고 이것이 무엇을 의미하는지 약속을 정하면 그 약속을 알고 있는 사람들은 이것을 사용해서 정보를 주고받을 수 있습니다. 그러나 약속을 모르는 사람에게는 그저 의미 없는 점과 선의 나열로만 보일 뿐입니다.

프레게의 형식 언어는 모스부호와 유사합니다. 이 형식언어는 모스부호의 점과 선에 해당하는 패턴을 만들 수 있는 기호들, 그리고 알파벳 a는 모스부호 *-에 해당한다는 것을 알려주는 모스부호 표에 해당하는 일종의 '기호표'로 구성되어 있습니다.

프레게의 형식 언어를 사용해서 형식 논리학의 추론 법칙에 따라 문장을 기술하게 되자 이제 문장들은 지금까지 그 의미에 가려져 알 수 없었던 어떤 패턴들을 드러내게 됩니다. 이 패턴들을 보고 수학자인 러셀과 화이트헤드는 놀라운 발견을 하게 됩니다. 인간이 형식 언어의 추론 법칙을 사용해서 논리적으로 추론하는 것, 다시 말해 문장을 사용해서 추론하는 것과 숫자와 수학 기호로 표현되는 수학적 증명이 결국 같은 것이었다는 사실을 알게 된 것입니다. 다시 말해 프레게의 형식 언어로 표현된 문장들과 수학 식을 비교했더니 같은 패턴을 드러낸 것입니다. 이것이 의미하는 바는 인간이 문장으로 하는 논리적인 추론을 수학적 계산으로 바꿀 수 있다는 사실이었습니다.

일찌감치 밝혀진 인공지능의 한계

당시에 이 사실을 알게 된 수학자들은 흥분에 휩싸이게 됩니다. 인간이 하는 모든 논리적인 생각을 수학적 계산으로 대체할 수 있게 된다는 의미였으니까요. 내친김에 수학자들은 대담한 증명을 시도해 보기로 합니다. 수학의 무모순성, 즉 수학적으로 증명 불가능한 문제는 없다는 사실을 수학적으로 증명해 보기로 한 것입니다. 만일 이것이 증명된다면 라이프니츠가 생각했던 것처럼 수학 계산만으로 세상에 대한 모든 진리를 발견할 수 있게 될 터였습니다. 예를 들어 신이 존재하는가와 같은 철학적인 문제도 수학 계산으로 알 수 있게 될 것이었습니다. 하지만 어떤 방법으로 이것을 증명할 수 있을까요?

영화로도 나온 적 있는 '라쇼몽'은 일본의 유명한 소설가 아쿠타가와 류노스케가 쓴 소설의 제목입니다. 소설에서는 한 사무라이가 대낮 숲속에서 죽임을 당합니다. 이 사건에 네 사람이 연루되었는데 네 사람의 진술이 모두 엇갈립니다. 모두 같은 것을 보았는데 다른 것을 이야기하는 것입니다. 사실 하나의 팩트를 놓고 관련된 여러 사람이 각자의 관점에서 다른 것을 이야기하는 일은 흔하게 벌어집니다. 이러한 현상을 라쇼몽 효과라고도 이야기하지요.

라쇼몽 효과는 어떤 것에 대해 진실을 말하려면 그것과 관련된 내부에 있어서는 안된다는 점을 알려 줍니다. 그것과 전혀 관련 없는 외부에서 그것을 바라보았을 때만 비로소 그것에 대한 진실을 말할 수 있다는 것이지요. 사무라이의 죽음과 관련된 사건을 사건과 분리된 외부에서 볼 수 있는 어떤 존재가 있었다면 그 사무라이의 죽음에 대한 진실을 말해 줄 수 있었을 것입니다.

어떤 사물이나 사건과 관련하여 외부에서 그것을 설명해 주는 정보 역할을 하는 것이 바로 메타데이터입니다. 수학자들은 수학의 무모순성을 증명하는 메타데이터를 수학적 계산 형식으로 기술해 보자고 생각했습니다. 힐베르트라는 수학자가 이러한 아이디어를 제시했는데, 실제로 이 일을 한 사람은 25살의 젊은 수학자 쿠르드 괴델이었습니다.

그런데 괴델이 증명해낸 것은 수학자들이 기대하던 것과는 정반대의 사실이었습니다. 괴델은 힐베르트가 생각해 낸 바로 그 방법으로 수학적 증명 체계의 완전성, 즉 수학의 무모순성을 증명할 수 없다는 사실을 증명해 냅니다. 바로 이것이 그 유명한 괴델의 불완전성 정리입니다. 힐베르트를 비롯하여 들떠 있던 수학자들에게는 청천벽력과 같은 소식이었지요. 하지만 이것을 증명해 낸 괴델의 증명 방법을 통해 현대식 컴퓨터가 발명될 수 있는 길이 열리게 됩니다.

괴델은 프레게의 형식 언어를 다시 숫자로 부호화했습니다. 괴델이 프레게의 형식 언어를 부호화해서 만든 숫자를 괴델 수라고 부릅니다. 괴델 수는 각기 다른 형태의 숫자들로 구성되어 있습니다. 여기서 각기 다른 형태의 숫자들이라는 개념을 이해하기 위해 수학의 정수론이라는 분야를 살펴보도록 하겠습니다. 우리는 일상적으로 1, 2, 3, 4, 5… 와 같은 정수들을 사용합니다. 이들 정수들은 매우 단순해 보입니다. 그러나 단순한 겉보기와는 달리 이들 대부분의 정수는 어떤 패턴을 감추고 있습니다. 이것을 알아내고 활용하는 분야를 정수론이라고 합니다.

발견된 정수의 패턴 중 가장 대표적인 것으로 소수가 있습니다. 많은 수는 더 작은 수로 나누어질 수 있습니다. 즉 어떤 수는 자신보다 작은 수의 곱으로 이루어질 수 있다는 뜻입니다. 가령 10은 2 x 5이고 12는 3 x 4로 이루어져 있습니다. 하지만 어떤 수는 이런 식으로 나누어지지 않습니다. 11을 더 작은 정수의 곱으로 나타낼 방법은 없습니다. 2, 3, 5, 7 등도 마찬가지입니다. 더 작은 두 수의 곱으로 나타낼 수 있는 수를 합성수라고 하고 그렇게 나타낼 수 없는 수는 소수라고 합니다. 이 정의에 의하면 수 1은 소수로 보아야 마땅하지만 특별히 취급하여 단위라고 합니다. 따라서 처음 몇 개의 소수는 다음과 같습니다.

 2, 3, 5, 7, 11, 13, 17, 19, 23, 29, 31, 37, 41

 괴델은 프레게의 형식 언어로 표시되는 형식문에 기호 형태로 등장하는 연결사, 숫자, 문장, 술어 등에 각기 다른 특징을 지니는 숫자를 부여했습니다. 예를 들어 연결사의 각 기호들에는 괴델이 정한 1~12까지의 숫자들을 대입하고 숫자를 나타내는 기호에는 12보다 큰 소수를 차례로 부여합니다. 또한 문장을 나타내는 기호에는 12보다 큰 소수의 제곱수를 차례로 부여하고 술어를 나타내는 기호에는 12보다 큰 소수의 세제곱수를 차례로 부여하는 식입니다. 그리고 나서 그 숫자들을 일정한 법칙에 따라 곱해서 만들어진 하나의 수로 그 형식문 전체를 나타냅니다.

 놀라운 점은 어떤 형식문을 부호화하여 만든 하나의 괴델 수가 주어진다면 원래의 형식문을 모르는 사람이 그 괴델 수만 가지고 원래의 형식문이 무엇이었는지 알아낼 수 있다는 사실입니다. 이것이 가능한 이유는 주어진 괴델 수가 어떤 수의 곱으로 이루어졌는지 차례로 분해해 나가는 과정에서 원래의 형식문의 구조가 드러나도록 만들어졌기 때문입니다. 이때는 물론 각각의 괴델 수가 어떻게 부여되는지를 설명해주는 괴델이 만든 '기호표'가 있어야 합니다. 또한 괴델 수를 이용해서 만들어진 두 개의 형식문을 연결하면 더 큰 괴델 수가 만들어지고 이렇게 만들어진 괴델 수를 분해해 나가면 다시 연결된 원래의 형식문 두 개가 무엇이었는지 알아낼 수 있습니다.

괴델은 '수학의 무모순성을 증명할 수 있다.'라는 명제를 증명하는 수학적 증명을 프레게의 형식문으로 만든 뒤 이것을 다시 괴델 수로 부호화했습니다. 그리고 이 괴델 수를 가지고 연산을 해서 이것이 참이 될 수 없다는 사실을 증명했습니다. 괴델의 증명으로 수학자들은 큰 충격을 받았지만 수학자들이 가장 잘 아는 방식, 즉 숫자를 사용해서 연산으로 증명한 결과 앞에 어떤 반론도 제기할 수 없었습니다. 괴델의 증명 결과에 절망한 러셀은 수학자로서의 길을 그만두고 철학자로 전향하기도 했지요.

최근 인공지능 기술이 급속히 발전하면서 사람들은 앞으로 인공지능으로 할 수 있는 일은 무엇이고 할 수 없는 일은 무엇인가에 대한 관심이 높습니다. 페드로 도밍고스의 '마스터 알고리즘'(비즈니스북스, 2015)이라는 책에서 저자는 마스터 알고리즘이 탄생하면 이제 어떤 문제를 해결하는 알고리즘 자체를 인간이 아닌 기계가 만들게 될 것이므로 이때는 기계, 즉 컴퓨터로 할 수 없는 일은 없어질 것이라고 자신합니다. 하지만 그러한 마스터 알고리즘이 탄생하더라도 결국 컴퓨터가 수학적 연산으로 그 일을 하는 한 모든 것을 할 수는 없을 것이라는 사실이 이미 컴퓨터가 발명되기도 전에 증명된 것이지요.

그럼 이러한 괴델의 증명 방법이 어떻게 현대식 컴퓨터가 발명될 수 있는 길을 열어준 것일까요? 바로 괴델의 증명을 기계적 계산 절차라는 방법으로 다시 증명해낸 앨런 튜링이 등장했기 때문입니다.

인간이 하는 연산 절차를 그대로 따라하는 기계

튜링은 '수학의 무모순성을 증명할 수 있다.'는 명제를 '모든 수는 계산 가능하다.'는 명제로 바꾸어 생각해 보기로 했습니다. 괴델의 증명이 맞는다면 이 명제는 틀린 것으로 판명될 것이었습니다. 다시 말해 '계산 불가능한 수가 있다.'는 사실이 증명될 것이었습니다. 계산 불가능한 수라는 것이 있을 수 있나요? 하지만 괴델의 증명이 맞는다면 계산 불가능한 수가 존재해야 했습니다. 이것을 증명하기 위해 튜링은 '계산 가능한 수'라는 것을 다시 정의할 필요가 있다고 생각했습니다.

지금이야 사람 대신 계산해주는 계산기도 있고 컴퓨터도 있지만 당시 계산은 사람만 할 수 있는 일이었습니다. 계산을 하는 기계를 만들려는 시도는 있어 왔지만 당시까지 성공한 것은 하나도 없었습니다. 주판과 같이 사람이 하는 계산을 도와주는 도구들은 존재해 왔지만 말입니다. 그러면 사람은 어떤 절차에 따라 계산을 수행하는가, 튜링은 바로 여기에 착안했습니다. 사람이 계산을 하면서 수행하는 하나하나의 절차를 정의할 수 있다면 이것을 그대로 따라하는 기계도 만들 수 있을 것이었습니다. 튜링은 사람이 계산을 하면서 수행하는 하나하나의 절차를 정의해 주면 그것을 그대로 따라하는 기계를 머릿속에서 만들어 냈습니다. 이것이 바로 튜링 기계입니다. 현실 세계에 존재한 적 없는, 튜링의 머릿속에서만 존재한 가상의 기계이지요.

튜링은 사람이 수행하는 하나의 계산에 대해 계산 절차를 알려 주면 그 절차에 따라 계산을 수행하는 하나의 튜링 기계가 만들어질 수 있다고 보았습니다. 따라서 세상에는 무수히 많은 튜링 기계가 존재할 수 있었습니다. 예를 들어 97 x 68을 계산하는 튜링 기계, 2+5를 계산하는 튜링 기계 등 사람이 하는 모든 계산 하나하나에 그에 상응하는 튜링 기계가 존재할 수 있었습니다. 튜링은 궁극적으로 튜링 기계는 자연수의 수만큼 존재할 수 있다고 보았습니다. 그리고는 튜링 기계를 숫자로 부호화 했습니다. 괴델이 형식문을 숫자로 부호화 한 것처럼요.

이렇게 튜링 기계 하나하나를 자연수 하나하나로 부호화 하자 계산 가능한 수의 의미가 밝혀졌습니다. 즉 계산 가능한 수란 계산 가능한 튜링 기계라는 의미가 된 것입니다. 이제 계산 불가능한 튜링 기계가 있다는 사실을 증명하면 괴델의 증명을 튜링 기계를 사용해서 다시 증명해 내게 되는 것이지요.

튜링은 튜링 기계로 숫자로 부호화 된 튜링 기계들을 일일이 검사했습니다. 그 중에는 연산 가능한 것으로 증명된 튜링 기계도 있고 연산 불가능한 것으로 증명된 튜링 기계도 있었습니다. 제3의 가능성도 있었는데 몇몇 튜링 기계는 절대 멈추지 않고 분명하게 반복되는 일도 없이 불가해한 작업을 진행하면서 논리적 관찰자에게 멈출지 여부를 알려주지 않을 것이었습니다. 이렇게 튜링은 튜링 기계로 괴델의 불완전성 정리를 다시 한번 증명하게 됩니다. 이로써 튜링 기계로 할 수 없는 일들이 있다는 사실이 증명되었지만 이것을 증명하는 과정에서 사람이 하는 논리적인 생각, 즉 계산을 대신해주는 기계를 만드는 이론적 토대가 만들어지게 된 것입니다.

튜링이 생각해 낸 튜링 기계는 바로 오늘날의 소프트웨어입니다. 튜링 기계에 주어지는 연산 절차는 오늘날 흔히 말하는 알고리즘입니다. 튜링 기계의 연산 절차는 형식 논리학의 추론 법칙과 같은 것이기 때문에 단지 수학 연산만 할 수 있는 것이 아니라 사람들의 논리적인 사고를 대신할 수 있습니다. 올바른 결과를 낼 수 있는 알고리즘을 잘 정의해 주기만 한다면 말입니다.

이렇게 꽤 긴 여정을 거쳐 컴퓨터라는 것이 결국은 사람이 하는 논리적인 생각을 대신해주는 기계라는 사실을 알게 되었습니다. 이렇게 본다면 컴퓨터는 처음 등장했을 때부터 그 자체로 AI였고 현재 4차 산업 혁명에서 이야기되고 있는 AI란 것도 결국은 이 컴퓨터 기술 발전의 연장선상에 있다는 점을 이해하실 수 있을 것입니다.

제7장
완벽한 기술이라는 이상, 그리고 현실

완벽한 기술의 거듭된 실패

　수학자인 제리 킹은 자신의 저서에서 수학자들은 수학을 만들어 내고 나서 평가를 할 때 미학적인 심사숙고에 중점을 둔다고 강조합니다. 그는 "수학에 대한 동기부여는 아름다움이다. 뿐만 아니라 수학에 대한 평가도 마찬가지다. 어떤 수학자가 다른 수학자의 연구 성과에 대해 할 수 있는 가장 큰 칭찬은 우아하다고 말하는 것이다."라고 기술하고 있습니다.

　수학자가 아닌 저 같은 사람은 이 말의 진정한 의미를 이해하지 못하지만 같은 수학자들은 이 말에 동의하는 것 같습니다. 그들은 수학을 실용적인 학문이라기보다는 하나의 예술 장르로 보고 있는 듯 하니까요.

　현대 수학의 원류인 고대 그리스 시대로 거슬러 올라가 보면 그리스 시대의 수학자들은 현실과 동떨어진 이상적인 세계를 추구했다는 사실을 알 수 있습니다. 고대 그리스 사회에서 상류층에 속했던 수학자들은 생계 활동을 어쩔 수 없이 하는 불행한 짓으로 여겼습니다. 노동은 지적 활동, 시민의 의무 및 토론을 위한 시간과 에너지를 빼앗는 것이었기 때문에 그들은 노동과 사업에 대한 경멸을 거침없이 표현했습니다.

그러면 고대 그리스 시대에 음식, 거처, 의복 및 일상생활에 필요한 일들은 누가 했을까요? 바로 노예 그리고 시민의 자격이 없는 자유인이 그 일을 했습니다.

일상 생활의 번거로운 일들은 이들에게 맡기고 주로 귀족 신분이었던 수학자들은 이상적인 세계를 탐구했습니다. 예를 들어 수학자들은 구가 아닌 대상을 연구하면서도 구로 간주합니다. 수학자들이 다루는 완벽한 삼각형이나 사각형 모양의 사물은 현실 세계에는 존재하지 않습니다. 수학자들은 이 세상을 이상적인 모형으로 추상화합니다. 그러니 수학자들의 눈에 수학의 세계는 이상적이고 아름답기만 할 뿐입니다.

세상사에서 초연히 벗어나 객관적인 수학적 추론을 즐기는 수학자들의 모습은 버트런드 러셀의 다음과 같은 말에 잘 표현되어 있습니다. "인간사의 열정에서 멀찍이 떨어져 그리고 심지어 자연의 가엾은 사실들에서도 한발 물러나 인간들은 세대를 거듭하며 질서 정연한 한 우주를 창조해 냈다. 거기에서는 순수한 사고가 자신의 본향에 있듯이 머물 수 있으며 우리의 고상한 충동들 가운데 적어도 하나는 현실 세계라는 황량한 유배지에서 벗어날 수 있다."

IT세계의 실력 있는 기술자들은 수학자들만큼은 아니더라도 이상적인 세계를 추구하는 사람들인 것만은 분명해 보입니다. IT기술이 등장한 초기부터 그들은 늘 완벽한 기술을 사용해서 상황을 통제할 수 있기를 원해 왔습니다. 그러나 이상적인 세계에서 살아가는 수학자들과 달리, 이들은 현실 세계에 발을 딛고 있기에 안타깝게도 이들의 이상은 늘 현실 세계의 복잡성에 부딪혀 실패를 거듭해 왔습니다.

오늘날 전 세계 컴퓨터를 연결하는 네트워크 표준은 인터넷입니다. 하지만 네트워크를 상호 접속하는 기술로 인터넷이 처음부터 세계 공통의 표준이 된 것은 아니었습니다. 알파넷이 개발된 이후에도 1970년대 중반까지 대다수 컴퓨터 메이커들이 네트워크를 상호 접속하는 기술을 개발했습니다. 이들 기술자 집단은 네트워크를 상호 접속할 수 있는 좀 더 완벽한 기술을 원했습니다.

네트워크에 연결된 컴퓨터들이 서로 올바르게 통신하기 위해서는 각각의 컴퓨터가 공통의 규칙과 수순에 따를 필요가 있는데, 이 공통의 규칙과 수순을 프로토콜이라고 합니다. 본래 프로토콜은 국가 간의 협안이나 의정서라는 뜻을 지니고 있습니다.

예를 들어 사람과 사람이 편지를 주고받을 때는 주소를 봉투 형식과 약간 다르게 쓴다던가 규격과 다른 편지지를 써도 문제가 발생하지는 않습니다. 그러나 컴퓨터라는 기계와 기계가 통신할 때는 반드시 정해진 규칙과 수순을 따르지 않으면 제대로 된 통신이 이루어지지 않습니다. 컴퓨터와 컴퓨터가 이메일을 주고받을 때는 메일의 수신 어드레스를 어디에 쓰고 보내는 사람의 어드레스를 어디에 쓸 것인가, 메일 본문의 형식은 무엇으로 하며 어떤 수순으로 보낼 것인가 등을 정확히 정의해 주어야 합니다. 그러지 않으면 기계인 컴퓨터는 이해할 수 없습니다.

당시 통신 분야의 기술자들은 완벽한 형태의 세계적인 표준 프로토콜을 정의하기 위해 나섰는데, 이것을 추진한 것이 국제 기관인 ISO였습니다. ISO에서는 네트워크를 7개 계층으로 나누고 각각의 상세 사양을 정한 OSI 참조모델이라는 것을 전 세계 표준으로 만들려고 했습니다. OSI 참조모델은 네트워크를 7개 계층으로 나누고 이것들 하나하나의 프로토콜을 상세히 규정한 이상적인 네트워크 모델로, 지금도 네트워크의 기능을 설명할 때 자주 사용되고 있습니다.

OSI 표준은 인터넷에 접속하는 컴퓨터와 통신망을 제공하는 통신사업자 장비가 따라야 할 자세한 사양을 규정하고 있습니다. 문제는 OSI 표준이 너무 완벽을 추구하다 보니 기술 자체가 복잡해져서 네트워크에 접속하는 컴퓨터와 통신장비 쪽에 너무 많은 기술을 구비하도록 요구했다는 점입니다. 이렇게 되면 많은 문제가 발생하는데, 이를테면 컴퓨터나 장비 제조사들이 사용해야 하는 기술 중 특정 회사가 특허권을 가진 기술이 있을 경우 다른 회사들은 그 기술을 쉽게 도입할 수 없습니다. 해당 기술이 표준이 되어 반드시 사용해야 하는 시점이 되었을 때 특허권을 가진 회사가 특허 사용에 대한 과도한 비용을 요구하게 될 가능성도 있기 때문입니다.

결국 완벽한 통신 네트워크 기술을 추구했던 OSI 사양은 실패로 끝나고 전 세계 표준 네트워크 사양은 인터넷이 차지하게 됩니다. 그런데 이상적인 네트워크 기술 표준을 추구하던 기술자들 입장에서 인터넷은 그야말로 어린아이 장난감 같은 기술이었습니다.

인터넷은 컴퓨터나 통신사업자 장비 측에 최소한의 기술 사양만을 요구하고 있습니다. 그러다 보니 통신에 필요한 대부분의 기능을 단말에 탑재된 소프트웨어에서 처리합니다. 인터넷을 사용해서 어떤 단말이 다른 단말로 정보를 전송하는 방법은 다음과 같습니다.

먼저 단말 측에 있는 소프트웨어는 다른 단말에 전달할 정보를 패킷이라는 일종의 작은 꾸러미 안에 밀봉하는데, 보통 데이터는 여러 개의 패킷으로 분할되어 포장됩니다. 포장이 완료되면 각각의 패킷에는 목적지의 주소가 붙게 됩니다. 단말은 이 주소가 붙은 여러 개의 포장된 패킷을 네트워크에 던져 넣습니다. 네트워크 측에는 라우터라 불리는 통신사업자 장비가 설치되어 있는데, 이것은 패킷을 전송하는 일종의 컴퓨터입니다. 그런데 이 라우터가 하는 일은 단지 패킷에 붙어있는 주소를 보고 목적지로 가는 길에 있는 다른 라우터로 패킷을 전송하는 일뿐입니다. 이후 패킷을 전달받은 수신 측 단말에 탑재된 소프트웨어는 패킷을 원래 데이터로 복원하여 수신자가 이해할 수 있도록 해줍니다.

인터넷에서 통신의 주요 기능을 담당하는 것은 발신 측 컴퓨터와 수신 측 컴퓨터에 탑재된 소프트웨어로, 컴퓨터 하드웨어나 네트워크상에 있는 통신사업자의 장비는 별다른 역할을 수행하지 않습니다. 때문에 컴퓨터 제조사와 통신장비를 제공하는 통신사는 최소한의 기술 사양만 충족시키면 고객들이 인터넷에 접속할 수 있도록 해줄 수 있었습니다. 결국 인터넷은 기술자들이 무시했던 그 장난감 같은 단순한 구조 때문에 전 세계 표준 네트워크 자리를 차지할 수 있었던 것입니다.

하지만 인터넷은 이상적인 세계를 추구하는 기술자들에게는 늘 불만족스러운 존재였습니다. 기술자들이 원하는 완벽한 통제가 불가능했기 때문입니다. 이번에는 통신사업자들이 나섰습니다. 2000년대 중반, 통신사업자들은 네트워크상에서 단순히 패킷을 전송하는 역할만 하던 라우터를 지능화시킨다는 계획에 착수했습니다. 이 새로운 네트워크는 NGN(Next Generation Network)이라 불렸습니다. 통신사업자들은 인터넷을 이 차세대 네트워크로 대체하기 원했습니다.

네트워크를 통해 송수신하는 모든 데이터를 패킷에 싸서 전달하는 인터넷과 달리 NGN에서 데이터는 네트워크상에 그 모습을 드러냅니다.

네트워크에서 데이터를 목적지로 전달해 주는 라우터들은 이 데이터를 식별할 수 있습니다. 데이터가 음성인지, 텍스트 문자인지, 영상인지 등을 구분하는 것입니다. 그리고 데이터의 특성에 따라 처리를 달리 해줍니다. 예를 들어 음성이라면 다른 어떤 데이터보다 우선적으로 처리됩니다. 음성이나 동영상의 경우 데이터가 순차적으로 도달하는 것이 무엇보다 중요하기 때문입니다. 그러지 않으면 어떤 말인지 알아들을 수 없거나 영상이 끊기는 문제가 발생합니다. 이에 비해 웹사이트를 표시하는 텍스트나 이미지 데이터는 데이터가 순차적으로 도착하지 않아도 큰 문제가 되지 않습니다.

통신사업자들은 NGN이 네트워크상에 있는 라우터들이 지능을 가지고 네트워크에서 발생하는 여러 가지 문제들을 처리해 주기 때문에 현재 인터넷이 안고 있는 여러 문제들이 해결될 수 있다고 주장했습니다.

통신사업자들이 NGN을 주장한 가장 큰 이유는 앞으로 인터넷에 컴퓨터 이외의 다양한 단말들이 연결될 것으로 기대되는데 이것을 수행할 네트워크로 인터넷은 적합하지 않다고 생각했기 때문입니다. 최근 유행하는 사물인터넷을 말하는 것입니다. 당시 사물인터넷은 M2M(Machine to Machine)이라는 용어로 불렸습니다. 컴퓨터 이외의 지능형 기계들이 네트워크에 연결되어 사람을 거치지 않고 서로 정보를 주고받는 세계를 상정한 용어입니다. 최근 유행하는 용어인 사물인터넷과 M2M의 결정적인 차이는 이들 지능형 사물들을 연결하는 네트워크가 인터넷인가 아닌가에 있습니다.

통신사업자들은 인터넷의 제한된 기능으로는 M2M이 요구하는 모든 것을 구현할 수 없다고 생각했습니다. 예를 들어 M2M에서 네트워크에 연결되는 사물들은 모두 컴퓨터와 같이 넉넉한 CPU와 메모리를 갖춘 디바이스가 아닙니다. 따라서 디바이스 자체 이외의 장소에서 정보를 처리해야 하는데 이것을 네트워크 측에서 수행해 주어야 한다고 보았던 것입니다. 그 밖에도 M2M에서는 사용자의 의료관련 데이터 등 민감한 정보도 송수신되어야 하기 때문에 완벽한 시큐리티가 보장되어야 하고 송수신되는 데이터 중에는 대가를 받고 거래되는 것도 있기 때문에 데이터 거래에 따른 정산을 어떻게 할 것인가 하는 문제도 발생하게 됩니다. 통신사업자들은 이 모든 문제를 해결하기 위해서는 네트워크 측에서 지능을 가지는 방법 밖에는 없다고 생각했던 것입니다.

결론적으로 통신사업자들의 NGN 구축 계획은 실패로 돌아갔습니다. 기술자들이 보기에 인터넷은 M2M을 구현하기에 너무도 부족한 기술이었지만 그럼에도 불구하고 현실 세계는 인터넷을 사용해서 구현할 것을 요구하고 있습니다. 이제 M2M을 구현하는 네트워크가 인터넷이 될 것이라는 데는 이론의 여지가 없습니다. 사물인터넷이라는 이름 자체가 그 사실을 말해주고 있습니다. 사실 오늘날의 IT업계에서는 이 부족한 인터넷을 사용해서 완벽한 시큐리티를 보장하고 정산 문제도 해결할 방법을 찾아냈습니다. 블록체인이라는 기술이 바로 그것입니다.

NGN이 실패한 이유는 이미 인터넷에 고착된 형태로 구축된 생태계를 NGN으로 옮겨 올 수 없었기 때문입니다. 이상을 추구하는 기술자들 입장에서는 훨씬 더 나은 기술이 있는데 왜 저런 장난감 같은 기술을 사용하면서 여러 가지 문제들을 떠안고 있는 것인지 답답해 보였겠지만 러셀이 말했듯 이상을 추구하는 기술자와 같은 사람들에게 있어 현실 세계란 바로 그런 황량한 유배지와 같은 곳이니까요.

지금까지 IT의 세계에서 현재 사용되고 있는 것보다 더 나은 기술을 개발하고는 성공을 장담했던 많은 기술자들이 실패의 쓴맛을 본 사례는 수도 없이 많습니다. 분명한 것은 IT의 세계는 더 나은 기술을 개발하면 성공하는, 그런 세계가 아니라는 사실입니다.

모두가 실패한 제3의 모바일 플랫폼

제가 대학을 졸업했던 1999년 즈음에는 한국도 한창 IT열풍이 휘몰아 치고 있었습니다. 어쩌다 보니 졸업 후 벤처기업에 다니던 저는 2000년 즈음에는 통신사업자를 대상으로 시장조사 및 컨설팅 서비스를 제공하 는 회사에 입사하게 되었습니다. 벤처기업에 다녔다고는 하지만 IT기술 에 관한 지식이 전혀 없던 일문과 출신의 제가 그 회사에 입사할 수 있었 던 이유는 단 한 가지, 바로 일본어를 구사할 수 있었기 때문입니다.

당시 전 세계 통신업계는 일본의 1위 이동통신 사업자인 NTT도코모 가 1999년 개시한 아이모드라는 서비스에 주목하고 있었습니다. 아이모 드 서비스는 이동통신 사업자 이외의 서드파티 사업자들이 휴대폰 사용 자를 대상으로 착신 벨소리, 게임 등의 서비스를 제공할 수 있도록 해주 는 휴대폰용 포털 서비스였습니다. 아이모드 포털을 통해 제공되는 서비 스는 대부분 유료로 제공되었는데, 사용 요금을 통신료와 함께 지불하면 되었기 때문에 사용하는 유저가 많았습니다. 도코모는 모든 유료서비스 제공 사업자가 얻는 수익의 수 퍼센트 정도를 수수료로 가져갔는데, 다 른 이동통신 사업자들은 이러한 서비스를 제공하면 통신 서비스 이외의 부가 수익을 올릴 수 있다는 점 이외에도 사용자들이 포털 서비스를 많 이 이용하면 데이터를 더 많이 사용하게 되기 때문에 데이터 사용료 수 익까지 늘어난다는 점에 주목하게 되었던 것입니다.

당시 국내 모든 이동통신 사업자들은 일제히 아이모드와 유사한 휴대폰용 포털 서비스를 제공하고 있었습니다. 이들은 도코모의 움직임 하나 하나를 주시하고 있었는데, 처음에 제가 그 회사에서 했던 일은 오로지 도코모가 어떤 새로운 서비스나 정책을 개시하면 그것이 어떤 것인지 보고서로 작성해서 고객인 통신사업자에게 제공하는 것이었습니다.

당시 휴대폰용 콘텐츠 서비스를 제공하던 사업자들에게 있어 이동통 신 사업자의 파워라는 것은 엄청난 것이었습니다. 이동통신 사업자의 건 물 로비에는 늘 담당자를 만나려는 콘텐츠 사업자들로 넘쳐났습니다. 원 하는 사업자는 누구라도 자신의 콘텐츠를 구글 플레이스토어나 앱스토 어에 올릴 수 있는 지금과 달리, 당시에 휴대폰용 포털에서 콘텐츠를 서 비스하기 위해서는 반드시 이동통신 사업자의 승인을 받아야 했기 때문 입니다.

2007년 아이폰의 등장과 함께 이동통신 사업자들의 좋던 시절도 다 끝나고 말았습니다. 이전 이동통신 사업자들이 누렸던 지위를 이제는 스 마트폰 플랫폼을 장악한 애플과 구글이 차지하게 되었던 것입니다.

이동통신 사업자들은 이전의 좋았던 시절을 다시 한번 되돌리고자 WAC이라는 스마트폰용 플랫폼을 발표합니다. 애플과 구글 타도를 외치 며 내놓은 WAC이라는 기술을 통해 이동통신 사업자들은 기술 우월주의 자로서의 면모를 유감없이 발휘합니다. 이동통신 사업자들이 생각하기 에 구글과 애플을 제치기 위해서는 그들보다 훨씬 더 나은 기술을 선보 여야 했습니다. 그런데 보아하니 구글과 애플이 사용하는 네트워크 기술 은 그 허접한 인터넷입니다. 통신사업자들은 인터넷이 아닌, 지능형 네 트워크를 사용하자고 의견을 모았습니다. 바로 NGN입니다.

인터넷이 아닌 지능형 네트워크를 사용하기 위해서는 몇가지 문제가 해결되어야 했습니다. 무엇보다 전 세계 통신사업자의 장비를 같은 기술로 통일시켜 상호접속을 실현해야 했습니다. 전 세계 사업자간 상호접속이 실현되어 있는 인터넷이 보편화되어 있는 지금은 상호접속이 되지 않았을 때 어떤 문제가 발생하는지 감이 오지 않을 것입니다. 하지만 예전 인터넷 사용 초창기 PC통신 시절을 기억하시는 분들이 계시다면 당시 상황을 떠올려 보시기 바랍니다. 당시에는 ISP라 불리는 인터넷 서비스 사업자 중 어느 사업자의 서비스에 가입했는가에 따라 이용할 수 있는 콘텐츠 서비스가 달랐습니다. 콘텐츠를 제공하는 사업자는 각 ISP별로 다른 사양의 콘텐츠를 만들어 제공해야 했습니다. 또한 기억하기 힘드시겠지만 이동통신 사업자간 상호접속이 실현되지 않던 시기에는 다른 통신사업자 가입자에게는 SMS를 보낼 수도 없었습니다.

바로 이것이 통신사업자간 상호접속이 실현되지 않았을 때 발생할 수 있는 문제입니다. 사실 이전 이동통신 사업자들이 제공하던 휴대폰용 포털 서비스는 상호접속을 실현하지 않은 채 각 사업자가 독자 사양으로 제공하는 서비스였습니다.

이제 구글과 애플 타도를 위해서는 전 세계 이동통신 사업자들이 힘을 뭉쳐야 했습니다. 하지만 이상과 현실은 늘 다른 법이지요. 이동통신 비즈니스는 경쟁이 매우 치열한 분야입니다. 다른 사업자의 가입자를 빼앗아 오기 위해서라면 현금을 주는 일도 마다하지 않을 정도니까요. 이렇게 치열하게 경쟁하고 있는 사업자들이 함께 모여 WAC 사양에 대한 합의를 이루어 내야 하는데 이것이 순조롭게 진행될 리가 없는 것입니다. 국내에는 이동통신 사업자 3사가 경쟁하고 있습니다. 사람들이 암묵적으로 이들 사업자의 순위를 정하고는 있지만 저마다 자사가 제일이라는 자부심이 있습니다. WAC 사양 결정에 있어서도 각 사업자가 서로 주도권을 잡으려 하다 보니 쉽게 합의가 이루어지지 않았습니다.

국내 상황만도 이런데 WAC은 전 세계 이동통신 사업자가 합의를 이루어야 상호접속을 실현할 수 있는 기술입니다. 아시아권에서는 어떤 일이 벌어졌을까요? 아시아에는 한국과 일본, 중국이 있습니다. 이들 나라는 각자 자신이 아시아의 종주국이라는 나름의 자부심이 있습니다. 그러니 서로 자국에서 사양 결정에 대한 주도권을 잡아야 한다고 생각하기 때문에 쉽게 합의가 이루어지지 않았습니다. 더 나아가 글로벌 사업자 간의 이해관계는 더 복잡하다는 것은 말할 것도 없습니다.

결국 WAC은 실패로 끝나고 말았습니다. 사실 전 세계 이동통신 사업자들이 WAC에서 상호접속을 실현할 수 있었다고 해도 결과는 마찬가지였을 것입니다. 이미 인터넷 기반으로 형성되어 있는 스마트폰 앱 생태계를 WAC으로 끌어온다는 것은 불가능했을 테니 말입니다.

스마트폰 플랫폼을 구글과 애플이 장악한 이후 제3의 플랫폼을 시도한 사업자는 비단 이동통신 사업자뿐만 아닙니다. 전 세계의 내로라하는 사업자들이 한 번쯤은 제3의 플랫폼을 전개하려는 시도를 했습니다. 이러한 제3의 플랫폼에는 인텔과 노키아가 주축이 된 미고(MeeGo), 이동통신 사업자와 휴대폰 메이커 등이 주도했던 또 다른 플랫폼 리모(LiMo), 삼성전자가 주도했던 바다(Bada) 등이 있습니다. 이렇게 기술력도 있고 쟁쟁한 사업자들이 주도했음에도 이들 제3의 플랫폼은 모두 실패로 끝나고 말았습니다. 하지만 이들은 포기하지 않고 이번에는 다같이 뭉쳐서 타이젠(Tizen)이라는 새로운 제3의 플랫폼을 전개하고 있습니다. 타이젠은 삼성이 주도하는 제3의 플랫폼으로 알려져 있지만 사실 삼성은 타이젠 연합에 가장 늦게 참여한 사업자입니다. 여기에는 이전에 제3의 플랫폼을 시도했다 실패한 주요 기업들이 모두 참여하고 있습니다.

이렇게 내로라하는 기업들이 실패를 거듭하면서도 제3의 플랫폼을 전개하는 이유는 무엇일까요? 바로 플랫폼을 장악한 기업의 막강한 지배력 때문입니다. 스마트폰 업계에서 있었던 한 가지 사례가 이 점을 설명해 줄 수 있을 것입니다.

2010년 3월, 앱스토어에서 위치정보 서비스를 제공하던 몇몇 앱이 돌연 삭제되는 일이 있었습니다. 이유는 이들 앱이 사용하고 있던 위치정보 API 때문이었습니다. 이들 앱은 위치정보 API로 스카이훅와이어리스라는 회사의 기술을 사용하고 있었습니다. 스카이훅와이어리스는 전 세계 무선랜AP(Access Point), 즉 무선랜 공유기의 위치정보를 모아 데이터베이스화한 뒤 그 정보를 제공하는 회사입니다. 모든 무선랜AP는 고유의 신호를 발생시킵니다. 스카이훅와이어리스는 그 고유한 신호를 포착할 수 있는 기기를 사용해서 무선랜AP 정보를 수집합니다. 신호를 수집할 수 있는 장치를 단 자동차로 곳곳을 누비며 무선랜AP 정보를 수집하는 것입니다. 기기가 포착한 무선랜AP 신호의 강도를 가지고 계산하면 각 무선랜AP의 위치를 추정할 수 있습니다. 이렇게 하면 전 세계 무선랜AP의 위치정보를 데이터베이스화할 수 있습니다.

스카이훅와이어리스의 무선랜AP DB 정보를 사용하면 어떤 사용자가 어떤 무선랜AP의 접속 범위 내에 있을 때 그 사용자의 위치를 추정할 수 있습니다. 보통 스마트폰에서 위치정보 서비스를 제공할 때는 단말의 GPS칩에서 GPS 위성 신호를 수신한 정보를 사용합니다. 문제는 GPS 신호는 실내에서는 수신할 수 없다는 사실입니다. 이때 스카이훅와이어리스의 DB 정보를 사용하면 실내에서도 사용자의 정확한 위치를 측위할 수 있게 됩니다.

스카이훅와이어리스는 이 DB 정보를 다른 앱 개발자들이 사용할 수 있도록 API로 제공했습니다. 당연히 위치정보 서비스를 제공하는 대다수 앱이 이 API를 사용했습니다. 스카이훅와이어리스는 API를 제공함으로써 자사의 API를 사용하는 모든 앱의 사용자 위치정보를 모두 DB화할 수 있게 되었습니다. 그 가치는 엄청난 것입니다. 당시 스카이훅와이어리스는 그 정보로 다양한 서비스를 제공하려 했습니다. 예를 들어 번화가의 무선랜AP 접속 이력을 분석하면 해당 지역의 시간별 유동인구를 알 수 있습니다. 해당 지역의 상점들은 그 정보에 근거해서 특정 시간대 한정 판매 이벤트와 같은 마케팅 활동을 실시하거나 그 정보를 택시회사의 배차 정보 등에 활용할 수도 있습니다. 스카이훅와이어리스는 사실상 모든 스마트폰용 위치정보 앱이 사용하는 플랫폼의 지위를 획득하고 있었던 것입니다.

이 사실을 깨닫게 된 애플이 먼저 조처를 취했습니다. 애플은 자사가 직접 제공하는 무선랜AP 위치정보 API를 iOS에서 제공하기 시작했습니다. 그리고 기존에 스카이훅와이어리스 API를 사용하고 있던 모든 위치정보 앱에 대해 일단 앱스토어에서 앱을 내리도록 조처를 취했습니다. 그리고는 애플이 제공하는 API를 사용해서 다시 만들어 올린다면 받아주겠다고 한 것입니다. 스카이훅와이어리스나 그 API를 사용해서 위치정보 앱을 제공하던 회사들이나 황당한 일이었지만 모두 애플의 요구를 들어줄 수밖에 없었습니다. 이제 애플은 자사 앱스토어에서 제공되는 모든 위치정보 앱 사용자의 위치정보 데이터를 가져갈 수 있게 되었습니다.

이후 구글도 조처를 취했습니다. 안드로이드 진영에서는 스마트폰 메이커인 모토로라와 아마도 삼성전자도 자사 단말 용으로 앱을 개발하는 회사들을 위해 스카이훅와이어리스의 API를 제공하고 있었던 것 같습니다. 그런데 구글이 스카이훅와이어리스의 API를 제공하는 모토로라 단말을 안드로이드 공식 단말로 인정할 수 없다고 하면서 문제가 되었습니다. 이 일로 인해 스카이훅와이어리스의 API를 독자적으로 제공하던 안드로이드 단말 메이커들은 모두 API 제공을 철회할 수밖에 없었습니다. 그리고 나서 역시 구글도 직접 만든 API를 안드로이드OS 용으로 제공하기 시작했습니다.

애플의 경우 자사 API로 변경하는 조처를 취하면서 스카이훅와이어리스에 어느 정도의 보상을 해주었던 것 같습니다. 때문에 스카이훅와이어리스는 애플에 대해서는 이 일을 문제삼지 않았는데, 구글이 그러한 조처를 취한 이후에는 구글에 대해 영업 방해로 소송을 제기했습니다. 소송의 결과가 어떻게 되었는지는 알 수 없지만 어쨌든 플랫폼 사업자들의 횡포로 인해 스카이훅와이어리스는 스마트폰 용으로는 서비스를 제공할 수 없는 신세가 되고 말았습니다. 그 뒤로 더 이상 회사 규모를 키울 수 없었던 스카이훅와이어리스는 2014년에 트루포지션(True Position)이라는 위치정보 솔루션 개발 업체에 인수된 이후 현재는 스마트워치나 카메라 등의 디바이스 용으로만 위치정보 API를 제공하고 있습니다.

제3의 플랫폼을 추진하는 업체들이 걱정하는 문제가 바로 이것입니다. 스마트폰 플랫폼을 구글과 애플이 장악하고 있는 한 자신들도 언젠가는 스카이훅와이어리스와 같은 일을 당하지 말라는 보장이 없기 때문이지요.

하지만 제3의 플랫폼은 절대로 성공할 수 없을 것 같아 보입니다. 그 이유는 이것이 기술적인 문제가 아닌, 사람에 대한 문제이기 때문입니다. 제3의 플랫폼이 성공하기 위해서는 전 세계 개발자 커뮤니티의 마음을 사로잡아야 하는데 이것은 불가능해 보입니다. 스마트폰 앱을 개발하는 개발자들 입장에서는 애플과 구글 사양으로 되어 있는 현재의 스마트폰 시장 구조도 마음에 들지는 않습니다. 무엇보다 개발자들이 가장 싫어하는 것은 해야 할 일이 늘어나는 것입니다. 가능하다면 애플과 구글 사양 중 어느 한쪽만 개발할 수 있다면 좋을 것입니다. 실제로 안드로이드 스마트폰 비중이 높은 국내 시장에서는 안드로이드 버전으로만 앱을 개발하는 회사도 많습니다.

이러한 개발자들에게 어느 누가 어떤 기술로 제3의 플랫폼을 제시한들 그 기술로 앱을 개발하려 할 개발자는 없을 것이라는 사실이 문제인 것입니다. 사용자들 입장에서도 매력적인 앱이 넘치는 아이폰이나 안드로이드폰이 아닌 다른 제3의 플랫폼 기반의 디바이스를 선택할 이유가 없는 것이지요.

고민 끝에 그렇다면 안드로이드는 오픈소스로 공개되어 있는 기술이니 안드로이드 기반의 새로운 플랫폼을 만들어 보자고 생각한 회사들이 있었습니다. 안드로이드 기반으로 만들면 안드로이드 앱을 개발하는 개발자 커뮤니티를 끌어들이기 쉬울 것이라고 생각한 것입니다. 안드로이드가 등장하고 얼마 지나지 않은 시점에 중국의 1위 이동통신 사업자 차이나모바일이 나섰습니다. 차이나모바일은 오폰(Ophone)이라는 제3의 플랫폼을 출시했는데, 이것은 오픈소스로 공개된 안드로이드를 기반으로 차이나모바일이 독자 개발한 플랫폼 사양이었습니다.

이제 누군가 단말 제조사들이 이 사양의 단말을 만들어 주어야 했습니다. 사실 웬만한 사업자가 만든 사양이라면 단말 제조사들은 그 사양의 단말을 만들기를 거부했을 것입니다. 그런데 당시에 만도 가입자 7억 명을 보유하고 있던 차이나모바일이었기에 오폰 사양의 단말을 만들어 주겠다는 제조사들을 쉽게 끌어 모을 수 있었습니다. 그 중에는 델, LG, 레노보, 모토로라, HP, 필립스 등의 단말 제조사들이 있었습니다.

결과적으로 오폰은 실패로 끝나고 말았습니다. 오폰 기반의 콘텐츠를 개발해줄 개발자 커뮤니티를 끌어 모으는데 실패했기 때문입니다.

2010년 10월, 이번에는 아마존이 나섰습니다. 아마존은 추수감사절 선물 시즌을 겨냥하여 안드로이드 기반의 아마존 독자 플랫폼을 탑재한 태블릿PC 킨들 파이어를 내놓았습니다. 안드로이드 기반이지만 아마존의 플랫폼을 탑재하고 있기 때문에 킨들 파이어에는 구글 플레이스토어가 아닌, 아마존 앱스토어가 탑재되어 있었습니다. 아마존은 안드로이드 개발자들을 끌어 모으기 위해 독특한 가격 정책으로 차별화를 꾀했습니다.

아마존 앱스토어에서 앱 개발자들은 스스로 가격을 책정해서 앱스토어에 올립니다. 하지만 고객에게 판매되는 가격은 앱 개발자들이 책정한 가격이 아닌, 아마존이 책정한 가격입니다. 앱이 판매된 뒤 앱 개발자와 정산할 때는 어플리케이션 판매 가격의 70% 혹은 앱 개발자가 책정한 정가의 20% 중 많은 쪽을 개발자에게 지불합니다. 아마존은 개발자들에게 어떻든 많이 팔아서 많은 수익을 올릴 수 있게 해줄 테니 어떻게 파는지는 내게 맡기라고 한 셈입니다.

이러한 가격정책 중 하나로 아마존은 앱스토어에 있는 앱 중 하루 한 가지를 선정해서 무료로 제공하는 이벤트를 실시했습니다. 본래는 유료앱인데 그날에 한해 무료로 제공한 것입니다. 고객들은 이벤트 때문에라도 하루 한 번은 아마존 앱스토어에 접속하게 되고 접속한 김에 눈에 띈 다른 앱을 구매하게 되기도 합니다. 무료로 제공하는 앱에 대해서는 다운로드 된 수만큼 정가의 20%를 앱 개발사에 지불해 주었습니다. 개발사들 입장에서는 그날의 무료 앱에 선정되는 것이 반가운 일이었겠지요.

킨들 파이어는 어느 정도 성공한 사례로 남게 되었는데 사실 킨들 파이어가 성공한 이유는 이것이 태블릿PC였기 때문입니다. 당시 태블릿PC 시장에서 안드로이드 단말은 거의 힘을 쓰지 못하고 있는 상태였습니다. 팔리는 태블릿PC는 거의 아이패드였고 가격은 600달러 이상이었습니다. 그러던 와중에 아마존이 199달러짜리 태블릿PC 킨들 파이어를 내놓은 것입니다. 아마존의 전자책을 보기 위해 많은 사람들이 구매하고 있던 킨들 단말이 100달러 내외였기 때문에 거기에 약간만 보태면 킨들 기능에 더해 게임도 할 수 있는 태블릿PC를 가지게 된다는 장점도 있었습니다. 게다가 영리하게도 출시 타이밍이 추수감사절 선물 시즌이었기 때문에 많은 사람들이 저렴한 가격에 괜찮은 제품을 선물해 줄 수 있겠다는 생각에 킨들 파이어를 구매했습니다.

킨들 파이어의 성공에 고무된 아마존은 안드로이드 기반의 독자 플랫폼을 탑재한 스마트폰 출시 계획을 발표합니다. 사실 아마존의 진짜 목표는 스마트폰이었고 킨들 파이어는 그 가능성을 타진해보기 위한 포석이었습니다. 2014년 7월, 안드로이드 기반의 독자 플랫폼을 탑재한 스마트폰 '파이어폰'을 출시한 아마존은 이제 진짜 성적표를 받아보게 됩니다. 결과는 처참했습니다.

킨들 파이어와 달리 파이어폰은 499달러로 비교적 고가에 책정되었습니다. 아마존이 파이어폰에서 집중한 기능은 3D카메라 기능이었습니다. 이미지를 3D로 볼 수 있게 해주는 3D카메라 기능을 탑재하다 보니 단말 가격이 올라가게 된것입니다. 아마존이 파이어폰에 3D카메라 기능을 넣은 이유는 파이어폰으로 아마존 쇼핑몰을 보는 유저들이 상품을 3D이미지로 볼 수 있도록 해주기 위해서였습니다. 파이어폰을 아마존 웹 콘텐츠 열람 전용 디바이스로 만들고자 했던 것이지요.

하지만 고객들은 파이어폰에 별 매력을 느끼지 못했던 것 같습니다. 파이어폰은 출시 이후 거의 팔리지 않았던 듯한데 출시 후 얼마 지나지 않은 2015년 1월, 유통업자들은 파이어폰의 재고를 처분하기 위해 단말 가격을 189달러로 확 낮추었습니다. 게다가 이것은 아마존 프라임서비스 1년 이용권 99달러가 포함된 가격이었습니다. 아마존 프라임 서비스는 연회비를 지불하면 아마존 쇼핑몰 배송과 영화 스트리밍 서비스를 무료로 이용할 수 있는 서비스로, 아마존 고객들에게 인기가 높았습니다.

파이어폰의 실패로 아마존은 2014년 3분기에 1.7억 달러의 손실을 계상했습니다. 2015년까지 남은 엄청난 재고물량을 거의 공짜로 풀어서 겨우 소진한 아마존은 더 이상 스마트폰은 만들지 않겠다고 공언해 버렸습니다. 그 대단한 아마존도 뒤늦게 뛰어든 스마트폰 플랫폼 경쟁에서만큼은 고배를 마시지 않을 수 없었던 것입니다.

실패로 끝나기는 했지만 차이나모바일과 아마존의 사례를 보면 오픈소스로 공개된 안드로이드 기반으로 제3의 플랫폼을 만드는 것이 가능하다는 점을 알 수 있는데, 그렇다면 삼성도 안드로이드가 아닌 타이젠보다는 안드로이드 기반으로 제3의 플랫폼을 전개하는 것이 더 낫지 않을까 라는 생각이 들지 모릅니다. 하지만 2012년에 있었던 모종의 사건으로 이것이 불가능하다는 사실이 드러났습니다.

2012년, 아마존이 킨들 파이어를 내놓고 아직 스마트폰은 출시하지 않고 있던 시점에 중국의 아마존이라 불리는 알리바바는 안드로이드 기반의 독자 플랫폼을 탑재한 스마트폰을 출시하겠다고 발표합니다. 일명 알리윤(Aliyun) 프로젝트입니다. 알리바바는 독자 플랫폼을 탑재한 첫 번째 단말을 만들어줄 메이커로 대만의 스마트폰 메이커 에이서(acer)를 선정했습니다. 그런데 알리바바는 알리윤 계획을 발표하고 채 얼마되지 않아 돌연 알리윤 프로젝트를 취소해 버립니다.

나중에 밝혀진 바에 따르면 에이서가 알리윤 단말을 만들 수 없다고 통보하는 바람에 일이 이렇게 된 것인데, 그 배후에는 구글이 있었다고 합니다. 구글은 구글 사양의 안드로이드 단말을 제조하는 제조사들과 Anti-Fragmentation Agreement(AFA)라는 협약을 맺고 있습니다. 이것은 안드로이드의 프래그멘테이션, 즉 파편화를 지양하는 행위를 하겠다고 합의하는 것입니다. 아이폰과 달리 안드로이드는 같은 사양이기는 하지만 여러 제조사들이 단말을 만들기 때문에 같은 앱이 어떤 단말에서는 작동하지만 어떤 단말에서는 작동하지 않는 문제가 발생하기 쉽습니다. 이것을 안드로이드의 프래그멘테이션 문제라고 부릅니다. 사실 이 문제는 개발자들이 안드로이드보다 아이폰 사양으로 앱을 개발하는 것을 더 선호하는 이유가 되고 있습니다. 따라서 구글은 제조사들에게 가능한 구글이 제시하는 사양을 충실히 따라서 이 문제가 해결되도록 요구하고 있는 것입니다.

구글은 에이서가 알리윤 사양의 단말을 만드는 행위에 대해 구글과 맺은 AFA 협약을 깨는 행위라고 지적했습니다. 사실 구글 사양의 안드로이드 단말을 개발하는 메이커들은 구글과 좋은 관계를 유지하는 것이 매우 유리합니다. 안드로이드 사양은 빈번하게 업그레이드되고 있는데 구글은 관계가 좋은 단말 메이커들에게는 우선적으로 버전업 된 안드로이드 사양을 테스트해 볼 수 있도록 해주는 등의 혜택을 주고 있기 때문입니다. 에이서가 구글과의 관계 악화를 우려하여 알리윤 단말을 만들 수 없다고 통보하는 바람에 알리바바는 알리윤 프로젝트를 포기할 수밖에 없었던 것입니다.

그러면 차이나모바일과 아마존은 어떻게 안드로이드 기반의 독자 사양을 탑재한 스마트폰을 출시할 수 있었던 것일까요? 먼저 차이나모바일의 경우 구글의 AFA협약이 제정된 2010년 이전에 오픈 플랫폼을 전개했기 때문에 이것이 가능했습니다. 아마존의 경우에는 아마존이 직접 스마트폰 단말을 개발했습니다. 그리고 이것을 대만의 OEM업체에 맡겼는데 이 업체는 구글 안드로이드 사양의 단말을 만드는 회사가 아니었기 때문에 이것이 가능했던 것입니다.

다시 삼성전자 이야기로 돌아와서 이런 상황에서 삼성은 안드로이드 기반의 독자 플랫폼이 탑재된 단말을 만들 수 있을까요? 아마도 이것이 불가능하기 때문에 여러 가지 불리함을 감수하고 안드로이드가 아닌 다른 사양의 독자 플랫폼을 전개하고 있는 것으로 보입니다.

넥스트 모바일 플랫폼을 향한 열정

살펴본 것처럼 내로라하는 기업들이 모두 구글과 애플 이외의 스마트폰 플랫폼을 전개해 보겠다고 이렇게 저렇게 시도해 봤지만 결국은 모두 실패로 돌아갔습니다. 해볼 수 있는 방법은 모두 시도해본 터라 스마트폰에서 제3의 플랫폼이 성공을 거둘 가능성은 이제 거의 없어 보입니다.

이러한 시점에 다행히 넥스트 모바일 플랫폼에 대한 이야기가 나옵니다. 스마트폰의 터치 UI도 이제는 불편하다는 것입니다. 좀 더 사용자 친화적인, 다시 말해 사람에게 자연스러운 UI로 인터넷의 세계를 경험할 수 있게 도와주는 새로운 모바일 플랫폼의 등장을 기대하게 된 것입니다. 이미 스마트폰 플랫폼을 장악하고 있는 두 사업자를 비롯하여 어떻게 해도 플랫폼 경쟁에서 이들 사업자를 따라갈 수 없는 상황에 지친 내로라하는 기업들이 이 새로운 모바일 플랫폼 경쟁에 얼마나 열정적으로 뛰어들고 있을 것인지 짐작이 가시나요?

최근 4차 산업 혁명에서 이야기되는 기술들 중 웨어러블 디바이스, 음성인식 기술, 동작인식 기술, 가상현실(VR) 기술, 증강현실(AR) 기술과 같은 것들이 있습니다. 이들 기술이 그토록 주목 받고 있는 이유를 이해하기 위해서는 이 기술들이 기업들의 넥스트 모바일 플랫폼 경쟁과 관련되어 있다는 사실을 알아야 합니다.

2012년 봄, 유튜브에 '구글 글래스 프로젝트'라는 동영상이 게재됩니다. 동영상은 구글이 출시 예정인 스마트 안경 구글 글래스를 사용한 근미래 인터넷 사용 환경의 변화 모습을 담고 있었습니다. 동영상에서 이제 사람들은 더 이상 스마트폰을 사용하지 않습니다. 구글 글래스를 끼고 창문을 바라보면 오늘 날씨가 창문에 표시됩니다. 문자를 보낼 때도 음성으로 문자 내용을 입력하고 수신자를 지정하면 자동으로 전송됩니다. 길을 나선 뒤 가까운 지하철 역으로 들어서려고 하니 구글 글래스 앱이 지금 지하철이 고장 나서 열차가 지연되고 있다고 알려줍니다. 그리고는 목적지까지 가는 다른 루트를 지도 상에 표시해서 보여줍니다.

길을 걷다가 좋아하는 가수의 콘서트 포스터가 붙어 있는데 이것을 보고 구글 글래스를 사용해서 음성으로 티켓 예약을 합니다. 서점에 들어가서 원하는 책 제목을 음성으로 알려 주면 그 책이 어디에 있는지를 해당 서점의 스토어 맵 상에서 보여줍니다. 구글 글래스 앱이 근처에 친구가 있다고 알려주어서 예기치 않게 친구를 만납니다. 커피를 주문할 때는 지갑을 꺼낼 필요 없이 구글 글래스 결제 앱에 음성으로 결제를 요청하면 됩니다. 다시 길을 가다가 근사한 장면을 보고 지금 보고 있는 장면을 사진으로 찍어 달라고 구글 글래스 앱에 음성으로 요청합니다. 통화 기능이 필요할 때는 구글 글래스로 영상전화를 할 수 있는 영상전화 앱이 실행됩니다.

현재 우리가 스마트폰으로 앱을 사용하는 환경과 어떻게 다른지 생각해 보셨나요? 구글은 근미래 모바일 콘텐츠 사용 환경으로 사람에게 익숙한 음성UI, 그리고 동작인식UI를 제안했습니다. 또한 서비스가 제공되는 방식으로 사람이 요청하는 방식에서 사람이 필요할 것 같은 상황에서 자동으로 제공되는 방식을 제안했습니다.

구글은 2013년부터 구글 글래스의 정식 판매를 시작했습니다. 그리고 구글 글래스용의 앱들이 등장하기 시작했습니다. 예를 들어 스마트폰으로 제공되던 번역 앱이 구글 글래스 용으로 만들어 졌습니다. 이 앱을 사용하면 외국에 갔을 때 구글 글래스를 끼고 길거리 간판을 보면 번역 앱이 자동으로 실행되어 간판에 적혀 있는 말들이 어떤 의미인지 알 수 있습니다. 길찾기 앱도 구글 글래스 용으로 나왔는데 이것을 사용하면 사용자가 보고 있는 화면에 목적지까지 가는 방향이 화살표로 표시되기 때문에 휴대폰보다 손쉽게 사용할 수 있습니다.

하지만 실제로 나온 구글 글래스로는 동영상에서 보던 것과 같이 세련된 방식으로 서비스를 사용할 수 없었습니다. 결국 구글 글래스는 몇 가지 우스꽝스러운 에피소드를 남기고 2년도 채 안 되어 판매가 중단되었습니다. 실제로 나온 구글 글래스는 안경의 오른쪽 윗부분에 있는 작은 화면으로 부가 정보를 볼 수 있도록 되어 있었습니다. 때문에 모르는 사람이 구글 글래스를 사용하는 사람을 보면 자꾸 눈동자를 위쪽으로 굴리는 것을 보고 "저 사람 사시인가?"라는 오해를 불러 일으키기도 하고 그 작은 화면을 보면서 길을 가다 보면 부딪히거나 넘어지기도 일쑤였다고 합니다. 또 한 가지 가장 큰 문제가 된 것은 구글 글래스의 사진 및 동영상 촬영 기능이었습니다. 구글 글래스를 몰래카메라 용도로 사용하는 사람들이 있었기 때문에 사회적인 문제가 되었던 것입니다.

구글 글래스는 실패로 끝났지만 구글이 구글 글래스 프로젝트 동영상에서 보여주었던 '세련된 차세대 웨어러블 디바이스의 모습'을 구현하는 것, 바로 이것이 최근 전개되고 있는 차세대 모바일 플랫폼 경쟁의 핵심이 되고 있습니다. 앞서 언급한 4차 산업 혁명의 주요 키워드이기도 한 음성인식 기술, 동작인식 기술, 가상현실 기술, 증강현실 기술 등은 바로 이것을 실현하는데 빠질 수 없는 중요한 요소기술들입니다.

차세대 모바일 플랫폼에서는 인간에게 자연스러운 인터페이스, 즉 내추럴UI(Natural UI)를 구현하는 것이 최우선 과제입니다. 인간에게 가장 자연스러운 인터페이스는 바로 음성입력입니다. 자신이 원하는 것을 말로 설명했을 때 기계가 그것을 알아듣고 그 일을 수행해 준다면 더 바랄 나위가 없겠지요. 아울러 동작인식 기술도 추가될 수 있습니다. 기계가 사람의 손짓이나 몸짓과 같은 동작을 알아보고 지시를 따라주는 것입니다. 가상현실과 증강현실 기술은 데이터를 가시화 해주는 기술입니다. 사람이 보고 직관적으로 이해할 수 있도록 이미지로 정보를 표시해주는 것이지요.

구글 글래스의 등장 이후 페이스북, 마이크로소프트, 삼성, 아마존과 같이 차세대 모바일 플랫폼 경쟁에 뛰어들고 있는 대다수 기업이 안경 혹은 HMD(Head Mounted Display) 형태의 웨어러블 디바이스를 출시하고 있습니다. 이들 기업은 자사에서 직접 개발하거나 기술을 가진 다른 기업을 인수하는 등의 방법으로 이들 제품을 출시하고 있음은 물론,

내추럴UI 관련 요소기술을 가진 기업들을 한마디로 싹쓸이해 가고 있습니다. 이들 제품의 매력은 얼마나 수준 높은 내추럴 UI를 적용하고 있는가에서 나오기 때문입니다.

2010년에 설립되어 조용히 벤처 투자가들로부터 엄청난 금액을 투자받고 있는 매직립(Magic Leap)이라는 회사가 있습니다. 이 회사는 증강현실(AR) 스타트업이라고만 알려져 있을 뿐 아직까지 이렇다 할 제품을 출시한 적이 없습니다. 그런데 이 회사가 지금까지 벤처 투자가들로부터 투자 받은 금액은 23억 달러에 달합니다. 그 중에는 6억 달러를 투자한 구글도 포함되어 있습니다. 2018년에는 사우디아라비아 국왕의 국영 투자기관을 비롯한 사우디아라비아의 투자가들로부터 4억 6,100만 달러를 투자 받아 기사화되기도 했습니다.

하지만 매직립이 왜 이렇게 많은 자금을 필요로 하는 것인지, 투자가들은 무엇을 보고 제품도 출시한 적 없는 이 회사에 이토록 많은 금액을 투자하고 있는 것인지 알려진 것이 별로 없어 매직립은 업계에서 수수께끼의 스타트업이라 불리고 있습니다.

매직립이 개발하고 있는 것은 일종의 웨어러블 디바이스인데, 이 회사에 따르면 이 제품은 지금까지 존재하지 않았던 새로운 컨셉의 제품이라고 합니다. 매직립은 디바이스의 하드웨어도 자체 개발하고 있을 뿐 아니라 디바이스에 들어가는 OS도 직접 개발하고 있습니다. 하드웨어와 디바이스 모두 기존에 있던 제품과는 다른, 독특한 아이디어를 필요로 하는 부분이 많아 개발에 어려움을 겪고 있다고 합니다. 때문에 제품 개발은 계획보다 계속해서 지연되고 있는 상황인데 그럼에도 불구하고 이 회사에 투자하겠다는 투자가들이 줄을 잇고 있기 때문에 자금에 대한 걱정은 전혀 없어 보입니다.

이렇게 많은 투자가들이 매직립 프로젝트에 관심을 보이는 이유는 이 프로젝트가 성공할 경우 제2의 아이폰이 될 수도 있다고 보고 있기 때문입니다. 매직립이 개발하고 있는 것은 바로 새로운 컨셉의 차세대 모바일 플랫폼이니까요.

매직립이 개발한 제품은 2018년 내에 출시된다고 합니다. 하지만 이렇게 발표해 놓고 지연되는 일은 흔히 있는 일이기 때문에 조금은 더 시간이 걸릴 수도 있겠습니다. 어쨌든 이 제품이 시기상조로 인해 일단 실패로 끝난 제2의 구글 글래스가 될지, 아니면 성공을 거두어 제2의 아이폰이 될지는 출시를 기다려 보아야 알게 될 것 같습니다.

화려한 기술의 이면

최근 마이크로소프트와 구글, 페이스북과 같은 기업들은 가상현실(VR) 기술과 증강현실(AR) 기술은 물론, 이것들을 합친 혼합현실(Mixed Reality)이라는 기술까지 내세워 화려한 웨어러블 디바이스용 콘텐츠들을 선보이고 있습니다. 이들 기술을 사용하면 게임 속에 들어간 느낌으로 가상현실 게임을 즐길 수도 있고 내 집 거실이나 사무실에서 괴물들이 튀어나오고 그것과 싸우는 게임을 즐길 수도 있습니다. 페이스북은 가상현실 세계에서 친구들의 아바타와 대화할 수 있는 앱을 내놓았습니다. 실제 쇼핑 공간에서 집어 든 상품의 상세 정보를 화면 상에 보여주는 앱이나 가상의 쇼핑 공간에서 실제 쇼핑하는 것 같은 쇼핑체험을 선사하는 가상현실 쇼핑몰 앱도 등장했습니다.

이런 화려한 기술들을 보고 있자면 당장이라도 현재 사용되고 있는 낡은 기술들이 이러한 새로운 기술들로 대체될 것만 같다는 생각이 들게 마련입니다. 하지만 플랫폼이라는 관점에서 보면 화려한 기술일수록 플랫폼이 되기 어렵다는 사실을 기억해야 합니다. 이것은 그 기술을 사용하는 사람들 때문에 생기는 문제입니다.

마이크로소프트나 구글, 페이스북에서 이런 기술을 개발하는 개발자들은 높은 수준의 기술자들입니다. 이들은 새로운 것을 배우고 적용하는 데 거리낌이 없습니다. 아마도 프로그래밍 언어도 하나가 아닌, 여러 프로그래밍 언어에 통달한 사람들일 것입니다. 그러나 이런 기술들이 플랫폼이 되기 위해서는, 더구나 스마트폰을 대체하는 차세대 모바일 플랫폼이 되려 한다면 기술력 있고 새로운 기술에 민첩하게 대응하는 스타트업들뿐 아니라 정부기관이 제공하는 웹서비스에서 중소규모 기업들이 제공하는 소박한 웹사이트에 이르기까지 모두 이 새로운 기술에 대응할 수 있어야 합니다.

그런데 이런 서비스나 웹사이트를 개발하는 대다수 개발자들은 자신이 알고 있는 한가지 프로그래밍 언어에서 다른 언어 하나만 더 배우는 것도 힘들어하는 사람들입니다. 이들은 새로운 기술을 배우고 적용하는 것도 마찬가지로 힘들어합니다. 더군다나 뭐가 됐든 일거리가 늘어나는 것은 더욱 질색입니다. 융통성 없는 기계를 상대하다 보니 이런 성향이 더욱 강해진 것이겠지요. 이 융통성 없는 컴퓨터라는 놈은 아주 작은 실수도 용납하지를 않습니다. 엄청난 행수의 코딩 작업을 마쳤는데 오류가 나면 어떻게든 그 잘못된 부분을 반드시 찾아내서 고치지 않는 한 작동하지 않습니다.

이러한 이유로 인터넷에서는 좀 더 많은 기능을 구현할 수 있는 복잡한 기술 표준이 실패로 끝나고 개발자들이 현재 사용하고 있는 기술을 거의 그대로 사용하면 되는 간단한 기술 표준이 사용되는 예가 많습니다. 그 대표적인 예가 현재 웹서비스 기술 표준이 되고 있는 REST API입니다. 웹서비스란 사업자의 서버와 서버가 직접 통신하면서 어느 사업자가 다른 사업자가 가진 데이터나 프로그램을 이용할 수 있도록 해주는 기술입니다. 최근에 쇼핑몰 등에서 유저가 보유한 네이버나 다음 ID와 패스워드를 사용해서 로그인 할 수 있도록 해주는 서비스가 제공되고 있는데, 이러한 종류의 서비스를 제공하는데 사용되는 기술이 바로 REST API입니다. 또한 REST API를 사용하면 블로그를 운영하는 사람이 특정 유튜브 동영상을 자신의 블로그 기사에 올리고 그것이 재생되도록 하는 것도 가능해집니다.

　IT업계에도 기술 우월주의자들은 존재합니다. IT의 세계에서 대표적인 기술 우월주의자는 마이크로소프트입니다. 마이크로소프트는 REST API보다 훨씬 더 많은 기능을 구현할 수 있는 닷넷이라는 기술을 웹서비스 표준으로 만들기 원했지만 결국 이러한 시도는 실패하고 이들이 장난감 같은 기술이라고 폄하했던 REST API가 사실상의 웹서비스 표준이 되었습니다.

　한편 매쉬업과 롱테일이라는 키워드가 유행하던 웹 2.0 시기, REST API를 사용해서 로그인 기능이나 유튜브 동영상 콘텐츠, 지도데이터 등을 다른 사업자에게 제공하던 구글과 같은 플랫폼 사업자가 기대한 것은 이 API를 프로그래머가 아닌, 일반 유저들이 사용하는 것이었습니다. 이 정도로 쉬운 기술이라면 일반 사용자도 충분히 이용할 수 있을 것이라고 생각했던 것이지요. 일반 사용자들이 창의력을 발휘하여 여러 REST API를 조합해서 다양한 매쉬업 서비스를 제공한다면 그야말로 인터넷상에는 롱테일 서비스들이 넘쳐날 것이고 API 제공 사업자들은 그 엄청난 롱테일 서비스들이 기반으로 하는 지금보다 훨씬 더 거대한 플랫폼을 보유할 수 있게 될 것으로 기대했던 것입니다.

하지만 그것은 기술을 아는 기술자들 입장에서 쉬운 것이지 REST API의 사용방법이 아무리 간단하다고 한들 프로그래밍을 모르는 일반인들 입장에서는 닷넷이나 REST API나 이용할 수 없기는 매한가지입니다. 결국 REST API도 이것을 제공하는 사업자들이 기대했던 일반 사용자들이 아닌, 프로그래머들만 사용하는 API가 되었습니다. 이처럼 기술을 제공하는 측에서 그 기술을 사용하는 사용자의 입장을 제대로 이해하지 못했기 때문에 계획대로 되지 않았던 예는 그 밖에도 많이 있습니다.

결국 어떤 기술이 표준이 되는 데는 기술 자체의 우수성보다는 그 기술을 이용하는 사람들에 대한 이해가 더 중요하다는 사실을 알게 됩니다.

최근 국내에서는 한 백화점 체인점이 오프라인 백화점을 가상세계에 구현한 VR쇼핑 앱을 선보였습니다. 그런데 이 앱을 사용한 사람이 몇 명이나 될지 의문입니다. 개인적인 의견으로는 아무리 화려하고 멋있어 보이는 기술이라 하더라도 이것이 플랫폼으로 자리잡기 전까지는 굳이 대응하지 않는 것이 좋다고 생각합니다. 제가 보아온 바로 어떤 기술이 등장하고 초기에 그 기술을 사용해서 이런저런 서비스를 제공했던 사업자들치고 입소문 효과는 좀 누렸을 지 모르지만 그 서비스로 성공한 케이스는 하나도 없었습니다.

AR게임으로 유명한 포켓몬고 게임을 들어보거나 해보신 분들이 계실 것입니다. 포켓몬고 게임이 론칭한 시점은 2016년이었습니다. 그런데 이 게임이 사용한 AR기술은 이미 아이폰이 등장한 초기부터 사용되어 왔습니다. 스마트폰을 사용하던 초창기 시절 스마트폰 카메라로 주변 사물을 비추면 화면에 스타벅스나 커피빈 같은 커피숍 로고가 뜨는 앱을 보신 적이 있으실 것입니다. 화면에 비친 로고를 터치하면 지금 있는 곳에서 가까운 곳에 있는 해당 브랜드의 커피숍 정보를 보여줍니다. 이 앱이 바로 스마트폰 초창기 시절에 등장했던 AR앱 중 하나입니다.

이후 AR기술이 무르익어 포켓몬고 게임에 적용될 수 있는 수준으로 진화한 시점에 이러한 게임이 나오고 킬러앱이 된 것입니다. 아이폰 등장 초기에 포켓몬고가 나왔더라면 과연 지금과 같은 인기를 얻을 수 있었을까요? 사실 아이폰 등장 초창기에 만들어졌던 AR앱들 중 성공한 앱은 하나도 없습니다. 기술을 적용해서 콘텐츠를 만드는 회사들은 서두를 이유가 하나도 없습니다. 새로운 기술을 먼저 적용해서 콘텐츠를 만든다고 해서 플랫폼으로서의 선점 효과를 누리는 것이 아니기 때문입니다.

이러한 이유로 차세대 모바일 플랫폼을 추진하는 측이나 서비스를 제공하는 측 모두 기술 자체의 화려함에 현혹되어서는 안 된다는 점을 이야기하고 싶었습니다. 사실 4차 산업 혁명을 가능하게 하는 IT기술들은 어느 날 갑자기 등장한 새로운 기술들이 아닙니다. 대부분 컴퓨터가 발명되기 이전부터 그 이론적 토대를 갖추고 있는 기술들, 정보 혁명 시기 내내 사용되고 있는 기술들입니다. 예를 들어 블록체인만 하더라도 이것이 최근에 등장한 기술일 것으로 생각되지만 기술 자체는 이미 오래 전부터 사용되어온 P2P, 디지털 서명 암호화 기술과 같은 것들을 사용하고 있습니다. 블록체인은 이들 기술을 활용한 인터넷의 새로운 아키텍처입니다.

4차 산업 혁명은 사실 새로운 기술에 대한 것이 아니라, IT기업들이 기존의 기술을 가지고 발전시켜 온 기술 아키텍처를 금융이나 제조와 같은 전통산업 분야에 적용함으로써 일어나는 변화에 대한 것입니다. 전통산업이 IT산업 분야의 기술 아키텍처를 적용하게 되면 전통산업 분야에서도 플랫폼을 장악하는 일이 무엇보다 중요해지게 됩니다.

　이러한 사실을 인지하고 있는 IT기업과 기존 산업 분야의 발 빠른 기업들은 이미 꽤 오래 전부터 4차 산업 혁명 시대 전통산업 분야의 플랫폼을 장악하기 위한 치열한 물밑 경쟁을 전개해 오고 있습니다.

제8장
IT기업 플랫폼 비즈니스의 본질

위기에서 벗어난 베스트바이

2012년 8월, 위베르 졸리(Hubert Joly)가 베스트바이의 신임 CEO로 임명되었을 때 미국 최대 가전 유통업체로 성장한 이 회사는 창립 이래 최악의 시기를 보내고 있었습니다.

베스트바이는 당시 유행하던 쇼루밍(showrooming)이라는 현상의 최대 피해자였습니다. 쇼루밍이란 백화점 등의 오프라인 매장에서 쇼핑을 하는 고객들이 구매하고자 하는 물건을 눈으로 확인한 뒤 스마트폰을 사용하여 온라인 쇼핑몰을 통해 주문하는 현상을 일컫는 용어입니다.

고객들이 오프라인 매장까지 간 뒤 굳이 온라인 쇼핑몰을 통해 주문하는 이유는 분명했습니다. 대개의 경우 온라인 쇼핑몰에서는 같은 상품을 보다 저렴한 가격에 판매하고 있기 때문입니다. 스마트폰에 설치해 놓은 가격비교 앱을 연 뒤, 골라 놓은 상품에 붙어 있는 바코드를 스캔하기만 하면 해당 상품의 온라인 쇼핑몰 판매가를 비교해 줍니다. 소비자는 그 중 가장 저렴한 가격에 판매하고 있는 온라인 쇼핑몰로 들어가 상품을 주문하는 것입니다.

베스트바이가 쇼루밍 현상의 최대 피해자가 된 이유는 취급하는 주요 상품이 가전이었기 때문입니다. 가전이라는 제품의 특성상 바코드 검색이 용이하고, 제품 가격이 비싸기 때문에 가장 저렴한 온라인 쇼핑몰에서 구매할 경우 절약할 수 있는 비용도 커서 베스트바이는 그야말로 온라인 쇼핑몰의 쇼룸(전시장) 역할을 하게 된 참이었습니다.

뭔가 해결책이 필요했습니다. 졸리의 전임 CEO였던 브라이언 던 (Brian Dunn)은 베스트바이 매장에 전시된 전체 상품의 바코드 교체라는 특단의 조치를 취했습니다. 이제 베스트바이 매장을 방문한 고객들은 가격비교 앱을 열고 바코드를 스캔해도 온라인 쇼핑몰 가격비교 페이지로 넘어갈 수 없었습니다.

그 결과 스마트폰을 활용하여 쇼루밍을 하는 고객이 줄기는 했습니다. 문제는 매장을 방문하는 고객의 수 역시 크게 줄었다는 점이었습니다. 얼마 지나지 않아 베스트바이는 고객들이 다시 쇼루밍을 할 수 있도록 바코드를 원상복귀 시켰습니다. 이런 방법으로 해결될 문제가 아니었던 것입니다. 그리고 이번에는 오프라인 매장의 대대적인 축소와 정리해고를 단행합니다.

이러한 와중에 전임 CEO 브라이언 던이 젊은 여직원과 부적절한 관계를 맺었다는 스캔들에 휘말려 해고됩니다. 이에 더해 창립자인 리처드 슐츠 회장도 전임 CEO의 스캔들을 알고 있으면서도 묵인했다는 이유로 회장 자리에서 물러나게 됩니다. 고졸 출신의 말단 사원에서 CEO가 된 베스트바이의 성공 신화 브라이언 던을 쉽게 해고할 수 없었던 탓입니다.

일련의 사태를 겪는 동안 베스트바이의 주가는 사상 최저가를 기록하고 있었으며 2012년 1분기에만 17억 달러의 적자를 기록했습니다. 베스트바이는 그야말로 존폐의 기로에 서 있었습니다.

이런 상황에서 베스트바이의 신임 CEO로 임명된 위베르 졸리는 맥킨지 컨설턴트 출신으로, 기업 회생 전문가로서의 이력을 쌓아 온 인물입니다. T.G.I. 프라이데이로 유명한 글로벌 외식업체 칼슨의 CEO로서 재직기간 중 이 회사의 성공적인 회생을 도왔다는 평가를 받고 있습니다. 베스트바이는 그를 영입하기 위해 당시 회사 상황으로서는 과한 베팅이라는 논란을 불러일으키며 3년간 3,230만 달러의 보수를 약속했습니다.

졸리가 신임 CEO로서 뉴욕 월스트리트의 첫 투자자 미팅에서 베스트바이를 되살릴 5가지 방안을 발표했을 때 그 자리에 있던 사람들은 그의 프리젠테이션에 깊은 인상을 받았습니다. 하지만 누구도 그가 정말로 베스트바이를 구할 수 있을 것이라고는 믿지 않았습니다. 베스트바이는 2009년 파산한 동종업체 서킷시티와 같은 운명에 처할 것으로만 보였습니다.

그로부터 1년이 지난 2013년 가을, 베스트바이의 주가는 1년 전에 비해 3배가 뛰었고 꾸준한 실적 개선을 통해 2012년 10억 6,000만 달러 적자에서 2015년 12억 5,000만 달러 흑자로 전환할 수 있었습니다. 그 사이 무슨 일이 벌어진 걸까요?

위베르 졸리의 취임 이후 베스트바이는 가장 먼저 매장을 방문한 고객이 굳이 온라인 쇼핑몰에서 구매하는 이유가 되고 있는 가격 문제를 해결했습니다. 매장까지 와서 굳이 타 온라인 쇼핑몰을 통해 구매하는 고객을 잡기 위해 베스트바이는 고객이 매장 판매가보다 저렴하게 판매하고 있는 인터넷 쇼핑몰을 검색해서 보여주면 그 가격으로 판매했습니다.

다음으로 온라인 쇼핑객을 잡기 위해 베스트바이 온라인 사이트를 개선했습니다. 구매까지의 클릭 수를 줄이고 추천상품과 상품 리뷰를 늘렸으며 제품의 부속품이나 전용 액세서리를 간편하게 검색하여 구매할 수 있는 사이트도 별도로 오픈했습니다. 또한 매장에서만 판매하던 중고품과 반품된 상품, 재고 처분 상품을 모두 온라인 사이트로도 판매하기 시작했습니다.

한편 쇼루밍이라는 단어가 유행하고 있을 즈음 쇼핑객의 또 다른 행태가 주목 받았는데, 그것은 온라인으로 정보를 검색한 뒤 오프라인에서 구매하는 고객도 상당수 존재한다는 사실이었습니다. 이 현상은 웹루밍(webrooming) 혹은 역쇼루밍(reverse showrooming)이라는 용어로 불립니다.

베스트바이는 이 웹루밍 고객을 잡기 위해 베스트바이 온라인 사이트에서 오프라인 매장의 정보를 실시간으로 볼 수 있도록 했습니다. 오프라인 매장의 재고를 온라인 사이트에서 실시간으로 볼 수 있도록 하고 온라인 가격과 매장 판매 가격을 통일시켰습니다.

위베르 졸리 취임 이후 가장 큰 변화는 이전까지 어떻게든 비용을 줄이는 데만 급급했던 오프라인 매장을 강화하기 시작했다는 점입니다.

우선 온라인으로 주문하고 상품을 매장에서 받고자 하는 고객을 위해 고객이 온라인으로 주문하면 이틀 내에 가장 가까운 매장에서 물건을 받을 수 있도록 했습니다. 해당 매장에 재고가 없을 때는 타 점포에서 해당 매장으로 물건을 배송하도록 하고 원한다면 고객이 창고에서 직접 물건을 받을 수도 있도록 했습니다. 물건을 받는 시점에 제품 가격이 온라인으로 주문했을 때보다 내려가 있을 경우에는 변경된 가격을 적용해 주었습니다.

또한 IT제품 브랜드의 전용 체험공간을 더욱 강화하기 시작했습니다. 베스트바이는 2007년부터 매장 내에 애플의 전용 체험공간을 설치하고 전문 직원이 상주하면서 애플 제품의 구매를 돕고 있었습니다. 취임 후 졸리는 먼저 애플의 팀 쿡 CEO를 만나 애플의 체험 공간을 강화하고 더 많은 종류의 애플 제품을 판매하는데 합의했습니다.

이어서 새롭게 삼성과 마이크로소프트와도 계약을 체결하고 베스트바이 매장 내에 양 사의 전용 체험공간을 설치했습니다. 2015년 가을부터는 이동통신 회사인 버라이즌과 AT&T도 전용 체험공간을 설치하고 가입자를 유치하고 있습니다.

이들 유명 IT브랜드의 전용 체험공간 설치로 베스트바이는 다양한 IT제품을 한 곳에서 비교 체험해보고자 하는 고객들의 필요에 대응함으로써 매장 방문객을 늘릴 수 있었습니다. 그 결과 IT제품뿐만 아니라 매장 내 타 상품 판매도 증가함으로써 실적이 향상되었습니다. 2015년에는 베스트바이에서 판매된 애플 제품의 수가 애플 스토어를 통해 판매된 제품의 수보다 많았다고 합니다.

쇼루밍 현상에 고심하던 베스트바이가 상황을 타개하기 위해 취한 전략을 한마디로 표현하면 고객 눈높이에 맞춘 매장환경 바꾸기입니다. 고객의 쇼핑행태가 쇼루밍 혹은 웹루밍이라 불리는 형태로 바뀜에 따라 고객이 이러한 형태의 쇼핑을 좀 더 즐길 수 있도록 자사의 온라인 쇼핑몰과 오프라인 매장을 바꾼 것입니다. 이는 자사의 사정에 맞추어 바코드를 교체하는 등의 방법으로 고객의 쇼핑행태를 바꾸려던 이전과는 180도 달라진 모습이었습니다. 이러한 변화 덕분에 베스트바이는 존폐의 기로에서 살아남을 수 있었습니다.

베스트바이는 최근 옴니채널이라 불리며 유행하고 있는 오프라인 유통업자의 전략을 보여주는 좋은 예입니다. 온라인 사업자와의 극심한 경쟁에 직면한 오프라인 사업자들이 온라인 사업을 강화하는 한편, 매장에도 IT기술을 도입해서 온오프라인 통합형의 고객 쇼핑 경험을 향상시키는 전략을 꾀하고 있는 것입니다.

신선식품의 온라인 유통 비즈니스에 뛰어든 아마존

이러한 와중에 이들 전통적인 유통사업자들을 괴롭히고 있는 아마존은 지금까지 온라인 사업자가 하기 힘들어 했던 신선식품의 온라인 유통 비즈니스를 본격적으로 전개하고 있습니다.

2013년 6월, 초록색의 아마존 프레시 트럭이 미국 로스앤젤레스에서 보이기 시작하더니 12월부터는 샌프란시스코 지역에서도 눈에 띄기 시작했습니다. 아마존 프레시는 아마존이 제공하는 신선식품을 포함한 일용품 배송서비스로, 인터넷으로 주문하면 아마존의 배송 직원이 자체 트럭으로 24시간 이내에 배송해 줍니다. 99달러의 연회비를 내면 이틀 내무료 배송해주는 아마존 프라임처럼 회원제로 운영되는데, 연 299달러에 영화 및 TV드라마의 온디맨드서비스인 아마존 프라임서비스를 포함한 형태로 이용할 수 있습니다.

아마존 프레시는 2007년 아마존의 본거지인 시애틀에서 시범서비스 형태로 개시되었는데, 이후로도 꽤 오랜 기간을 시범서비스에 머무르다 2013년부터 로스앤젤레스를 시작으로 서비스를 확대하기 시작했습니다. 이후 2014년 7월에는 샌디에이고, 10월에는 뉴욕 브루클린, 2015년에는 영국 런던에서도 서비스를 개시했습니다.

식료품 유통 시장규모는 미국에서만 연 5,680억 달러로 추산되는 매우 거대한 시장입니다. 이 시장은 온라인 사업자가 취급하는 비율이 1% 미만인 상당히 낮은 상태로 지속되어 왔습니다. 그러나 인터넷 업계가 이런 거대 시장을 확보하기 위해 지금까지 손을 놓고만 있었던 것은 아닙니다. 닷컴 붐이 한창이던 1999년 중반 서비스를 개시한 웹밴 (Webvan)이라는 닷컴기업은 온라인 마트라는 컨셉으로 식료품 배송서비스를 개시, 한때 40억 달러 이상의 기업 가치를 자랑하는 회사로 성장했습니다. 이 회사는 도시 외곽에 설치한 물류센터에 상품을 보관해 두고 주문이 들어오면 여기서 상품을 포장하여 자체 트럭으로 고객에게 직접 배송해주는 서비스를 제공했습니다.

웹밴은 포장이나 배송과 같은 물류 자동화 기술을 사용하여 경쟁력을 확보했습니다. 웹밴이 개발한 전용 물류 시스템인 캐로젤은 피킹작업을 하는 작업자를 위해 청소로봇처럼 생긴 로봇 작업자 캐로젤이 회전하며 필요한 제품이 들어있는 선반을 이동시켜 줍니다. 이로써 더 빠른 피킹작업을 가능하게 했습니다. 웹밴은 또한 운송차량의 배차 및 배송 최적화 시스템을 자체 개발하여 배송 부문에서도 효율적인 시스템을 구축했습니다. 이렇게 해서 고객이 주문하면 식료품을 신선한 상태로 몇 시간 이내에 배송해주는 서비스를 제공할 수 있었습니다. 배송비는 건당 4.95달러였는데, 50달러 이상을 구매하면 무료로 해주었습니다.

IT기술로 무장한 효율화된 물류 시스템을 무기로 기존의 오프라인 식료품 유통시장을 잠식해 가겠다는 웹밴의 야심찬 계획에 대해 벤처캐피털들은 8억 달러라는 거액의 투자로 화답했습니다. 그러나 기대와는 달리 웹밴은 서비스 개시 이후 약 2년 만인 2001년 7월 결국 파산하게 됩니다.

파산의 직접적인 원인은 수익을 낼 수 있을 만큼의 충분한 주문량을 확보하지 못했기 때문이었습니다. 웹밴의 비즈니스 모델로 수익을 내기 위해서는 물류센터를 풀로 가동시킬 만큼의 주문 건수가 있어야 하고 1건 당 평균 주문금액이 물류비를 포함한 비용을 커버할 수 있는 수준 이상이어야 할 필요가 있었습니다. 웹밴의 초기 사업계획서를 보면 이들 조건을 충족시키며 수익을 내기 위해서는 물류센터의 하루 주문 처리 건수는 풀에 가까운 8,000건, 1건 당 평균 주문금액은 103달러 이상이어야 했습니다. 그 중 1건 당 평균 주문금액은 충족시켰으나 배송센터의 가동율은 40%에 불과했습니다.

웹밴과 같이 자체 물류센터에 상품을 보관해 두고 처리, 배송까지 해주는 비즈니스에는 부동산, 물류시설 가동, 인건비 등의 막대한 고정비용이 들어갑니다. 거기에 웹밴이 취급한 신선식품은 회전율은 높지만 이익율은 매우 낮은, 채산을 맞추기 어려운 상품입니다. 채산을 맞추기 위해서는 이익율이 높은 상품을 함께 배송해야 합니다. 대개 이익율이 높은 상품은 현재 아마존에서 취급하고 있는 도서나 가전, 의류와 같은 일반 상품들입니다. 웹밴은 식료품과 일반 상품을 함께 배송하는 체제를 갖추지 않으면 장기적으로 비즈니스를 유지할 수 없다고 본 듯합니다. 웹밴이 건설한 창고들은 단순히 식료품만 취급하는 것이 아니라 일반 상품들을 함께 취급할 수 있도록 설계되어 있었습니다. 웹밴이 아직 일반 상품을 취급하지 않고 있던 상황에서 물류센터의 이러한 구조는 매우 비효율적이었습니다.

웹밴은 서비스 개시 이후 18개월 만에 서비스 제공 지역을 9개 도시권으로 급속히 확장했는데 이를 위한 26개의 물류센터 건설비에만 10억 달러 이상의 비용이 소요되었습니다. 공격적인 투자로 단기간에 미국 전역에서 신선식품과 일반상품을 함께 배송할 수 있는 체제를 갖추고 아마존을 넘어서는 최대 온라인 유통사업자로 성장하려 했던 듯합니다.

문제는 시기적으로 좋지가 않았습니다. 때마침 불어닥친 닷컴 버블 붕괴는 투자자들의 투자 심리를 위축시켰고 웹밴의 나스닥 상장은 좌절되었습니다. 투자가 이루어지지 않는 상황에서 비즈니스의 특성상 필요로 하는 엄청난 금액의 고정비를 감당하지 못하고 웹밴은 끝내 파산하기에 이릅니다.

웹밴이 파산하기 직전인 2001년 4월, CFO에서 CEO로 승격한 로버트 스완은 "만일 상황이 달랐다면 우리 비즈니스 모델은 성공했을지도 모르지만 이미 너무 늦어 버렸다."라고 말하고 있습니다. 만일 상황이 달랐더라면 즉 웹밴이 운이 좋아 계속해서 투자자금을 끌어 모을 수 있었다면 미국의 오프라인 사업자들은 지금 아마존이 아닌, 웹밴을 상대로 고전하고 있었을지 모를 일입니다.

웹밴의 사례에서 볼 수 있듯이 자체 물류센터를 보유하고 온라인으로 식료품을 판매하는 비즈니스는 막대한 투자비와 고정비용을 감당할 수 있어야 하기 때문에 스타트업이 이 사업에 뛰어들 경우 성공 가능성을 담보하기가 매우 어렵습니다. 때문에 웹밴의 파산 이후 웹밴과 같은 비즈니스 모델로 투자자를 끌어 모은 스타트업은 더 이상 나타나지 않았습니다. 오직 거대 기업으로 성장한 아마존만이 자사의 사업 영역을 식료품 배송으로 확장하는 형태로 조심스럽게 아마존 프레시를 전개해 나가기 시작했던 것입니다.

아마존의 신선식품 배송에 대한 의지는 이미 오래 전에 시작된 것으로 보입니다. 아마존은 1999년에 당시 웹밴의 경쟁사였다 결국 웹밴에 인수된 홈그로서(HomeGrocer.com)에 4,250만 달러를 투자한 바 있습니다.

웹밴의 파산 이후에는 웹밴의 인적 기술적 자산을 끌어 모으기 시작했는데, 아마존 프레시 서비스를 제공하기 위해 영입된 4명의 이사가 웹밴 출신입니다. 또한 아마존이 2012년 7억 7,500만 달러에 인수한 키바 시스템즈(Kiva Systems)는 웹밴의 캐로젤 시스템을 개발했던 믹 마운츠가 2003년 설립한 회사로 캐로젤 시스템즈의 기술을 기반으로 만들어진 로봇 물류 시스템을 개발하고 있습니다.

아마존은 키바 시스템즈를 완전 자회사화하여 사명을 아마존 로보틱스(Amazon Robotics)로 변경하고 캐로젤 시스템의 기능을 더욱 향상시킨 물류 로봇을 2014년부터 주요 물류센터에 도입하기 시작했습니다. 현재 아마존 물류센터에 도입된 로봇은 이전 키바 시스템즈의 구기종에 비해 50% 많은 재고를 운반할 수 있게 되었다고 합니다. 2014년 말 아마존의 미국 내 50여개 물류센터 중 주요 10개 물류센터에서 15,000대의 로봇이 가동되었는데, 1년 뒤인 2015년 말에는 그 수를 큰 폭으로 늘려 13개 물류센터에서 30,000대의 로봇이 가동되고 있습니다.

아마존에 따르면 로봇을 도입한 물류센터에서는 주문을 처리하는데 드는 평균 시간을 크게 단축할 수 있었다고 합니다. 아마존 창고관리 소프트웨어의 거대 데이터베이스에는 창고 내에 있는 전체 상품과 놓여 있는 장소가 등록되어 있습니다. 고객이 상품을 주문하면 로봇은 해당 상품이 들어 있는 선반을 찾아서 패키지 센터로 운반합니다. 그러면 인간 작업자가 아이템을 골라 발송용 상자에 넣은 뒤 포장해서 컨베이어 벨트에 얹습니다. 상품은 그대로 트럭으로 운반됩니다. 이전에는 작업자가 일일이 선반까지 가서 아이템을 가져와야 했기 때문에 창고 내에 사람이 다닐 수 있는 공간을 확보해 놓아야 했고 고객이 주문한 후 발송까지 걸리는 시간이 약 1시간 반 정도 걸렸다고 합니다. 그런데 로봇을 도입한 이후 그 공간에 물건을 더 보관할 수 있게 되었고 발송까지 걸리는 시간은 15분 정도로 크게 단축되었다고 합니다.

아마존 로보틱스에서는 현재 아이템을 집을 수 있는 로봇을 개발하고 있습니다. 이것이 도입되면 현재 사람이 하고 있는, 로봇이 가져온 선반에서 물건을 집어 발송용 상자에 담는 작업을 로봇으로 대체할 수 있게 될 것입니다. 작업자는 포장 작업만 하면 됩니다. 아마존 입장에서는 지금보다 더 빠른 작업 속도와 비용 절감을 기대할 수 있게 되는 것입니다.

아마존과 같은 온라인 사업자가 신선식품 배송서비스를 미국 전역에서 제공하기 위해서는 고객의 주문에 대한 처리, 상품 픽업, 포장, 고객집에 배송되기까지 걸리는 시간을 지금까지 이상으로 더욱 단축시킬 필요가 있습니다. 이를 위해 아마존은 먼저 물류 로봇기술 도입을 통해 창고 업무를 효율화 했습니다. 그 결과 고객이 주문한 다음 상품이 포장되어 트럭에 실리기까지의 시간을 큰 폭으로 단축할 수 있었습니다.

아마존이 그 다음으로 노력하고 있는 것은 물류센터 혹은 배송센터에서 고객에게 배송되기까지의 라스트 원마일에 대한 배송시간을 단축시키는 부분입니다. 그러기 위해서는 먼저 물류센터의 수를 늘릴 필요가 있습니다.

지금까지 아마존은 전국용 배송에 가장 적합한 지역에 초대형 물류센터(National Fulfillment Center)를 구축하고 여기서 전국으로 상품을 발송하는 방식을 취해 왔습니다. 고객에 대한 배송은 외부 운송업자에 의해 이루어집니다. 이 방법은 가장 낮은 비용으로 온라인 주문에 대응할 수 있다는 점에서 지금까지는 가장 좋은 방법으로 여겨져 왔으나 물류센터에서 멀리 떨어진 지역에 대한 배송이 늦어진다는 단점이 있습니다.

적어도 24시간 내 배송이 이루어져야 하는 신선식품 배송서비스를 제공하기 위해서는 전국용의 초대형 물류센터와는 별도로 전국 각지에 지방용 물류센터(Regional Fulfillment Center)를 구축할 필요가 있습니다. 이렇게 하면 모든 지역에 대해 빠른 배송서비스를 제공하는 것이 가능하지만 큰 폭의 설비 투자비 및 운영비의 증가로 이어집니다. 또한 재고의 주문과 관리도 복잡해진다는 단점이 있습니다. 하지만 아마존이 신선식품 배송서비스 제공 지역을 늘려 가기 위해서는 반드시 필요한 부분이기 때문에 이에 대한 투자를 지속하고 있습니다.

사실 아마존은 이 문제를 해결하기 위해 오프라인 유통체인 홀푸드까지 인수했습니다. 소비자 가까이에 있는 오프라인 매장이 있다면 이 문제를 보다 쉽게 해결할 수 있기 때문입니다. 실제로 아마존은 홀푸드 매장을 판매 매장으로서 뿐만 아니라 지역 배송 거점으로도 활용하고 있는데, 온라인으로 주문한 고객이 홀푸드의 드라이브 픽업 장소에서 상품을 픽업해 갈 수 있는 서비스를 제공하고 있습니다.

30분 이내 배송서비스를 실현하기 위한 아마존의 노력

다음으로 필요한 부분은 보다 빠른 배송서비스입니다. 이를 위해 아마존은 아마존 프레시에서 자체 트럭과 직원이 직접 배송해주는 형태를 시도해 보고 있습니다. 그러나 2014년 이후 미국 우체국 택배(USPS)와 제휴하여 아마존 프레시 배송서비스를 제공하는 지역을 늘려 가고 있어 향후 아마존이 직접 배송서비스까지 제공하려는 생각인지는 확실하지 않습니다.

배송 부문에서 아마존이 가장 신경 쓰는 부분은 직접 배송할 것인지 아닌지보다는 배송센터에서 직접 고객에게까지 배송되는 라스트원마일 배송을 얼마나 빠른 시간 내에 해줄 수 있을 것인가 하는 데 있습니다. 그러면서도 가능한 비용을 줄이는 것을 목표로 다양한 배송서비스를 시범적으로 제공해보고 있습니다.

2014년 말 아마존은 프라임 나우라는 빠른 배송서비스를 개시했습니다. 현재 뉴욕 맨하탄 등 극히 일부 지역에서 25,000여 품목의 상품을 1시간 이내에 배송해주는 서비스를 제공하고 있습니다. 아마존 프라임 고객에 대해 2시간 내 배송은 무료, 1시간 내 배송은 건당 7.99달러에 제공합니다. 프라임 나우를 통한 1시간 내 배송서비스를 위해 아마존은 서비스 지역 중심부에 있는 건물을 임차하여 미니 물류센터를 설치하고 있습니다. 이 물류센터에 구비된 상품들을 아마존 직원이 직접 배송하거나 몇몇 자전거 택배업체와 제휴하여 배송합니다.

프라임 나우는 지난 1999년 아마존이 1억 2,000만 달러를 투자했던 코즈모(Kozmo)라는 닷컴기업의 서비스 모델과 거의 유사합니다. 1998년 설립된 코즈모는 뉴욕 등 일부 지역에서 수천 종류의 상품을 2,000명에 이르는 자사 직원이 직접 자전거를 사용하여 1시간 내에 배달해주는 서비스를 제공, 큰 인기를 끌었습니다. 당시 코즈모는 투자자들의 많은 관심을 받으며 나스닥에 상장까지 했지만 웹밴과 마찬가지로 닷컴 버블이 붕괴된 후 2001년 파산했습니다. 코즈모의 파산 역시 높은 고정비 때문이었습니다. 수천 명에 이르는 배달원을 직접 고용하고 1시간 이내에 배송해주기 위해서는 많은 고정비가 드는데, 채산성을 맞출 수 있을 만큼의 비용을 고객으로부터 받기가 어려웠던 것입니다.

아마존 프라임 나우도 인건비 문제를 피할 수 없을 것으로 보이는데, 이 문제를 해결하기 위해 아마존은 드론 배송과 소셜 공유형 배송 모델을 시범적으로 선보이고 있습니다.

아마존은 2013년 드론으로 물품을 배송하는 아마존 프라임 에어라는 서비스를 발표하고 2014년에는 드론 시범비행을 거쳐 드론 배송 시스템 특허를 신청했습니다. 2015년에 미국 특허 상표청은 아마존이 출원한 드론 배송 시스템 특허를 승인했는데, 공개된 특허 내용을 보면 각 드론은 주문자의 스마트폰에 탑재된 GPS 정보를 기반으로 위치를 파악한 뒤 물품을 배송합니다. 따라서 주문자가 현재 있는 위치에서 상품을 받아볼 수 있습니다. 향후 드론 배송에 대한 법적인 문제와 배송서비스에 활용할 수 있을만한 기술적인 문제가 해결되어 드론 배송이 실현된다면 아마존은 빠른 배송서비스에 드는 높은 비용 문제를 해결할 수 있게 될 것입니다.

2015년에는 아마존 플렉스(Amazon Flex)라는 서비스를 선보였습니다. 아마존 플렉스는 일반인이 차량과 스마트폰을 소유하고 있으면 아마존 프라임 나우의 배달 업무를 할 수 있는 등록제 서비스입니다. 심사를 거쳐 등록된 사람은 자신이 원하는 시간에 배달 업무를 할 수 있으며 2시간, 4시간, 8시간 등으로 배달 시간을 선택할 수 있습니다. 1시간 당 18달러에서 25달러의 보수를 받을 수 있으며 하루 최대 12시간까지 일할 수 있습니다.

아마존 입장에서는 직원을 고용하는 부담 없이 일반인을 배송 직원으로 활용할 수 있다는 점에서 고정 비용을 줄일 수 있습니다. 일각에서는 아마존이 배송회사와의 가격 딜에서 유리한 입장을 점하기 위해 이 서비스를 개시했다는 의견을 제시하기도 합니다. 아마존 플렉스 서비스를 운영해 본 뒤 여기에 드는 운영비와 배송회사에 지불하는 서비스 이용료를 비교하여 배송회사 측에 더 낮은 단가를 요구하려 한다는 것입니다. 어찌 됐든 배송과 관련된 아마존의 모든 움직임의 가장 큰 목적이 비용을 줄이려는 데 있음은 분명해 보입니다.

배송과 관련한 아마존의 또 다른 움직임은 이동 중인 트럭에 상품을 보관해 두고 고객의 주문이 있을 때 즉시 배송하는 방법입니다. 기존 물류센터의 규모를 늘리기는 힘들기 때문에 상품을 더 많이 보관할 수 있는 장소로 이동 중인 트럭을 활용한다는 생각인 것입니다. 아울러 트럭이 고객이 사는 곳 주변을 이동하고 있기 때문에 주문이 들어오면 바로 배송해 줄 수 있어 배송시간을 극적으로 단축시킬 수 있습니다.

이와 관련한 움직임으로 아마존은 2012년 8월 미국 특허청에 예측발송 시스템에 대한 특허를 신청했는데, 2013년 12월 이 특허에 대한 최종 승인을 받았습니다. 이 시스템은 아마존 고객의 개별 주문 이력과 빈도를 분석하여 문자 그대로 유저가 주문하기 전에 주문을 미리 예측하고 상품을 발송하는 것입니다. 개개의 주문 이력과 빈도뿐만 아니라 지리 데이터나 연령층 분석, 고객의 위시리스트 내용 등도 고려에 넣어 정확성을 높일 계획이라고 합니다.

특허 내용을 보면 상품이 최종 수취인 없이 출하되고 배송 도중에 배송지가 결정되는 시스템입니다. 어느 집에서 우유를 주문하면 가까운 곳을 지나는 트럭이 우유를 싣고 가다가 주문한 집으로 배송해 주는 식입니다. 고객은 가까운 곳을 지나는 트럭이 보관하고 있는 상품 정보를 실시간으로 스마트폰으로 확인할 수 있고 이 정보를 기반으로 상품을 주문하면 거의 실시간으로 배송 받을 수 있습니다.

2015년 3월에는 3D 프린터를 실은 트럭이 그 3D 프린터로 상품을 제조하여 배송하는 시스템에 대한 특허를 취득했습니다. 이 시스템을 활용하면 액세서리나 인형 등 3D 프린터로 제조 가능한 제품에 대해 고객이 직접 디자인한 제품을 주문 고객 가까운 곳을 지나는 트럭에 실린 3D 프린터로 바로 제조하여 배송해 줄 수 있습니다.

살펴본 것처럼 현재 아마존이 식료품 배송을 위해 하고 있는 비즈니스 모델은 지난 닷컴버블 시기에 생겨났다 가장 빠른 속도로 사라져 간 몇몇 닷컴 기업들의 그것과 크게 다르지 않습니다. 물론 현재 아마존의 입장과 그들 닷컴 기업들의 입장은 크게 다르지만 그 비즈니스 모델이 성공하기 매우 어려운 것만큼은 분명합니다. 때문에 시장에서는 과연 아마존이 식료품 배송서비스를 성공시킬 수 있을 것인가에 대해 의심의 눈초리를 거두지 않고 있습니다.

아마존 역시 그 사실을 잘 알고 있기에 너무 서두르다 빠르게 사라져 간 이들 닷컴기업의 전철을 밟지 않도록 매우 조심스럽게 서비스를 전개해 나가고 있습니다. 아울러 현재 활용할 수 있는 다양한 테크놀러지와 비즈모델을 사용한 다양한 배송서비스를 시범적으로 선보이며 빠른 배송서비스를 적은 비용으로 제공할 수 있는 방법을 모색해 나가고 있습니다. 아마존의 더 나은 배송서비스에 대한 집착은 과도하다는 생각이 들 정도입니다. 그렇다면 아마존이 이토록 더 나은 배송서비스에 열을 올리는 진짜 목적은 따로 있는 것이 아닐까요?

아마존의 최종 목적은 온오프라인 유통사업자를 위한 배송 플랫폼이 되는 것

2015년 12월, 한 물류 전문지의 보도 기사가 물류 업계에 충격을 던졌습니다. 아마존이 자체 화물운송 비행기 20대를 구입하기 위해 아마도 보잉사와 교섭하고 있다는 내용의 기사였습니다. 물류 업계에서는 지금까지 최대 고객이었던 아마존이 자체적으로 물류 운송을 하려 한다는 점에서, 나아가 아마존이 제3자 물류도 취급함으로써 물류기업의 경쟁사가 될 수도 있다는 점에서 이것은 매우 충격적인 기사였습니다.

2016년 초 물류업계의 이러한 우려는 현실로 드러났는데, 아마존이 비선박 운항업자(Non Vessel Operating Common Carrier), 즉 선박을 가지지 않는 화물 운송사업자로서 중국과 미국 간 화물 운송사업을 할 수 있는 승인을 받은 것입니다. 구체적으로는 북경에 거점을 둔 아마존의 자회사(Beijing Century Toyo Courier Service)가 이 사업권을 취득했습니다. 이로써 아마존은 자사의 물류 운송뿐만 아니라 제3자에게도 물류 운송 서비스를 제공할 수 있게 되었습니다.

이 서비스의 주 이용 고객은 중국의 공장에서 상품을 대량으로 생산하여 미국에서 판매하고자 하는 판매자들이 될 것입니다. 아마존이 중국의 공장에서 미국으로 상품을 운반하는데 필요한 대량의 항공편, 배편, 트럭의 남는 공간을 도매가로 구매해 두었다가 판매자가 요청을 하면 필요한 만큼만 판매하는 방식입니다. 판매자 입장에서는 예를 들어 전용 앱을 사용하여 운송하고자 하는 상품을 사진으로 찍고 필요한 정보를 입력하면 자동으로 비용이 계산되어 나옵니다. 국제간 상품 거래에 필요한 서류 수속도 대행해 주기 때문에 간단한 방법으로 상품을 해외로 보낼 수 있습니다. 그러나 이 정도 서비스로 현행 물류 회사들과 경쟁하기는 어려울 것입니다. 아마존이 제공하고자 하는 물류 운송 서비스는 현재 아마존이 제공하고 있는 FBA(Fulfillment by Amazon)서비스와 연계되었을 때 막강한 경쟁력을 발휘할 수 있을 것으로 보입니다.

아마존은 현재 아마존 쇼핑몰을 통해 상품을 판매하는 제3자 판매자들에 대해 FBA(Fulfillment by Amazon)라는 물류대행 서비스를 제공하고 있습니다. 아마존은 FBA를 통해 상품의 창고 보관, 포장, 발송 업무를 수탁하고 있습니다. FBA서비스를 이용하는 판매자들은 아마존에 상품 판매 페이지를 만들어 두고 상품은 아마존 창고에 위탁해 두기만 하면 됩니다. 상품이 판매되면 아마존이 상품을 포장하여 발송합니다. 물류센터에서 고객 집까지 배송되는 라스트 원마일 배송은 아마존의 다른 상품들처럼 물류 사업자에 위탁하고 있습니다. 판매자들은 상품이 판매될 때마다 판매 대금 중 일부를 아마존에 수수료로 지불하게 됩니다. FBA서비스를 통해 얻는 아마존의 수익은 증가 추세인데, 2013년 아마존은 전체 수익 745억 달러 중 44억 달러를 FBA서비스를 통해 벌어들였습니다. FBA서비스를 이용하는 판매자 입장에서는 판매량 증가를 기대할 수 있는데, 그 이유는 아마존 프라임 배송서비스를 이용할 수 있게 되기 때문입니다.

아마존은 상품을 직 매입해서 창고에 보관해 두었다가 판매하는 방식으로 이커머스 사업을 운영하고 있습니다. 전 세계 120여 개에 이르는 아마존 창고들은 이렇게 직매입한 아마존의 상품을 보관하는데 사용되고 있습니다. 이러한 사업 구조를 바탕으로 아마존은 아마존 프라임이라는 이틀 내 배송을 보장해주는 서비스를 제공하고 있습니다. 이틀 내 배송서비스는 아마존이 물류 창고를 자동화하여 상품의 빠른 출고를 가능하게 하는 한편 다양한 배송업자를 사용하여 빠른 라스트 원마일 배송을 실현함으로써 가능해졌습니다. 아마존은 여러 배송업자를 사용함으로써 비교적 저렴한 비용으로 빠르고 편리한 배송서비스를 제공할 수 있는 방법을 탄력적으로 운영하고 있습니다. 예를 들어 일반적으로 사용하는 배송업자 외에 추가로 특정 배송업자를 사용하여 빠른 배송과 날짜 지정 서비스를 제공합니다. 또한 어느 배송업자가 바쁜 시기에는 다른 배송업자에 의뢰하고 상품의 크기에 따라 다른 배송업자를 사용하는 식입니다.

고객은 연 99달러의 연회비를 지불하고 아마존 프라임 서비스에 가입하면 추가 배송료 없이 구매한 상품에 대해 이틀 내 배송을 보장받게 됩니다. 아마존은 자사 사업 내용에 대해 구체적인 내용을 밝히지 않기로 유명하기 때문에 정확히 알 수는 없지만 다양한 자료를 근거로 전문가들이 추산한 바에 따르면, 현재 전 세계 아마존 고객 2억 4,400만 명 중 4,600만~5,400만 명 정도가 아마존 프라임 서비스에 가입하고 있다고 합니다.

이들 아마존 프라임 서비스 가입 고객은 일반 고객에 비해 더 많은 상품을 구매하는 고객들입니다. 일반 고객의 연간 상품 구매금액이 625달러인데 비해 아마존 프라임 고객은 연간 1,500달러를 구매한다고 합니다. 제3자 판매자들은 상품을 직접 배송하기 때문에 아마존 프라임 고객 입장에서는 제3자 판매자의 상품을 구매하게 되면 추가 배송료를 지불해야 할 뿐만 아니라 이틀 내 배송도 보장받기 어렵습니다. 그런데 제3자 판매자가 FBA서비스를 이용하게 되면 아마존 프라임 고객 입장에서 다른 구매 상품과 함께 무료로 이틀 내 배송이 되기 때문에 상품을 구매할 가능성이 높아지게 됩니다. 실제로 2014년 FBA서비스를 이용한 판매자들은 평균 65%의 이익 증가율을 보였다고 합니다.

FBA서비스를 이용하는 판매자들은 특히 해외 판매에서 큰 혜택을 볼 수 있습니다. 상품이 해외에서 판매될 경우 해당 상품을 그때마다 일일이 해외로 배송하게 되면 비용도 많이 들 뿐만 아니라 구매자 입장에서 여러 날을 기다려야 하는 문제가 생깁니다. 이때 FBA서비스를 이용하게 되면 상품을 미리 해당 국가의 아마존 물류센터에 보관하고 있다가 판매가 되면 해당 지역의 아마존 물류 서비스를 통해 배송이 되기 때문에 훨씬 효율적입니다.

이제 아마존이 제공하고자 하는 국제 물류 운송서비스와 FBA서비스를 연결해 볼까요? 그러면 예를 들어 중국에서 제품을 생산하는 생산자 입장에서 직접 미국에 있는 개별 고객에게 상품을 판매할 수 있는 길이 열리게 됩니다. 미국 아마존 웹사이트에 상품 판매 페이지를 만들어 두기만 하면 상품은 아마존이 벌크로 직접 가져가서 미국의 아마존 물류센터에 보관해 두고 구매한 고객의 집으로 일일이 배송해 줍니다. 중국의 생산자는 벌크로 생산된 상품을 아마존에 맡기기만 하면 다른 어떤 작업 없이 미국 내 아마존 개인 고객에게 상품을 판매할 수 있게 됩니다. 비용 측면에서도 미리 서비스 이용료를 지불하는 것이 아니라 판매된 상품에 대한 판매 대금을 아마존을 통해 입금 받을 때 정해진 수수료를 떼기만 하면 됩니다.

아마존은 드래곤 보트(Dragon Boat)라는 프로젝트 명으로 중국과 인도 등의 제품 생산자들이 직접 미국의 개별 고객에게 상품을 판매할 수 있는 아마존에 의한 글로벌 공급망(Global Supply Chain by Amazon) 계획을 추진하고 있습니다. 이 구상이 실현되면 글로벌 생산자가 중간 유통기업을 거치지 않고 직접 소비자에게 판매할 수 있는 길이 열리기 때문에 아마존 고객들은 지금보다 훨씬 더 저렴한 가격으로 해외에서 생산된 제품을 구매할 수 있게됩니다.

아마존은 연간 4,000~4,500억 달러 규모라고 하는 거대한 글로벌 물류서비스 시장에 진입하면서 기존의 물류회사들에는 없는 가치를 서비스 이용자들에게 제공하게 되는 것입니다. 글로벌 제품 생산자들에게 번거로운 작업이나 물류비용에 대한 초기 부담 없이 개별 소비자들에게 직접 상품을 판매할 수 있는 기회를 제공합니다. 아울러 일반적으로 더 많은 상품을 구매하는 아마존 프라임 고객에 대한 접근성을 높여 더 많은 상품이 판매될 수 있는 기회도 제공합니다.

현재 아마존은 2억 종류의 상품을 직접 판매하고 있습니다. 그러나 현재 200만 명에 이르는 제3자 판매자들을 통해 판매하는 상품은 20억 종류에 이릅니다. 그리고 전체 아마존 판매량의 40%를 이들 제3자 판매자들이 담당하고 있습니다. 앞으로 이들 제3자 판매자들을 통해 판매되는 상품의 수는 더 늘어나게 될까요? 아마도 그럴 것입니다. 최근 기존의 오프라인 유통업자들이 옴니채널이라는 키워드 하에 온라인 비즈니스를 강화하고 있는데 이러한 흐름은 이커머스 물류 플랫폼을 제공하고자 하는 아마존에 위협이 되기보다는 기회가 될 가능성이 큽니다.

현재 아마존이 식료품 배송과 30분 이내에 배송되는 프라임 나우 서비스를 위해 구축하고 있는 지방용 물류센터와 도심부의 프라임 배송센터를 포함하는 물류 네트워크가 완성되면 아마존은 이것을 서비스 형태로 제3자 판매자들도 이용할 수 있도록 할 가능성이 높습니다. 이렇게 되면 오프라인 유통업자 등의 경쟁자들은 아마존과 같은 수준의 물류 네트워크를 직접 구축하기보다는 아마존의 서비스를 이용하려 할 가능성이 높습니다. 이렇게 되면 아마존은 옴니채널 서비스를 제공하는 오프라인 유통업자에게까지 물류 서비스를 제공하는 거대 물류 플랫폼 사업자로서 수익을 올리게 될 것입니다.

오프라인 유통업자들은 아마존을 경쟁자로 보고 아마존을 이기기 위해 옴니채널 전략을 추진하고 있습니다. 그러나 이들이 간과하고 있는 사실은 아마존이 그리고 있는 궁극적인 그림은 이들 오프라인 유통업자들과 경쟁하는 것이 아닌, 이들을 아우르는 거대 이커머스 플랫폼을 제공하는 것이라는 사실입니다. 성공하는 인터넷 사업자의 플랫폼 전략이란 이처럼 다른 회사들과 경쟁해서 이기는 것이 아니라 경쟁사들이 자사의 서비스를 이용하도록 함으로써 수익을 올리는 방식이라고 할 수 있습니다.

3부
4차 산업 혁명을
가능하게 하는 IT기술들

2005년 즈음 미국의 IT업계에는 웹 2.0이라는 키워드가 시장을 강타했습니다. 본래 웹 2.0이라는 개념은 IT컨퍼런스 주관업체인 미디어 라이브 인터내셔널이 컨퍼런스 주제에 대한 브레인스토밍을 하는 과정에서 탄생했다고 합니다. 이렇게 해서 매년 가을 미국 샌프란시스코에서는 웹 2.0 컨퍼런스가 개최되게 됩니다.

2004년 10월 개최된 제1회 웹 2.0 컨퍼런스에서는 야후의 제리양, 아마존의 제프 베조스, 넷스케이프의 마크 안드레센과 같은 IT 유명인사들이 대거 참석해서 앞으로의 인터넷 시장에 대한 전망을 내놓았습니다. 이후 웹 2.0이라는 단어가 미디어에 간간이 등장하기는 했지만 그때만 해도 큰 관심을 끌지는 못했습니다.

그러던 중 웹 2.0이 갑자기 폭발적인 관심을 끌게 된 것은 2005년 9월, 오픈소스 관련 기술서적을 전문으로 발간하고 있는 오라일리미디어의 대표 팀 오라일리가 내놓은 '웹 2.0이란 무엇인가'라는 한 편의 논문 때문이었습니다. 이제 인터넷 서비스는 초창기 웹이 지향했던 오픈과 공유라는 방향으로 가고 있고 이것이 IT버블 붕괴 이후 침체되어 있던 웹의 부흥으로 이어질 것이라는 것이 그 주요 내용이었습니다. 팀 오라일리가 웹의 부활을 선언한 것이었습니다.

논문이 발표된 직후인 2005년 10월 개최된 제2회 웹 2.0 컨퍼런스는 1회 때와는 비교도 할 수 없을 만큼 큰 관심을 모았고 이후 미디어들은 거의 매일같이 웹 2.0에 대한 기사를 쏟아냈습니다. 팀 오라일리의 논문이 발표된 이후 웹 2.0이란 무엇인가에 대한 수많은 기사와 서적이 쏟아져 나왔지만 그 의미를 명확히 이해하는 것이 쉽지는 않았습니다. 2005년 이후 벤처 캐피털로부터 투자를 받는 대부분의 스타트업은 웹 2.0을 사업모델로 내세웠지만 그 수익모델은 불분명한 것들이 많았습니다. 한쪽에서는 웹 2.0이야말로 인터넷 기업의 미래라고 주장하고 또다른 한쪽에서는 웹 2.0은 제2의 IT버블에 불과하다고 주장했습니다.

시간이 많이 지난 지금, 뒤돌아보면 대다수 사람들이 그 의미를 명확히 이해하지는 못했음에도 불구하고 IT시장은 웹 2.0이라는 방향으로 흘러 갔음을 알 수 있습니다. 지금 현재 IT시장에서 가장 높은 기업가치를 인정받고 있는 인터넷 기업은 오픈과 공유를 키워드로 하는 기업들입니다. 당시 웹 2.0과 관련한 빅뉴스 중 하나는 구글이 유튜브라는 수익모델도 없는 동영상 공유 사이트를 16억 5,000만 달러라는 엄청난 금액에 인수했다는 뉴스였습니다. 당시 무료로 누구라도 사용할 수 있도록 제공했기에 전혀 돈을 벌지 못했던 이 사이트는 이제는 광고를 통해 엄청난 돈을 벌어들이고 있습니다. 현재 구글에 있어 이 회사의 가치라는 것은 당시 지불했던 액수가 너무 적게 느껴질 정도입니다.

당시 그다지 주목 받지 못하고 있던 페이스북은 무료로 제공되는, 수익모델도 없는 작은 SNS사이트에 불과했습니다. 이 작은 회사는 2007년부터 다른 인터넷 사업자들이 자사의 고객 데이터를 활용할 수 있도록 하는 API를 무료로 제공하기 시작했습니다. 이 무료 정책은 큰 성공을 거두어 페이스북은 전 세계 가입자 수 20억 명을 자랑하는 초대형 서비스로 성장했습니다. 2018년 5월 시점 페이스북의 시가총액은 5,376억 달러에 달하고 2018년 1분기에만 119억 6,000만 달러의 매출을 기록했습니다.

오픈과 공유의 힘을 잘 알고 있던 페이스북은 2012년, 당시 사용자 수 3,000만 명에 불과하고 수익모델도 전혀 없었던 인스타그램을 10억 달러에 인수합니다. 당시 이 인수 건에 대해 투자 전문가들은 부정적인 의견을 제시했지만 현재 인스타그램의 위상을 생각해 보면 매우 성공적인 투자였음이 분명합니다.

일반 기업들 입장에서는 이해하기 힘든, 오픈과 공유라는 가치가 엄청난 수익 창출로 이어지는 인터넷 세계의 이러한 구조는 이들 서비스가 클라우드 기반으로 제공되기 때문에 가능해집니다. 클라우드 기반으로 서비스가 제공될 때 고객은 그 서비스를 이용하면서 가치 있는 빅데이터를 생성해서 서비스 제공 기업 측에 넘겨주게 됩니다. 서비스 제공 기업은 이 빅데이터를 메타데이터로 활용해서 사용자에게 가치 있는 정보를 제공하는 한편 자사의 수익 창출로 이어질 수 있는 알고리즘을 개발합니다. 이 알고리즘을 담고 있는 소프트웨어는 다시 클라우드 기반으로 서비스됩니다.

4차 산업 혁명 시대에는 무엇보다 종류는 더 다양해지고 그 양은 기하급수적으로 증가하게 될 빅데이터를 처리하는 기술이 중요해지게 됩니다. 지금까지는 빅데이터를 활용해서 가치 있는 서비스를 만들 수 있는 알고리즘을 사람인 프로그래머가 만들고 있습니다. 그런데 이것을 컴퓨터가 할 수 있도록 해주는 기술이 바로 4차 산업 혁명의 핵심 기술들입니다. 여기에는 컴퓨터가 스스로 처리할 수 있도록 빅데이터를 구조화하는 기술, 그리고 구조화 된 빅데이터로 컴퓨터가 스스로 알고리즘을 만들 수 있도록 해주는 머신러닝(기계학습) 기술이 있습니다. 이 머신러닝 기술이 바로 우리가 흔히 말하는 인공지능 기술입니다.

4차 산업 혁명 시대에는 컴퓨터가 직접 만든 알고리즘을 우리 주변에 있는 모든 사물들이 직접 실행에 옮기게 되는데, 바로 이것이 사물인터넷입니다. 사물인터넷 시대에 우리 주변에 있는 모든 사물은 어떤 형태로든 인터넷에 연결되어 소프트웨어로 제어되는 디지털 디바이스로서 기능하게 됩니다. 4차 산업 혁명 시대에는 이 제어 소프트웨어를 만드는 알고리즘을 컴퓨터가 직접 만들고 인터넷에 연결된 사물들이 그 소프트웨어의 지시에 따라 움직이게 되는 것입니다.

여기에 더해 인터넷을 통해 수많은 사물들이 주고받는 정보를 암호화할 수 있는 블록체인 기술이 더해지면 지금까지 보안상의 문제 때문에 불가능했던 민감한 금융 데이터, 건강 데이터 등의 인터넷을 통한 거래가 가능해져 지금까지 불가능했던 더 많은 서비스들이 인터넷을 통해 가능해지게 됩니다. 앞서 인더스트리 4.0에서 설명드린 독일 제조기업들이 생각하는 제조업의 새로운 비즈니스 구조도 이러한 기술들의 발전과 함께 비로소 가능해지게 됩니다.

이제 3부에서는 현재, 그리고 4차 산업 혁명 시대에 보편화될 각종 IT 기술들, 그리고 그 기술들이 가지는 의미에 대해 설명 드리도록 하겠습니다.

제9장
클라우드와 빅데이터

웹서비스에서 사용자를 식별하고 데이터를 수집하는 방법

웹이 발명되고 시간이 지나면서 단순히 웹페이지를 보여주는 것이 아니라 인터넷 쇼핑몰과 같이 특별한 서비스를 제공하는 사업자들이 등장하게 됩니다. 이들 사업자들은 웹서버에 일종의 컴퓨터 프로그램, 즉 소프트웨어를 탑재하고 서비스를 제공했습니다. 웹서버에 컴퓨터 프로그램이 필요했던 이유는 사용자를 식별할 필요가 있었기 때문입니다. 예를 들어 단순히 웹페이지를 보여주는 경우라면 굳이 사용자를 식별할 필요가 없습니다. 모든 사용자에게 똑같은 웹페이지를 보여주면 되기 때문입니다.

하지만 쇼핑몰 사이트에서는 사용자를 식별할 필요가 있습니다. 예를 들어 A라는 유저가 쇼핑몰 카트를 클릭했을 때 보여지는 상품 리스트와

B라는 유저가 쇼핑몰 카트를 클릭했을 때 보여지는 상품 리스트는 달라야 합니다. A라는 유저가 쇼핑몰 카트를 클릭했을 때는 A라는 유저가 이전에 카트에 담아두었던 상품이 보여져야 하고 B라는 유저가 쇼핑몰 카트를 클릭했을 때는 B라는 유저가 이전에 카트에 담아두었던 상품이 보여져야 합니다.

이것을 가능하게 하기 위해 쇼핑몰 사이트에서는 이용자가 웹사이트에 가입하는 절차를 거치게 했습니다. 개별 유저에게 고유의 ID를 발급하고 각자가 이것을 패스워드를 사용해서 관리하게 하는 것입니다. 가입할 때 사용자는 자신의 이름, 주소, 전화번호 등을 등록합니다. 가입한 후에 각 유저는 자신의 고유 ID로 로그인해서 상품을 열람하고 구매하는 등의 활동을 하게 됩니다. 웹서버의 프로그램은 사용자가 가입 시 입력한 정보, 사용자의 로그인 정보, 사용자의 상품 열람 정보, 구매정보 등을 보통은 별도의 서버에서 운영되는 사업자 데이터베이스에 저장합니다.

쇼핑몰에 가입한 A라는 유저가 자신의 고유 ID로 로그인하면 이때부터 사용자 PC와 정보를 제공하는 사업자 서버는 사용자가 로그아웃 할 때까지 지속적인 연결 상태에 있게 됩니다. 사업자 서버는 정보를 요청하는 것이 A라는 유저라는 사실을 계속해서 확인하면서 유저가 정보를 요청하면 데이터베이스에 저장되어 있는 A유저의 정보를 가져와서 보여주게 됩니다. 예를 들어 쇼핑몰 카트를 클릭하면 A유저가 이전에 카트에 담아 두었던 상품 리스트를 보여주고 구매 리스트를 클릭하면 A유저가 이전에 구매한 구매 내역을 보여줍니다.

시간이 지나면서 사용자를 식별하는 프로그램은 더욱 영리해져서 웹사이트에 접속한 사업자가 로그인하지 않아도 유저를 식별할 수 있는 방법이 개발되었습니다.

　우리가 인터넷에서 웹페이지를 열람하는 일을 가능하게 해주는 것은 사용자 PC에 탑재된 웹브라우저 소프트웨어와 서버 측에 탑재된 웹서버 소프트웨어입니다. 사용자가 웹브라우저에서 URL을 입력하면 웹브라우저는 해당 웹페이지를 가지고 있는 웹서버 소프트웨어에 정보를 요청합니다. 그러면 웹서버 소프트웨어는 가지고 있는 웹페이지 데이터를 사용자의 웹브라우저 측으로 전송해 줍니다. 웹페이지 데이터를 받은 웹브라우저는 이 데이터를 가독성 있게, 즉 사용자가 보기 쉽게 재구성해서 보여주게 됩니다. 사실 일반적으로 웹서버는 요청받은 웹페이지 데이터를 전송해 주고 나면 사용자 PC와의 접속을 끊어버립니다.

　그런데 쿠키라는 방식을 사용하면 사용자가 로그인하지 않아도 사용자 PC와 서버가 접속을 끊지 않고 계속해서 연결된 상태로 있게 됩니다. 새로운 사용자가 웹서버 소프트웨어에 웹페이지 데이터를 요청하면 웹서버는 웹페이지 데이터를 전송해 주면서 거기에 쿠키라는 고유한 작은 이미지 조각을 심어 둡니다. 이 이미지 조각은 너무 작아서 웹페이지 데이터에 포함되어 있어도 사람의 눈에는 보이지 않습니다.

　한편 사용자 PC측의 웹브라우저는 최근에 접속한 적이 있는 웹페이지의 데이터를 지우지 않고 일단 저장해 두는데, 이것을 캐시라고 부릅니다. 웹브라우저가 가지고 있는 캐시 데이터에는 웹서버가 처음에 웹페이지 데이터를 전송하면서 심어 둔 쿠키 조각이 들어 있습니다. 어떤 웹브라우저가 웹페이지 정보를 요청하면 웹서버 소프트웨어는 일단 정보를 요청한 사용자 PC의 캐시 데이터에 자신이 저장해 둔 쿠키가 들어 있는지를 확인합니다. 그러면 이 사용자가 언제 마지막으로 웹페이지에 접속했는지를 알 수 있기 때문에 그때로부터 변경된 데이터만 전송해주게 됩니다. 이렇게 하면 훨씬 빠른 시간 내에 사용자가 웹페이지 정보를 볼 수 있게 됩니다.

쿠키의 역할은 여기서 그치지 않습니다. 일반적이라면 웹서버는 웹페이지 데이터를 전송해준 뒤 사용자 PC와의 접속을 끊어버리지만 쿠키를 가지고 있는 사용자 PC와는 계속해서 연결 상태를 유지합니다. 그러면서 사용자 PC로부터 사용자가 웹페이지를 어떤 식으로 이용했는지에 대한 정보를 수집합니다. 이렇게 쿠키를 통해 사용자 PC로부터 서버로 업로드되는 데이터를 분석하면 사업자는 해당 사용자가 웹사이트에 얼마나 자주 방문하는지, 얼마나 오랜 시간 머무르는지, 웹사이트에서 무엇을 클릭했는지, 무엇을 장바구니에 담았는지, 무엇을 구매했는지와 같은 사용자의 모든 웹사이트 사용 내역을 알 수 있습니다. 이때 사용자가 ID와 패스워드를 사용해서 로그인하지 않았다면 사용자의 이름 등 개인정보는 알 수 없지만 고유한 쿠키 정보로 식별되는 이 익명의 사용자가 어떤 식으로 웹사이트를 이용했는가 하는 정보를 사업자 측에서 알 수 있게 되는 것입니다.

이처럼 웹페이지에 접속한 모든 개별 유저가 서비스를 이용하면서 발생시킨 다양한 데이터, 즉 사용자에 대해 많은 것들을 알려줄 수 있는 사용자 데이터는 사업자 서버 측으로 업로드되어 사업자의 데이터베이스에 저장됩니다. 이렇게 사용자로부터 업로드된 방대한 양의 데이터는 사업자의 데이터베이스에 축적되고 이것은 그 활용 여부에 따라 사업자 측에 다양한 가치를 창출해 내게 됩니다. 사실은 서비스 제공 사업자와 사용자 PC가 서로 연결된 상태에 있으면서 사용자가 서비스를 사용하는 내내 발생시키면서 사업자 서버로 업로드되는 이 데이터, 바로 이것이야말로 인터넷 사업자가 수익을 창출하는 원천이 됩니다. 그리고 지금 우리는 이것을 빅데이터라고 부릅니다.

클라우드 서비스를 통한 빅데이터의 수집

웹사이트 제공 사업자의 서버가 어떤 형태로든 사용자 PC와 연결되어 있으면서 끊임없이 서로 정보를 주고받으면서 이루어지는 서비스 제공 형태, 바로 이것을 클라우드 서비스라고 부릅니다. 이것은 사업자 서버가 단순히 HTML 형태의 웹페이지 데이터를 가지고 있다가 정보를 요청한 사용자 PC에 데이터를 전송해 주기만 하는 형태가 아닙니다. 이러한 형태의 서비스가 가능해지기 위해서는 이미 언급한 바와 같이 사업자 서버 측에 일종의 프로그램, 즉 소프트웨어가 탑재되어 있어야 합니다.

그런데 이 소프트웨어는 사용자가 자신의 PC에 인스톨해서 사용하는 패키지형 소프트웨어와는 다릅니다. 클라우드 서비스로서 제공되는 소프트웨어는 소프트웨어를 제공하는 사업자 측의 서버에서 구동됩니다. 이 소프트웨어를 사용하는 사용자는 인터넷을 통해 사업자의 서버에 접속해서 그 소프트웨어를 사용하게 됩니다. 따라서 사용자는 소프트웨어를 사용하는 시간 내내 사업자 서버에 접속되어 있어야 합니다. 접속이 끊어지면 소프트웨어를 더 이상 사용할 수 없습니다. 우리가 인터넷에서 음악이나 영상 콘텐츠를 이용하는 형태로 스트리밍 서비스가 있는데, 이 스트리밍 서비스 역시 일종의 클라우드 서비스입니다.

사업자가 이러한 클라우드 서비스 방식으로 소프트웨어를 제공할 경우 두가지 이점을 기대할 수 있습니다. 첫 번째는 소프트웨어 판매 방식으로 소프트웨어 자체를 판매하는 것이 아니라 소프트웨어를 사용한 시간만큼 과금하는 방식을 채택할 수 있습니다. 사용자가 언제 접속해서 얼마의 시간만큼 사용했는가 하는 정보를 사업자 측에서 알 수 있기 때문입니다.

보통 기업 사용자를 염두에 두고 제공되는 기업용 소프트웨어는 수천만 원~수억 원 단위의 매우 고가인 경우가 많은데, 가장 먼저 클라우드 방식으로 제공된 소프트웨어가 바로 이러한 기업용 소프트웨어입니다. 기업용 소프트웨어 개발 회사들은 기업용 소프트웨어를 클라우드 방식으로 제공함으로써 고객 기업들이 초기의 막대한 비용 부담없이 기업용 소프트웨어를 사용할 수 있도록 월정액 방식 혹은 이용 시간 단위 과금의 요금 지불 방식을 도입했고 이것이 큰 성공을 거두게 되었습니다. 소프트웨어의 경우 빈번한 유지보수가 필요해지는 경우가 많습니다. 사용자 PC의 OS가 업그레이드되는 외부환경 변화, 혹은 다양한 이유로 소프트웨어 자체를 업그레이드해 주어야 할 필요가 꾸준히 발생하기 때문입니다. 이때 고객이 클라우드 방식으로 소프트웨어를 사용하게 되면 소프트웨어 업그레이드나 유지보수 문제를 신경 쓰지 않고 항상 최신 버전의 소프트웨어를 사용할 수 있다는 이점도 있습니다.

클라우드 방식으로 소프트웨어를 제공하는 두 번째 이점은 사용자 데이터라는 가치 있는 데이터를 수집해서 활용할 수 있다는 점입니다. 사용자가 소프트웨어를 사용하는 시간 내내 사업자 서버에 접속되어 있으면서 소프트웨어 사용과 관련된 사용자 데이터를 끊임없이 사업자 측 서버로 업로드하기 때문입니다.

사용자 데이터의 수집과 활용이라는 측면에서 아마존이 제공하는 e북 서비스 사례를 살펴보도록 하겠습니다. 아마존이 제공하는 e북 서비스는 전자책 콘텐츠를 아마존 서버에 저장해 두고 사용자가 킨들과 같은 전자책 전용 리더기로 아마존 서버에 접속해서 책을 읽습니다. 이것은 전자책 콘텐츠를 다운로드해서 사용자 단말에 저장해 두고 읽는 서비스와는 다른, 일종의 스트리밍형 e북 서비스라고 할 수 있습니다.

아마존 e북 서비스에는 파퓰러 하이라이트라는 기능이 있습니다. 이것은 내가 보고 있는 책의 어느 부분에 다른 사람들이 몇 명이나 밑줄을 그었는지 확인해 볼 수 있게 해주는 서비스입니다. 이것은 아마존 e북 서비스 사용자들이 책을 읽다가 밑줄을 그은 정보가 아마존 서버로 업로드되기 때문에 가능해집니다. 이러한 종류의 서비스는 아마존 e북 서비스가 클라우드형으로 서비스되지 않았더라면 제공될 수 없었을 것입니다.

이처럼 인터넷 서비스를 클라우드 방식으로 제공하는 사업자는 다양한 종류의 사용자 데이터를 수집할 수 있습니다. 이렇게 수집된 사용자 데이터는 사업자의 데이터베이스에 저장됩니다. 사업자는 이 사용자 데이터를 활용해서 어떤 프로그램을 만들 수 있는 알고리즘을 개발하는데, 바로 이것이 인터넷 사업자가 어떤 서비스를 무료로 제공하면서도 수익을 창출할 수 있도록 해주는 핵심 기반이 됩니다.

빅데이터를 이용한 타겟 광고

현재 클라우드형으로 서비스를 제공하면서 수집한 사용자 데이터를 활용해서 가장 많은 수익을 창출하고 있는 사업자라고 하면 단연 페이스북을 꼽을 수 있습니다.

페이스북은 인터넷에서 제공되는 소셜 네트워크 서비스입니다. 이 서비스의 전 세계 사용자 수는 2017년 6월 시점에 20억 명을 돌파했습니다. 아시는 바와 같이 페이스북은 무료로 제공되는 소셜 네트워크 서비스입니다. 그러면 이 회사는 1만 8,000명이 넘는 직원들에게 지불할 임금과 전 세계 20억 명에 달하는 유저가 그들의 온라인 서비스를 이용할 수 있도록 하는 시스템 유지 비용을 어디서 얻고 있을까요? 바로 기업들로부터 받고 있습니다. 그러면 기업들은 무엇에 대한 대가로 비용을 지불하는 것일까요? 바로 페이스북 사용자들에 대한 정보입니다.

페이스북 서비스를 이용하면서 사용자들이 생성해 내는 데이터의 양은 엄청납니다. 페이스북 사용자들은 매분 250만 개의 콘텐츠를 업로드합니다. 하지만 페이스북이 가진 진정한 자산은 사용자들이 직접 올린 콘텐츠보다는 사용자들이 페이스북에서 다른 사용자들 혹은 다른 콘텐츠와 상호작용하면서 발생시키고 있는 엄청난 양의 사용자 데이터에 있습니다.

예를 들어 사용자들이 어떤 콘텐츠에 대해 '좋아요'를 누르고 그것을 공유하면 그 순간 페이스북은 그 사용자에 대한 정보를 조금 더 갖게 됩니다. 또한 사용자들이 영화, 음악, 책, TV드라마와 같은 외부 콘텐츠에 대해 '좋아요'를 누르고 그것을 공유하면 페이스북은 그 사용자에 대해 더 많은 정보를 갖게 됩니다.

페이스북 유저가 콘텐츠와 상호작용하면서 발생시키고 있는 엄청난 양의 데이터는 사용자에 대한 인사이트를 얻을 수 있는 메타데이터로 활용됩니다. 이 데이터를 활용해서 페이스북은 사용자들이 어디에 살고, 어디에서 일하며, 어디에서 놀고, 얼마나 많은 친구를 가졌으며, 여가시간에 무엇을 하고, 좋아하는 영화와 책은 어떤 종류이며, 또 좋아하는 가수가 누구인지와 같은 정보를 알 수 있습니다.

페이스북이 가지고 있는 이러한 사용자에 대한 자세한 정보를 기업들은 '광고'라는 형태로 구매합니다. 예를 들어 출판사라면 그들의 책을 좋아할 것으로 추정되는 특정 페이스북 사용자만을 골라서 자사의 광고 콘텐츠를 보여줄 수 있습니다. 페이스북은 이런 식으로 기업들이 자사의 제품을 구매할 것으로 기대되는 타겟 고객만을 대상으로 광고할 수 있도록 도와주고 그 대가로 돈을 받습니다. 광고료라는 명목으로요.

기업은 살아남기 위해서 제품을 팔거나 서비스를 제공합니다. 그러기 위해서는 구매자를 찾아야 합니다. 전통적으로 구매자를 찾는 행위는 신문, TV, 라디오 같은 대중매체를 통해 광고하거나 가능한 한 많은 사람들이 볼 수 있는 위치에 광고물을 설치함으로써 이루어집니다. 광고를 통해 제품을 알리고, 또 그것을 본 사람들이 그 제품에 관심을 갖고 물건을 구입할 수 있도록 하기 위해서입니다.

그러나 이러한 매스미디어 광고는 다양한 상품을 판매하는 대기업에나 효과적인 방법입니다. 특정 타겟 고객층을 대상으로 한 상품만을 판매하는 소규모 기업이라면 어딘가에 있을 그들의 고객을 찾아 내어 그들만을 대상으로 광고할 수 있다면 더 바랄 것이 없을 것입니다. 합리적인 비용 선에서 말입니다. 바로 이것을 페이스북이 해주고 있는 것입니다.

2017년에 페이스북은 5백만 명의 광고주를 유치했다고 발표했습니다. 전년도인 2016년의 300만 명에 비해 크게 증가한 수치입니다. 페이스북에서 광고를 게재하는 광고주 수의 급속한 증가와 맞물려 페이스북은 매년 예상을 훨씬 웃도는 매출 증가를 기록하고 있습니다. 페이스북에서 기업용 페이지를 운영하는 기업 수는 6,500만에 달합니다. 이들 중 실제로 광고를 게재하는 기업 비율은 아직 채 10%도 되지 않는 것입니다. 그렇기 때문에 페이스북의 매출 증가 여지는 여전히 크다고 할 수 있습니다.

페이스북은 사업 개시 3년 만인 2010년부터 본격적으로 자사가 보유한 고객 데이터를 API 형태로 외부에 공개하기 시작했습니다. 다른 기업이 페이스북 API를 사용하면 자신의 서비스에서 페이스북이 보유한 방대한 양의 고객 데이터를 활용할 수 있습니다.

예를 들어 사용자들이 페이스북 API를 사용하는 제3자 서비스에서 페이스북 API와 패스워드로 로그인하면 해당 사업자는 로그인한 사용자의 가입자 정보를 페이스북 DB에서 받아볼 수 있습니다. 또한 제3자 서비스가 게임 앱이라면 사용자들은 자신의 페이스북 친구들을 초대해서 게임을 즐길 수 있습니다. 이것은 카카오 게임과 유사하지요. 페이스북에 따르면 앱스토어와 구글 플레이스토어에 게재된 수익 상위 100위 안에 드는 게임 중 90%가 페이스북 API를 사용하고 있다고 합니다. 음악이나 영화, 책 등의 콘텐츠를 제공하는 사업자들도 페이스북 API를 사용합니다. 그러면 해당 콘텐츠를 사용하는 유저는 자신의 페이스북 친구들이 어떤 음악, 영화, 책을 읽었는지 알 수 있고 그 콘텐츠 사업자의 서비스 내에서 바로 해당 콘텐츠를 이용할 수 있습니다.

페이스북 API를 사용하는 소셜 공유 서비스라면 사용자가 다른 사용자의 집이나 자동차를 빌려서 사용하려고 할 때 그 사람의 페이스북 프로필 페이지를 보고 그 사람을 믿을 수 있을지 아닌지를 판단할 수 있습니다. 소셜 데이팅 서비스에서 역시 다른 사용자의 페이스북 프로필 페이지는 그 사람을 만날지 말지를 판단하는 중요한 정보로 활용됩니다. 쇼핑몰 사이트가 페이스북 API를 사용하면 자신의 친구가 위시리스트에 담아 놓은 상품을 선물로 보내줄 수도 있습니다.

페이스북 API를 사용하는 제3자 서비스가 페이스북 API를 사용함으로써 얻을 수 있는 사용자 정보는 매우 다양합니다. 그 사용자가 페이스북에 게시한 사진, 게시물, 비디오, 이벤트, 그룹, 좋아요 등의 정보를 알 수 있습니다. 현재는 사용이 불가능해졌지만 이전에는 사용자의 종교/신앙, 정치관, 가족과 교제 현황, 자기소개, 학력, 직업 이력, 웹사이트, 독서, 피트니스, 음악, 뉴스, 게임 플레이 이력까지 알 수 있었습니다. 페이스북은 개인 정보 유출 문제로 이러한 정보를 지금은 API로는 제공하고 있지 않지만 아마도 페이스북 자신은 사용자의 이러한 정보들을 계속해서 수집하고 있을 것입니다.

페이스북이 제3자 기업에 API 형태로 사용자 정보를 제공하는 이유는 이렇게 함으로써 플랫폼 비즈니스를 할 수 있기 때문입니다. 현재 페이스북 API를 사용하는 모바일 앱만 50만 개가 넘습니다. 이제 페이스북은 단순한 하나의 서비스가 아니라 웹상에서 페이스북 API 경제권을 형성하고 있습니다. 이제 페이스북 고객들은 페이스북 자체에 대한 매력을 느끼지 못하더라도 페이스북 API를 사용하는 다른 서비스를 이용하기 위해서라도 페이스북 ID로 계속해서 로그인합니다.

보통의 인터넷 서비스들은 인기를 끌다가도 사용자의 관심이 시들해지면 결국 기억 속에서 잊혀집니다. 국내에서 한때 대단했던 싸이월드가 대표적인 예라고 할 수 있지요. 하지만 이제 플랫폼이 된 페이스북은 일반적인 서비스와 같은 길을 걷지 않을 수 있게 되었습니다.

2018년 3월에는 페이스북이 수년간 사용자 모르게 스마트폰의 통화 기록과 문자 내역을 수집했다는 사실이 드러나 논란이 되었습니다. 페이스북은 이러한 수집이 개인 동의에 따른 것이며 제3자에게 판매되지 않는다고, 다시 말해 API로 제공하는 것은 아니라고 반박했습니다. 하지만 광고주를 위한 서비스에서는 활용했겠지요. 우리가 페이스북에서 하는 모든 활동들, 그리고 그 API를 사용하는 서비스를 이용하면서 했던 모든 활동들을 메타데이터로 사용함으로써 페이스북이 우리에 대해 또 어떤 것들을 알게 되었을지, 그것을 어떻게 활용해서 돈을 벌고 있을지 혹은 벌려고 하는지는 그들 자신 외에는 알 수 없는 노릇입니다.

개인 정보를 무단으로 수집하는 페이스북에 대한 비난의 목소리가 높아질 때마다 페이스북은 사과하고 문제가 된 데이터를 더 이상 수집하지 않겠다고 발표합니다. 하지만 페이스북의 사용자에 대한 데이터 수집은 계속될 것입니다. 대량의 데이터를 활용해서 사용자에 대한 보다 정확한 정보를 알게 되어 광고주들이 거부할 수 없는 완벽한 광고서비스를 제공하게 될 때까지요. 그렇게 해서 현재 페이스북 기업용 페이지를 운영하는 6,500만 기업 모두 페이스북의 광고주가 되어 돈을 지불하게 되는 그날까지 말입니다.

페이스북과 마찬가지로 오늘날 대다수 인터넷 서비스 사업자들의 주요 수익원은 광고입니다. 그렇지 않아도 발전 속도가 빠른 IT시장에서 이러한 광고 기술은 나날이 급속도로 발전하고 있습니다.

최근 인터넷 업계에서 사용하는 최신 광고기술 중 하나로 프로그래머틱 광고라는 것이 있습니다. 이것은 광고주가 타겟 고객을 설정해 두고 그 타겟 고객이 가장 많이 이용할 것으로 예상되는 미디어를 자동으로 구매하는 프로그램을 설정해 두는 것입니다. 다시 말해 광고주의 광고 매체 구매를 소프트웨어 프로그램을 사용해서 자동화하는 것입니다. 이 설정된 프로그램에 따라 광고주는 광고할 인터넷 웹사이트, 모바일 앱, 인터넷 동영상, 검색광고, TV광고를 자동으로 구매합니다.

그러면 컴퓨터 프로그램은 광고주의 타겟 고객이 이용할 것으로 예상되는 매체를 어떻게 판별하는 것일까요? 그 한 가지 방법으로 RTB(Real Time Bidding)라는 방식을 사용합니다.

RTB광고란 광고주들 간의 실시간 비딩, 즉 경매를 거쳐 광고가 게재되는 시스템을 말합니다. 이것은 광고를 게재하는 매체가 사용자들로부터 수집한 쿠키 데이터를 활용해서 이루어집니다. 먼저 광고주는 RTB광고 플랫폼에서 타겟 고객을 선정하고 해당 타겟 고객에게 지불할 광고 단가를 설정해 둡니다. RTB광고의 경우 광고주가 노리는 타겟 고객은 단순히 여성인가 남성인가, 연령대, 소득수준 등의 일률적인 기준이 아니라 현재 시점에서 자사 상품에 가장 많은 관심을 가지고 있을 것으로 여겨지는 사람입니다.

그럼 현재 시점에서 광고주의 상품에 가장 많은 관심을 가지고 있을 것 같은 사람을 어떻게 찾아낼 수 있을까요? 바로 광고를 게재하는 매체들이 가지고 있는 쿠키 정보를 활용하는 것입니다.

RTB광고 플랫폼은 광고 게재를 위해 등록한 웹사이트로부터 해당 사이트 사용자들의 쿠키 정보를 넘겨받습니다. 그 쿠키 정보들을 분석하면 예를 들어 어떤 A라는 사용자가 최근 일주일 동안 지속적으로 자동차 구매와 관련된 정보들을 열람하고 있다는 사실을 알아낼 수 있습니다. 바로 그 순간 모든 자동차 광고주들이 A라는 사용자에 대해 자사 광고를 보여주기를 원하게 되어 비딩이 붙습니다. 그리고 이 A라는 사용자가 RTB광고 플랫폼에 등록된 어떤 매체의 웹페이지로 이동하는 순간 비딩에서 가장 높은 광고 단가를 제시한 자동차 광고주의 광고가 해당 웹페이지의 광고란에 보여지게 됩니다. 여기까지의 과정이 단 1초도 되지 않는, 유저가 웹페이지를 클릭하는 그 순간에 진행됩니다. 그 결과 같은 웹페이지를 보고 있는 서로 다른 유저가 각기 다른 배너광고를 보게 됩니다.

이처럼 최근의 인터넷 타겟광고 기술은 광고주 입장에서 현재 시점에

서 특정 유저의 가치를 산정해 내고 그에 따라 광고 가격을 책정하는 일
까지도 가능하게 하고 있습니다.

알고리즘을 만드는 메타데이터로서의 빅데이터의 활용

토마스 슐츠가 쓴 '구글의 미래'(비즈니스북스, 2016)라는 책에서는
구글의 창업자 중 한 명이자 현 CEO인 래리 페이지가 꿈에서 얻게 된
구글 검색엔진에 대한 아이디어를 소개합니다. "우리가 웹사이트 전체
를 다운로드한 다음 링크만 남겨둔 채 모두 지울 수 있다면 어떨까? 그
러면 모든 것이 서로 연결되는 프레임만 남고 거기서 중요한 것과 그렇
지 않은 것을 구분할 수 있다."

6장을 읽으신 분들이라면 이 내용을 읽고 뭔가 떠오르는 것이 있으실
지 모르겠습니다. 어떤 것의 본질을 그것의 밖에서 설명해 주는 메타데
이터. 래리 페이지는 웹사이트의 링크가 웹사이트에 대해 어떤 것을 말
해줄 수 있는 일종의 메타데이터가 될 수 있다고 생각했던 것입니다. 링
크들이 연결되는 어떤 일정한 패턴을 드러나게 할 수 있다면 웹사이트
들이 어떤 방식으로 연결되는가에 대한 인사이트를 얻을 수 있을 것이
었습니다. 구글 검색엔진의 핵심 알고리즘인 '페이지랭크'는 바로 이렇
게 얻은 인사이트를 통해 탄생했습니다.

페이지랭크는 학술 출판의 세계를 모방하고 있습니다. 학술논문의 순
위를 결정하는 중요한 요소는 인용(citation)과 주석(annotation)입니다.
논문들은 나중에 자신의 논문을 인용한 다른 논문들의 수, 그리고 각 인
용의 중요성에 의해 평가됩니다. 주석은 인용한 논문에 대한 판단에 사
용됩니다. 예를 들어 어떤 논문이 한 논문을 인용하면서 그 저자가 평생

동안 헛수고만 했다고 주석을 달았다면 인용되었다고 해서 플러스가 되기는커녕, 오히려 마이너스가 될 것입니다.

구글의 창업자들은 웹사이트를 학술논문으로, 링크를 논문에 대한 인용으로 보고 웹사이트의 순위를 평가하는데 활용했습니다. 학술논문에서 다른 논문이 그 논문을 많이 인용할수록 순위가 올라가는 것처럼 어떤 웹사이트를 다른 웹사이트에서 링크하고 있는 수가 많을수록 해당 웹사이트의 순위가 올라갑니다. 한편 링크 수가 적더라도 어떤 웹사이트를 링크하고 있는 웹사이트들이 높은 평가를 받고 있다면, 즉 페이지랭크 상의 순위가 높다면 역시 해당 웹사이트의 순위가 올라가게 됩니다.

검색엔진에서 유저가 어떤 키워드를 입력했을 때 해당 키워드를 포함하고 있는 인터넷에 있는 그 수많은 웹페이지들 중에 어떤 것을 가장 먼저 표시할 것인지 그 순위를 매기는 데 사용되는 것이 바로 페이지랭크 알고리즘입니다. 이 알고리즘의 발명으로 검색엔진 시장에 뒤늦게 뛰어든 구글은 불과 몇 년 만에 모든 경쟁자를 제치고 세계 최고의 검색엔진 자리를 차지한 뒤 지금까지 그 자리를 유지하고 있습니다.

메타데이터는 온라인 쇼핑 사이트에서도 요긴하게 활용됩니다. 쇼핑 사이트의 서버는 개별 고객이 어떤 상품을 구매했는가 하는 정보를 데이터로 가지고 있습니다. 어떤 고객이 어떤 상품을 구매했는가 하는 정보는 그 고객에 대해 무엇을 말해줄 수 있을까요? 아마도 그 고객의 상품 구매 성향 혹은 취향을 알려 줄 수 있을 것입니다.

그러면 이 정보를 메타데이터로 활용해서 판매량 증가에 기여하는 어떤 알고리즘을 만들 수도 있지 않을까요? 어떤 고객이 A라는 상품을 구매했다고 했을 때 그것을 보고 그 고객의 취향은 무엇이다 라고 딱히 정의 내리기는 어려울 것입니다. 하지만 쇼핑몰 고객 중 A라는 상품을 구매한 고객들만 모아 놓으면 어떨까요? 그러면 취향이 비슷한 사람들의 그룹이 될 것입니다. 이때 이 그룹에 속한 대부분의 사람들이 구매한 B라는 상품이 있습니다. 이 B라는 상품을 같은 그룹에서 속한 사람들 중 아직 구매하지 않은 사람들에게 추천해 주었습니다. 그랬더니 그 상품을 추천받은 사람의 상당수가 이런 상품이 있는지 몰랐는데 정말 내 취향이라며 구매하는 것입니다.

쇼핑 고객의 구매 리스트를 고객의 취향을 말해주는 메타데이터로 활용해서 이러한 알고리즘을 만든 회사가 바로 아마존입니다. 이 알고리즘을 사용한 아마존의 상품 추천 기능은 아마존이 미국 최대의 쇼핑몰로 성장하는데 크게 기여했습니다.

TV드라마와 영화 콘텐츠를 인터넷 스트리밍 서비스로 제공하는 넷플릭스라는 회사가 있습니다. 이 회사는 고객당 월 10.99달러를 받고 보유한 모든 콘텐츠를 스트리밍으로 시청할 수 있도록 해주는 서비스를 제공하고 있는데, 2018년 1월 기준 전 세계 가입자 수 1억 1,760만 명을 돌파했습니다.

이 회사는 어떤 고객이 어떤 드라마나 영화를 시청했는가, 그 드라마나 영화에 좋아요/별로에요 중 어떤 평가를 했는가 하는 등의 정보를 고객의 시청 취향을 말해주는 메타데이터로 활용하고 있습니다. 시청정보뿐 아니라 어떤 영화를 처음부터 끝까지 다 보았는지, 중간중간 정지시켰다가 다시 보았는지, 아니면 중간에 시청을 그만두었는지와 같은 정보도 고객이 어떤 영화를 좋아하는지 아닌지에 대한 평가 자료로 활용됩니다.

이들 정보를 수치화 해서 영화에 대한 선호도를 평가한 뒤 비슷한 시청 취향을 가진 사람들을 그룹으로 묶습니다. 그리고 같은 그룹 내 사람들이 좋은 평가를 한 영화나 드라마를 같은 그룹에 속해 있지만 아직 그 콘텐츠를 시청하지 않은 사람들에게 추천해 주는 것입니다. 넷플릭스의 추천 알고리즘 역시 좋은 평가를 받으며 넷플릭스의 성장을 이끄는 견인차 역할을 하고 있습니다.

아마존과 넷플릭스가 활용하고 있는 알고리즘을 고객이 수십 명 혹은 수백 명에 불과하고 상품 수도 수백 혹은 수천 종류에 불과한 어느 지역 상점에서 적용했다면 그다지 효과를 거두지 못했을 것입니다. 그런데 인터넷이라는 전 세계 컴퓨터를 연결하는 글로벌 네트워크상에서 수억 명을 상대로 서비스를 제공하는 거대 IT기업의 서비스에서는 이러한 알고리즘이 효과를 거두고 있습니다.

한 가지 예를 더 들어볼까요? 환자의 질병에 대해 어떤 것을 말해줄 수 있는 메타데이터를 사용해서 맞춤 의학의 기본이 되는, 개별 환자에게 어떤 치료법이 잘 통하고 통하지 않는지에 대한 해답을 얻을 수 있는 알고리즘을 개발할 수 있을까요? 이것을 하고 있는 회사가 캘리포니아에 위치한 인지 컴퓨터 업체 아픽시오(Apixio)입니다.

이 업체는 개별 환자의 진료 자료를 사용해서 각 환자의 질병 이력, 그리고 환자가 질병의 특정 치료법에 나타낸 반응을 뽑아내서 메타데이터로 활용합니다. 이 메타데이터를 활용해서 비슷한 질병을 앓은 경험이 있는 환자들 중 특정 치료법에 대해 비슷한 반응을 보인 환자들을 모아 그룹으로 묶습니다. 그러면 이 그룹은 딱히 어떤 체질이라고 명명하지 않아도 비슷한 체질을 지닌 환자들의 집합이 됩니다. 이 그룹에 속한 대부분의 사람들이 A라는 질병의 B라는 치료법에 좋은 반응을 보였다면 이 그룹에 속한 어떤 사람이 A라는 질병에 처음 걸리게 되었을 때 B라는 치료법을 시도하면 좋은 반응을 기대할 수 있습니다. 아픽시오는 이러한 방법으로 환자가 맞춤형 의료서비스를 제공받을 수 있게 해주는 정보를 의료기관이나 보험회사 등에 제공하는 비즈니스를 하고 있습니다.

아픽시오가 개발한 알고리즘은 앞서 설명한 아마존이나 넷플릭스가 개발한 알고리즘에 비해 딱히 뛰어난 것은 아닙니다. 이 회사의 경쟁력은 무엇보다 유의미한 메타데이터의 생성 능력에 있습니다.

환자의 의료 기록은 매우 민감한 개인 정보입니다. 때문에 그 데이터를 확보하기가 쉽지 않습니다. 뿐만 아니라 데이터를 확보했다고 해도 환자에 대한 임상 정보 중 대략 80%는 의사의 주의사항을 기록한 노트 같은 것으로, 컴퓨터가 활용할 수 있는 형태의 데이터로 되어있지 않습니다.

먼저 환자 정보의 확보 문제와 관련하여 아픽시오의 고객은 개인이 아닌 의료기관과 보험회사들입니다. 이들 회사에서는 아픽시오의 정보를 보다 나은 의료 서비스를 제공하거나 환자의 치료 비용을 줄이는데 활용하고 있습니다. 아픽시오의 서비스를 이용하기 위해 이들 회사는 보유한 고객 정보를 아픽시오 측에 제공하고 있습니다. 이러한 환자 정보의 거래에서 무엇보다 중요한 것은 정보에 대한 보안 유지입니다. 아픽시오는 앞으로 이러한 종류의 서비스를 제공하는 회사에 있어 가장 중요한 것은 보안 유지와 관련된 기술력이 될 것이라고 말하고 있을 정도로 환자 정보에 대한 보안 유지는 아픽시오가 하는 비즈니스의 핵심이 되고 있습니다.

한편 확보한 데이터의 형태와 관련한 문제에 있어 아픽시오는 의사가 손으로 기록한 의료 기록을 컴퓨터가 활용할 수 있는 텍스트 데이터로 만들어 저장하고 있습니다. 이미지로 저장한 텍스트 파일에서 글자 정보를 뽑아내어 텍스트 데이터로 변환할 수 있는 기술로는 OCR(Optical

Character Recognition, 광학적 문자 판독장치)이라는 기술이 개발되어 있습니다. 아픽시오는 이 OCR기술을 활용하는 한편, 정확한 판독을 위해 수백만 개의 의료 개념과 용어 그리고 그들 간의 관계를 이해할 수 있는 지식 그래프를 만들어 활용하고 있습니다.

인터넷의 등장 이후 수억 명 혹은 수십억 명의 사용자를 대상으로 서비스를 제공하는 인터넷 회사들이 생겨났습니다. 정보 혁명 시기 성공한 인터넷 기업들은 어떤 서비스를 클라우드 방식으로 제공하면서 사용자로부터 수집한 업로드 데이터를 메타데이터로 활용해서 사용자에게 있어 어떤 중요한 문제를 해결해 줄 수 있는 알고리즘을 개발한 회사들입니다. 그리고 최근에는 오프라인에 있는 데이터, 이것 역시 빅데이터라고 할 수 있는데 이것을 컴퓨터가 처리할 수 있는 형태로 만들어 메타데이터화 함으로써 이전에는 해결할 수 없었던 문제를 해결해주는 알고리즘을 개발하는 회사도 등장하고 있습니다.

사실 4차 산업 혁명 시대에는 이러한 오프라인에 있는 빅데이터의 수집과 그 처리 기술이 핵심 경쟁력이 됩니다. 제품 제조 공장의 모든 기기들, 그리고 제조되는 제품의 모든 부품들, 완제품들에는 센서가 부착되어 담당하고 있는 사물에 대해 무언가를 알려줄 수 있는 메타데이터를 사업자 서버로 끊임없이 전송하게 됩니다. 이 막대한 양의 데이터는 사업자 서버에 있는 데이터베이스에 저장되어 처리됩니다.

이 데이터는 그야말로 날것의 로우 데이터로 어떤 의미도 담고 있지 않습니다. 말하자면 구글이 메타데이터로 활용하고 있는 웹페이지의 링크정보, 아마존 고객의 구매정보와 같은 것이라고 할 수 있습니다. 중요한 것은 이러한 로우 데이터가 정말로 의미가 있는 어떤 것을 알려주는 메타데이터로 활용할 수 있는가를 찾아내고 사람들의 문제를 해결해 줄 수 있는 알고리즘을 개발하는 일입니다. 바로 이것이 현재 IT시장을 이끌고 있는 정보기업들이 하고 있는 일이고 가까운 장래에는 지금까지 단순히 물건을 만들던 제조기업에도 이러한 능력이 요구될 것입니다.

이러한 능력을 갖춘 제조기업과 갖추지 못한 제조기업 간에는 엄청난 차이가 발생할 것인데, 그 차이란 현재 IT시장에서 플랫폼을 가진 마이크로소프트, 구글, 애플, 페이스북과 같은 기업과 이들이 제공하는 플랫폼 상에서 서비스를 제공하는 게임회사 등 서비스회사의 차이와 같은 것이라고 할 수 있습니다. 4차 산업 혁명 시대에 제조기업들에게는 지금과는 상당히 다른 앞날이 펼쳐질 것입니다.

거대 IT공룡의 빅데이터 독점과 위협론

2010년 11월, 웹 탄생 이십 주년을 기념하는 날 월드와이드웹의 개발자 팀 버너스리가 사이언티픽 아메리칸 기고를 통해 비판적인 서한을 발표했습니다. 기고문에서 버너스리는 웹의 기본적인 설계 사상은 그 안에 있는 정보를 오픈된 형태로 공유하는 것인데 몇몇 대형 IT기업들이 정보가 자유롭게 유통되는 것을 차단하고 그것을 자신들의 상업적 목적에 이용하고 있다고 비난했습니다.

물론 웹 시스템에서 웹사이트에 게재되어 있는 정보는 누구에게나 개방되어 있습니다. 버너스리가 말한 IT기업들이 차단한 정보란 어떤 인터넷 서비스에서 사용자가 입력한 정보, 그리고 유저의 서비스 사용 이력을 통해 사업자가 알게 된 정보들입니다. 어떤 유저가 웹페이지에 접속해서 그 서비스를 이용하면 자신도 모르는 사이에 자신과 관련된 다양한 정보가 업로드 되어 사업자의 데이터베이스에 저장되는데, 그 정보는 서비스를 제공하는 사업자 이외에는 아무도 사용할 수 없습니다. 심지어는 그 정보를 제공한 사용자 자신도 그 정보를 마음대로 이용할 수 없습니다.

그런데 사업자의 데이터베이스에 저장된 사용자 정보는 IT기업들이 막대한 수익을 창출하는 원천이 되고 있습니다. 데이터베이스에 저장된 정보를 메타데이터로 활용하면 고객이 더 많은 상품을 구매하도록 유도하는 알고리즘을 개발할 수도 있고 더 많은 광고를 클릭하도록 유도하는 알고리즘을 개발할 수도 있기 때문입니다. 그 대표적인 예가 앞서 살펴본 페이스북이지요. 그리고 여기에는 구글과 애플, 아마존이 포함됩니다.

이처럼 웹에서 사용자에 대한 엄청난 양의 정보를 끌어 모으고 있으면서도 그것을 혼자서 독점하고 있는 IT공룡이라 불리는 몇몇 사업자에 대한 위기감은 비교적 일찍부터 시작되었습니다. 독점하고 있는 데이터를 활용해서 유통과 미디어, 금융과 제조업에 이르기까지 각 산업 분야의 전통기업들을 무너뜨리고 소비자와 직접 거래하는 거대한 독점 채널이 될 가능성이 일찍부터 제기된 것입니다. 사실 4차 산업 혁명이 이야기되고 있는 지금, 그 가능성은 더욱 현실이 되어 다가오고 있습니다.

2004년, 에픽 2014라는 한편의 플래쉬무비가 인터넷상에 공개되었습니다. 이 영화에는 구글과 아마존이 합병해서 탄생한 구글존(Googlezone)이라는 가상의 기업이 등장합니다. 구글존은 그 강력한 검색 기능과 상업 인프라, 거대한 고객 데이터베이스를 구사하여 전 세계 독점 전자상거래 채널이 되어 절대적인 영향력을 행사하게 된다는 것이 대략적인 스토리입니다.

2006년 1월에는 미국의 비즈니스 잡지 비즈니스 2.0이 구글의 미래상을 그린 장문의 기사를 게재합니다. 기사 제목은 '구글이 미디어가 된다'

로, 구글이 자사 고객 데이터를 활용해서 빅브라더와 같은 위치에 서게 되는 미래를 그리고 있습니다. 기사는 이렇게 시작됩니다.

구글은 2008년경에는 케이블TV 네트워크를 30억 달러에 매수, 구글TV로 개명한다. 그리고 구글비디오에 저장된 방대한 양의 영상 콘텐츠가 TV 리모콘으로 검색 가능해져 시청자들은 과거의 프로그램 중에서 원하는 것을 스스로 선택하여 볼 수 있게 된다. 구글TV 이용자는 G메일이나 기타 서비스와 마찬가지로 구글에 ID를 등록해야 하기 때문에 이것에 의해 시청자가 어떤 프로그램을 보고 있는지, 어떤 키워드 검색을 하는지, 어떤 메일을 주고 받는지, 어떤 물건을 사고 있는지와 같은 개인 정보가 모두 구글의 데이터베이스에 저장된다. 이렇게 되면 예를 들어 당신이 인터넷 옥션에서 몇 번인가 중고차 정보를 열람한 후 다음에는 구글 TV의 스위치를 켜면 중고차 TV광고가 나올 것이다

이 기사에서는 뒤이어 구글이 영화, 신문, 잡지 등 모든 미디어를 집어 삼키는 장래상을 리얼하게 그려낸 뒤 마지막에 '구글은 신이 된다.'고 결론을 내립니다.

이 기사의 내용이 현실에서 실현되지는 못했지만 구글을 비롯한 IT공룡들에 대한 위협론은 여전히 수그러들지 않고 있습니다. 왜일까요? 이번에는 그들이 방대한 양의 데이터를 가지고 기계를 학습시키는 방법으로 지금까지 보지 못했던 뛰어난 성능을 자랑하는 인공지능을 개발하고 있기 때문입니다. 그 점에 대해서는 11장에서 자세히 살펴볼 것입니다.

한 가지 바뀌지 않은 사실은 구글 위협론이 대두된 2004년 즈음이나 4차 산업 혁명이라는 키워드가 유행하고 있는 지금이나 그 핵심에는 구글과 같은 IT공룡들이 데이터베이스에 보유하고 그 유통을 차단하면서 독점하고 있는 데이터가 있다는 사실입니다. 사실 4차 산업 혁명은 이 데이터를 수집하고 활용하는 새로운 방향성에 대한 이야기입니다.

제10장
비구조화 데이터의 처리 문제

범주화와 계층구조를 사용한 분류 체계를 사용하는 인간의 언어

이 책의 6장에서는 컴퓨터가 인간의 생각을 대신해주는 기계라는 점을 고찰해 보았습니다. 인간이나 컴퓨터 모두 생각을 하기 위해서는 '생각의 재료'가 있어야 합니다. 컴퓨터가 사용하는 생각의 재료는 데이터입니다. 인터넷 서비스가 클라우드 기반으로 제공되고 이것을 이용하는 사용자 정보가 사업자 데이터베이스로 업로드되면서 사업자는 엄청난 양의 사용자 정보, 즉 빅데이터를 보유하게 되었습니다. 이 사용자 정보를 사용자에 대해 무언가를 알려주는 메타데이터로 활용하면 상품 구매율을 끌어올리는 추천 알고리즘, 가입자의 만족도를 높일 수 있는 영화추천 알고리즘, 맞춤형 의학정보 등을 제공하는 알고리즘을 만들 수 있습니다.

그런데 인간이나 컴퓨터나 생각의 재료가 무작위로 주어져서는 작업을 할 수 없습니다. 생각의 재료, 컴퓨터의 경우 데이터는 구조화된 형태로 주어져야 합니다. 그럼 여기서 잠깐 데이터를 구조화하는 문제에 대해 생각해 보기로 하겠습니다.

인간이 생각할 수 있도록 해주는 생각의 재료 중 하나는 단어입니다. 6장에서 살펴본 바와 같이 단어는 이 세상에 존재하는 어떤 것들을 추상화시켜서 표현하는 개념입니다. '엄마'라는 단어는 이 세상에 존재하는 모든 엄마라는 개념을 추상화시켜서, 즉 일반화시키고 단순화시켜서 표현하고 있습니다. 인간은 언어를 배우면서 습득하기 시작한 단어들을 자신의 뇌에 저장합니다. 뇌는 이러한 단어들이 들어 있는 일종의 도서관이라고 할 수 있습니다. 그런데 인간이 경험을 통해 습득한 단어들을 단지 나열식으로 저장한다면 이것으로는 어떤 일도 할 수 없습니다. 이것은 마치 수십만 권의 책이 무작위로 꽂혀 있는 도서관에서 원하는 책을 찾는 일에 비할 수 있습니다. 뇌가 단어를 사용해서 문장을 만드는 것과 같은 어떤 일을 수행하기 위해서는 저장한 단어들을 범주화해야 합니다.

인간 아기가 태어나서 처음 배우는 단어는 아마도 엄마라는 단어일 것입니다. 그런데 자라면서 아이의 친엄마에 해당하는, 아이가 알고 있는 엄마 말고도 다른 엄마가 있다는 사실을 알게 됩니다. 다른 아이의 엄마도 엄마라고 불린다는 사실을요. 그리고 엄마에게도 엄마가 있다는 사실을 알게 됩니다. 그 엄마는 할머니라고 불린다는 사실도요. 아기가 더 커가면서 엄마라는 단어가 좀 더 추상적으로 사용된다는 사실도 알게 됩니다. "실패는 성공의 어머니다.", "마리 퀴리는 방사능의 어머니다."와 같이 말입니다.

이렇게 해서 아기는 단어들을 비슷한 것끼리 묶으면서 인덱스화해 나갑니다. 이것은 마치 도서관에서 가나다순, 저자별, 주제별로 책을 찾을 수 있도록 인덱스화하는 작업에 비할 수 있습니다. 인간 아기의 놀라운 능력은 이 인덱스화하는 작업을 누구의 도움도 받지 않고 스스로 해 나간다는데 있습니다. 인간 아기가 자라가면서 하게 되는 이 인덱스화 작업은 단어 수준에서 그치지 않습니다. 사람들이 사용하는 문장들, 이야기들, 기억 속에 있는 경험들, 그림들, 음악들에 이르는 생각의 재료로 사용할 수 있는 모든 개념들을 인덱스화해서 필요할 때 바로바로 꺼내서 사용할 수 있도록 해둡니다. 바로 이것이 범주화입니다.

한편 인간은 알고 있는 단어들을 사용해서 문장을 만듭니다. 그런데 이때 마구잡이로 단어들을 늘어놓아서는 올바른 의미를 전달하는 문장을 만들 수 없습니다. 문장을 만드는 어떤 법칙이 존재하는데, 이것이 바로 문법입니다.

신기하게도 인간의 문법에서 모든 단어들은 계층적 구조를 갖습니다. 이 점을 설명하기 위해 다음 문장을 살펴보도록 하겠습니다.

"재미있게도 엄마와 아이는 밥 먹을 때도 잘 싸웁니다."

이 문장에서 재미있게도 라는 부사는 싸웁니다 라는 동사와 연결됩니다. 그런데 왜 더 가까운 거리에 있는 먹다 라는 동사와 연결되지 않는 것일까요? 왜 우리는 재미있게도 라는 부사를 먹다 라는 동사와 연결시키지 않고 싸웁니다 라는 동사와 연결해서 이 문장을 해석하는 것일까요?

그것은 우리가 알게 된 단어들이 머릿속에 나열식으로 저장되는 것이 아니라 일정한 계층구조를 가지고 저장되기 때문입니다. 계층은 요소들이 레벨에 따라 상하관계를 가지는 구조입니다. 계층에서의 각 구성원은 바로 밑에 많은 구성원들을 가질 수 있으며 바로 위에는 하나의 구성원만을 가질 수 있습니다. 실제로 우리는 많은 개념들을 계층화를 통해 이해합니다.

우리가 계층 구조를 사용해서 이해하는 개념에는 직원들을 직책에 따라 레벨 별로 분류한 직급 체계, 조상과 그들의 후손들을 세대 별로 정리한 족보, 살아 있는 생물들을 비슷한 부분에 따라 종, 과, 문, 계와 같은 계층 별로 분류한 생물학적 분류법 등이 있습니다.

언어학자들이 밝혀낸 바에 따르면 인간은 알게 된 단어들을 이러한 계층 구조를 사용해서 분류한 뒤, 다시 말해 계층별로 저장한 뒤 사용한다는 것입니다. 이 분류 체계를 통해 하위 레벨에 있는 단어들은 하위 레벨에 있는 단어들끼리, 상위 레벨에 있는 단어들은 상위 레벨에 있는 단어들끼리 연결됩니다. 때로는 하위 레벨에 있는 단어들을 묶은 동사구 혹은 명사구가 더 상위 레벨로 격상되어 상위 레벨에서 취급되기도 합니다.

그러면 인간이 사용하는 단어의 분류 체계는 누가 고안해 낸 것일까요? 바로 이것이 수수께끼입니다. 언어학자들이 하는 일은 그 분류 체계를 만드는 것이 아니라, 이미 인간의 머리 속에 들어 있는 분류 체계를 파악해 내서 가시화하는 것입니다. 요약하자면 인간은 언어에서 사용하는 모든 단어를 계층별로 분류해서 사용할 수 있도록 해주는 분류 체계를 사용하는데, 그 분류 체계는 어느 누가 만든 것이 아니라 인간의 머리 속에 태어날 때부터 내장되어 있다는 것입니다.

언어 학자인 노엄 촘스키는 이것을 보편문법이라고 부릅니다. 촘스키에 따르면 보편문법은 인간의 두뇌를 추상적으로 개념화 했을 때 두뇌에 내재되어 있는 하나의 기관이라고 할 수 있는데, 이것은 위나 장과 같은 인간의 내장 기관들이 음식을 소화하는 일에서 각자의 역할을 수행하는 것과 같이 인간이 세상을 이해하고 의사 소통하는 일에서 역할을 수행합니다. 다시 말해 보편문법은 위나 장과 같이 실질적으로 존재하거나 보여지는 것은 아니지만 그러한 기관들이 하는 것과 같은 어떤 역할을 수행하는 실제적인 인간의 신체 기관이라는 것입니다.

재미있는 것은 컴퓨터 프로그래밍 언어 영역에서 가장 중요한 발전들 중 상당수가 촘스키를 통해 이루어졌다는 사실입니다. 촘스키는 철학을 전공했고 컴퓨터와는 관계가 거의 없을 것으로 보이는 언어학으로 박사 학위를 받고 언어학자로 알려진 사람입니다. 그럼에도 불구하고 촘스키는 컴퓨터 프로그래밍 언어와 관련된 여러 발견들로 컴퓨터 공학 학자들에게 아주 높은 평가를 받고 있습니다. 앞서 언급한 인지과학자이자 컴퓨터과학자로서 인공지능 기술을 연구해 온 더글라스 호프스태터는 인간이 사고하는 방법을 연구하고 있지요.

이러한 사실에서 인간이 컴퓨터 기술을 지금보다 더 발전시키기 위해서는 우선적으로 인간 자신이 어떤 방법으로 언어를 사용하는지, 어떤 방법으로 사고하는지에 대한 좀 더 명확한 이해가 필요하다는 점을 알 수 있습니다.

컴퓨터의 범주화와 분류체계

일본 최고의 지성으로 불리는 다치바나 다카시는 자신의 저서에서 책 읽는 즐거움과 나이를 먹어 가면서 책을 읽을 수 있는 시간이 점차 줄어드는 안타까움을 이야기하면서 자신은 깨어 있는 시간의 대부분을 책을 읽어 왔다고 말하고 있습니다. 이 다치바나 다카시는 동경에 지금껏 자신이 읽은 책들을 모아 놓은 고양이 빌딩을 소유하고 있는데 이 빌딩에 있는 책의 권수는 대략 20만 권 정도라고 합니다. 인간으로서 이 정도의 책을 읽은 사람이 있다는 것은 대단한 일이라는 생각이 들지만, 최고의 지성이라 불리는 사람이 처리할 수 있는 정보의 양이라는 것도 컴퓨터에 비하면 아무것도 아닙니다.

컴퓨터는 사람이 다룰 수 있는 것보다 상상할 수 없을 만큼 많은 양의 정보를 다룹니다. 구글 크롤러가 크롤링하고 있는 웹페이지의 수는 1조 페이지가 넘는다고 하지요. 게다가 컴퓨터는 인간을 훌쩍 뛰어넘는 흠잡을 데 없는 추론 능력과 계산 능력을 지니고 있습니다. 매일 무언가가 생각나지 않아 기억을 짜내야 하는 사람과 달리 한 번 저장한 정보는 절대 잊지 않지요. 다른 사람과 이야기하다 기억하고 있는 옛날 기억이 사실과 다르다는 사실을 알게 되어 놀랐던 경험은 누구나 있지 않을까요? 컴퓨터는 사람처럼 기억한 것을 절대 왜곡하지 않습니다. 컴퓨터는 처리하는 정보의 규모, 합리성, 안정성, 속도 면에서 그것을 설계하고 만든 인간을 압도합니다.

그런데 데이터의 범주화와 분류 체계라는 측면에서 컴퓨터를 바라보면 컴퓨터는 한없이 초라해집니다. 기억한 단어의 범주화와 문장을 만들기 위한 분류 체계를 할 수 있는 신체 기관을 가지고 있는 인간과 달리, 컴퓨터는 이것을 스스로 할 수 없고 이 부면에서는 오직 인간의 도움을 받아야만 하기 때문입니다.

컴퓨터 프로그래밍에서 인간 프로그래머가 하는 가장 중요한 역할은 아마도 컴퓨터가 사용하는 데이터를 범주화하고 분류 체계에 따라 분류해 주는 일일 것입니다. 언급한 바와 같이 컴퓨터는 자신이 사용하는 데이터를 범주화하고 분류 체계에 따라 분류하는 일을 스스로는 할 수 없는데, 일단 이것을 하지 않으면 아무 일도 할 수 없기 때문입니다.

컴퓨터에서 모든 정보는 숫자로 부호화됩니다. 사람이 세상에 있는 정보들을 단어로 부호화 하듯이 컴퓨터는 세상에 있는 정보들을 숫자로 부호화합니다.

데이터의 범주가 숫자라면 컴퓨터는 그 숫자를 그대로 사용할 수 있습니다. 데이터의 범주가 텍스트 문자일 경우 컴퓨터는 이것을 그대로 사용할 수 없기 때문에 국제 표준인 ASCII 표를 사용해서 숫자로 부호화합니다. ASCII 표는 텍스트 문자를 숫자로 바꾸어 주는 일종의 기호 표입니다. ASCII 표에서 대문자 A는 숫자 65, 소문자 a는 숫자 97로 표시됩니다. 텍스트 문자로 표시되는 숫자 0은 48, 이메일을 사용할 때 쓰는 기호 @는 64로 표시됩니다. ASCII 표는 영어 철자나 한글 자음과 모음을 모스부호로 바꾸어 표시할 수 있도록 해주는 모스부호 표와 같다고 보면 됩니다. ASCII 표는 국제 표준으로 전 세계 모든 소프트웨어가 이 표에 근거하여 텍스트 문자를 숫자로 부호화하고 있기 때문에 서로 다른 소프트웨어에서 텍스트 문자가 표시될 때 혼돈이 생기지 않습니다.

컴퓨터에서는 색상(color) 역시 숫자로 부호화됩니다. 색상은 보통 0에서 255사이의 값을 가지는 3개의 정수로 부호화됩니다. 소리 역시 숫자로 부호화됩니다. 소리는 공기를 통해 전파되는 파형에 의해 만들어지는 물리적인 현상입니다. 소리 파형을 아날로그 신호로 변환하기 위해 마이크로폰이 사용되는데, 이어서 아날로그 신호가 샘플링 되어 디지털 부호가 생성됩니다. 샘플링은 변화하는 신호의 세기를 일정한 간격으로 측정해서 기록하는 과정입니다. 이런 식으로 음파는 일련의 숫자 값으로 변환됩니다.

정리하면 컴퓨터는 세상에 있는 숫자, 텍스트 문자, 그림, 소리 등 처리하는 모든 정보를 숫자로 부호화한 데이터를 사용합니다.

컴퓨터의 메모리에 숫자로 부호화되어 저장되어 있는 데이터들은 사람이 보기에는 모두 똑같아 보입니다. 하지만 숫자로 부호화된 데이터는 숫자인지, 텍스트 문자인지, 그림이나 소리인지에 따라 다르게 처리되기 때문에 메모리에 데이터를 저장할 때는 반드시 데이터의 타입을 지정해 주어야 합니다. 이 일을 하는 것이 인간 프로그래머입니다. 데이터 타입은 데이터를 어떤 연산자를 사용해서 처리하는가에 따라 구분합니다. 숫자 타입의 데이터는 덧셈이나 곱셈과 같은 수학 연산자를 사용해서 처리합니다. 텍스트 문자 타입의 데이터는 ASCII 표를 사용해서 처리합니다. 그림이나 소리와 같은 데이터는 참/거짓을 구분하는 논리식을 사용해서 처리합니다. 이처럼 프로그래머가 컴퓨터가 사용하는 데이터에 타입을 지정해 주는 것을 데이터의 범주화 작업이라고 할 수 있습니다.

컴퓨터 프로그래머는 범주화 작업이 되어있는 데이터를 가지고 프로그램을 작성합니다. 이때 프로그래밍 언어를 사용하는데, 초창기 프로그래밍 언어는 절차적 언어라고 불렸습니다. 절차적 언어를 사용하면 프로그래머는 작업의 흐름에 따라 차례대로 명령문을 만들어서 이어붙이는 식으로 프로그램을 만듭니다.

이후 컴퓨터 프로그램의 규모가 커지면서 이러한 방식의 프로그래밍은 문제가 되기 시작합니다. 프로그램을 변경하거나 수정할 필요가 생겼을 때 어디를 손봐야 할지 알 수 없게 되었기 때문입니다. 이러한 이유로 생겨난 것이 구조적 프로그램 언어입니다.

구조적 언어에서는 명령문, 즉 프로그램 코드를 계층 구조를 가진 분류 체계에 따라 정렬합니다. 앞서 시계 제작자 호라의 예를 기억하시나요? 시계 제작자 호라는 시계 부품 10개를 모아 하나의 모듈을 만들고 그 모듈 10개를 모아 더 큰 모듈을 만들고 더 큰 모듈 10개를 모아 완제품을 만들었습니다. 이러한 제작 방식이 가능해지기 위해서는 전체 부품이 어떤 식으로 조립되는지를 알려주는 설계도가 필요합니다. 이 설계도는 작은 부품들이 모여 어떤 모듈을 만들고 어떤 모듈들이 모여 어떤 더 큰 모듈을 만드는지를 보여주는 계층 구조를 담고 있어야 합니다.

구조적 언어에서의 프로그래밍은 이것과 유사합니다. 먼저 전체 프로그램이 어떤 계층 구조를 가진 모듈들로 나뉘는지를 보여주는 설계도가 있어야 합니다. 이 설계도를 만드는 작업이 바로 프로그램 설계이고 이 것을 하는 주체는 인간 프로그래머입니다. 설계도를 만들고 난 뒤에는 필요한 가장 작은 단위의 부품들을 만듭니다. 다시 말해 필요한 가장 작은 단위의 프로그램 코드를 작성합니다. 그리고 나서 이 프로그램 코드들을 연결해서, 즉 조립해서 한 단계 위에 있는 모듈을 만들게 됩니다. 그리고 이 모듈들을 조립해서 보다 위 단계에 있는 더 큰 모듈을 만듭니다. 이런 식으로 해서 가장 큰 모듈들을 연결하면 최종 프로그램이 완성되는 것입니다.

이때 처음 만들어진 가장 작은 단위의 프로그램 코드는 여러 모듈에서 몇 번이고 재사용됩니다. 때문에 프로그램 코딩 작업에 드는 시간을 크게 단축할 수 있습니다. 뿐만 아니라 프로그램을 수정하거나 변경해야 하는 문제가 생겼을 때 변경이 필요한 프로그램 코드 하나만 변경하면 이것이 재사용된 모든 모듈에서 해당 부분이 동시에 변경되기 때문에 프로그램의 수정과 변경 작업도 쉬워집니다.

한편 구조적 언어에서 데이터는 전역 변수라는 한 곳에 모아놓고 모든 프로그램 코드가 필요한 데이터를 가져 가서 처리하는 식으로 사용됩니다. 여기서 사용되는 데이터는 이것이 숫자인지, 텍스트 문자인지 등을 구분해 주는 컴퓨터를 위한 최소한의 범주화 작업만 되어 있을 뿐, 인간인 프로그래머가 사용하기 쉽도록 해주는 범주화나 계층 단위의 구조화는 전혀 되어있지 않았습니다.

시간이 지나 프로그램에서 사용되는 데이터의 양이 늘고 중요해 지면서 인간인 프로그래머가 프로그래밍을 쉽게 할 수 있도록 데이터를 범주화하고 구조화해 줄 필요성이 생기게 되었습니다. 이것을 가능하게 한 프로그래밍 방식이 객체지향(Object Oriented)입니다.

객체지향 프로그래밍 언어에서는 인간인 프로그래머가 데이터를 직관적으로 범주화하고 구조화할 수 있는 방법으로 만들어 사용할 수 있도록 하고 있습니다. 객체지향 프로그래밍에서 프로그래머는 객체(Object)라는 것을 최소 단위의 데이터로 만들어 사용합니다. 객체는 데이터와 프로그램 코드를 하나의 모듈로 묶어서 인간이 인지할 수 있는 정도 크기의 개념으로 만든 어떤 것으로, 프로그램에서 이것은 데이터로 취급됩니다.

객체는 프로그램에서 인간이 식별할 수 있는 최소 크기의 어떤 것입니다. 예를 들어 게임에 등장하는 빨간색 스포츠카는 하나의 객체입니다. 마찬가지로 온라인 뱅킹 프로그램에서 입출금 가능한 고객 계좌는 하나의 객체입니다. 현대의 프로그래밍 수법에서 객체를 최소 단위의 데이터로 사용하는 이유는 인간인 프로그래머를 위해서입니다. 객체는 인간이 인지할 수 있는 어떤 개념을 가지고 있기 때문에 프로그래머는 이 객체들의 계층 구조를 정의해 줄 수 있습니다. 만일 컴퓨터가 사용하는, 숫자로 부화화된 데이터를 그대로 사용해야 했다면 인간인 프로그래머는 데이터의 계층 구조를 정의해 줄 수 없었을 것입니다.

프로그래머가 객체를 만들 때는 프로그램에 사용되는 모든 객체의 분류 체계를 먼저 만들고 그 다음에 개별 객체를 만들게 됩니다. 프로그래머는 객체의 분류 체계를 만들기 위해 클래스라는 것을 사용합니다. 프로그래머는 클래스를 사용해서 생성하는 모든 객체에 일종의 태그를 붙입니다. 이렇게 객체에 태그를 붙이는 것이 유용한 점은 프로그램에 사용되는 모든 객체들 간의 관계를 한눈에 파악할 수 있게 되기 때문입니다. 어떤 객체와 어떤 객체가 같은 그룹에 속한 것인지, 어떤 객체가 어떤 객체의 상위 개념인지 혹은 하위 개념인지 등을 구분할 수 있습니다. 이렇게 모든 객체에 태그를 붙여 두면 나중에 프로그램을 변경하거나 수정할 일이 생겼을 때 변경이나 수정이 필요한 객체들이 어떤 것인지 쉽게 파악할 수 있습니다.

프로그래머는 클래스를 사용해서 프로그램에 등장하는 수많은 개별 객체들을 범주화하고 계층 구조를 가진 분류 체계로 분류한 뒤 이것들 간의 관계를 정의해 준 일종의 설계도를 만듭니다. 이 설계도에 따라 프로그램에서 사용되는 객체들이 만들어지고 프로그래머는 이 객체들을 조립하는 방법으로 최종 프로그램을 만들게 됩니다.

성공을 거두지 못한 시맨틱 웹

살펴본 바와 같이 생각의 재료를 스스로 범주화하고 계층구조로 구조화 할 수 있는 인간에 비해 컴퓨터는 데이터를 스스로 범주화하고 구조화 할 수 없습니다. 이러한 이유로 컴퓨터는 웹에 존재하는 그 수많은 정보를 스스로는 활용할 수 없습니다.

웹 시스템은 컴퓨터 앞에 앉아 있는 사람을 전제로 만들어졌습니다. 클라이언트 PC에서 웹브라우저를 열고 어떤 정보를 요청하는 것은 사람입니다. 그리고 서버에서 제공하는 정보 역시 사람이 이용하는 것을 전제로 만들어집니다. 웹브라우저는 서버로부터 웹페이지 데이터를 받은 다음 HTML태그를 사용해서 가독성 있게, 즉 사람이 보기 쉽게 웹페이지를 구성합니다. 인터넷상에 있는 컴퓨터들은 서로 정보를 주고받지만 여기서 컴퓨터가 하는 역할은 어디까지나 정보를 전달하는데 한정되어 있습니다. 인터넷상에서 클라이언트 PC와 서버들이 주고받는 그 엄청난 양의 정보에 담겨 있는 의미를 컴퓨터는 전혀 이해하지 못합니다.

컴퓨터가 현재 인터넷상에서 유통되는 그 엄청난 양의 정보를 이해할 수 있게 된다면 얼마나 더 많은 일을 할 수 있게 될까요? 웹 시스템을 설계한 영국 출신의 물리학자 팀 버너스 리(Timothy John Berners Lee)는 1998년, 시맨틱 웹이라는 기술을 제창합니다. 시맨틱 웹은 '정보 리소스에 의미(시맨틱)를 부여함으로써 사람을 거치지 않고 컴퓨터가 자율적으로 처리할 수 있도록 하기 위한 기술'이라고 정의되어 있습니다.

구글의 창업자 래리 페이지는 구글의 궁극적인 모습을 '인간의 지식에 대한 모든 자료를 완벽하게 섭렵한 도서관 사서와 같은 모습'이라고 묘사합니다. 존 바텔은 '구글 스토리' (랜덤하우스코리아, 2005)에서 이것은 사용자가 구글 검색엔진에 어떤 질문을 던졌을 때 사용자가 원하는 완벽한 답, 질문의 문맥과 의도에 딱 맞는 답, 사용자가 누구이고 왜 묻는지에 근거한 무서울 정도로 정확한 답을 줄 수 있는 능력이라고 설명합니다. 이것은 시맨틱 검색을 이야기하는 것입니다. 시맨틱 검색이란 컴퓨터인 검색엔진이 웹상에 있는 모든 웹페이지와 사진, 동영상에 들어 있는 문장과 이미지의 의미를 모두 이해하는 가운데 필요한 정보를 찾아주는 기술을 말합니다.

2001년에 개봉한 스티븐 스필버그 감독의 A.I는 미래 세계를 배경으로

한 SF 영화입니다. 당시 시점에서 보면 지금도 꽤 미래지만 이 영화 속에서는 지금보다 훨씬 더 미래에 있을 일들을 그리고 있습니다. 사랑이라는 감정을 느끼는 어린아이 로봇이 주인공인데, 인간 엄마에게 버려진 뒤 진짜 인간 아이가 되어 다시 엄마의 사랑을 받고 싶다는 꿈을 가지게 되고 그것을 실현시켜줄 수 있을 것으로 생각되는, 동화 속에서 보았던 푸른 요정을 찾아 다니는 이야기입니다. 인간이 감정을 가진 로봇을 창조하게 된다면 과연 그것을 책임질 수 있을까 라는 문제를 생각해보게 하는 작품입니다.

이 영화 속에 만물 박사(Dr. Know)라는 일종의 검색엔진이 나옵니다. 이 검색엔진은 래리 페이지가 꿈꾸는 검색의 미래를 어느 정도 실현하고 있습니다. 사용자가 인간의 언어로 표현되는 문장으로 질문하면 그 질문의 문맥과 의도에 맞는 답을 알려 주지요. 하지만 사랑이라는 감정을 느끼는 로봇을 만들 수 있는 시대인데도 사용자가 누구이고 왜 묻는지에 근거한 정확한 답을 알려줄 정도의 실력은 갖추지 못하고 있더군요.

인지과학자이자 컴퓨터과학자로서 인공지능 기술을 연구해 온 더글러스 호프스태터가 쓴 '사고의 본질'(아르테, 2017)이라는 책에서는 인간만이 가진 유추에 기반한 놀라운 사고 능력을 다양한 각도로 설명하고 있습니다. 이 책에서는 같은 단어를 다양한 맥락에서 다르게 해석할 수 있는 인간의 사고 능력을 설명합니다. 예를 들어 흔히 우리는 "커피 마시러 갈까?"라고 말하고 커피숍에 갑니다. 그리고는 녹차를 마시기도 하고 콜라를 마시기도 합니다. 커피를 마시러 가자고 해놓고 왜 커피를 마시지 않고 녹차를 마시거나 콜라를 마시는 걸까요? "커피 마시러 갈까?"라고 했을 때의 커피는 꼭 커피만을 의미하지는 않기 때문입니다. 이때 커피라는 단어는 커피로 대표되는, 커피숍에서 마실 수 있는 다양한 음료들 중 어떤 것이든 의미할 수 있습니다. 한편 커피숍에 들어가서 어떤 사람이 "나는 커피로 주문해 줘."라고 말했다면 이때의 커피는 녹차나 콜라가 아닌, 커피만을 의미하게 됩니다.

사람들 간의 의사소통에서 커피라는 단어는 그 맥락에 따라 다양한 의미로 사용되지만 굳이 그것을 설명해줄 필요는 없습니다. 사람들은 문장을 듣고 말하는 사람이 어떤 의미로 그 단어를 사용했는지 정확히 이해하기 때문입니다.

그러면 컴퓨터는 "우리 커피 마시러 갈까?"라고 말했을 때의 커피와 "나는 커피로 주문해 줘."라고 말했을 때의 커피가 같은 의미를 지니지 않는다는 사실을 알 수 있을까요? 물론 알 수 없습니다. 사실은 바로 그 이유로 인해 시맨틱 웹이라는 새로운 기술이 필요해지는 것입니다. 컴퓨터가 인간이 사용하는 문장을 이해하기 위해서는 각각의 문장에서 커피라는 단어가 어떻게 사용된 것인가 하는 메타데이터를 별도로 기술해 주어야 합니다. 문장에 숫자가 사용되었을 때도 마찬가지입니다. 인간은 "오늘은 기온이 20도까지 올라서 따뜻하고 좋네."라는 문장에서 20이라는 숫자가 기온을 나타내는 단위라는 사실을 이해하지만 컴퓨터는 이 20이라는 숫자가 무엇인지 설명해 주는 메타데이터가 없으면 이것이 계산 가능한 숫자인지, 온도를 가리키는지 알 수가 없습니다.

하지만 이게 다가 아닙니다. 컴퓨터가 웹페이지에 인간의 언어로 기술되어 있는 문장의 의미를 이해하도록 하는 데는 더 많은 일들이 필요합니다. 시맨틱 웹을 실현하는데 있어 가장 우선적으로 제기되는 문제인 모든 웹페이지의 문장과 단어에 메타데이터를 기술하는 부분에 대해 모든 웹페이지 운영자가 동의하고 그렇게 하기로 했다고 생각해 보겠습니다. 사실은 이것이 실현되는 것만도 꿈 같은 이야기입니다. 하지만 그렇게 하기로 했다고 해도 여전히 문제가 남습니다. 메타데이터를 기술하는 주체가 사람이다 보니 기술하는 사람마다 자의적인 해석에 근거하여 메타데이터를 기술하게 될 가능성이 높기 때문입니다.

숫자가 일반 숫자인지, 어떤 단위를 가리키는 것인지를 구분해 주는 것이야 문제가 없다 하더라도 예를 들어 "우리 커피 마시러 갈까?"라는 문장의 커피라는 단어의 의미를 설명하는 메타데이터를 서로 다른 사람이 기술한다고 하면 각기 다른 내용을 적게 되지 않을까요?

이러한 문제가 있기 때문에 시맨틱 웹 기술에서는 메타데이터와 함께 온톨로지라는 것이 정의되어야 합니다. 온톨로지란 '어느 특정 분야의 개념이나 지식'을 가리키는데, 어휘의 정의나 어휘와 어휘의 관계를 기술한 것을 말합니다. 이것은 컴퓨터를 위한 일종의 문법을 만들어 두자는 것입니다. 예를 들면 주소와 소재지가 동의어라는 것, 진료과목이 치과인 의사는 치과의사라는 것을 컴퓨터가 이해할 수 있도록 인간 언어가 가진 모든 상관관계를 정리해 두어 컴퓨터가 참조할 수 있도록 하자는 것입니다. 하지만 아무리 온톨로지를 완벽하게 정의한들 과연 컴퓨터가 "우리 커피 마시러 갈까?"라는 문장에 들어 있는 커피라는 단어와 "나는 커피로 주문해 줘."라는 문장에 들어 있는 커피라는 단어가 어떻게 달리 해석될 수 있는지를 이해할 수 있을까요? 이 문장 하나는 이해할 수 있다 하더라도 인간의 언어에서 사용되는 모든 단어와 문장의 다의적인 해석을 과연 컴퓨터가 해낼 수 있을까요?

결론적으로 시맨틱 웹이라는 꿈은 산산이 부서진 채로 끝나 버렸습니다. 시맨틱 웹은 한때 열띤 논의의 대상이었지만 지금은 시맨틱 웹을 이야기하는 사람이나 기업을 더 이상 찾아볼 수 없습니다.

비구조화 데이터를 처리하는 새로운 시도

시맨틱웹은 실패로 끝났지만 인터넷 기업들이 엄청난 양의 데이터를 다루어야 하는 오늘날, 데이터의 구조화라는 문제는 다시 IT업계의 가장 중요한 화두로 떠오르고 있습니다. 오늘날 인터넷 기업들은 엄청난 양의 비구조화 데이터를 다룹니다. 비구조화 데이터란 컴퓨터가 다룰 수 있는 형태로 범주화와 구조화 작업이 되어있지 않은 데이터를 말합니다. 여기에는 인터넷에 있는 수많은 문서, 텍스트, 메일, 사진, 비디오와 같은 정보가 있습니다. 아울러 앞서 설명한 클라우드형으로 서비스를 제공하는 사업자들이 수집하고 있는 이용자로부터 업로드되는 데이터, 즉 서비스 사용 데이터가 포함됩니다.

이처럼 인터넷상에 존재하는, 혹은 사업자가 수집하고 있는 비구조화 데이터는 그야말로 기하급수적으로 늘고 있습니다. 디지털 세계의 데이터량은 2013년 4.4 제타바이트였는데, 이것이 2020년에는 44 제타바이트로 증가할 전망입니다. 제타바이트는 1조 기가바이트를 의미합니다.

비구조화된 엄청난 양의 데이터를 다루는 기술 중 하나로 최근 주목받고 있는 것이 그래프형 데이터베이스입니다. 그래프형 데이터베이스는 말하자면 시맨틱웹의 축소판이라고 할 수 있는데, 여기서는 데이터들을 연결하고 그 연결 관계를 정의해주는 최소한의 방식으로 범주화해서 데이터를 처리합니다. 예를 들어 데이터가 문장이라면 시맨틱웹의 경우 개별 단어마다 메타데이터를 기술해 주어야 했지만 그래프형 데이터베이스에서는 단어와 단어 혹은 문장과 문장의 연결 관계를 정의해 주고 그 연결이 어떤 것인지만 메타데이터로서 기술해 줍니다. 연결관계 자체, 그리고 연결관계를 정의해준 메타데이터만으로 간략하게 데이터의 범주화를 하는 것입니다.

그래프형 데이터베이스를 사용하는 대표적인 기업이 페이스북과 링크드인입니다. 페이스북과 링크드인에서 알 수도 있는 친구를 추천받은 적이 있으실 텐데요, 페이스북이나 링크드인에 가입한 모든 유저를 관계가 있는 사람이라면 서로 연결하고 그 연결에 대한 내용을 메타데이터로서 기술해주는 방식으로 연결관계를 확장해 나가다 보면 서로 친구관계를 맺고 있지 않지만 뭔가 관련되어 있는 사람들을 발견해 낼 수 있게 되는 것입니다.

이러한 그래프형 데이터베이스를 활용하여 성공하고 있는 스타트업 중 하나로 팔란티어라는 회사가 있습니다. 팔란티어는 반지의 제왕에 나오는, 원하는 곳을 볼 수 있는 마법의 돌입니다. 재미있는 이름을 가진 이 회사의 시스템은 CIA(미국 중앙정보국)의 자금으로 개발되었으며 미국 정부와 보안기관 등에서 널리 사용되고 있습니다.

팔란티어는 빅데이터를 활용해서 사기에서 테러에 이르는 각종 보안문제를 해결하면서 유명해졌습니다. 이 회사의 연간 매출액은 5억 달러에 달하는 것으로 알려졌으며 앞으로 더 크게 성장할 것으로 기대되고 있습니다. 2016년 1월, 주식 상장을 통해 기업공개를 했는데, 현재 2백억 달러의 기업 가치를 인정받고 있습니다

처음에 팔란티어는 신용카드를 이용한 사기 거래를 적발하기 위한 도구로 만들어졌습니다. 신용카드 거래 내역 중 사기 행위가 포함되어 있는 거래 데이터에서 어떤 일정한 패턴을 발견한 것입니다. 이 기술은 페이팔이 자사 고객을 보호하기 위해 개발한 기술에서 파생된 것입니다. 팔란티어의 공동 창업자인 피터 틸은 페이팔의 공동 창업자이기도 합니다. 팔란티어는 이러한 종류의 패턴 분석 작업이 테러부터 국제 마약 거

래에 이르기까지 모든 종류의 불법적인 행위를 막는데 사용될 수 있다는 것을 알게 되었다고 합니다.

이후 그들은 미국 정부와 보안기관이 시리아와 파키스탄의 자살 폭탄 및 급조 폭발물(IED, 사제폭탄)의 위협에 대처하는 것을 돕고 심지어 연합정부에 스파이가 침투했을 때도 도움을 주면서 신뢰를 얻었습니다. 미국 정부는 팔란티어의 가장 큰 고객이며 그들의 소프트웨어는 미국 정부가 테러와의 전쟁에서 활용하는 가장 효과적인 무기 중 하나가 되었습니다. 예를 들어 미 해병대는 팔란티어의 소프트웨어를 사용해서 아프가니스탄에서 사제폭탄 공격을 예측하는데, 공격 시점과 폭탄의 위치까지 알아낼 수 있다고 합니다.

팔란티어가 사용하는 데이터는 광범위한 영역의 정형 데이터와 비정형 데이터를 포함하고 있습니다. 이를테면 DNA 데이터베이스, 움직임을 보여주는 감시 기록, 소셜 미디어 데이터, 정보원의 제보, 센서 데이터, 지리 데이터, 기상 데이터, 사제폭탄에서 추출한 생체 데이터 등을 사용합니다. 팔란티어의 성공에서 가장 큰 부분을 차지하는 것은 이 많은 데이터 세트를 효과적으로 함께 배치하는 것입니다. 다시 말해 그래프형 데이터베이스에 서로 다른 데이터 세트를 함께 배치하는 능력이 이 회사의 핵심 능력인 것입니다.

일단 이렇게 다양한 데이터 세트를 함께 배치하고 나면 서로 관계가 있는 데이터 세트를 연결하고 그 연결이 어떤 것인지를 기술해 줍니다. 바로 이것이 메타데이터가 됩니다. 이렇게 연결을 확장해 나가다 보면 예를 들어 최근 미국에 입국한 두 명의 남성이 사실은 국제 테러 조직과 관련되어 있는 인물이라는 사실을 알아낼 수 있게 됩니다. 이 순간 미국에서의 테러 위험이 높아졌다는 사실을 알게 되고 이것을 막기 위한 조치가 취해짐으로써 테러를 사전에 막을 수 있게 됩니다. 비슷한 방법으로 금융 기관이라면 회사 직원이 고객의 돈을 빼돌린 뒤 달아날 가능성을 미리 감지하고 그것을 사전에 방지하는 일도 가능합니다.

비구조화되어 있는 빅데이터를 효과적으로 처리해서 성공하고 있는 스타트업 중에 리테일넥스트라는 회사도 있습니다. 최근 리테일 업계에서는 매장에 방문한 고객 데이터를 수집해서 이를 활용하기 원하는 기업들이 늘고 있는데, 리테일넥스트는 이것을 기술적으로 지원하는 매장 내 분석(In Store Analytics) 솔루션을 제공하고 있습니다.

매장 내 분석 솔루션은 e커머스에서 하고 있는 데이터 수집과 분석 방법을 오프라인 점포에 적용한 기술입니다. e커머스 업체들은 사용자 업로드 데이터를 메타데이터로 활용하여 고객에 대한 정보를 알아냅니다. 이와 비슷하게 오프라인 사업자가 매장 내 분석 솔루션을 사용하면 매장 내에 설치된 다양한 센서로부터 수집한 고객 행동 데이터를 메타데이터로 활용하여 어떤 속성의 사람이 어떤 타이밍에 매장에 방문했고 어떤 상품을 보았으며 그 상품을 구매했는지 않았는지와 같은 사실들을 알 수 있게 됩니다.

오프라인 리테일 기업들이 활용하는 고객 행동 데이터는 주로 매장의 POS(판매시점 정보관리 시스템)를 통해 수집한 데이터입니다. POS는 어떤 고객이 무엇을 구매했는가 하는 구매 고객의 데이터를 관리합니다. 하지만 보통 매장에 방문한 고객 중 실제로 상품을 구매하는 고객은 전체의 10~20%에 불과합니다. 이 말은 POS 데이터만을 활용할 경우 매장에 방문했지만 구매하지 않은 80~90% 고객에 대해서는 알지 못하게 된다는 의미입니다. 하지만 오프라인 매장의 매출을 끌어올릴 수 있는 잠재력은 사실은 이들 비구매 고객층에 있기 때문에 이들 고객에 대해 알 수 있는 데이터를 수집하는 일은 매우 중요하다고 할 수 있습니다.

리테일넥스트가 제공하는 매장 내 분석 솔루션은 이들 비구매 고객에 대해 알 수 있는 모든 종류의 데이터를 수집해서 분석합니다. 이 솔루션은 매장 내부와 외부에 있는 사람들에 관한 거의 모든 것을 분석하는데, 예를 들면 매장 밖의 통행량, 매장 방문율, 매장 내 고객의 위치, 고객당 계산대 대기시간, 탈의실 이용상황과 같은 것들이 있습니다. 또한 방문 고객의 성별/연령과 같은 속성 분석, 방문객이 첫방문인지 재방문인지 등도 분석합니다.

이렇게 분석한 데이터를 가지고 매장 개발 및 운영 담당자는 매장의 최적의 선반 배치를 시뮬레이션할 수 있고 이용빈도가 낮은 통로나 판매장소를 파악할 수도 있으며 탈의실 수의 타당성을 분석할 수도 있습니다. 마케팅 담당자라면 마케팅 타겟이 방문객 속성과 일치하는지 아닌지, 각종 캠페인이나 광고 중 무엇이 효과적이었는지를 파악할 수 있습니다.

이러한 것들을 분석하기 위해 매장 내 분석 솔루션은 다양한 종류의 카메라, 적외선 센서, 무선랜 공유기, 비콘과 같은 디바이스를 사용합니다. 이들 디바이스로 방문객이나 매장 밖 통행자 수, 방문객의 매장 내 위치, 방문객의 속성과 같은 데이터를 수집하게 됩니다. 예를 들어 카메라를 활용하여 데이터를 수집하는 방법으로는 카메라 영상에 소프트웨어를 사용해서 분석 존을 설정해 둡니다. 그 존을 매장 입구 가까이에 설정해 두고 그 존을 통과한 사람 수, 멈춰선 사람 수, 멈춰서 있던 시간 등을 분석하면 매장을 그냥 지나쳐 간 사람 수, 매장 앞에 멈춰 서서 매장을 들여다본 사람 수, 매장으로 들어온 사람 수 등을 파악할 수 있게 됩니다. 이러한 데이터를 수집하는 이유는 예를 들어 특정 카테고리의 상품이 다른 때에 비해 매출이 저조했을 때 해당 상품을 고객들이 와서 봤지만 사지 않은 것인지, 와서 보지 않았기 때문에 사지 않은 것인지 등을 파악해서 적절히 대응할 수 있도록 하기 위한 것입니다.

팔란티어와 리테일넥스트는 정형화된 데이터를 처리하는 기존의 데이터베이스로는 처리할 수 없는 비정형 데이터를 수집하고 분석하는 회사입니다. 이들 회사가 데이터를 처리하는 방법은 수집한 데이터를 사람이 보고 이해할 수 있도록 시각화 해주는 것입니다. 팔란티어의 경우 관계가 있는 데이터와 데이터를 연결하고 어떤 관계인지를 기술해 줍니다. 컴퓨터는 그러한 연결관계를 끝없이 확장해서 보여주기만 합니다. 그리고는 사람이 그 연결관계에서 위험을 미리 감지할 수 있는 어떤 패턴을 발견하게 됩니다. 한편 리테일넥스트는 비 구매객에 대해 알 수 있을 것으로 생각되는 데이터들을 수집해서 담당자에게 그래프나 차트 형식으로 시각화해서 보여줍니다. 그러면 담당자는 그 데이터로부터 고객에 대한 어떤 정보를 알게 되고 그 정보를 바탕으로 매장 디스플레이나 마케팅을 효과적으로 할 수 있도록 대응방법을 강구할 수 있게 됩니다.

사실은 바로 이것이 현재 IT업계에서 빅데이터를 활용하고 있는 가장 일반적인 방법입니다. 다시 말해 빅데이터를 수집한 뒤 컴퓨터는 그것을 사람이 이해할 수 있도록 가시화 해서 보여주고, 그 가시화된 데이터로부터 어떤 중요한 정보를 이끌어내는 일은 사람이 하고 있는 것입니다. 그 이유는 컴퓨터가 데이터를 범주화 하고 계층구조로 구조화하는 일을 잘 하지 못하기 때문입니다. 때문에 컴퓨터와 인간이 협업해서 빅데이터를 활용하는 것이 현재 빅데이터 활용방법의 주류를 이루고 있습니다.

그러면 빅데이터를 분석하고 활용하는 일을 컴퓨터 혼자 해낼 수 있는 방법은 없는 걸까요? 그 첫 번째 시도였던 시맨틱웹은 말씀드린 것처럼 실패로 끝나고 말았습니다. 최근에는 이것을 실현하기 위한 또다른 접근법이 시도되고 있는데, 머신러닝이라는 것이 바로 그것입니다. 머신러닝은 빅데이터를 가지고 컴퓨터를 학습시켜서 컴퓨터가 스스로 어떤 결정을 내리고 실행에 옮길 수 있도록 하는 기술입니다.

머신러닝 연구의 최전선에 있는 딥러닝 기술의 등장으로 이제 컴퓨터는 이전까지 잘 못했던 것들, 즉 이미지를 이해하고 인간의 언어를 이해하는 일들을 훨씬 더 잘 해내게 되었습니다. 이렇게 되자 전에는 상상만 했던 무인점포, 자율주행차와 같은 것들이 현실 세계에 등장하고 있습니다. 다음 장에서는 기계학습과 딥러닝 기술로 급속도로 발전하고 있는 인공지능 기술의 최신 현황에 대해 살펴보도록 하겠습니다.

제11장
머신러닝과 딥러닝, 그리고 인공지능(AI)

예측 – 인간이 현실 세계의 복잡성에 대처하는
효과적인 방법

인공지능에 대한 연구가 무르익은 오늘날, 인공지능을 연구하는 학자들이 자신들의 연구 주제로서 끊임없이 던지는 질문이 하나 있습니다. 바로 '인간은 어떤 방법으로 사고하는가?'라는 것입니다. 6장에서 언급한 대로 이 질문은 고대 그리스 시대의 철학자들에게도 주요 관심사였고 근대에 이르기까지 많은 수학자와 철학자들이 이 질문에 대한 답을 찾아 헤매던 끝에 결국 현대 컴퓨터의 발명으로 이어졌습니다. 그러면 오늘날의 인공지능 연구에서 다시금 이 질문이 제기되고 있는 이유는 무엇일까요?

언급한 바와 같이 컴퓨터는 인간이 잘하지 못하는 논리적인 사고를 돕기 위해 만들어졌습니다. 그런데 인간이 잘하는 어떤 분야에서는 컴퓨터의 실력이 형편없는 경우가 많습니다. 예를 들어 이미지를 보고 그것이 무엇인지 인지하는 능력에 있어 컴퓨터는 3살짜리 인간 아기보다도 훨씬 못합니다. 오늘날의 인공지능 연구는 이처럼 인간은 잘하지만 컴퓨터는 잘하지 못하는 것들을 컴퓨터가 잘 해낼 수 있도록 하기 위한 내용이 주류를 이루고 있습니다. 그러기 위해 이번에는 지금까지 경시되어 왔던 인간의 직관적인 사고능력에 대한 연구가 진전되고 있는 것입니다.

고대 그리스 시대부터 알려진 바로 사람들이 사고하는 방식에는 크게 세 가지가 있는데 유추와 귀납, 연역이 그것입니다.

유추, 즉 유사성에 의한 추론은 어떤 상황에 적용되는 것이 비슷한 다른 상황에도 적용된다고 추론하는 방법입니다. 당신이 평소와 다르게 오른쪽 배가 콕콕 쑤시고 아프다면 인터넷에서 같은 증상을 가진 사람들의 정보를 검색하여 그 원인을 알아낼 수 있을 것입니다. 그러나 오른쪽 배가 콕콕 쑤시고 아픈 증상을 야기하는 원인은 매우 다양하기 때문에 정확한 결론을 내리기는 힘듭니다.

귀납은 동일한 현상의 반복되는 발생을 관찰하고서 그 현상이 언제나 발생하리라고 결론 내리는 것입니다. 사람들은 매일 아침 태양이 뜨는 현상을 관찰해 왔기 때문에 내일도 아침에 해가 뜰 것이라고 결론 내리게 됩니다. 하지만 이것은 단지 경험에 따른 추측일 뿐이므로 반드시 그러할 것이라고 확증할 수는 없습니다. 다만 사람들이 수천년간 관찰해 온 결과이므로 상당한 비율의 확률로 그러할 것이라고 추측할 수 있습니다.

한편 연역은 전제라고 하는 확실한 진술에서 출발하여 그 전제들의 필연적인 또는 불가피한 결과를 결론으로 내놓습니다. 이 방법을 사용할 경우 전제들이 옳다면 추론을 통해 내놓은 결과 또한 반드시 옳은 보편 타당한 진리라고 확신할 수 있습니다.

현대 컴퓨터의 탄생에 기여한 고대 그리스인들은 사람들이 사고하는 이 세 가지 방법 중 연역을 중시했습니다. 그들이 생각하기에 유추와 귀납으로는 이 세상에 대한 100% 정확한 사실을 알려주는 진리를 발견할 수 없었기 때문입니다. 아울러 고대 그리스인들이 연역을 좋아했던 것에는 사회적인 이유도 있었습니다. 은행가와 사업가들이 매우 존경받는 현대 사회와 달리, 고대 그리스 사회에서는 철학자와 수학자가 중요한 계층이었습니다. 이들 상류층은 생계 활동을 어쩔 수 없이 하는 불행한 짓으로 여겼습니다. 노동은 지적 활동, 시민의 의무 및 토론을 위한 시간과 에너지를 빼앗을 뿐이라고 생각했기 때문입니다.

이처럼 고대 그리스의 상류층들이 상업과 교역을 대한 태도를 보면 그들이 연역을 선호했던 것도 어렵지 않게 이해가 됩니다. 유추와 귀납은 경험에 기반한 사고법입니다. 그러나 평범한 세상에 살고 있지 않던 이들은 경험으로부터 배울 것이 없다고 생각했습니다. 이들은 관찰을 하지도 않고 손을 써서 실험을 하지 않기 때문에 유추나 귀납에 의한 추론을 할 바탕이 되는 사실들을 갖고있지 않았습니다.

이에 비해 연역을 하는 데는 경험이라는 것이 필요하지 않습니다. 연역에는 진리를 발견해 나가는데 전제가 되는 자명한 진리 몇 가지만 알고 있으면 됩니다. 이러한 기본 진리를 바탕으로 연역적 추론을 하면 또 다른 진리를 발견할 수 있습니다.

수학은 연역적으로 사고하는 대표적인 분야입니다. 고대 이집트인들과 바빌로니아인들도 수학을 사용해서 다양한 문제들을 해결했다고 알려져 있습니다. 그런데 이들은 경험에 기반한 수학체계를 발전시켰습니다. 그러나 고대 그리스인들은 수학적 증명을 연역적 추론에 국한하자는 결정을 내렸고 고대 그리스인들이 발전시킨 수학체계가 오늘날 수학이라는 학문의 근간을 이루고 있습니다.

수학자인 제리킹은 자신의 저서 '10개의 특강으로 끝내는 수학의 기본원리'(동아엠앤비, 2016)라는 책에서 오래전 자신의 지도교수와 나눈 흥미로운 대화를 이야기합니다.

"수학과의 대학원생들은 어느 대학이건 간에 가장 똑똑하면서 가장 게으른 학생들이야."

"정말입니까?"

"물론 똑똑하다는 점에 있어서는 간혹 예외가 있긴 하지만."

"수학과 대학원생들이 게으르다고 하셨는데, 그 이유가 무엇이죠?"

"왜냐하면 그 친구들은 수학 연구를 위해서는 단 몇 가지의 기본적인 지식만 필요하다는 사실을 발견했기 때문이지. 그다음에 이어지는 나머지 수학 지식들은 모두 이 몇 가지로부터 파생된다는 사실을 알고 있기 때문이야."

"왜 그 사실 때문에 그들이 게으르다는 것인지 잘 모르겠는데요?"

"상대적으로 게으르다는 것이야. 다른 분야를 보라구. 문학과의 대학원생은 도서관 벽 전체를 뒤덮을 정도의 책을 읽지 않고서는 어떤 작업도 시작조차 할 수가 없지. 화학과의 경우에는 자신이 고안한 실험에서 새로운 결과를 얻을 수 있는지는 고사하고 실험 자체가 제대로 진행되는지에 관해서 노심초사하느라 몇 개월이건 실험실에 처박혀 있어야 한다네. 하지만 수학과 학생들은 이런 일을 전혀 할 필요가 없지 않나?"

"그럼 수학과 학생들이 해야 하는 것은 무엇이죠?"

"이해."

"좋습니다. 수학과 대학원생들이 선생님 말씀대로 게으르다고 하죠. 그런데 그들이 똑똑하다는 사실은 어떻게 설명할 수 있죠?"

"그건 그들이 비밀을 알고 있기 때문이지."

"비밀이요?"

"그래. 그들은 수학이 아름답다는 사실을 알게 된 거야."

우리가 살아가는 현실 세계에도 수학자들이 사용하는 것과 같은 올바르고 유의미한 기본 원리들이 존재한다면 얼마나 좋을까요? 그렇다면 사람들은 매일매일 고민할 필요도 없이 그 기본 원리에서 파생된 세부 원칙들이 제시하는 대로 결정하면서 살아가면 될테니 말입니다. 6장에서 언급한 대로 수학자 라이프니츠는 보편수학이 존재하는 세상을 꿈꾸기도 했지요.

하지만 현실 세계에는 엄청난 복잡성이 존재하기 때문에 수학자들이 사용하는 기본 원리 같은 것이 존재하지 않습니다. 인간의 본성은 기울어진 평면을 미끄러지는 물체와 같이 어떤 공식으로 설명될 수 있는 것이 아닙니다. 국가의 번영은 수백만 명의 인간들의 의지와 탐욕이 관련될 뿐만 아니라 천연자원, 이웃 나라들과의 관계, 전쟁으로 인한 혼란 및 기타 수십 가지 다른 요소들이 관련되는 복잡한 현상입니다.

수학을 기반으로 과학이 엄청나게 발전한 근대에 이르러 사회과학자들은 사회현상에 적용할 수 있는 근본적인 원리들을 찾았지만 성공하지 못했습니다. 그나마 다행스럽게도 사회과학은 그들이 다루는 현상에 관한 정보를 얻는 아주 새로운 수학적 방법을 습득했는데, 확률이 바로 그것입니다. 수학의 한 분야인 확률은 수학 분야들 중에서도 가장 최근에 생겨난 분야입니다. 사실 확률은 연역을 근간으로 하는 기존의 수학 분야들과는 매우 다른, 이질적인 분야라고 할 수 있습니다.

확률은 데이터로부터 유의미한 의미를 추출해내는 수학적 방법입니다. 확률에서 파생된 학문분야인 통계학은 수학을 사용하기는 하지만 연역적 접근법을 사용하지 않습니다. 사실 어떤 문제에 관한 통계적 접근법은 무엇보다도 무지의 고백입니다. 결정적인 실험이나 관찰 또는 직관이 실패해서 추론의 중요한 연결고리에 쓰일 수 있는 근본적인 원리들을 알아낼 수 없을 때 우리는 데이터에 관심을 돌려 일어난 일에서 가능한 한 모든 정보를 골라냅니다. 만약 우리가 어떤 새로운 치료법이 무슨 결과를 낳을지 연역하게 해주는 지식이 없다면 우리는 우선 그 치료법을 적용하여 결과를 알아보고 나서 어떤 결론을 이끌어내려고 시도합니다. 설령 그 치료법이 굉장히 성공적이므로 널리 쓰여야 한다는 결론에 이르더라도 우리는 어떤 물리적 내지 화학적 요소들이 관여하는지 여전히 모릅니다.

사실 확률론은 이 세상에 수학자나 과학자들이 알 수 없는 불확실성이 존재한다는 사실을 인정하는 학문 분야입니다. 불확실성 앞에서도 우리는 어떻게 나아갈 수 있을까요? 데카르트는 우리 모두가 의식적 무의식적으로 따르는 과정을 이렇게 설명합니다. "무엇이 참인지를 결정하는 능력이 수중에 없을 때는 무엇이 가장 가능성이 높은지에 따라 행동해야 한다."

차가 다니는 큰길을 건너는 일에는 사고라는 불확실성이 개입하지만 우리는 건넙니다. 사고가 나지 않을 가능성이 더 높아 보인다면 말입니다. 그 근거는 경험을 통한 유추입니다. 경험을 통해 알게 된 지식을 사용해서 현재 상황의 사고 가능성을 예측하는 것입니다. 경험이 없을 때 인간은 가지고 있는 모든 지식을 동원해서 결과를 추측한 뒤 어떤 결정을 내립니다. 그리고는 반복되는 경험을 통해 그 결정이 옳았는지 아닌지를 판단하고 필요할 경우 다음 번에는 다른 결정을 내립니다.

확률론은 수학을 사용해서 인간이 불확실성에 대처하는 이러한 예측에 대한 정확성을 높여 주는 학문입니다. 오늘날의 인공지능 연구에서 가장 많이 활용되는 수학 분야가 바로 이 확률론입니다. 올바른 추론을 통해 100% 정확한 답만을 내놓던 고고한 컴퓨터가 이제 현실 세계에 발을 딛고 추측을 통해 답을 내놓게 된 것입니다. 뿐만 아니라 보다 올바른 답을 내놓기 위해 이제 컴퓨터는 고대 그리스인들이 경시하던 '경험'이라는 것을 해야 할 필요가 생겼습니다.

컴퓨터가 미래를 예측하는 방법

우리 뇌의 작동방식을 인지할 수 있는 한 가지 사고실험이 있습니다. "알파벳을 소리내 암송해 보라."는 것입니다. 영어를 배운 사람이라면 누구든 쉽게 해낼 수 있는 과제입니다. 그러면 이제 "알파벳을 거꾸로 암송해 보라."는 과제를 수행해 볼까요? 일부러 알파벳을 거꾸로 외워본 적이 없는 사람이라면 이 과제가 매우 어렵다는 것을 알 수 있을 것입니다. 한 가지 더, 외우고 있는 노래가 있다면 그것을 거꾸로 불러 볼까요? 이것 역시 가능하지 않습니다.

분명히 외우고 있는 것인데 그것을 거꾸로 출력하는 일은 왜 그렇게 어려운 걸까요? 바로 여기에 인간의 기억이 구성되는 방식에 대한 비밀이 있습니다. 우리의 기억은 순차적이며 그 순서는 정해져 있다는 것입니다. 그리고 입력된 순서대로만 출력할 수 있습니다. 우리는 기억의 순서를 거꾸로 뒤집지 못합니다.

우리 뇌가 이런 방식으로 작동하는 이유는 뇌의 가장 중요한 기능이 '예측'이기 때문입니다. 우리 뇌는 끊임없이 미래를 예측하고 앞으로 무엇을 경험할지 가정합니다. 그리고 이러한 기대는 우리가 실제로 인지하는 내용에 영향을 미칩니다.

하지만 인간 뇌가 하는 예측은 대부분 매우 부정확하며 편향적입니다. 그 이유는 우리가 예측을 하는데 사용하는 데이터가 매우 제한되어 있다는 점, 그리고 아마도 그러한 이유로 무작위적으로 발생하는 사건에 대해서도 인과관계를 만들어 내어 예측하려 하는 성향 때문입니다. 인간 뇌의 이러한 작동방식은 횡단보도를 건널지 말지를 결정하는 것과 같은 단기적인 행동 결정에는 유리하지만 장기적인 결과를 예측하는 데는 치명적입니다. 다시 말해 인간이 하는 장기적인 결과 예측은 틀릴 가능성이 매우 높다는 것입니다.

주사위를 10번 던졌는데 10번 다 6이 나왔다고 가정해보겠습니다. 그러면 다음 번에 나올 숫자로 우리는 무엇을 기대하게 될까요? 아마도 다시 6이 나올 것이라고 기대하게 되지 않을까요? 한편 키가 큰 부모에게 자녀가 있다면 우리는 그 자녀의 키가 클 것으로 기대하지 않을까요?

하지만 이러한 사건들은 무작위적으로 발생하는 것들입니다. 그리고 수학자들은 무작위적으로 발생하는 사건은 언제나 평균으로 회귀하는 경향이 있다는 사실을 밝혀냈습니다. 예를 들어 주사위를 10번 던졌는데 10번 다 6이 나왔다면 이것은 매우 희귀한 사건입니다. 따라서 다음 번에 주사위를 던졌을 때 6이 나올 가능성은 다른 다섯 숫자가 나올 가능성에 비해 가장 낮아집니다. 또한 고대부터 현대에 이르기까지 인간의 평균 신장은 일정한 값을 유지하고 있습니다. 따라서 평균적으로는 키가 큰 부모의 자녀라 하더라도 실제로는 우리가 생각하는 것만큼 크지 않고 키 작은 부모의 자녀도 실제로는 그다지 작지 않다는 것이 입증되었습니다.

이처럼 수학을 사용해서 무작위적으로 발생하는 사건에 대한 예측 가능성을 높여주는 것이 확률론입니다. 확률론에서 파생한 통계학의 주요 수법인 회귀분석법은 대부분의 경우 실제 데이터는 이론상으로 추측한 값보다 평균값에 가까워진다는 사실을 이용하여 미래 사건의 예측 가능성을 높입니다. 미래 사건을 예측하는 방법은 데이터의 관계성을 기술하는 것입니다. 다시 말해 하나의 변수로 다른 변수의 값을 예측하거나 설명하는 것입니다.

인터넷 시대에 이전에는 얻을 수 없었던 많은 종류의, 그리고 많은 양의 데이터를 얻을 수 있게 되면서 사람들은 이것을 컴퓨터가 미래 사건을 예측하도록 하는데 활용하고 있습니다. 미래 사건을 예측하는 방법은 상관관계가 있는 과거 데이터의 관계성을 학습해서 미래 발생 가능성이 높은 사건의 발생 범위를 확률적으로 추측하는 것입니다. 이때 회귀분석법과 같은 수학적 방법으로 정확성을 높입니다.

구글이 32억 달러에 인수하여 화제가 된 네스트(Nest)라는 회사가 있습니다. 이 회사가 개발한 실내 온도 조절기는 학습기능을 가지고 있습니다. 제품을 구매한 사람이 일주일에서 열흘 정도 제품을 사용합니다. 그러고 나면 그 이후에는 이 제품이 자동으로 실내 온도를 조절해 줍니다. 네스트의 온도 조절기는 통신기능을 가지고 있어서 사업자 서버와 정보를 주고받을 수 있습니다. 사용자가 매일 온도를 조절한 데이터는 사업자 서버로 업로드됩니다. 이 업로드된 데이터와 다른 데이터의 상관관계를 분석하는 것입니다.

사람이 온도를 조절하는 것과 가장 상관관계가 높은 변수는 시간일 것입니다. 대략 아침에 일어나는 시간대에 온도를 조절하고 이후 외출하는 시간에 온도를 조절하고 또 집에 돌아오는 시간에 온도를 조절하게 됩니다. 이 상관관계를 분석해서 분석이 끝난 뒤에는 기계가 특정 시간대에 온도를 특정 온도로 자동으로 조정하는 것입니다. 자동으로 온도를 조정했는데 그것이 맞지 않아 사람이 다시 조정하는 경우도 생길 것입니다. 이처럼 이후 발생하는 데이터도 계속해서 수집해서 예상 값을 수정하고 그 결과를 다시 피드백 받고 이런 식으로 자동 온도조절의 정확도를 지속적으로 높여 가는 것입니다.

과거 데이터의 상관관계를 학습해서 예측 서비스를 제공하는 또다른 회사로 디사이드닷컴이 있습니다. 지금은 이베이에 흡수 합병되어 더 이상 서비스를 제공하고 있지 않습니다만, 이 회사는 가전제품을 구매하려는 사람들을 위해 제품을 구매할 가장 적합한 시점을 알려주는 서비스를 제공했습니다. 가전제품은 가격 변동이 매우 큰 제품입니다. 스마트폰과 같은 어떤 제품은 심할 경우 출시한지 한 달 만에 가격이 큰 폭으로 떨어지기도 합니다. 그래서 구매자들은 구매한 뒤 가격이 다시 오르거나 적어도 큰 폭으로 떨어지지는 않을, 손해보지 않을 시점에 제품을 구매하기 원합니다.

사용자가 디사이드닷컴에서 구매하고자 하는 제품명을 입력하면 그 제품을 지금 사야 할지, 기다려야 할지를 알려 주었습니다. 내용을 등록해 두면 해당 제품을 구매할 최적의 시점이 되었을 때 휴대폰 문자로 알려주기도 했습니다. 디사이드닷컴은 이 서비스를 제공하기 위해 제품 가격과 상관관계가 있을 것으로 여겨지는 많은 과거 데이터를 수집해서 제품 가격에 미치는 영향을 분석했습니다. 여기에는 같은 카테고리 제품의 과거 가격변동 데이터, 부품 가격, 심지어는 사용자 리뷰 데이터와 같은 것도 있었습니다. 수집한 과거 데이터와 제품 가격의 상관관계를 분석해서 해당 제품의 미래 가격을 추측하는 것입니다.

컴퓨터가 추측을 하다니 어떻게 보면 아이러니한 일입니다. 이 세상에 대한 100% 정확한 진실, 다시 말해 진리를 알고 싶어한 고대 그리스인들의 사고법을 발전시켜 만들어진 것이 컴퓨터라는 사실을 생각해 보면 말입니다. 그러나 오늘날 컴퓨터 과학자들이 밝혀낸 사실은 컴퓨터가 주로 사용하는 연역적 추리로 할 수 있는 일에는 한계가 있다는 것입니다. 미래에 발생할 사건을 연역적 추리로 알기 위해서는 관련된 모든 세부 사항과 그 연관관계를 하나도 빠짐없이 알고 있어야 합니다. 만일 이것이 가능하다면 미래에 일어날 일을 100% 정확히 알 수 있을 것입니다. 그러나 이것은 불가능하기 때문에 아무리 컴퓨터라 하더라도 미래 사건을 예측할 때는 주어진 제한된 정보를 가지고 귀납과 유추를 사용해서 미래 사건을 추측해 보는, 인간이 하고 있는 것과 같은 방법을 사용합니다.

컴퓨터가 하는 미래 예측은 인간과는 비교할 수 없을 만큼 대량의 데이터를 처리한다는 점, 그리고 편향에 사로잡히기 쉬운 인간과 달리 수학적인 방법을 사용한다는 점에서 좀 더 신뢰할만 하다고는 할 수 있을 것입니다. 하지만 이 방법은 어디까지나 귀납과 유추에 근거한 것이기 때문에 아무리 컴퓨터라 하더라도 100% 정확한 답을 내놓을 것을 기대할 수는 없습니다.

오늘날 컴퓨터의 미래 예측 기능을 가장 적극적으로 활용하고 있는 산업 분야는 금융업입니다. 금융업계에서는 컴퓨터가 미래를 예측한 결과를 근거로 주식을 사고 팔고 파생상품을 만들어 판매합니다. 컴퓨터가 하는 이러한 미래 예측은 평소에는 아주 잘 들어맞아서 금융회사에 많은 수익을 안겨줍니다. 이처럼 모든 것이 순조로울 때 금융회사들은 컴퓨터가 하는 예측이 틀릴 수도 있다는 사실을 간과하는데, 그 결과 엄청난 비극이 초래되기도 합니다. 나심 탈레브는 베스트셀러가 된 '블랙스완'(동녘사이언스, 2008)에서 그 점을 잘 설명합니다.

나심 탈레브는 귀납적 지식으로 미래를 예측할 때 발생할 수 있는 돌발적 충격이라는 문제를 버트런드 러셀의 칠면조를 예를 들어 설명합니다. 이것을 한국 버전으로 바꾸어 설명하면 다음과 같습니다. 어느 시골 농가에서 3년간 잘 자란 암탉이 있습니다. 이 암탉은 매일 꼬박꼬박 먹이를 가져다주는 자신의 주인에게 매우 만족하고 있습니다. 암탉이 생각하기에 분명 주인은 '나를' 위해 먹이를 가져다주는 것이며 언제까지나 그러할 것입니다. 암탉이 이렇게 생각하는 데는 타당한 근거가 있습니다. 3년동안 하루도 빠짐없이 매일 그러했기 때문이지요. 그러던 어느 금요일 저녁 이 암탉에게 예기치 않은 일이 닥치게 됩니다. 주인의 귀한 사위가 방문했고 주인은 그날 저녁식사에서 이 암탉을 잡아 대접하기로 결정했기 때문입니다. 암탉은 믿음의 수정을 강요받습니다.

컴퓨터가 인간의 불완전한 예측 방법을 사용하는 순간 컴퓨터를 100% 신뢰할 수 없게 된다는 문제가 발생하게 됩니다. 하지만 일반적으로는 인간에 비해 훨씬 더 뛰어난 예측 능력을 보여주기 때문에 그 사실을 간과하게 될 수 있습니다. 그리고 이것은 어느 순간 '엄청난 파국'이라는 결과로 들이닥치게 될 수 있습니다.

인공지능 기술이 빠르게 발전하고 있는 오늘날, 이제는 컴퓨터로 모든 일을 할 수 있을 것처럼 이야기되지만 컴퓨터가 이전에 하지 못했던 일들을 할 수 있게 된 배경에는 이 기술을 발전시킨 수학자들과 과학자들의 '무지의 고백'이 선행되었다는 사실을 기억할 필요가 있습니다.

컴퓨터와 인간이 이미지를 인식하는 방법의 차이

사실 컴퓨터라고 하면 똑똑하다 라는 이미지가 떠오르지만 이 똑똑한 컴퓨터가 유독 인간보다 못하는 일이 있습니다. 바로 이미지를 인식하는 일입니다. 인간 아기는 고양이 사진 몇 장을 보여주고 "이게 고양이야." 라고 알려주면 그 다음부터는 어떤 고양이 사진을 보여줘도 "고양이다." 라며 고양이를 인식합니다.

그럼 컴퓨터는 어떨까요? 최근 뉴욕 타임스에 소개되는 영광을 얻은 구글 브레인 프로젝트의 신경망은 고양이를 인식할 수 있습니다. 다시 말해 컴퓨터가 고양이 사진을 볼때마다 특정한 반응을 보이게 된 것입니다. 이것이 가능해지기까지 구글은 유튜브에서 캡쳐한 사진 1,000만 장을 학습 데이터로 사용해서 컴퓨터를 학습시켰습니다. 그런데 이 정도로 학습을 시켰는데도 고양이 앞모습을 보여주면 인식하는데 고양이 옆모습을 보여주면 이것이 고양이인지 아닌지 인식을 못합니다.

하지만 이 정도만 해도 컴퓨터로서는 엄청나게 발전한 결과이기 때문에 컴퓨터가 고양이 사진을 인식하게 되었다는 기사가 뉴욕 타임스에 게재된 것입니다. 만일 어떤 인간 아기가 고양이 사진을 인식하게 되었다며 뉴스에 보도되었다면 어땠을까요? 아마 그럴 일은 절대 없을 것 같습니다만. 뉴스가 되기에는 너무 흔한 일이니까요.

이미지를 인식하는 능력이라는 측면에서 컴퓨터가 이렇게 인간에게 한참 뒤쳐지는 이유는 컴퓨터와 인간이 정보를 처리하는 방식이 다르기 때문입니다. 컴퓨터는 정보를 처리하기 위해 입력된 정보 자체를 사용합니다. 이에 비해 인간은 입력된 정보를 추상화해서 사용합니다. 이 차이를 이해하기 위해 앞서 6장에서 추상화라는 개념을 설명할 때 사용한 개별 사과와 개별 사과들을 추상화해서 만든 '사과'라는 단어의 차이를 떠올려 보실 수 있습니다. 사과라는 단어는 사과 그 자체는 아니지만 개별 사과들이 지닌 어떤 특징들을 모아서 만든 추상적인 개념입니다.

컴퓨터는 이미지를 인식할 때 한 번 본 이미지들을 모두 기억해버리는 방식을 사용합니다. 말하자면 개별 사과 하나하나를 기억하는 것입니다. 인간은 시간이 지나면 뭐든 잘 잊어버리기 때문에 이 방법을 사용할 수 없지만 한 번 기억한 정보는 절대로 잊어버리지 않는 컴퓨터라면 가능합니다. 그런데 이 방법을 사용할 경우 한 번 본 이미지라면 다음에 보았을 때 그것이 무엇인지 알 수 있지만 한 번도 보지 못한 이미지를 보았을 때는 그것이 무엇인지 알 수 없습니다. 예를 들어 같은 종의 고양이를 보았을 때도 '전에 본 바로 그 고양이'는 알지만 전에 본 적 없는 고양이는 알지 못합니다. 전에 본 바로 그 고양이더라도 이번에는 다른 자세를 취하고 있거나 고양이의 일부만 본다면 역시 인식할 수 없습니다. 이것을 알고 나면 컴퓨터가 왜 그렇게도 이미지 인식을 못하는지 충분히 이해가 가게 됩니다.

반면 사람은 보고 있는 이미지를 추상화한 패턴을 만들어서 기억합니다. 이미지 패턴은 말하자면 개별 사과를 추상화해서 만든 '사과'라는 단어와 같은 것입니다. 개별 고양이들이 가지고 있는 어떤 특징들을 모아 '고양이'라는 추상화된 이미지 패턴을 만드는 것입니다. 새로운 고양이를 볼때마다 이 고양이 패턴은 정교화됩니다. 고양이 패턴에는 고양이가 가지고 있는 어떤 고유한 특징들이 들어있기 때문에 처음 본 종의 고양이든, 고양이 옆모습이든, 고양이의 일부만 나온 사진이라 하더라도 거기에 고양이 패턴에 부합하는 어떤 특징이 들어 있다면 그것이 고양이라는 것을 알 수 있습니다. 이러한 방식을 사용하기 때문에 사람은 고양이든 강아지든 몇 번만 보면 다음부터는 어떤 고양이와 강아지를 보더라도 그것이 고양이인지 강아지인지 알 수 있는 것입니다.

인간은 의사소통을 할 때도 이와 비슷한 방법을 사용합니다. 때문에 틀린 문장을 보거나 부정확하게 발음되는 문장을 듣더라도 본래 그것이 무엇이었는지를 추측해서 대응할 수 있습니다. 인간은 단어나 문장을 들을 때마다 그것들을 유사한 것으로 묶어 범주화합니다. 이것은 마치 각기 다른 개별 고양이들을 보더라도 그것을 같은 고양이 패턴에 넣어 처리하는 인간의 이미지 인식 방법과 유사합니다. 때문에 사람은 처음 듣는 문장이나 틀린 문장을 듣더라도 그 문장이 무엇을 의미하는지 유추할 수 있습니다. 고양이의 일부 모습만 담긴 이미지를 보고도 이것이 고양이라는 것을 알 수 있는 것처럼요. 예를 들어 사람은 어린아이가 "바나나가 발가벗었어."라고 문법에 맞지 않는 문장을 말하더라도 그 말이 무엇을 뜻하는 것인지 알 수 있습니다.

살펴본 것처럼 인간이 어떤 지식을 얻는 방법은 '분류'하는 것입니다. 우리는 미지의 대상을 만났을 때 "이게 뭐지?"라는 질문을 하게 됩니다. 그러면서 우리 뇌는 지금 보고 있는 사물이 무엇과 유사한지 열심히 찾습니다. 그리고는 기존에 우리 뇌가 범주화하고 계층구조에 따라 분류해 놓은 지식 혹은 기억의 어디에 속하는지 찾아서 분류합니다. 인간에게 있어 사물과 사건은 이해되는 것이 아니라 분류될 뿐입니다. 그것이 무엇인지 알았다는 뇌의 작용은 사실은 그것이 어떤 이전 기억과 유사한가를 확인하는 과정입니다. 어떤 과일이 사과인지 배인지 안다는 것은 구별할 수 있다는 것과 동일한 정신 작용입니다.

오늘날 일부 컴퓨터 프로그램은 인간 뇌가 하는 것과 유사한 방식으로 과거의 데이터에 기반해서 '예측'하거나 데이터를 '분류'해서 맡은 일을 처리합니다. 이때 컴퓨터가 예측하거나 데이터를 분류할 수 있도록 학습시키는 것을 머신러닝이라고 부릅니다. 이 방법을 사용해서 어떤 문제를 해결하고자 하는 컴퓨터는 일단 자신의 '무지'를 고백하고 학습을 통해 배워야 합니다. 여기서 컴퓨터가 사용하는 학습자료는 오늘날 우리가 '빅데이터'라고 부르는 것입니다. 컴퓨터는 끊임없이 주어지는 빅데이터를 사용해서 학습하여 이전의 결정을 좀 더 올바른 방향으로 수정해 나갑니다. 이것은 반복되는 경험을 통해 좀 더 올바른 결정을 내리게 되는 인간의 학습 방법을 모방한 것입니다. 사실 오늘날 우리가 일반적으로 인공지능(AI)이라 부르는 기술은 바로 이 머신러닝을 의미합니다.

그럼 이제부터 인간 뇌가 하는 것과 유사한 '예측'과 '분류'를 컴퓨터가 학습하는 몇 가지 머신러닝 기법들을 배워보도록 하겠습니다.

의사결정트리와 나이브 베이즈 알고리즘

당신은 합리주의자인가요, 아니면 경험주의자인가요? 합리주의자는 감각은 우리를 속이기 때문에 논리적 추론만이 지식에 도달하는 확실한 길이라고 믿습니다. 반면 경험주의자는 모든 추론은 틀릴 수 있으며 지식은 관찰과 실험에서 나와야만 한다고 믿습니다. 사상가와 법률가, 수학자는 합리주의자인 반면 기자와 의사, 과학자는 경험주의자입니다. 합리주의자는 첫 행동을 개시하기 전에 모든 것을 계획합니다. 반면에 경험주의자는 여러 가지 시도를 해 보고 결과가 어떻게 나오는지 확인합니다.

머신러닝은 유추와 귀납을 사용한 사고법이기 때문에 아무래도 합리주의자들이 좋아할 것 같은 방법은 아닙니다. 하지만 머신러닝 학습법

중 합리주의자가 가장 선호하는 방식이 있는데, 바로 의사결정트리입니다. 의사결정트리는 귀납을 사용한 사고법이지만 '귀납은 연역의 역이다.'라는 관점에서 가장 논리적인 방식으로 결론에 접근하는 방법입니다.

의사결정트리 머신러닝 학습법의 최종 목표는 컴퓨터가 올바른 결정을 할 수 있게 해주는 완벽한 규칙 모음을 만드는 일입니다. 완벽한 규칙 모음은 학습을 통해 만들어집니다. 일단 완벽한 규칙 모음이 만들어지면 이 규칙 모음에 따르기만 하면 올바른 의사결정을 할 수 있게 됩니다.

의사결정트리 머신러닝을 좀 더 쉽게 이해하기 위해 어떤 사람이 여자친구에게 100% 데이트 승낙을 얻어낼 수 있는 완벽한 규칙 모음을 만든다고 가정해 보기로 하겠습니다. 사전 데이터가 없는 상황에서 이 사람은 여자친구에게 데이트를 신청했을 때 어떤 경우라면 승낙할 것이고 어떤 경우라면 거절할 것이라는 것을 예측해서 규칙 모음을 만들어 둡니다. 예를 들어 다음과 같은 규칙 모음을 미리 만들어 두는 것입니다.

'금요일 밤이나 주말이라면 승낙할 것이고 평일 저녁 늦게라면 거절할 것이다.'

'날씨가 좋다면 승낙할 것이고 날씨가 나쁘다면 거절할 것이다.'

'여자친구가 좋아하는 TV프로그램이 방송되는 날이라면 거절할 것이고 그렇지 않다면 승낙할 것이다.'

그리고는 이 규칙에 따라 데이트 신청을 해봅니다. 오늘이 금요일 밤이고 날씨가 좋고 여자친구가 좋아하는 TV프로그램이 방송되는 날이 아니라면 데이트를 신청해 보는 것이지요. 그런데 여자친구가 데이트 신청을 거절했습니다. 그렇다면 규칙모음 중 무엇인가가 잘못되었으므로 규칙 모음을 수정해야 합니다. 이날 여자친구는 몸 컨디션이 좋지 않다고 하면서 데이트 신청을 거절했습니다. 그렇다면 규칙 모음에 한 가지를 더 추가합니다.

'여자친구의 몸 컨디션이 좋다면 승낙할 것이고 좋지 않으면 거절할 것이다.'

또 하루는 여자친구가 좋아하는 TV프로그램이 방영되는 날인데 무심코 데이트 신청을 했습니다. 그런데 여자친구가 승낙한 것입니다. 그렇다면 '여자친구가 좋아하는 TV프로그램이 방송되는 날이라면 거절할 것이고 그렇지 않다면 승낙할 것이다.'라는 규칙은 반드시 맞는 것이 아니기 때문에 규칙 모음에서 삭제합니다.

이런 식으로 새로운 학습 데이터, 이 경우에는 새로운 데이트 신청 결과에 기반해서 규칙 모음을 정교화시켜 갑니다. 어느 날부터 이 규칙 모음에 따라 데이트 신청을 하면 100% 성공하게 되었다면 학습이 완료된 것입니다.

백화점이나 마트에서는 고객이 더 많은 상품을 구매하도록 하는 방법을 알아내기 위해 이 의사결정트리 학습법을 사용합니다. 이때 학습 데이터는 고객의 상품 구매 내역입니다. 예를 들어 컴퓨터는 고객의 상품 구매 내역을 학습해서 'A라는 상품을 구매하는 사람은 대부분 B라는 상품도 구매한다.'라는 규칙을 발견해 낼 수 있습니다. 그러면 백화점이나 마트 측에서 A라는 상품과 B라는 상품을 함께 배치해 놓아 상품 구매율을 끌어 올리는 것입니다.

미국에서는 이 방법으로 컴퓨터가 '기저귀를 구매하는 사람은 맥주도 함께 구매한다.'는 사실을 알아냈다고 합니다. 의외의 사실인데요, 알고 보니 엄마의 심부름으로 기저귀를 사러 온 아빠들이 보상 심리로 맥주를 사는 경우가 많더라는 것입니다. 이 사실을 알게 된 미국의 슈퍼마켓들은 기저귀 옆에 맥주를 진열해 놓고 있다고 합니다.

미국의 슈퍼마켓 체인 타겟에 어느 날 고등학생 딸을 둔 아버지가 항의차 방문했습니다. 고등학생인 딸에게 임신 관련 상품을 추천하는 DM 우편물이 자꾸 발송된다는 것이었습니다. 타겟 측에서는 당황해서 대응 방안을 서둘렀는데, 얼마 지나지 않아 그 아버지로부터 다시 연락을 받게 됩니다. 알고 보니 자신의 딸이 실제로 임신을 했다는 것이었습니다. 아버지도 몰랐던 딸의 임신 사실을 타겟은 어떻게 알 수 있었던 걸까요? 이때 타겟의 컴퓨터가 사용한 방법이 바로 의사결정트리입니다. 딸이 타겟에서 상품을 구매한 정보를 사용해서 그 사실을 알게 된 것입니다.

컴퓨터가 다른 임산부들의 상품 구매 내역을 학습해서 '어떤 어떤 상품을 주로 구매하는 사람은 임산부다.'라는 사실을 알게 되었는데 딸의 구매 내역이 임산부들의 구매 패턴과 일치했던 것이지요. 이 사건이 있은 후로 타겟은 고객에게 추천하는 상품에 일부러 관련 없는 상품들을 끼워 넣어 실제로는 어떤 상품을 추천하는지 모르도록 조처를 취했다고 합니다.

다음으로 나이브 베이즈 알고리즘이라는 머신러닝 학습법이 있습니다. 이것은 어떤 가설을 세운 뒤 추가로 나오는 증거들이 가설을 지지하는가의 여부에 따라 그것이 맞는지 아닌지를 최종 결정한다는 점에서 경험주의자들이 보다 좋아할 만한 방법입니다.

나이브 베이즈 알고리즘은 베이즈 정리라는 통계학에서 활용하는 공식을 사용합니다. 베이즈 정리는 통계학에서 확률을 계산하는 한 가지 방법인데 통계학자들 사이에서도 찬성파와 반대파가 있는, 어느 정도 논란의 여지가 있는 기법입니다. 논란이 되는 이유는 어떤 사건의 확률을 계산할 때 그 공식을 사용하는 사람의 선입견을 활용하기 때문입니다.

통계학자도 수학자인 만큼, 객관적이고 공정한 결론에 이를 수 있는 방법을 선호하기 때문에 정통파(?)에 속한 통계학자들은 베이즈 정리를 좋아하지 않습니다. 통계학자들 사이에는 베이즈 정리를 선호하는 베이즈론자와 정통파(?)에 속한 빈도론자의 대립구도가 형성되어 있다고 합니다.

베이즈 정리에서는 확률을 계산하는 사람이 일종의 가설을 세워두고 확률을 계산합니다. 이것을 사전 확률이라고 부릅니다. 어떤 사건의 확률을 계산할 때 그 확률을 계산하는 사람이 그 사건의 사전 확률을 미리 설정해 두는 것입니다. 그리고는 새로운 증거가 나올 때마다 미리 설정해 놓은 사전 확률을 수정해 나갑니다. 새로운 증거가 미리 설정해 놓은 사전 확률을 지지한다면 수정할 필요가 없지만 지지하지 않는다면 사전 확률을 수정해야 합니다.

이것은 사람이 어떤 가설을 세워두고 새로운 증거가 나올 때마다 그 가설에 대한 믿음의 정도를 갱신해 나가는 과정과 같다고 할 수 있습니다. 새로운 증거가 나왔을 때 그 증거가 가설과 일치한다면 가설이 옳을 가능성이 높아지고 가설과 일치하지 않는다면 그 가설이 틀린 것이 되기 때문에 다른 가설을 세워야 합니다.

앞서 언급한 주사위 예를 다시 사용해 볼까요? 주사위를 10번 던졌는데 10번 다 6이 나왔다고 가정해 보겠습니다. 이때 사람은 어떤 가설을 세우게 됩니다. 주사위를 10번 던져서 모두 6이 나올 가능성은 매우 희박하기 때문에 이 주사위에 어떤 조작이 되어있는 것은 아닌지 의심해 보는 것이지요. 그리고 나서 계속해서 주사위를 던져 그 가설을 확인해 봅니다. 만일 다시 주사위를 던졌는데 6이 아닌 다른 숫자가 나왔다면 가설을 수정해야 합니다. 하지만 다시 10번을 던졌는데 계속해서 6이 나온다면 처음 세운 가설이 맞을 가능성이 더 높아지는 것이지요.

오늘날 컴퓨터가 사용하는 머신러닝 기법 중 가장 많이 사용되고 있는 것이 바로 이 나이브 베이즈 알고리즘입니다. 오늘날 이 기법은 금융기관에서 특히 많이 사용되고 있습니다. 예를 들어 금융기관의 대출 담당자는 나이브 베이즈 알고리즘을 사용해서 대출 여부를 결정하는 학습 모형을 만듭니다. 이때 학습 모형에는 대출 담당자의 선입견이 반영됩니다. '수입이 얼마 이상인 사람이라면 대출을 해 주었을 때 돈을 잘 갚을 것이다.', '흑인 남자이고 저소득층 지역에 살고 있는 사람이라면 돈을 잘 갚지 않을 것이다.'라는 것과 같은 대출 담당자의 선입견을 반영해서 만든 학습 모형에 기반해서 대출 여부를 결정하는 것이지요. 그리고는 추가로 얻어지는 증거들을 사용해서 모형이 맞는지 여부를 확인해 갑니다.

금융기관에서 사용하는 또다른 학습 모형으로는 주가 예측 모형이 있습니다. 과거의 주가 변동 데이터에 기반해서 학습 모형을 만들고 추가로 얻어지는 주가 변동 데이터에 기반해서 모형을 정교화 시켜 나가는 것입니다.

수학자이자 헤지펀드에서 퀀트로 일했던 캐시 오닐이 쓴 '대량살상 수학무기'(흐름출판, 2017)라는 책에서는 인간의 선입견이 반영된 이러한 학습 모형이 얼마나 파괴적일 수 있는지를 설명합니다. 예를 들어 금융기관이 모형을 만드는 사람의 '흑인 남자이고 저소득층 지역에 살고 있는 사람은 돈을 잘 갚지 않을 것이다.'라는 선입견을 반영해서 만들어진 대출 모형에 따라 대출을 실행한다면 흑인 남자이고 저소득층 지역에 살고 있는 사람에게는 아예 대출을 해주지 않을 것이기 때문에 이 선입견이 맞는지 틀린지 확인해 줄 새로운 데이터를 얻을 수 없을 것입니다. 금융기관이 이 모형에 근거해서 대출을 실행하는 한, 이러한 사람들은 언제까지고 대출을 받을 수 없을 것입니다. 결국 이러한 학습 모형은 사람들의 편견에 시달리는 사회적 약자를 계속해서 더 비참하게 만드는 잔인한 수법이라는 것입니다.

또한 주가 예측 모형에도 심각한 결함이 있는데, 이 모형은 과거에 일어난 일을 기반으로 만들어진 것이기 때문에 과거에 발생하지 않았던 일, 예를 들어 이전에 없었던 수준의 주가 대폭락과 같은 일은 예측할 수 없습니다. 2008년 금융위기가 닥쳤을 때, 이러한 일은 절대 없을 것이라는 전제 하에 만들어진 모형에 근거하여 투자하고 있던 금융기관들은 올바로 대응할 수 없었습니다.

결국 오늘날 가장 많이 사용되고 있는 나이브 베이즈 알고리즘은 처음 세우는 가설, 즉 학습 모형에 인간의 선입견이 반영된다는 점, 그리고 과거에 일어난 일만을 전제로 하기 때문에 전에 없던 새로운 일이 발생했을 때 대처하기 어렵다는 문제가 있다는 것을 알 수 있습니다. 아울러 컴퓨터가 처음 세운 모형을 정교화시키기 위해 사용하는 새로운 학습 데이터를 선별해서 넣어주는 것 역시 사람이기 때문에 여기에도 인간의 선입견과 불완전성이 영향을 미칠 수밖에 없습니다. 이 문제를 어떻게 해결할 것인가 하는 것이 나이브 베이즈 알고리즘이 안고 있는 최대 과제라고 할 수 있습니다.

하지만 최근 들어 나이브 베이즈 알고리즘은 점점 더 많은 분야에서 활용되어 인간의 불완전한 의사결정을 돕고 있습니다. 예를 들어 미연방 출입국관리소와 세관에서는 공항에서 불순한 의도를 가진 사람을 식별하기 위해 아바타(AVATAR)라 불리는 시스템을 사용하고 있습니다. 아바타 시스템은 나이브 베이즈 알고리즘을 사용해서 만들어진 예측 모형을 사용합니다.

이 모형에서는 사람이 정직하지 않을 때 나타날 가능성이 높은 얼굴 표정, 움직임, 목소리 지표를 미리 설정해 두고 의심스러운 사람의 얼굴 표정이나 움직임, 목소리를 그 모형과 대조합니다. 대조 결과는 확률로 표시됩니다. 거짓말하고 있을 가능성이 가장 높은 사람은 붉은색으로, 그다음은 주황색으로 표시하는 식입니다.

아바타 시스템은 학습에 필요한 데이터를 얻기 위해 내장된 세 개의 센서를 사용하는데, 먼저 적외선 카메라를 사용해서 초당 250프레임의 속도로 동공의 팽창과 눈의 움직임을 기록합니다. 그다음 비디오카메라는 의심스러운 경련이나 습관적인 몸의 움직임들을 모니터링합니다. 마지막으로 마이크가 음성 데이터를 녹음해서 목소리 톤과 음 높낮이의 미묘한 변화를 확인합니다.

아바타 시스템은 미국 공항에서 매년 수백만 명의 사람들을 심사하는 과정에서 엄청난 양의 학습 데이터를 얻고 있으며 이 학습 데이터를 사용해서 모형의 정확도를 지속적으로 개선해 나가고 있습니다.

은닉 마르코프 모형(HMM)과 최근접 이웃 알고리즘, 서프트 벡터 머신(SVM)

또 다른 종류의 머신러닝 학습법으로 은닉 마르코프 모형(Hidden Markov Model)이 있습니다. 은닉 마르코프 모형에서는 주어진 데이터를 학습해서 연결된 하나의 사건에 들어 있는 개별 사건들의 위치를 확률적으로 계산합니다. 이것 역시 컴퓨터가 데이터를 학습해서 무언가를 확률적으로 예측해 내는 방식입니다.

최근에 은닉 마르코프 모형이 사용되는 대표적인 분야가 시리와 같은 음성인식 서비스와 구글 기계번역과 같은 번역 서비스입니다. 다시 말해 은닉 마르코프 모형은 컴퓨터가 인간의 언어를 이해하도록 하는데 주로 사용되고 있습니다.

사실 이 방법으로 인간의 언어를 학습하는 컴퓨터는 엄밀히 말해 인간의 언어를 이해한다고 말하기에는 무리가 있습니다. 왜냐하면 컴퓨터가 확률을 계산해서 문장을 만들어 내기 때문입니다.

은닉 마르코프 모형에서 학습 데이터는 인간이 사용하는 문장이 녹음된 음성 파일들, 그리고 인간이 사용하는 문장들이 들어 있는 텍스트 데이터입니다. 학습 데이터에 들어 있는 모든 문장을 의미를 구분할 수 있는 형태소라는 것으로 나눈 뒤 어떤 형태소 앞에 어떤 형태소가 올 확률, 어떤 형태소 뒤에 어떤 형태소가 올 확률을 계산합니다. 이렇게 해서 만들어진, 하나의 문장에서 개별 형태소가 위치하는 확률을 계산한 모형이 학습 모형이 됩니다.

학습 모형을 만든 뒤에는 추가적으로 얻어지는 학습 데이터들을 사용해서 계속 학습을 해 나가면서 모형의 정확도를 높여가게 됩니다. 학습이 잘 이루어졌다면 예를 들어 시리가 "레스토랑을 요약해 줘."로 들리는 어떤 음성을 들었을 때 컴퓨터가 '레스토랑을' 뒤에 '요약해'라는 단어가 올 확률이 매우 낮다는 것, '요약해'라는 단어 앞에 '레스토랑을'이라는 단어가 올 확률이 매우 낮다는 것을 알기 때문에 다른 적합한 단어를 찾게 됩니다. 그리고 '요약해' 대신 올 수 있을 확률이 가장 높은 단어가 '예약해'라는 단어라는 것을 찾아내어 최종적으로 "레스토랑을 예약해 줘."라고 인식하게 됩니다.

은닉 마르코프 모형은 컴퓨터가 인간의 음성을 인식하는 확률을 높이는데 크게 기여하고 있습니다. 이 방법을 사용하기 전에는 컴퓨터가 인간의 문법 자체를 학습하는 방법으로 음성인식 기술의 인식율을 높이려 했습니다. 하지만 앞서 언급한 바와 같이 인간이 사용하는 문장은 너무나 예외적인 경우가 많기 때문에 이 방법으로 컴퓨터의 음성 인식율을 높이는 데는 한계가 있었습니다. 최근 들어 컴퓨터가 인간이 하는 말을 아주 잘 알아듣는 것으로 보이는 데는 이 은닉 마르코프 모형이라는 머신러닝 학습법이 큰 기여를 하고 있습니다.

한편 컴퓨터가 유추를 사용해서 비슷한 데이터들을 같은 카테고리로 묶어 분류하는 최근접 이웃 알고리즘이라는 머신러닝 학습법도 있습니다. 최근접 이웃 알고리즘에서 컴퓨터는 어떤 새로운 데이터가 주어졌을 때 그것과 가장 비슷한 것, 즉 최근접 이웃을 찾아서 이것이 속한 카테고리로 분류합니다.

예를 들어 A라는 사용자가 페이스북에 방금 새로운 사진을 올렸다고 해보겠습니다. 이 사진을 얼굴이 있는 사진인가 아닌가로 분류한다고 할 때 최근접 이웃 알고리즘에서 먼저 할 일은 페이스북에 있는 사진 데이터베이스 전체에서 이 사진과 가장 비슷한 사진, 즉 최근접 이웃을 찾는 것입니다. 그리고 나서 이 최근접 이웃 사진이 얼굴 있는 사진으로 분류되어 있는지 아닌지를 확인합니다. 만일 최근접 이웃이 얼굴 있는 사진으로 분류되어 있다면 A라는 사용자가 방금 올린 사진도 얼굴 있는 사진으로 분류합니다.

넷플릭스와 아마존의 추천 알고리즘도 최근접 이웃 알고리즘을 사용합니다. 넷플릭스에서 A라는 사용자가 그래비티라는 영화를 좋아할지 여부를 알고 싶다면 A라는 사용자의 최근접 이웃 사용자를 찾아서 그 사용자가 그래비티라는 영화를 좋아했는지 확인합니다. 만일 A라는 사용자의 최근접 이웃이 그래비티를 좋아했다면 아마도 A라는 사용자 역시 그래비티를 좋아할 것입니다.

 최근접 이웃 알고리즘에서 중요한 것은 최근접 이웃인가 아닌가로 분류하기 위한 변수로 무엇을 사용할 것인가 하는 점입니다. 페이스북에서 최근접 이웃인가 아닌가로 분류하는 변수로는 이미지의 어떤 특징을 사용하게 될 것입니다. 넷플릭스나 아마존이라면 사용자가 어떤 영화를 보았는가, 혹은 어떤 제품을 구매했는가와 같은 것들이 변수로 사용될 것입니다. 이들 변수를 사용해서 이미지의 어떤 특징을 공유하고 있는 사진을 최근접 이웃으로 분류하거나 같은 영화를 본 혹은 같은 제품을 구매한 사람들을 최근접 이웃으로 분류하게 되는 것입니다.

 최근접 이웃 알고리즘은 사용하는 변수, 즉 학습 데이터가 2가지나 3가지 정도로 적을 때는 매우 잘 작동합니다. 하지만 변수가 많아질수록 상황은 급속도로 나빠집니다. 그런데 아마존이나 넷플릭스에서 최근접 이웃을 찾기 위해 사용하는 변수는 무수히 많습니다. 때문에 단순히 최근접 이웃 알고리즘만을 사용해서는 추천 알고리즘의 성공율을 높이기가 힘듭니다. 이처럼 사용하는 변수가 많을 때 사용하는 머신러닝 학습법으로 서포트 벡터 머신(SVM)이라는 것이 있습니다.

 어떤 의사결정을 할 때 다양한 변수들을 고려하면 더 정확한 결정을 내릴 수 있을 것으로 생각되지만 고려하는 변수가 많다고 더 좋은 결정을 내릴 수 있는 것은 아닙니다. 오히려 고려하는 변수가 너무 많을 경우 중요하지 않은 요소들이 올바른 결정을 방해하게 될 가능성이 큽니다. 이것을 '과적합' 문제라고 부릅니다. 예를 들어 "내가 저 사람과 결혼하는 것이 좋을까 그렇지 않을까?"라는 문제를 결정한다고 할 때 100가지 변수를 고려한다면 과연 좋은 결과를 낼 수 있을까요? 가장 중요한 변수가 '결혼하는 것이 좋다.'는 결과를 지지했다 하더라도 중요하지 않은 90

가지 변수가 '결혼하지 않는 것이 좋다.'는 결과를 지지했다면 결국 결혼하지 않는 것이 좋다는 결론을 내리게 될 것입니다.

서포트 벡터 머신은 최근접 이웃 알고리즘에서 다양한 변수들을 사용할 때 이러한 과적합 문제를 피하기 위해 사용됩니다. 서프트 벡터 머신에서는 사용하는 모든 변수를 똑같이 취급하는 것이 아니라 원하는 결과에 영향을 미치는 중요도에 따라 가중치를 두어 계산합니다. 다시 말해 사용하는 변수들의 중요도를 다르게 평가해서 각 변수가 결과에 미치는 영향이 달라지도록 하는 것입니다. 이때 결과에 영향을 거의 미치지 않는 변수라면 가중치를 0으로 해서 제외시켜 버릴 수도 있을 것입니다.

예를 들어 넷플릭스에서 최근접 이웃을 찾는 변수로 같은 영화를 보았을 것, 같은 영화에 비슷한 평점을 주었을 것이라는 조건을 사용한다고 했을 때 만일 같은 영화를 보았다는 사실보다 같은 영화에 비슷한 평점을 주었다는 사실이 최근접 이웃이 되는데 더 큰 영향을 미친다면 후자의 변수에 더 높은 가중치를 부여하는 것입니다. 이 방법을 사용하면 사용하는 변수가 많을 경우에도 정확한 분류를 하는 것이 가능해집니다.

인간의 뇌가 학습하는 방법

소개해 드릴 머신러닝 학습법의 마지막 주자는 신경망 모형입니다. 신경망 모형은 인간의 뇌신경 회로 모형을 만들고 컴퓨터가 이것을 사용해서 학습하는 방법입니다. 과학자들이 인간 뇌가 어떤 일을 처리하는 방법을 연구한 결과, 인간 뇌는 은닉 마르코프 모형과 최근접 이웃 알고리즘, 서포트 벡터 머신과·유사한 일종의 알고리즘을 사용해서 무언가를 예측하고 분류하면서 정보를 처리한다는 사실을 알게 되었습니다.

　신경망 모형을 이해하기 위해서는 먼저 인간의 뇌가 작동하는 방식을 이해할 필요가 있습니다. 인간은 감각기관을 통해 받아들인 정보를 기억으로 만들어서 저장합니다. 이때 기억을 만들고 나중에 다시 활용할 수 있도록 체계적으로 분류해서 저장하는 역할을 담당하고 있는 신체 기관이 대뇌 신피질입니다. 인간이 만든 기억을 아무 체계 없이 마구잡이로 저장한다면 필요할 때 바로 찾아서 쓸 수 없을 것입니다. 이것은 마치 수십만 권의 책이 분류되지 않은 상태로 마구잡이로 꽂혀 있는 서가에서 한 권의 책을 찾기란 거의 불가능한 것과 같다고 할 수 있습니다. 대뇌 신피질은 기억을 만들고 이것을 유사한 것들끼리 묶는 범주화 작업, 그리고 계층 구조로 나누는 구조화 작업을 담당하고 있습니다. 사실 신피질은 기본적으로 우리가 '생각'이라고 간주하는 모든 능력을 관장하고 있는 기관입니다.

　신피질에는 총 3억 개의 패턴인식기가 들어 있는데 이들 패턴인식기 하나하나는 100여 개의 뉴런들로 이루어져 있습니다. 이 패턴인식기는 뇌의 최소 학습단위로서 하나의 패턴인식기가 하나의 패턴을 처리합니다. 패턴을 처리한다는 것은 패턴을 학습하고 패턴을 예측하고 패턴을 인식하고 패턴에 관한 생각을 발전시키거나 물리적인 운동으로 변환하여 패턴을 실행에 옮기는 모든 것을 포함합니다. 다시 말해 패턴을 처리한다는 것은 우리 뇌가 패턴을 가지고 할 수 있는 모든 작업을 하는 것을 의미합니다.

　패턴인식기들은 처리하는 패턴의 레벨에 따라 계층구조를 이루며 연결되어 있습니다. 하위레벨의 패턴인식기들은 주로 글자나 이미지의 점과 선, 감각기관을 통해 들어온 감각정보 등을 처리합니다. 상위레벨 패턴인식기일수록 더 추상적인 개념을 담당하게 되는데, '사랑', '행복', '질투'와 같은 추상적인 개념들은 가장 상위레벨에 해당하는 패턴인식기들이 담당하고 있습니다.

패턴인식기들은 인간의 감각기관을 통해 끊임없이 쏟아지는 정보를 가지고 쉴 새 없이 각자가 맡은 패턴을 처리합니다. 패턴을 처리한다는 것은 어떤 정보가 입력되었을 때 그 정보에 근거하여 자신이 맡은 패턴을 활성화시키거나 활성화시키지 않는 것을 의미합니다. 예를 들어 시각기관을 통해 고양이 이미지가 입력되었다면 고양이를 담당하고 있는 패턴은 활성화되고 강아지를 담당하고 있는 패턴은 활성화되지 않습니다.

하위레벨 패턴인식기들이 패턴을 활성화시켰거나 활성화시키지 않은 정보는 이들 하위레벨 패턴인식기들과 연결되어 있는 상위레벨 패턴인식기의 입력값이 됩니다. 다시 말해 사람이 어떤 이미지를 보았을 때 이미지에 들어있는 점과 선 등을 담당하고 있는 하위레벨 패턴인식기들 각각의 활성화 여부는 상위레벨 패턴인식기의 입력값이 됩니다. 예를 들어 이미지에 들어 있는 점과 선 등을 담당하고 있는 하위레벨 패턴인식기의 활성화 여부, 즉 입력값을 고려하여 고양이 패턴을 담당하고 있는 패턴인식기는 고양이 패턴을 활성화시킬 것인지 아닌지의 여부를 결정합니다. 하위레벨 패턴인식기들의 활성화 여부가 고양이 패턴인식기가 가지고 있는 패턴에 일치하면 고양이 패턴을 활성화시키고 그렇지 않으면 활성화시키지 않게 되는 것입니다.

패턴을 활성화시킨다는 것은 입력부로 들어온 신호를 종합해서 자신이 가지고 있는 패턴과 일치하는지 확인하고 일치한다고 판단될 경우 축삭을 활성화시키는 것을 말합니다. 예를 들어 고양이 패턴을 담당하고 있는 패턴인식기가 축삭을 활성화한다는 것은 곧 이렇게 외친다는 뜻입니다. "이봐, 방금 고양이를 봤어!"

이 고양이 패턴인식기는 다시 상위레벨 패턴인식기와 연결되어 상위레벨 패턴의 입력부가 됩니다. 고양이 패턴인식기의 활성화 여부는 포유류라는 개념을 담당하고 있는 패턴인식기 혹은 고양이와 관련된 어떤 기억을 담당하고 있는 패턴인식기와 연결되어 그 상위레벨 패턴을 활성화시킬 것인지 여부를 결정하는 입력값이 됩니다.

예를 들어 시각 피질이 무언가를 인식하는 방법은 다음과 같습니다. 우리가 어떤 사람을 보았다면 하위레벨 패턴인식기는 기초적인 윤곽선과 모양을 인식합니다. 그리고 그다음 레벨의 패턴인식기는 사물의 외형, 양쪽 눈에 나타나는 이미지의 차이, 공간적 방향성을 인식하며 이미지의 일부가 물체의 일부인지 배경인지 인식합니다. 이보다 더 상위에 있는 패턴인식기는 대상의 정체, 얼굴, 그들의 움직임과 같은 개념을 인식합니다. 이처럼 하위레벨 패턴인식기들은 구체적인 대상의 특징을 인식하고 상위레벨로 올라갈수록 보다 추상적인 특징을 인식하게 됩니다.

언급한 바와 같이 연결된 패턴인식기들은 하위레벨 패턴인식기가 상위레벨 패턴인식기의 입력을 담당하게 됩니다. 하나의 패턴인식기는 입력값들을 모두 고려하여 자신이 맡은 패턴을 활성화할 것인지 아닌지를 결정하게 됩니다. 어떤 패턴인식기가 하위레벨 패턴인식기들로부터 받은 입력값, 즉 하위레벨 패턴인식기들의 활성화 여부를 고려하여 패턴을 활성화했는지 아닌지는 이 패턴인식기와 연결된 상위레벨 패턴인식기가 패턴을 활성화할 것인지 아닌지에 영향을 주게 됩니다.

하나의 패턴인식기는 다른 수많은 하위레벨 패턴인식기와 연결되어 있습니다. 그렇다는 것은 하나의 패턴인식기가 활성화될지 여부를 결정하는데 있어 고려하는 변수가 매우 많다는 것을 의미합니다. 이때 과적합 문제가 발생할 수 있습니다.

신피질은 과적합 문제를 피하기 위해 두 가지 방법을 사용합니다. 첫 번째 방법은 입력값인 변수들, 즉 하위레벨 패턴인식기가 인식한 패턴의 중요도에 따라 가중치를 부여하는 것입니다. 앞서 언급한 서포트 벡터 머신 알고리즘과 유사한 방법을 사용하는 것이지요. 중요도란 하위레벨 패턴인식기가 인식한 패턴이 자신이 맡은 패턴인식기가 활성화되는 데 얼마나 중요한 역할을 하는가 하는 것을 평가한 수치를 말합니다. 높은 가중치를 부여받은 중요한 하위레벨 패턴이 활성화되었다면 이 패턴과 연결된 상위레벨 패턴이 활성화될 가능성이 높아집니다.

예를 들어 저기 멀리서 걸어오고 있는 꼬마 아이를 보고 "저 아이는 내 아들이다."라는 패턴을 활성화시킬 것인가 아닌가를 결정해야 한다고 해봅시다. 이때 "아이가 입고 있는 옷이 내 아들의 옷과 같은가 아닌가."를 결정하는 하위레벨 패턴은 "저 아이는 내 아들이다."라는 패턴을 활성화시키는데 있어 매우 높은 가중치를 부여받게 됩니다. 따라서 해당 하위레벨 패턴이 활성화되었다면, 다시 말해 아이가 입고 있는 옷이 내 아들의 옷과 같다는 것을 알게 되었다면 "저 아이는 내 아들이다."라는 패턴이 활성화될 가능성이 높아지는 것입니다.

신피질이 과적합 문제를 피하기 위해 하는 두 번째 방법은 패턴이 활성화되기 위한 '한계값'을 설정해 두는 것입니다. 연결된 모든 하위레벨 패턴들의 값이 정해진 한계값을 넘어야만 축삭이 활성화되도록 하는 것입니다. 이 한계값은 '인식의 문턱'이라고 할 수 있는데, 신피질은 예측을 통해 인식의 문턱을 낮추기도 하고 높이기도 합니다.

신피질에 있는 패턴인식기들의 계층구조형 연결에서 정보의 흐름은 아래에서 위로 올라가는 것도 있지만 반대로 위에서 아래로 내려오는 것도 있습니다. 아래에서 위로 올라가는 정보든 위에서 아래로 내려오는 정보든 어떤 정보는 인식의 문턱을 낮추는 역할을 하고 어떤 정보는 인식의 문턱을 높이는 역할을 합니다.

예를 들어 우리가 파인애플이라는 글자를 인식하기까지의 과정을 살펴보면 다음과 같습니다. 우리가 가장 먼저 "파"라는 글자를 읽었다면 이 "파"를 인식하는 패턴인식기는 "파"라는 글자로 시작되는 여러 단어들과 연결됩니다. 다음으로 "인"을 읽었다면 이 연결들 중 다음 글자가 "인"이 아닌 단어들과의 연결은 끊어질 것입니다. 다시 "애"까지 읽었다면 "파인애플"이라는 단어의 패턴인식기가 활성화될 가능성이 매우 높아집니다.

이 정도까지 오면 "파인애플"을 담당하는 패턴인식기는 하위레벨에 있는 "플"이라는 글자의 패턴인식기로 정보를 보내는데, 이 정보를 통해 다음으로 "플"이 인식될 가능성이 높으니 준비하고 있으라는신호를 보냅니다. 그러면 "플"이라는 글자를 담당하고 있는 패턴인식기는 그 신호에 따라 "플"이라는 글자를 보았을 때 활성화시키는 인식의 문턱을 낮춥니다.

우리 뇌는 평소라면 "프"라는 글자까지만 보았을 때 "플"이라는 글자를 활성화시키지 않겠지만 "플"이라는 글자에 대한 인식의 문턱이 낮아져 있는 이 시점에서는 "프"라는 글자까지만 보더라도 "플"이라는 글자를 활성화시킬 가능성이 높아집니다. 그리고는 상위레벨에 있는 "파인애플"이라는 단어를 활성화시킵니다. 그래서 만일 우리가 어떤 글을 읽다가 파인애프라는 단어를 본다면, 그리고 이것이 문맥상 자연스럽다면 파인애플이라는 단어를 보았다고 인식하게 될 가능성이 높습니다.

이처럼 뇌는 다음에 무슨 상황이 올 것인가를 예측해서 기존에 정해져 있는 "한계값"을 재설정합니다. 파인애플을 인식하는 예에서 본 것과 같이 하위레벨에서 올라오는 패턴인식들기들의 활성화 여부가 "파인애플"이라는 단어가 인식될 확률을 높인다면 "파인애플"이라는 단어를 맡은 패턴이 활성화되는 한계값, 즉 인식의 문턱을 낮추는 식입니다. 한편 부정적인 신호, 즉 억제신호를 받은 뇌는 반대로 인식의 문턱을 높이기도 합니다.

예를 들어 "멀리서 걸어오고 있는 저 아이는 내 아들이다."라는 패턴을 활성화시킬 것인가 아닌가를 결정하는 과정에서 아이가 아들과 같은 옷을 입었다는 매우 가중치가 높은 패턴이 활성화 되었더라도 다른 패턴이 활성화되어 "내 아들이다."라는 패턴이 활성화되는 것을 억제할 가능성이 있습니다.

만일 아들이 "지금 제주도에 있는 할머니 댁에 놀러가 있다."라는 사실을 떠올리는 패턴이 활성화된다면 "저 아이는 내 아들이다."라는 패턴이 활성화될 인식의 문턱을 높이는 것입니다. "내 아들은 지금 제주도에 있는 할머니 댁에 놀러가 있다."라는 하위레벨 패턴이 활성화되면 "아들과 같은 옷을 입고 있는 저 아이는 내 아들이 아닐 것이다. 왜냐하면 내 아들은 지금 제주도에 있는 할머니 댁에 놀러가 있기 때문이다."라고 생각하고 "내 아들이다."라는 패턴이 활성화 될 가능성을 크게 낮춥니다. 억제신호를 받은 패턴인식기는 인식의 문턱을 높이지만 그럼에도 패턴이 활성화될 가능성은 여전히 존재합니다. "저 아이가 정말 내 아들이 맞는지 직접 두 눈으로 확인해 보자."라고 생각하고 그 생각을 실행에 옮기겠지요.

살펴본 것과 같은 뇌의 인식 과정을 따라하는 '인공신경망' 모형을 만드는 과정에서 과학자들은 우리 뇌의 놀라운 능력을 발견하게 됩니다.

바로 뇌가 스스로 '특징값'을 만들고 가중치를 부여한다는 사실입니다. 예를 들어 뇌는 '고양이'를 담당하고 있는 패턴인식기를 활성화시킬 때 고양이의 어떤 특징들이 고양이를 인식하는데 중요한가를 스스로 찾아서 그 중요한 특징을 담당하고 있는 패턴인식기들을 하위레벨에 연결시킵니다. 또한 이렇게 연결된 하위레벨 패턴인식기들은 그 중요도에 따라 각기 다른 가중치가 부여됩니다. 연결된 하위레벨 패턴인식기들의 활성화 여부는 "이것은 고양이다."라는 패턴인식기가 활성화될 것인가 말 것인가를 결정하는 변수들이 됩니다. 고양이를 인식하는 패턴인식기가 활성화되면 그 사실은 다시 고양이와 관련된 더 상위개념의 패턴이 활성화되는데 영향을 미칩니다.

고양이를 인식하는데 필요한 특징값을 스스로 찾은 뇌는 매번 고양이를 볼 때마다 특징값의 가중치를 좀 더 정확하게 조정해 나갑니다. 바로 이것이 뇌가 고양이를 더 정확하게 인식하기 위해 하는 '학습'입니다. 학습을 통해 특징값들에 대한 보다 정확한 가중치를 얻게 되면 이제 뇌는 고양이를 더 정확하게 인식할 수 있게 됩니다.

컴퓨터가 따라하기 힘든 우리 뇌의 뛰어난 능력 또 하나는 불변이성입니다. 이것은 패턴에 변이가 발생한 경우에도 그것을 일관되게 인식하는 능력을 말합니다. 이 능력으로 인해 우리는 현실 세계에서 마주하는 사물의 무수한 변이에도 대처할 수 있는 능력을 갖게 됩니다. 예를 들어 인간은 고양이 패턴을 학습한 뒤에는 서로 다른 모양의 고양이, 여러 각도에서 본 고양이 모습, 밤과 낮에 다르게 보이는 고양이 모습 등을 보고도 이것이 고양이라는 사실을 인지합니다.

이것이 가능한 이유 중 하나는 신피질의 패턴인식기가 사물의 수많은 변이를 이미 저장하고 있기 때문입니다. 예를 들어 신피질에서 고양이를 인식하는 패턴인식기는 하나가 아닙니다. 고양이를 인식하는 패턴인식기만 해도 적어도 수백 개는 될 것입니다. 고양이를 인식하는 어떤 패턴인식기는 밤에 본 고양이 모습을 저장하고 있고 또 어떤 패턴인식기는 낮에 본 고양이 모습을 저장하고 있습니다. 또 어떤 패턴인식기는 특정 각도에서 본 고양이 모습을 저장하고 있는 식입니다.

또한 각 패턴인식기는 패턴의 가변성을 패턴 자체에 가지고 있습니다. 밤에 본 고양이 모습을 담당하는 패턴인식기는 밤에 본 고양이 모습이 어느 정도까지 다르게 보일 수 있다는 가변성을 미리 설정해 두고 있는 것입니다. 또한 뇌는 학습한 내용을 다른 새로운 정보를 해석하는데 활용하기도 합니다. 예를 들어 고양이 모습이 어느 정도까지 어떻게 다르게 보일 수 있다는 가변성을 학습했다면 여기에 기반해서 아직 가변성을 학습하지 못한 다른 동물을 보았을 때 그 내용을 적용할 수 있습니다.

인간 뇌의 학습방법을 모방한 인공신경망 모형

인간의 뇌가 정보를 처리하는데 사용하는 이러한 뛰어난 구조를 모방해서 컴퓨터를 학습시키는 방법이 바로 인공신경망 모형입니다. 최초의 인공신경망 모형은 1943년에 워렌 맥컬록과 월터 피츠가 만들었습니다. 이 최초의 인공신경망 모형은 맥컬록-피츠 신경망이라 불립니다.

맥컬록-피츠 신경망은 인간 신피질의 패턴인식기를 극도로 단순화시킨 모형으로, 컴퓨터의 논리 게이트 회로와 비슷합니다. 컴퓨터에서 논리합 회로는 입력 중에 하나라도 켜지면 출력이 켜지고 논리곱 회로는 모든 입력이 켜져야 출력이 켜집니다. 이때 입력이 켜진다는 것은 하위 레벨 패턴인식기가 활성화되는 것을 단순화시킨 것이고 출력이 켜진다는 것은 하위레벨 패턴인식기의 활성화 여부를 입력값으로 하여 어떤 패턴인식기가 활성화되는 것을 단순화시킨 것입니다.

맥컬록-피츠 신경망에서는 신경망의 '인식의 문턱'에 해당하는 한계값을 1로 설정해둘 경우 컴퓨터의 논리합 회로처럼 작동합니다. 입력값 중 하나라도 활성화되면 해당 패턴이 활성화되는 것입니다. 또는 한계값을 입력값의 수만큼 설정해 두면 논리곱 회로처럼 작동합니다. 이 경우 모든 입력값이 활성화되어야 해당 패턴이 활성화됩니다. 예를 들어 어떤 패턴인식기가 고려하는 입력값, 즉 연결되어 있는 하위레벨 패턴인식기가 10개라고 할 때 한계값을 10으로 설정해 두면 모든 하위레벨 패턴인식기가 활성화되어야 패턴이 활성화됩니다.

그런데 맥컬록-피츠 신경망은 인간의 신경망을 극도로 단순화시킨 모형으로, 학습을 할 수 없다는 단점이 있었습니다. 인간의 신경망에서는 패턴인식기가 입력값으로 사용하는 하위레벨 패턴인식기의 중요도에 따라 가중치를 부여합니다. 그리고 경험을 통해 학습을 하면서 가중치를 조정합니다. 입력값들에 대한 보다 정확한 가중치를 얻게 될수록 인식의 정확도는 높아집니다. 그런데 입력값에 가중치를 적용하지 않는 맥컬록 피츠 신경망은 이러한 학습이 불가능했던 것입니다.

시간이 지나 학습 가능한 최초의 신경망 모형이 등장했는데, 퍼셉트론이 바로 그것입니다. 퍼셉트론은 1950년 말 코넬연구소 심리학자인 프랭크 로젠블랫이 발명했습니다. 퍼셉트론에서는 연결된 입력의 과반수 이상이 활성화되면 출력이 되도록, 즉 패턴인식기가 활성화되도록 설정할 수 있습니다. 그런데 이때 각 입력에 가중치를 부여할 수 있습니다. 예를 들어 1번 입력의 가중치가 5, 2번 입력의 가중치가 3, 3번 입력의 가중치가 1이라고 할 때 2번과 3번 입력은 활성화되었지만 1번 입력이 활성화되지 않았다면 이들 입력을 받은 패턴인식기는 활성화되지 않습니다. 반대로 2번과 3번은 활성화되지 않고 1번만 활성화되었더라도 입력을 받은 패턴인식기가 활성화됩니다. 1번 입력의 가중치가 크기 때문입니다.

퍼셉트론은 말하자면 어떤 사람이 의사결정을 할 때 소수의 가까운 친구들의 의견이 페이스북 친구 1,000명의 의견보다 더 큰 영향을 미치는 것과 비슷하다고 볼 수 있습니다. 자신에게 중요한 사람의 의견일수록 더 큰 영향을 미치게 되는 것이지요.

하지만 1969년 지식 공학자인 마빈 민스키와 세이모어 패퍼트가 발간한 퍼셉트론즈라는 한권의 책으로 인해 인공 신경망은 오랜 기간 빙하기로 접어들게 됩니다. 이 책에서는 퍼셉트론이 학습하지 못하는 간단한 일들을 줄줄이 들며 퍼셉트론 알고리즘의 단점을 상세하게 설명하고 있습니다. 그 중에서도 가장 간단한, 그래서 퍼셉트론 지지자들을 가장 곤란하게 만든 것이 퍼셉트론이 배타적 논리합, 즉 XOR 기능을 구현하지 못한다는 사실이었습니다. 배타적 논리합은 입력의 하나만 진실일 때 진실로 출력하고 둘 다 진실이거나 둘 다 거짓일 때는 거짓으로 출력합니다. 오늘날의 컴퓨터 프로그램에서 배타적 논리합은 주로 데이터베이스에 중복 없이 데이터를 정렬할 때나 암호기술 등에서 활용됩니다.

사실 퍼셉트론은 하나의 패턴인식기가 복수의 하위레벨 패턴인식기들로부터 입력을 받아 출력하는, 즉 패턴을 활성화시키는 것만을 모형으로 만든 것입니다. 그러나 실제로 우리 인간의 뇌를 구성하는 패턴인식기들은 수십~수백 개의 레벨로 된 상하구조로 연결되어 어떤 정보를 처리합니다. 따라서 인간 뇌의 구조를 극도로 단순화시킨 퍼셉트론이 할 수 없는 일이 많다고 해서 그것이 곧 신경망 모형의 실패라고 단정지을 수는 없는 일이었습니다.

하지만 당시에는 패턴인식기들을 여러 층으로 연결해서 작동시키는 방법을 찾을 수 없을 것으로 여겨졌고 그래서 인공신경망 모형은 한동안 머신러닝의 변방에 머물러 있을 수밖에 없었습니다.

다층 신경망 모형과 딥러닝

2012년, 전 세계 인공지능 연구 분야가 큰 충격에 빠졌습니다. 세계적인 이미지 인식 경연대회인 ILSVRC(Imagenet Large Scale Visual Recognition Challenge)에서 쟁쟁한 유명 연구기관들을 제치고 이 대회에 처음 참가한 캐나다 토론토대학의 슈퍼비전(SuperVision)팀이 압도적인 승리를 거둔 것입니다.

이 대회에서는 컴퓨터가 사진에 들어있는 사물이 요트인지 꽃인지, 동물인지, 고양이인지를 맞추어야 했습니다. 참가자들은 모두 그때까지 나온 머신러닝 알고리즘들을 사용해서 과제를 수행했습니다. 대개는 이렇게 만들어진 머신러닝 알고리즘으로 컴퓨터가 1년 열심히 학습하면 1% 포인트 정도 에러율이 떨어지는 것이 고작이었습니다. 이렇게 발전해온 이미지 인식 기술은 2012년에는 에러율 26% 대에서 치열한 공방이 예상되었습니다. 그런데 이 해에 처음으로 참가한 토론토대학이 다른 머신러닝 알고리즘과 10%포인트 이상 차이를 벌리면서 에러율 15%를 달성한 것입니다. 이것은 오랜 세월 이미지 인식 연구를 해온 다른 연구자들을 그야말로 혼비백산케 하는 결과였습니다.

토론토대학에 승리를 안긴 새로운 머신러닝 알고리즘은 바로 딥러닝이었습니다. 딥러닝은 신경망 모형을 사용하는 머신러닝 알고리즘입니다. 이 사건으로 신경망 모형이 다시 한번 극적으로 부상하게 됩니다.

퍼셉트론이 가진 한계로 인해 변방으로 밀려났던 신경망 모형의 부흥이 시작된 것은 1982년경입니다. 1982년 칼텍의 물리학자인 존 홉필드는 스핀유리와 두뇌 사이에 존재하는 놀랄 만한 유사성을 발견했습니다. 스핀유리는 유리 같은 성질을 지니고 있지만 실제로는 유리가 아니라 자성 물질입니다. 모든 전자는 스핀을 가지고 있는 작은 자석이며 스핀은 위쪽 혹은 아래쪽을 가리킵니다. 철 같은 물질에서 전자의 스핀은 한 방향으로 정렬하려는 경향이 있습니다. 아래쪽 스핀을 지닌 전자가 위쪽 스핀을 지닌 전자에 둘러싸여 있다면 아래쪽 스핀을 지닌 전자는 위쪽 스핀을 지닌 전자로 스핀이 바뀔 것입니다.

홉필드는 스핀유리와 신경망 사이의 흥미로운 유사성을 발표했습니다. 전자는 이웃해 있는 전자의 가중치 합이 한계값을 넘으면 스핀을 위쪽으로 바꾸고 그렇지 않으면 아래쪽으로 바꿉니다. 홉필드는 신경세포가 전자와 비슷하게 이웃 신경세포의 가중치 합이 한계값을 넘으면 발화하고 한계값을 넘지 않으면 발화하지 않는 성질을 가지고 있다는 사실을 발견했습니다. 홉필드의 발견으로 여러 신경세포, 다시 말해 여러 패턴 인식기가 상하로 연결되어 학습하는 방법을 모형화할 수 있는 길이 열리게 됩니다.

홉필드가 발견한 것은 인간 두뇌의 패턴인식기 사이의 연결이 확률적으로 이루어진다는 사실이었습니다. 인간의 뇌에서 어떤 패턴이 활성화되기까지는 직접적인 관련이 없는 수많은 패턴들도 계층 구조로 연결되어 있으면서 영향을 미칩니다. 이처럼 입력을 담당하는 하위레벨 패턴인식기와 출력되는 패턴인식기 사이에 연결되어 있으면서 해당 패턴이 발화할 것인지 아닌지에 영향을 미치는 패턴인식기들을 은닉층이라고 부릅니다. 그런데 이 은닉층의 발화 여부는 스핀유리와 비슷하게 이웃한 패턴인식기들의 발화 여부에 따라 확률적으로 결정됩니다.

인간 뇌의 이러한 구조를 응용한 모형을 다층 퍼셉트론이라고 부릅니다. 기존의 퍼셉트론에서는 입력층과 출력층이 직접 연결되어 있습니다. 이에 비해 다층 퍼셉트론에서는 입력층과 출력층 사이에 은닉층이 추가됩니다.

언급한 바와 같이 퍼셉트론에서는 학습을 통해 인식률의 정확도가 높아집니다. 이때 학습이란 학습모형이 무언가를 올바로 인식할 때까지 입력값의 가중치를 조정해 나가는 것을 말합니다. 예를 들어 퍼셉트론으로 고양이 이미지를 보면 인식하는 학습 모형을 만든다면 먼저 고양이 인식에 필요한 입력값들을 찾아 연결합니다. 이때 입력값은 이미지에 있는 어떤 형태의 점과 선 혹은 색상과 같은 요소가 고양이를 인식하는데 영향을 미치는가 하는 특징값을 말합니다. 그리고 나서 연결한 각각의 입력값, 즉 특징값들이 어느 정도로 중요한가 하는 가중치를 임의로 조정해 가면서 학습해 나가는 것입니다. 어느 시점이 되어 이 학습모형에 어떤 이미지를 보여주든 그것이 고양이인지 아닌지를 분별해 낸다면 학습이 성공한 것입니다.

그런데 입력값과 출력값 사이에 은닉층이 들어가는 다층 퍼셉트론에서는 이 가중치 조절이 극도로 어려워집니다. 예를 들어 입력값이 10개라면 퍼셉트론에서는 10개의 입력값에 대한 가중치만 조정해 주면 됩니다. 그런데 여기에 은닉층이 1개 들어가고 그 은닉층에서 사용하는 변수가 10개라면 이제 신경망 모형은 10의 10승 개의 변수에 대한 가중치를 조정해 주어야 합니다. 여기에 은닉층이 하나 더 추가된다면 조정해 주어야 하는 가중치의 수는 기하급수적으로 더 늘어나게 됩니다.

퍼셉트론에서 가중치를 조정하는 방법은 어떤 공식을 사용하는 것이 아니라, 각각의 입력값에 임의의 가중치를 대입해서 확인해보고 안되면 다시 그 값을 조금 수정해보고 하는 방법을 사용합니다. 이것은 흔히 눈을 가린 상태에서 산 정상에 오르는 방법에 비유됩니다. 눈을 가린 상태에서 산 정상에 오르려고 하면 어떻게 해야 할까요? 할 수 있는 최선의 방법은 가장 가파른 기울기로 오를 수 있는 곳을 찾아 확인하면서 계속 올라가는 것입니다. 그러다 더 이상 올라갈 수 있는 곳이 없고 사방이 모두 내려가는 곳뿐이라면 이제 정상에 올라왔다고 생각할 것입니다.

그런데 다층 퍼셉트론은 수많은 산등성이들 중에서 산 정상을 찾아야 하는 경우에 비할 수 있습니다. 가장 가파른 기울기로 오를 수 있는 곳을 찾아왔는데 겨우 찾아온 이곳이 산 정상이 아닌, 수많은 산등성이들 중 하나일 가능성이 크다는 것입니다. 이 경우 여기가 산 정상인지 아닌지 어떻게 확인할 수 있을까요? 만일 산 정상이 아니라면 어떻게 다시 산 정상을 찾아 올라가야 하는 걸까요? 사실 오랜 기간 퍼셉트론이 머신러닝의 변방에 머물러야 했던 결정적인 이유는 이 방법을 찾지 못했기 때문입니다.

다층 퍼셉트론에서는 역전파라는 방법을 사용해서 이 문제를 해결했습니다. 역전파는 샌디에이고 캘리포니아대학의 심리학자인 데이비드 럼멜하트가 제프 힌튼과 로널드 윌리엄스의 도움을 받아 1986년에 발명했습니다. 퍼셉트론에서 신경망의 출력은 항상 1아니면 0입니다. 하지만 역전파에서 신경망의 출력은 양자택일이 아니고 연속되는 값 중 하나를 갖습니다. 이렇게 하면 신경망에 어떤 입력값을 넣었을 때 올바른 값과 실제 출력된 값 사이의 차이, 즉 오류값을 알 수 있습니다. 예를 들어 고양이 사진을 넣었을 때 고양이가 맞다면 출력은 1이 되어야 합니다. 그런데 0.8이 출력되었다면 0.2의 오류값을 발견하게 되는 것입니다. 역전파에서는 이 오류값을 근거로 다시 가중치를 조정해 나갑니다.

이 방법은 앞서 든 예로 설명하자면 산등성이에 올랐을 때 오류값을 근거로 이것이 실제 정상인지 아닌지를 확인하고 정상이 아니라면 정상에서 얼마나 떨어져 있는지를 확인한 뒤 그 값을 근거로 다시 산 정상을 찾아가는 방법이라고 할 수 있습니다.

하지만 얼마 지나지 않아 역전파를 사용한 다층 퍼셉트론의 한계가 드러났습니다. 여기서는 하나의 은닉층을 가진 모형을 사용할 경우 학습 결과가 좋았지만 그 이상의 은닉층을 사용할 경우 매번 학습에 실패했습니다. 이래서는 인간의 두뇌처럼 수십 개나 수백 개의 은닉층이 있는 신경망 모형을 만드는 일은 불가능할 것으로 여겨졌고 다층 퍼셉트론에 대한 열광은 1990년대 중반부터 서서히 수그러들었습니다.

2012년의 이미지 인식 경연대회는 다층 퍼셉트론의 부활을 알리는 신호탄이 되었습니다. 이 대회에서 우승한 슈퍼비전 팀이 사용한 딥러닝은 다층 퍼셉트론을 구현하는 한 가지 방법입니다. 딥러닝에서는 자동 부호기라는 것을 사용해서 다층 퍼셉트론을 구현합니다. 이전의 다층 퍼셉트론에서는 은닉층의 변수, 즉 특징값을 사람이 일일이 지정해 주어야 했습니다. 그런데 딥러닝에서는 입력층과 출력층 사이에 들어간 자동 부호기가 은닉층의 특징값을 찾아냅니다. 이때 사람은 자동부호기가 은닉층의 특징값으로 무엇을 찾아내어 사용하는지 알 수 없습니다. 딥러닝에서는 입력층과 출력층 사이에 자동부호기 1개가 은닉층으로 되어 있는 패턴인식기들을 여러 개 샌드위치처럼 겹겹이 쌓아서 다층 퍼셉트론을 구현합니다. 아래층 패턴인식기의 출력값은 다음 층 패턴인식기의 입력값이 됩니다.

여러 가지 얼굴 영상을 입력값으로 하여 누구의 얼굴인지를 구분하는 딥러닝 모형이라면 첫 번째 층의 패턴인식기에 들어 있는 자동 부호기는 얼굴의 윤곽과 눈, 코, 입 등 얼굴 각 부분을 특징값으로 잡아냅니다. 다음으로 두 번째 층의 패턴인식기에 들어 있는 자동부호기는 첫 번째 패턴인식기의 출력값을 입력으로 사용해서 코끝이나 눈의 홍채 등 얼굴에 나타나는 특징을 특징값으로 잡아냅니다. 그리고 세 번째 패턴인식기에 들어 있는 자동부호기는 거기서 더 자세한 특징값을 잡아내는 식입니다.

딥러닝 방식의 신경망 모형에서 사람이 하는 일은 계속해서 컴퓨터가 학습할 수 있는 학습 데이터를 넣어주고 컴퓨터가 찾아낸 특징값들, 즉 은닉층의 변수에 대한 가중치를 조정해 가는 일뿐입니다. 제대로 학습이 이루어진다면 이제 이 딥러닝 신경망 모형은 여러 얼굴이 들어 있는 사진이나 영상을 입력으로 넣었을때 각각의 얼굴이 누구의 얼굴인지 구별해 낼 수 있게 됩니다.

앞서 언급한, 뉴욕 타임스에 소개된 구글 브레인 프로젝트의 신경망은 자동 부호기를 가진 아홉 개의 패턴인식기를 겹겹이 쌓은 방법으로 고양이를 인식할 수 있었습니다. 이 신경망 모형에 사용된 변수의 연결은 10억 개로, 당시까지 만든 신경망 중 가장 큰 것이었습니다.

구글이 2014년 5억 달러에 인수한 딥마인드가 만든 바둑두는 인공지능 알파고는 딥러닝 신경망 모형을 사용해서 바둑을 배웠습니다. 알파고는 바둑에서 이기는데 중요한 변수들, 즉 특징값들을 스스로 찾아내고 계속해서 바둑을 두면서 특징값들의 가중치를 학습했습니다. 이러한 방법을 사용해서 하루가 다르게 바둑 실력이 늘더니 결국 인간 최고수를 이기기에 이릅니다.

알파고와 이세창 9단의 바둑 대결에서 알파고를 만든 딥마인드 팀이 자주 했던 말이 있습니다. "우리도 알파고의 실력이 어느 정도인지 모른다!" 맞는 말입니다. 알파고가 바둑에서 이기기 위한 중요한 변수에 해당하는 어떤 특징값들을 스스로 만들었는지, 학습을 통해 그 특징값들의 가중치의 정확도를 얼마나 높여 놨는지 개발자들도 실제로 알파고가 바둑 대결을 해보기까지는 알 수 없었던 것입니다.

지금까지 컴퓨터가 어떤 일을 수행하기 위해서는 인간의 도움이 반드시 필요했습니다. 어떤 일을 처리하기 위한 알고리즘을 만들어 주는 것은 물론, 컴퓨터가 사용하는 데이터를 범주화하고 계층구조로 분류하는 일 역시 사람의 몫이었습니다. 머신러닝을 사용해서 컴퓨터가 학습을 통해 어떤 일을 처리할 수 있게 된 시점에도 컴퓨터가 무언가를 분류하는 기준, 즉 특징값을 제시하는 것은 사람이었습니다. 그런데 딥러닝 신경망 모형이 개발되면서 이제 컴퓨터가 분류 기준, 즉 특징값을 스스로 찾아 학습할 수 있게 되었고 사람은 컴퓨터가 어떤 방법으로 학습했는지, 어느 정도로 학습이 진행되었는지조차 알 수 없게 된 것입니다.

알파고에서 볼 수 있는 것과 같이 이제 컴퓨터는 스스로 특징값을 만들고 엄청난 양의 데이터로 학습하면서 상상 이상의 빠른 속도로 똑똑해지고 있습니다. 이러한 인공지능 기술의 발전 속도를 보면서 사람들은 위기감을 느끼기 시작하고 있습니다. 인공지능이 인간이 컨트롤할 수 있는 범위를 벗어나게 된다면 어떻게 되는 것일까요? 정말로 그런 일이 가능해질 수 있을까요?

최근 과학계와 IT업계 유명인사들의 잇따른 발언을 듣다 보면 정말 그렇게 될 것 같다는 생각이 듭니다. 하지만 이러한 의견들을 비판적인 사고 없이 그대로 받아들이게 되면 현실을 올바르게 볼 수 없습니다.

이제 다음으로는 인공지능이 인간의 컨트롤 범위를 벗어날 것이라는 의견을 제시하는 측의 근거를 살펴보고 이를 반박하는 측의 주장도 함께 살펴보면서 독자 여러분이 인공지능에 대한 합리적인 견해를 가질 수 있도록 돕고자 합니다.

인공지능의 신화

컴퓨터가 인간의 신경망 모형을 사용해서 학습하는 인공지능이 등장하면서 이제 사람들은 기계가 자율적으로 행동하게 되어 어느 날 갑자기 인간의 명령을 듣지 않게 되고 인간을 무시하며 그저 자신의 욕구를 충족시키기 위해서만 결정을 내리는 일이 일어나지 않을까 걱정하기 시작하고 있습니다. 기계가 인간을 닮아가고 있으니 정말 인간처럼 행동하지 않을까 걱정하게 된 것입니다. 우리는 정말 이런 일들을 걱정해야 하는 상황에 처하게 된 것일까요?

지금까지 우리가 살펴본 머신러닝 알고리즘, 그리고 인공신경망 방식의 인공지능 기술을 생각해 보겠습니다. 살펴본 모든 인공지능 기술의 공통된 특징은 학습의 결과로 기계는 인간에게 배운 이론이나 규칙에 따라 행동하게 된다는 점입니다. 딥러닝 기술의 개발로 컴퓨터가 어떤 방법으로 학습할 것인지를 스스로 결정할 수 있게 되었다고는 해도 컴퓨터가 무엇을 학습하도록 할 것인지, 그러기 위해 학습 데이터로 무엇을 사용할 것인지 결정하는 일은 여전히 인간의 몫으로 남아 있습니다. 현재의 인공지능 기술 수준에서 보았을 때 기계가 자유의지를 가지고 행동하게 될 가능성은 전혀 없습니다.

그러면 최근의 인공지능과 관련한 논의에서 이러한 문제가 주요 논제로 다루어지는 이유는 무엇일까요? 그 점에 대해 인공지능 전문가이자 철학자, 인지과학자인 장가브리엘 가나시아 교수가 쓴 '특이점의 신화'(글항아리 사이언스, 2017)라는 책에서는 흥미로운 답을 제시하고 있습니다. 기계가 의식을 지니게 되어 자율적으로 행동하게 될 것이라는 주장은 '기술적 특이점(Singularity)'이라 불리는 현상을 그 근거로 하고 있습니다. 가나시아 교수는 기술적 특이점이 현실적인 근거가 없이 단순히 사람들의 기대를 반영하는 '종교적 신화'와 다를 바가 없다고 주장합니다.

가나시아 교수는 '특이점의 신화'에서 기술적 특이점이라는 용어가 처음 사용된 것이 SF소설에서였다는 사실을 알려 줍니다. 바로 헝가리 출신의 수학자이면서 미국의 SF작가인 버너 빈지의 소설을 통해서였습니다. 이후 발표한 에세이에서 버너 빈지는 기술적 특이점이라는 현상을 다음과 같이 설명하고 있습니다.

정보기술의 진보로 30년 안에 기계는 사람의 지혜를 능가하는 초월적인 지성을 획득할 것이다. 그 결과 자연계 내에서 인간의 존재감과 서열, 자율성은 크게 변화하게 된다. 인간은 기계와 결합함으로써 자신의 지성과 인식능력(논리, 기억, 지각 등), 수명을 크게 증대시킬 것이다. 그러면 인간은 생명과 테크놀러지가 융합한 사이버네틱 생물, 이른바 사이보그가 된다. 이로 인해 정보기술은 경이로운 속도로 진보하고 정보기술이 지나치게 확대된 결과, 지식의 생산 시스템이 급격히 변용되면서 바야흐로 인간의 이해력으로는 파악할 수 없는 단계에 도달해버린다.

SF소설에서 가상의 소재로 다루어지던 기술적 특이점이 오늘날에는 과학자, 로봇 공학자, 엔지니어와 같은 이들, 나아가서는 철학자들의 고찰 재료로 다루어지고 있습니다. 이제 특이점은 SF소설의 소재가 아니라 과학적인 연구 대상으로 변모한 것입니다.

구글 엔지니어링 이사이자 발명가, 인공지능을 연구하는 과학자인 레이 커즈와일은 기술적 특이점 주창자들 가운데서도 가장 희망적으로 이것을 기다리고 있는 인물입니다. 그는 기술적 특이점이 도래하는 시기를 2045년경으로 예측하고 있는데, 이때가 되면 인간은 과학기술의 도움을 얻어 영원히 살 수 있게 될 것이라고 말합니다. 그러면서 그때까지 죽지 않고 살아남기 위해 건강을 유지하는 방법을 설명한 '영원히 사는 법: 의학혁명까지 살아남기 위해 알아야 할 9가지'(승산, 2011)라는 책을 발표하기도 했습니다.

레이 커즈와일처럼 긍정적으로 기술적 특이점을 기대하는 사람들은 이 시기가 도래하면 과학기술의 도움으로 기계에 인간의 정신을 이식하거나 인간의 육체에 기계를 접목하여 탄생하는 사이보그 혹은 사이버 생물이라 불리는 새로운 유형의 종족이 탄생할 것이라고 말합니다. 인간이 기계의 도움을 얻어 영원히 살 수 있을 것이라고 생각하는 것이지요.

한편 특이점의 도래를 확신하지만 비관적인 관점에서 이것을 보는 사람들도 있습니다. 이러한 사람들은 특이점이 도래하면 초월적인 지성을 갖춘 기계가 곧바로 의식을 가지게 될 것이라고 생각합니다. 그리고 이 기계는 자신의 의지로 행동할 수 있게 될 뿐만 아니라 스스로를 위해 행동하게 됩니다. 이렇게 힘을 얻은 기계는 인간을 죽이고 인간을 대신하는 포스트 휴먼이 될 것이라고 생각합니다. 이러한 입장에 있는 사람들은 기계가 인간을 지배하거나 인간이 소멸된 미래를 그립니다.

어떤 관점에서 보든 간에 기술적 특이점 이론에서 발견되는 공통된 특징은 테크놀로지의 진보가 제어할 수 없을 정도로 빨라지게 될 것이라는 예상과 그 결과 돌이킬 수 없는 중요한 변화가 어느 순간 갑자기 닥치고 그 변화에 대해 우리가 할 수 있는 일은 아무것도 없다는 생각입니다.

본래 특이점은 수학에서 쓰이는 개념으로, 도형의 형상이 갑자기 변화하는 한 점을 설명하고 있습니다. 도형의 어느 지점에 특이점이 존재하고 특이점에서 이어지는 도형의 형상은 기존의 모양과 너무도 다르기 때문에 어떤 모양이 될지 예측하는 것이 불가능합니다.

그럼 특이점을 주장하는 과학자들은 어떤 근거로 특이점이 도래할 것이라고 믿는 것일까요? 그 근거는 무어의 법칙입니다. 무어의 법칙은 컴퓨터 성능의 근간이 되는 반도체 기술의 발전 속도를 설명하는 이론입니다. 무어의 법칙에 따르면 어떤 유형의 반도체에서나 트랜지스터의 수는 18개월에서 24개월마다 안정적으로 두 배가 됩니다. 다시 말해 컴퓨터 두뇌의 성능이 지수함수적으로 증가된다는 뜻입니다. 기술적 특이점의 도래를 믿는 사람들은 이 지수함수적 증가라는 현상이 필연적으로 기술적 특이점을 가져오게 될 것이라고 생각합니다.

그럼 지수함수적 증가의 어떤 측면이 기술적 특이점을 가져오게 되는 것일까요? 수학자들이 지수함수적 폭발이라 부르는 기하학적 성격의 현상을 설명한 유명한 옛날 이야기가 있는데, 다음과 같습니다.

체스는 5세기 초 인도에서 시사(Sissa)라는 이름의 브라만(승려)이 고안했다고 한다. 시사는 모시고 있던 젊은 왕에게 군주가 아무리 유능하더라도 혼자서는 아무것도 할 수 없다, 병사와 기사, 왕비 그리고 어릿광대와 곡예사 등 누구 한 사람 없어서는 안된다는 사실을 가르치고 싶어서 격자무늬의 보드 위에서 나무 말을 움직이는 게임을 생각해냈다. 왕은 크게 기뻐하며 시사에게 어떤 상을 받고 싶은가 물었다. 그러자 시사는 보드의 칸 수만큼 보리쌀을 갖고 싶다고 말했다. 다만 한 칸에 한 개, 두 칸에는 두 개, 세 칸에는 네 개 등 제곱으로 늘려가며 마지막 64칸까지 메우는 것이다. 왕은 보리쌀 몇 알이면 충분한가 하고 말하며 매우 놀랐다. 청은 곧바로 수용되었다.

그런데 궁정의 재무관들이 필요한 보리쌀의 수를 계산하니 온 나라의 수확량으로도 부족하다는 사실을 알게 되었다. 기록에 따르면 재무관들은 필요한 보리쌀의 수를 계산했다. 그것은 1만 6,384개 마을의 수확량에 상당했다. 각각의 마을에 1,024채의 곡물 창고가 있다고 했을 때 각 곡물 창고 안에 각 곡물용 계량 용기 17만 4,762그릇만큼의 보리가, 그리고 그 개개 계량 용기 안에는 3만 2,768알의 보리쌀이 있어야 한다는 계산이 나온다는 사실을 알아냈다.

시사의 요청을 들었을 때 왕은 보리쌀 몇 알이면 충분할 것이라고 생각했습니다. 아마도 보드 칸의 네다섯째 칸을 채울 즈음까지는 그렇게 생각했을 것입니다. 하지만 보드 칸이 여섯째 칸을 넘어가면서부터 문제가 심각해지기 시작합니다. 여섯째 칸에 필요한 보리쌀의 수는 65,536개, 일곱째 칸에 필요한 보리쌀의 수는 42억 개 이상이 됩니다. 보드가 한 칸씩 늘어날 때마다 필요한 보리쌀의 수는 상상을 초월하는 수준으로 늘어 갑니다. 이처럼 지수함수적 증가에서 일단 폭발이 시작되면 그 규모는 처음에는 상상조차 할 수 없었던 수준으로 커집니다.

특이점 지지자들은 지수함수적으로 성능이 증가하는 무어의 법칙이 계속될 경우 지수함수적 증가의 폭발이 시작되는 지점이 바로 특이점이 될 것이라고 생각합니다. 따라서 특이점 이후의 과학기술 발전이라는 것은 그 이전에는 상상할 수조차 없던 수준이 될 것이라는 것입니다. 지금의 인공지능 기술 수준에서는 기계가 의식을 가지고 자율적으로 행동하게 되는 일은 상상할 수 없지만 일단 특이점이 도래하면 그 상상할 수조차 없던 일들이 가능해질 것이라는 것입니다.

사실 이것은 우리의 상식 수준을 벗어나는 이야기입니다. 따라서 많은 사람들은 기술적 특이점의 도래를 믿지 않습니다. 이러한 사람들에 대해 특이점 지지자들은 그들이 반동적이고 소극적이라며 비난합니다. 그리고 눈앞의 진실로부터 등을 돌리고 자신의 쾌적한 생활을 위협하는 생각은 받아들이려 하지 않는 사람들이라며 몰아붙입니다. 마치 17세기에 갈릴레오 갈릴레이를 부정한 사람들과 같다고 말입니다. 그리고는 말합니다. 과학과 테크놀로지의 세계에서, 특히 인공지능 분야에서 지금 어떤 일이 일어나고 있는지도 모르는 무지한 사람들, 알고 싶어하지도 않는 무책임한 사람들이라고요.

인공지능과 과학기술에 대해 잘 모르는 사람들은 이 말에 반박하기가 힘듭니다. 이렇게 말하는 사람들은 대개 인공지능 기술의 최전선에 있는 전문가들이기 때문입니다. 전문가들의 말이니 아마도 그렇겠지. 그러면서 "전문가들의 말대로 특이점이 도래하면 어쩌지."하며 막연한 불안감을 느낍니다. 하지만 특이점 이론에서는 다가올 특이점에 대해 우리가 할 수 있는 일은 아무것도 없다고 말합니다. 우리 인간은 그저 다가오는 엄청난 변화의 물결에 휩쓸려 허우적대는 것 외에는 미래에 대처할 수 있는 방법이 아무것도 없어 보입니다.

인류 앞에 기다리고 있는 필연적 미래를 예측하고 있는 특이점 이론은 칼 포퍼가 마르크스주의를 비판하며 사용한 '역사 법칙주의'라는 개념을 생각나게 합니다. 본래 역사주의란 역사에는 자연에서처럼 인간의 의지로부터 독립된 필연적인 법칙이 있으며 이에 대한 인식을 통해 미래를 예측할 수 있다는 것입니다. 마르크스는 이 역사주의에 근거하여 공산주의로의 이행이 역사적으로 필연적이라고 주장했습니다. 칼 포퍼는 이 역사주의를 비판하기 위해 역사주의 이론을 정립하고 여기에 역사 법칙주의라는 이름을 붙였습니다. 영어로는 역사주의와 역사 법칙주의라는 용어 모두 historicism이라는 단어를 사용하지만 칼 포퍼의 책을 한국어로 번역한 이한구 교수는 독일어 원어의 해석을 충실히 하여 역사법칙주의라는 용어를 사용하고 있습니다.

마르크스는 역사 법칙주의를 주장하면서 역사에는 필연적인 발전 법칙이 있고 누구도 정해진 사회 발전을 바꿀 수 없다고 주장했습니다. 그러므로 사회가 발전해 나감에 따라 공산주의로 이행하는 것은 필연적인 결과이며 누구도 그것을 막을 수 없다는 것입니다.

칼 포퍼의 '역사법칙주의의 빈곤'(철학과 현실사, 2008)이라는 책의 서문에는 다음과 같은 문장이 나옵니다. "냉혹한 법칙이 역사의 운명을 결정한다고 믿는 파시스트와 공산주의자에 의해 종교, 국가, 인종에 상관없이 무고하게 희생된 수많은 사람들을 추모하며…" 이 문장에서 암시하는 바와 같이 역사법칙주의는 20세기 인류 역사에 엄청난 비극을 초래했습니다.

역사가이자 평론가인 토니 주트의 저서인 '20세기를 생각한다'(열린책들, 2012)에서는 마르크스주의가 일종의 세속 종교라고 단언합니다. 그에 따르면 마르크스주의는 전통적인 기독교 종말론의 많은 부분을 포함합니다. 이를테면 인간의 타락, 메시아, 메시아의 고난과 대속, 구원, 부활 등등이 그것입니다. 역사법칙주의에 따라 역사는 필연적으로 공산주의로 이행할 것이므로 그 과정에서 발생한 수많은 무고한 개인의 죽음, 전쟁과 폭력은 정당한 것으로 치부되었습니다. 그러한 무차별 폭력으로부터 더 훌륭한 인간과 더 나은 세계가 태어날 것이기 때문입니다.

토니 주트의 '20세기를 생각한다'는 유럽과 미국의 근대 정치 사상사를 다룬 책입니다. 이 책에서 저자는 공산주의만 비판하고 있는 것이 아닙니다. 그 반대편에 있는 자본주의 사상도 비판하고 있습니다. 사실 이 책의 결론은 20세기를 지배한 정치 사상들은 모두 실패로 끝났다는 것입니다.

이 책을 집필하던 당시 루게릭병을 앓고 있던 인류애 넘치는 이 역사학자는 인류를 위한 진정한 정치 사상을 도입하지 못하고 있는 자신의 사후에 남겨지게 될 인류 세상을 걱정합니다. 그는 인류가 과거의 역사로부터 교훈을 얻기를 바랍니다. 그러면서 21세기 인류의 생존과 번영을 위한 정치 사상으로 사회 민주주의를 제안합니다. 그러나 진심으로 남겨진 세대를 걱정하던 이 역사학자가 죽은지 벌써 10년이 되어가지만 과거로부터 교훈을 얻기 바랐던 그의 바람은 여전히 이루어지지 않고 있습니다. 과거로부터 교훈을 얻지 못한 인류는 여전히 어리석은 실패를 거듭하고 있을 뿐입니다.

칼 포퍼는 인간이 미래를 예측할 수 있다고 생각하는 오만을 경고합니다. 그러한 오만은 종종 비극을 불러오기 때문입니다. 인간은 어떤 사건이 벌어지기 전에는 절대로 그 사건을 예측할 수 없지만 어떤 사건이 벌어지고 나면 자신이 그것을 예측했다고 생각하는데 이것은 인간 뇌가 가진 '확신편향'적 성향 때문이라는 것입니다.

칼 포퍼가 이러한 주장을 펼친 지 약 60년 뒤, 증권사 애널리스트였던 나심 탈레브는 칼 포퍼의 이러한 주장이 당시 금융시장에서 벌어지고 있는 상황을 꿰뚫고 있다고 생각합니다. 2008년 국내에서 출간된 나심 탈레브의 '블랙스완'(동녘사이언스, 2008)이라는 책에서 그는 칼 포퍼를 인용하며 미래를 예측할 수 있다고 확신하는 인간의 오만이 금융시장의 붕괴를 가져올 수 있다고 경고합니다.

아이러니하게도 나심 탈레브는 블랙스완에서 인간은 절대로 미래를 예측할 수 없다는 점을 설파했는데 책이 출간되고 얼마 지나지 않아 금융시장이 붕괴될 수 있다는 그의 예측이 적중하고 블랙스완은 베스트셀러가 됩니다. 이후 출간된 나심 탈레브의 '안티프래질'(와이즈베리, 2013)에서 그는 사람들이 자신이 쓴 말의 의미를 이해하지 못하고 자신에게 미래를 예측해 달라고 요청한다며 쓴웃음을 짓습니다. 그는 '안티프래질'에서 금융 투자에서든 개인의 장래 계획에서든 현재 시점에서 예측할 수 있는 상황과 절대로 있을 것 같지 않은 상황을 모두 고려하는 전략이 필요하다고 주장합니다.

　요점은 인간은 결코 미래를 예측할 수 없고 미래를 예측할 수 있다는 오만에 빠지는 순간 비극이 닥친다는 것입니다. 특이점의 도래를 주장하는 사람들의 주장은 공산주의로의 이행이 필연적이기 때문에 누구도 그것을 거스를 수 없다고 주장한 역사법칙주의자들의 주장과 매우 흡사합니다. 과학기술의 발전은 필연적으로 특이점을 가져오게 되고 누구도 그것을 거스를 수 없다는 것입니다. 그들의 주장을 뒷받침하고 있는 근거가 과연 타당한가를 점검해 보는 것은 차치하더라도 이들의 주장은 인간이 미래를 정확하게 예측할 수 있다는 오만에 그 기반을 두고 있습니다.

　인간이 미래를 예측할 수 없다면 미래를 예측하는 일은 인간이 아닌, 신의 관할에 속하는 것이라고 할 수 있을 것입니다. 그런 점에서 흥미롭게도 가나시아 교수는 특이점 학설이 일종의 종교와 비슷하다고 말합니다. 역사학자인 토니 주트가 마르크스주의가 일종의 세속 종교라고 단언했던 것처럼 말이지요. 가나시아 교수는 특이점 학설이 그노시스주의와 유사하다고 지적합니다.

　그노시스주의는 그리스의 철학 사상과 중동의 유일신교, 주로 기독교와 유대교로부터 지대한 영향을 받은 사상입니다. 그노시스주의는 그밖에도 이전부터 존재한 전통적인 신비 사상, 특히 이집트와 바빌로니아의 마술적 신앙이나 마즈다교 혹은 조로아스터교라 불리는 페르시아 종교의 이원론으로부터 영향을 받고 있습니다.

그노시스주의에서는 한편에 지고의 존재, 즉 진실의 신이 감추어져 있고 다른 한편에는 거짓 신, 즉 찬탈자가 조물주가 되어 진실의 신을 속이고 은밀하게 세계를 창조한 것으로 되어 있습니다. 그 탓에 이 세상의 모든 잘못과 결함이 생겨났고 그것이 원인으로 작용해 인간은 다양한 악과 고통에 괴로워하며 죽음을 맞이해야 할 운명에 처했다고 합니다.

우리가 살고 있는 이 세계는 겉모습뿐인 대용품에 불과하며 그노시스주의자들이 플레로마(pleroma)라고 찬양하는 완전한 존재에 이르려면 어떻게 해서든 바로잡아야 하는 것입니다. 플레로마는 물질계의 한계를 초월한 영역에 대한 경험 또는 초월 영역을 경험하고 있는 상태를 의미합니다. 플레로마에 이르기 위해서는 거짓 신이 지배하는 세계에서 도망쳐 권위로부터 자유로워지고 지배와 결별해야 합니다. 이 구원은 환영을 떨쳐버리게 하는 비밀의 지혜를 얻음으로써 가능해집니다. 이것이야말로 감춰진 진정한 신의 세계로 들어가기 위한 지식인 것입니다. 그것은 결정적인 이탈, 본래로는 돌아가지 않는 단절, 영원한 결별로서 갑자기 찾아온다고 합니다.

현대 특이점 지지자들에게 있어 그노시스주의자들이 플레로마에 이르기 위해 얻어야 했던 비밀의 지혜에 해당하는 것은 무어의 법칙입니다. 레이 커즈와일은 무어의 법칙을 정보기술 외에도 적용시키고 있습니다. 무어의 법칙에 의해 입자와 물질의 시대에서 생명의 시대로, 지성이 있는 동물의 시대에 이어 인류의 시대로 진입했다는 것입니다. 그리고 그다음 단계는 생명과 테크놀로지의 결합, 마지막 단계로 자율적으로 스스로 진보하게 된 테크놀로지라는 형태로 정신이 숭배된다고 합니다.

이러한 무어의 법칙의 일반화를 과학적으로 증명하는 것은 불가능합니다. 모두 재현 불가능한 사건들이기 때문입니다. 하지만 커즈와일은 개의치 않습니다. 실제로 그렇게 되어 있으니 증명할 필요가 없다는 것입니다. 과거를 되돌아보면 그림을 보듯 분명하지 않은가 하고 반문합니다. 실로 현대의 마르크스주의에 다름없어 보입니다.

기술적 특이점의 선전에 가장 열을 올리는 사람들은 이른바 웹 업계의 거인들입니다. 이들은 기술적 특이점의 선전에 막대한 자금을 투자하고 있습니다. 빌 게이츠나 일론 머스크는 특이점에 대해 적극적으로 발언하고 있고 노키아, 시스코, 오토데스크, 구글과 같은 대기업은 특이점을 배우는 교육기관인 싱귤래리티 대학에 투자하고 있으며 일론 머스크는 생명의 미래 연구소라는 인공지능의 안전성에 대해 연구하는 단체에 1,000만 달러를 기부했습니다. 2012년 12월에는 구글이 레이 커즈와일을 고용했습니다. 스튜어트 러셀이나 닉 보스트롬은 특이점에 대해 적극적으로 언급하고 있는데 그들 과학자와 철학자는 이들 웹 대기업이 출자하는 단체의 원조를 받고 있습니다.

그러면 이들 웹 업계의 거인들이 이처럼 특이점의 선전에 열을 올리는 이유는 무엇일까요? 무엇보다 IT기업들은 미래가치를 먹고사는 기업들입니다. 이들은 사실상 아무 근거도 없는 미래가치에 근거해서 같은 수익을 내고 있는 일반 기업들보다 훨씬 더 높은 기업가치를 인정받고 있습니다. 다시 말해 미래가치를 담보로 과대평가를 받고 있는 것입니다. 그러니 이들은 부풀어 오른 풍선 위에 앉아있는 것마냥 언제나 불안합니다. 사람들이 그들의 미래가치를 의심하는 순간 언제든 그 풍선은 터져버릴 것이기 때문입니다. 2000년 즈음에 있었던 IT버블 붕괴와 같은 일은 언제든 다시 벌어질 수 있습니다.

IT버블 붕괴를 딛고 일어선 웹 기업들은 웹 2.0에서 웹의 부활을 선언하며 화려하게 재기에 성공했습니다. 클라우드로 수집되는 고객 데이터를 활용한 타겟 광고를 통해 엄청난 돈을 벌게 된 구글, 페이스북 등이 그 주인공이었습니다. 시간이 흘러 웹 2.0으로는 더 이상 사람들을 설득할 수 없게 된 시점에 IT기업들은 특이점 이론을 선전하고 있습니다. 그들이 개발한 인공지능이 인류 세상을 테크놀로지의 세계로 이끌 것이고 이 시점에 세상의 모든 가치는 달라질 것이라는 것입니다.

특이점 제창자들은 단절이 일어날 것이라고 주장하는데, 이를 뒷받침하는 증거는 없습니다. 이들은 역사법칙주의자들이 그러했던 것처럼 과거 세계를 변화시켜 온 법칙이 필연적으로 세상을 기술적 특이점으로 이끌 것이라고 주장합니다. 이는 인간이 미래를 예측할 수 있다는 오만에서 나온 주장이라고 밖에는 말하기 힘듭니다.

IT기술이 세계를 크게 바꾸고 있는 것은 부정할 수 없는 사실이고 그 중요성을 간과해서는 안되지만 근거가 없는 이야기로 사람들을 오도하는 사이비 교주와 같은 유명인사들에게 속지 않기 위해서는 적어도 종교나 신화적인 이야기와 과학적 사실을 구분할 수 있을 정도의 기술적 지식이 필요하다고 할 수 있습니다. 이는 현대를 살아가는 사람들이 어느 정도의 IT지식을 갖추어야 하는 이유 중 하나이기도 합니다.

제12장
사물인터넷(IoT)
능동적으로 판단하고 행동하는 사물들

사람을 위해 능동적으로 일하는 사물들

베르나르 베르베르의 단편소설집 '나무'(열린책들, 2003)에 실린 첫 번째 이야기 '내겐 너무 좋은 세상'에는 주인을 위해 열심히 일하는 능동적인 사물들이 나옵니다. 자명종, 커피메이커, 다리미 등 우리가 일상적으로 사용하는 사물들이 각자 주인이 필요할 것으로 생각되는 시점에 자신이 맡은 일을 능동적으로 수행해서 대령하지요. 아주 사람처럼 말까지 해가면서요. 소설은 이 사물들의 주인인 남자, 그는 자신이 사람이라고 생각하고 어떤 여성에게 사랑이라고 생각되는 감정까지 느끼는데 실은 그가 인공지능을 가진 로봇이었고 이미 인간이라는 종은 멸종한 뒤였다는 다소 충격적인 결말로 끝을 맺습니다.

작가의 상상력이 돋보이는 이 작품 속 미래 세계는 실은 4차 산업 혁명이라는 이름으로 어느 새 우리 눈앞에 성큼 다가와 있습니다. 적어도 말도 하고 주인이 시키지 않아도 능동적으로 자신의 일을 알아서 처리 해 주는 일종의 지능을 가진 사물들이 등장할 것이라는 점에서는 말입 니다. 다만 여기서 말하는 능동적이라는 말은 기계가 자유의지를 가지 고 자율적으로 행동한다는 의미는 아닙니다. 11장에서 다룬 머신러닝 기 술을 사용해서 어디까지나 인간에 의해 학습한 대로 행동하는 것이지만 그 모습이 마치 기계가 자율적으로 행동하는 것처럼 보여지는 것입니다.

4차 산업 혁명의 핵심은 '학습한 내용에 따라 능동적으로 판단하고 행 동하는 사물들의 등장'이라고 할 수 있습니다. 그리고 이 사물들은 필요 에 따라 서로 협력하며 일합니다. 바로 이것을 가능하게 하는 것이 사물 인터넷(IoT)이라 불리는 기술입니다. 사물인터넷 기술은 우리 주변의 모 든 사물들이 컴퓨팅기능과 통신기능을 가지도록 해서 소프트웨어로 제 어할 수 있도록 해줍니다. 사물을 제어하는 소프트웨어는 기기 자체에 탑재되어 있을 수도 있고 원격지에 있는 클라우드 서버에 탑재되어 있 을 수도 있습니다.

또한 사물인터넷에 연결된 모든 사물들은 자신과 관련한 어떤 정보를 끊임없이 네트워크에 연결된 서버나 다른 디바이스로 업로드하는데, 바 로 이것이 사물인터넷 시대의 빅데이터가 됩니다. 정보 혁명 시대에 인 터넷 서비스를 이용하는 사용자가 서버로 업로드한 사용자 정보, 이것이 빅데이터였다면 사물인터넷 시대에는 사물인터넷에 연결된 사물들이 끊임없이 서버로 업로드하는 엄청난 양의 센싱 정보, 바로 이것이 빅데 이터가 되는 것입니다.

사물인터넷 시대의 경쟁력은 컴퓨터가 이 엄청난 양의 빅데이터를 가 지고 학습해서 사물 디바이스를 통해 유용한 서비스를 제공하는데 있게 됩니다. 이것을 실행하는 주체는 바로 인공지능입니다. 사물인터넷이 실현되지 않은 현재 시점의 인공지능은 말하자면 두뇌와 같은 것입니다. 그런데 이 두뇌는 자신의 의지를 실행해 줄 신체와 연결되어 있지 않습니다.

인공지능 알파고와 이세돌 9단의 바둑 대결, 기억나시나요? 이 대국에서는 컴퓨터 안에 갇힌 인공지능 알파고를 대신해서 사람이 대신 바둑돌을 놓아주어야 했습니다. 사물인터넷 시대에 알파고와 같은 인공지능 소프트웨어는 학습한 내용을 현실 세계에서 직접 실행할 수 있는 신체를 갖게 됩니다. 이 신체에 해당하는 것이 바로 네트워크상에서 서로 연결되어 있는 사물 디바이스입니다.

사물인터넷 시대에 알파고는 더 이상 자신을 대신해서 바둑돌을 놓아줄 사람을 필요로 하지 않을 것입니다. 통신 네트워크상에서 알파고와 연결되어 있는 사물 디바이스, 이 경우에는 바둑돌을 집을 수 있는 로봇이어야 할 것 같습니다만, 이제 알파고는 이 사물 디바이스를 제어하면서 사람과 직접 마주하고 바둑을 둘 수 있게 될 것입니다.

알파고는 프로 바둑기사와 대국할 정도의 실력을 갖추기까지 엄청난 양의 바둑 대국 데이터로 학습했습니다. 알파고 프로그램을 개발한 개발자들은 알파고의 실력을 향상시키기 위해 현실 세계에서 벌어진 수많은 바둑 대국 데이터를 디지털화해서 알파고의 학습 데이터로 사용했습니다. 하지만 사물인터넷 시대에는 현실 세계의 바둑판과 바둑돌들에 센서가 부착되어 바둑 대국과 관련한 모든 데이터가 자동으로 서버로 업로드됩니다. 이제 알파고는 학습 데이터를 사람에게 의지할 필요가 없습니다. 사물인터넷에 연결된 사물들이 실시간으로 서버로 업로드하는 엄청난 양의 센싱 데이터는 알파고와 같은 인공지능 소프트웨어에게 있어

능력을 향상시킬 수 있는 학습 데이터가 됩니다. 사물인터넷 시대에 인공지능 소프트웨어는 수많은 사물들이 끊임없이 서버로 업로드하는 엄청난 양의 학습 데이터로 학습해서 나날이 그 실력을 업그레이드시켜 나가게 될 것입니다.

이렇게 나날이 똑똑해지는 인공지능은 인간이 사용하는 모든 주변 사물을 제어해서 사람이 꼭 필요할 것으로 생각되는 시점에 꼭 필요한 기능을 제공하도록 지시합니다. 이제 사람들은 더 이상 집 안에 들어서면서 직접 전등을 켤 필요도 없고 실내 온도가 더워졌다고 느껴져 에어컨 리모컨을 찾을 필요도 없습니다. 집 안에 들어서는 순간 자동으로 실내등이 켜질 것이고 덥다 라고 느끼는 순간 자동으로 에어컨이 가동될 것이기 때문입니다.

이렇게 보면 11장에서 설명한 인공지능 기술과 사물인터넷 기술이 결합될 때 비로소 4차 산업 혁명의 필수 요소인 '사람을 거치지 않고 능동적으로 행동하는 사물들'이 탄생할 수 있다는 사실을 알게 됩니다. 이것이 실현될 때 비로소 인더스트리 4.0에서 추진하고 있는 제조업의 새로운 산업구조도 가능해집니다.

기계가 인간을 거치지 않고 스스로 세상을 이해하는 새로운 세상

사물인터넷이라는 단어가 사람들 입에 오르내리게 된 것은 최근 몇 년 사이의 일이지만 사실 사물인터넷이라는 기술은 20여년의 역사를 지니고 있습니다. 사물인터넷이라는 단어를 처음 사용한 인물은 미국 P&G의 케빈 애쉬톤(Kevin Ashton)으로, 시기는 1999년이었다고 알려져 있습니다.

1999년이면 유통업계에서는 첨단 기업과 그렇지 않은 기업을 가르는 기준이 RFID(Radio Frequency Identification)를 활용하는가 아닌가에 달려있던 시기였습니다. RFID는 유통업계에서 유통되는 상품에 부착하는 소형 센서로, 유통업체에서 이것을 사용하게 되면 상품의 생산 단계부터 최종 소비 단계에 이르는 밸류체인 상에서 얻어지는 다양한 정보를 수집할 수 있습니다.

이 정보를 사용해서 유통업체는 소비자에게는 판매되는 상품의 생산자가 누구인지, 어디서 어떤 방법으로 생산된 것인가 하는 정보를 알려줄 수 있고 생산기업 측에는 상품을 누가 어떻게 소비했는가 하는 정보를 알려 주어 더 잘 팔리는 제품을 생산할 수 있는 아이디어를 얻을 수 있도록 할 수도 있습니다. 그러니 RFID를 잘 활용한다는 것은 첨단의 더 나은 유통회사라는 이미지를 심어줄 수 있었습니다. 한 마디로 RFID는 유통업계에서 사용하는 하나의 마케팅 용어였습니다. 사물인터넷이라는 용어를 처음 사용한 케빈 애쉬톤은 이것을 RFID의 확장 개념에서 하나의 마케팅 용어로서 사용했던 것입니다.

시간이 지나 사물인터넷은 마크 와이저(Mark Weiser)가 1991년에 제창했던 유비쿼터스 컴퓨팅(Ubiquitous Computing)이라는 기술의 의미를 포함하게 됩니다. 유비쿼터스 컴퓨팅은 일종의 컴퓨터와 같은 사물들이 편재하는 환경을 가리키는 개념인데, 현재 사용되는 사물인터넷이라는 용어에는 이 개념이 내포되어 있습니다. 또한 사물인터넷이라는 용어에는 이전에 사용되던 M2M(Machine to Machine)이라는 용어가 담고 있던 의미, 즉 사람을 거치지 않고 기계와 기계가 직접 통신해서 어떤 기능을 실현한다는 개념도 포함되게 되었습니다. 또 여기에는 CPS(Cyber

Physical System)라는 개념도 포함되었는데, CPS는 사이버 세계와 물리 세계가 서로 연결되어 정보를 주고받으면서 어떤 일을 실행하는 기술을 말합니다.

이처럼 현재 우리가 사용하고 있는 사물인터넷이라는 용어는 1990년대 이후 등장한 다양한 기술들이 가지고 있는 의미를 내포하고 있습니다. 그러면 이렇게 많은 기술적 의미를 내포하고 있는 사물인터넷이 실현되면 어떤 일들이 가능해지는 것일까요? 크게 말해 사물인터넷이 만들어 내고자 하는 새로운 가치는 기계, 즉 컴퓨터가 인간을 거치지 않고 스스로 세상을 이해할 수 있는 구조를 제공하는 것입니다.

10장에서 언급한 바와 같이 시맨틱웹은 컴퓨터가 인간을 거치지 않고 직접 세계를 이해할 수 있도록 하려는 시도였습니다. 그러나 시맨틱웹이 대상으로 하는 것은 실질적인 형태로 인간의 눈에 보이지는 않는, 말하자면 보이지 않는 인공지능이었습니다. 그런데 사물인터넷이 그 대상으로 하는 것은 로봇, 가전, 자율주행차, 혹은 우리가 일상에서 사용하는 사물과 같이 구체적인 형태로 보여지는 존재들입니다.

이전에는 반드시 인간을 통해야만 어떤 일을 수행할 수 있었던 이러한 사물들이 이제 인간을 거치지 않고 스스로 세상을 이해하고 사람이 어떤 지시를 내리지 않아도 사람에게 유용할 것 같은 어떤 일을 능동적으로 제공할 수 있도록 하는 구조, 바로 이것이 사물인터넷이 만들고자 하는 새로운 세상의 구조입니다. 다시 말해 컴퓨터가 직접 세계와 마주하는 구조가 사물인터넷인 것입니다.

하드웨어에서 소프트웨어로 이동하는 제품의 경쟁력

사물인터넷을 이해하기 위해 먼저 사물인터넷이 대상으로 하는 디바이스, 즉 사물인터넷에서 말하는 사물이란 기본적으로 어떤 요소를 갖추고 있어야 하는지 살펴보도록 하겠습니다.

사물인터넷에서는 현재 인간이 만들어 사용하는 어떤 물건이든 대상 디바이스가 될 수 있습니다. 크게는 자동차, 가전과 같은 디지털 제품부터 작게는 시계, 체중계, 벽시계와 같은 소소한 사물들에 이르기까지 모든 것이 사물인터넷의 대상 디바이스가 될 수 있습니다. 단 이들 사물이 사물인터넷의 대상 디바이스가 되기 위해서는 몇 가지 요소를 갖추고 있어야 합니다.

먼저 사물인터넷의 대상 디바이스는 일종의 컴퓨터로서 소프트웨어로 제어되어야 하기 때문에 CPU와 같은 기본적인 컴퓨팅 기능을 갖추고 있어야 합니다. 냉장고나 에어컨과 같은 디지털 가전들은 이 기본 기능을 이미 갖추고 있다고 할 수 있습니다. CPU와 메모리를 갖춘 마이크로 컴퓨터가 기기 내부에 탑재되어 있고 여기에 기기를 제어할 수 있는 각 기기 전용의 임베디드 소프트웨어가 인스톨되어 있습니다. 그리고 이 소프트웨어로 제어되는 제어장치가 있습니다. 소프트웨어가 기기를 자동 제어하기 위해서는 주변 온도 등 기기와 관련된 주변 상황을 파악할 수 있는 센서들이 부착되어 있어야 하는데, 이들 디지털 기기는 기기 내부에 이러한 센서도 부착되어 있습니다.

이러한 디지털 기기가 사물인터넷의 대상 디바이스가 되기 위해 더 필요한 것은 통신기능입니다. 사물인터넷 디바이스는 기기가 직접 센서로부터 수집한 데이터를 사용하는 데서 그치지 않고 다른 사물인터넷 디바이스들이 수집한 데이터를 사용해서 서버가 학습한 결과를 활용하는 것도 가능합니다.

예를 들어 여러 에어컨의 온도 센서로부터 실내 온도 변화와 관련된 데이터를 수집한 서버는 이것을 메타데이터로 활용하여 방 안에 사람이 있는가 없는가를 판단할 수 있는 프로그램 알고리즘을 만들 수 있습니다. 같은 실내 온도에서 사람이 실내로 들어왔을 때와 나갔을 때의 미묘한 온도 변화를 지속적으로 추적하여 그 데이터로 학습하는 것입니다. 학습이 성공적으로 이루어진다면 이 서버와 연결되어 있는 사물인터넷 에어컨은 사람이 방 안에 들어가면 자동으로 켜지고 방에서 나가면 자동으로 꺼지는 스마트한 기능을 실현할 수 있게 됩니다.

자동차의 경우를 생각해 보도록 하겠습니다. 현재 자동차의 디지털화된 부품들은 ECU를 사용해서 자동 제어됩니다. 고급 자동차들에서 제공되는 자동운전 기능은 운전자가 운전을 하는 도중 사고가 날 것 같은 상황에 처하면 운전자의 의지와 관계없이 핸들이나 브레이크 등 자동차의 여러 부품을 제어하는 ECU를 자동 제어하여 사고가 나지 않도록 혹은 가능한 피해가 적도록 해줍니다. 현재 이들 ECU는 차량 내부에 있는 ECU끼리는 서로 통신 네트워크를 사용해서 연결되어 있지만 외부와는 연결되어 있지 않습니다.

사물인터넷이 실현되면 자동차에 탑재된 모든 센서와 ECU에 무선 통신기능이 부가되어 서비스를 제공하는 사업자 서버와 실시간으로 연결될 것입니다. 그러면 예를 들어 자동차에 탑재된 GPS 수신기로부터 자동차의 실시간 위치정보를 수집한 서버는 자동차의 운행 경로를 실시간으로 추적하다가 다음 커브 다음에 급경사가 있다는 정보를 알게 되면 그 정보를 미리 자동차 측에 알려 줍니다. 그러면 엔진이나 트랜스미션 등 자동운전과 관련된 각 부품을 제어하는 ECU는 그 정보에 따라 미리 그 상황에 대비해서 부품들을 자동으로 최적 제어함으로써 통신기능을 부가하지 않았을 때보다 더 안전하게 운행할 수 있도록 도와줄 수 있습니다.

자동차의 각 부품으로부터 실시간 데이터를 수집하는 서버는 연결되어 있는 모든 자동차로부터 수집한 데이터를 분석한 뒤 유용한 결과를 각 자동차들로 되돌려줄 수 있습니다. 자동차의 데이터를 수집해서 분석하는 서버는 역시 데이터를 사용해서 학습을 하게 됩니다. 학습을 하게 되면 그 결과로 예측이 가능해집니다. 때문에 서버 측에 탑재된 소프트웨어는 현재의 정체 상황, 사고 상황, 기상 상황에서 다음에 어떤 상황으로 전개될지 예측해서 개별 자동차가 그 동적 변화에 가장 잘 대응할 수 있도록 자동 제어할 수도 있습니다.

살펴본 것처럼 디지털 디바이스라면 통신기능이 부가되고 학습기능을 가진 서버와 연결되는 것 만으로도 이전에는 실현할 수 없었던 다양한 기능들을 제공할 수 있게 됩니다.

그러면 디바이스 자체에 컴퓨팅기능과 통신기능을 갖추지 못하고 있는 벽시계나 체중계, 다리미와 같은 일반 사물의 경우에는 어떤 방법으로 사물인터넷 디바이스로서 기능할 수 있을까요? 이 경우에는 사물에 그야말로 극소의 컴퓨팅 기능과 통신기능을 가진 마이크로칩을 부착하게 됩니다. 그리고 이들 디바이스를 제어하는 소프트웨어는 스마트폰이나 서버 등 다른 기기에 탑재되어 있으면서 통신기능을 사용해서 해당 디바이스를 제어하게 됩니다.

이들 소소한 사물들이 사물인터넷 디바이스로서 기능할 수 있도록 해주기 위해서는 저전력으로 통신할 수 있는 통신기술이 필요합니다. 어떤 디바이스가 통신을 하기 위해서는 전력이 필요한데, 이들 디바이스의 경우 충전해서 사용할 수 있는 것들이 아니기 때문입니다.

현재 사용되고 있는 대표적인 저전력 통신기술로는 블루투스 4.0 버전의 '블루투스 스마트'라는 것이 있습니다. 블루투스 스마트는 디바이스를 전원에 연결하지 않아도 소형 디바이스에 탑재된 코인전지 하나로 2년 정도 블루투스 통신기능이 가능하도록 해줍니다.

블루투스 스마트 기술이 등장하고 이것이 스마트폰에 탑재되기 시작한 것이 2011년 경의 일입니다. 이 통신기술의 등장으로 스마트폰 앱으로 제어할 수 있는 소소한 제품들이 등장하기 시작합니다. 일명 테크 가젯(Tech Gadget)이라 불리는 제품들입니다. 이 테크 가젯으로 큰 성공을 거둔 페블(Pebble)이라는 회사가 있습니다. 이 회사는 스마트폰과 연동하는 스마트워치를 개발해서 큰 성공을 거두었습니다. 지금이야 스마트워치라고 하면 어떤 제품인지 대부분의 사람들이 알고 있지만 이 회사가 페블이라는 스마트워치를 내놓은 2012년에는 이러한 종류의 제품이 존재하고 있지 않았습니다.

이 회사는 당시 대학에 다니던 몇 명의 친구들이 의기투합해서 설립한 스타트업이었는데, 스마트폰과 블루투스로 통신하면서 통화하거나 문자 메시지를 볼 수 있는 등의 기능을 가진 스마트워치를 개발했습니다. 그리고는 시제품을 만들고 그 동영상을 크라우드펀딩 사이트인 킥스타터에 올렸습니다.

킥스타터는 본래는 예술가를 위한 크라우드펀딩 사이트로, 음반을 내고 싶거나 예술 작품을 만들고 싶은 예술가가 그 작품을 만들기 위한 자금을 공모하는 사이트로 만들어졌습니다. 페블 개발사는 여기에 동영상을 올리고 이것이 제품화되기 위한 자금 10만불을 공모했습니다. 자금

공모가 성공한다면 페블 스마트워치는 제품화되고 투자자들에게는 제품이 제공될 것이었습니다. 자금 유치는 제품 가격에 해당하는 150불 단위로 투자하도록 했습니다. 예를 들어 1,500불을 투자한다면 페블이 제품화되었을 때 제품 10개를 받게 될 것이었습니다. 만일 공모한 10만불이 모아지지 않는다면 공모는 실패로 돌아가고 투자자들은 돈을 입금하지 않아도 되게 됩니다.

결과는 놀라웠습니다. 당초 공모 금액 10만불을 훌쩍 넘어 1,000만불의 투자가 이루어진 것입니다. 처음 보는 스마트워치라는 새로운 제품에 대한 열기는 엄청났습니다. 공모의 결과로 이 조그만 회사는 성공한 유명 스타트업으로 발돋움할 수 있었습니다. 이후 이 회사는 페블 스마트워치의 두 번째 버전인 페블 2.0을 2,000만 대 이상 판매하는 등 계속해서 성공을 거두는 듯이 보였습니다. 하지만 이후 애플이나 삼성과 같은 대기업까지 스마트워치 제품 개발에 뛰어드는 등 시장 환경이 악화되어 어려움을 겪다 결국 2016년에 유명 스마트밴드 제조사인 핏빗에 인수되었습니다.

페블이 성공을 거둔 2012년 당시 이 회사의 성공은 다른 스타트업 기업들에 큰 자극이 되었습니다. 그 영향으로 블루투스 스마트 통신기능을 사용해서 스마트폰 앱과 연동하거나 스마트폰 앱으로 제어하는 다양한 테크 가젯을 만드는 스타트업들이 늘어났습니다. 이들 테크 가젯을 만드는 스타트업들은 페블이 한 것과 같이 시제품을 만든 뒤 그 동영상을 킥스타터와 같은 크라우드펀딩 사이트에 올려 자금을 공모했습니다. 이렇게 등장한 테크 가젯에는 스마트폰 앱을 보면서 빠진 곳 없이 구석구석 칫솔질을 잘할 수 있게 해주는 스마트 전동칫솔, 스마트폰 앱으로 조작할 수 있는 스마트 장난감, 스마트폰 앱으로 제어할 수 있는 스마트 도어

락 등 다양한 제품들이 있습니다.

일견 이들 테크 가젯을 만드는 회사들은 제품을 만드는 회사로 보이지만 사실 이들은 일반 제조사와는 차이가 있습니다. 테크 가젯의 기능을 좌우하는 핵심은 디바이스와 연동하거나 제어하는 스마트폰 전용 앱에 있습니다. 바로 이것이 스마트폰 앱을 만들던 회사들이 테크 가젯을 만들 수 있었던 핵심 비결입니다. 제품에 대한 아이디어와 앱을 만들 수 있는 기술만 있으면 제품 자체에 대한 시제품과 완제품은 제조 공장에 의뢰하기만 하면 손쉽게 만들 수 있기 때문입니다.

사물인터넷 시대의 사물 디바이스는 이들 테크 가젯과 비슷한 것이라고 보시면 됩니다. 테크 가젯이 스마트폰과 통신하면서 스마트폰에 탑재된 앱으로 제어되는 것과 마찬가지로 사물인터넷 디바이스도 사물인터넷에 연결된 서버에 탑재된 소프트웨어를 사용해서 제어됩니다. 테크 가젯 제품의 핵심 경쟁력이 제품 자체가 아닌, 제품을 제어하는 스마트폰 앱에 있는 것과 마찬가지로 사물인터넷 시대의 사물 디바이스 역시 그 핵심 경쟁력은 디바이스를 제어하는 소프트웨어에 있게 됩니다.

이러한 이유로 사물인터넷 시대에 제조업의 경쟁력은 디바이스를 제조하는 능력에서 디바이스를 제어하는 소프트웨어 개발 능력 쪽으로 이동하게 되는 것입니다.

사물인터넷 시대에 중요해지는 통신사업자의 빅데이터 분석 능력

살펴본 바와 같이 사물인터넷이 실현되기 위해서는 사물 디바이스들이 상시 네트워크에 접속해서 서로 정보를 주고받을 수 있는 네트워크 환경이 갖추어져야 합니다. 아울러 사물인터넷이 대상으로 하는 사물 디바이스는 전원에 연결해서 충전하지 않는 소소한 디바이스들이 대부분이기 때문에 사물인터넷 네트워크는 반드시 저전력으로 통신할 수 있는 기술이어야 합니다.

앞서 설명한 블루투스 스마트라는 기술은 테크 가젯이라는 새로운 시장이 형성되는데 크게 기여했습니다. 블루투스 스마트 통신기술이 저전력의 단거리 통신 네트워크 기술이기 때문에 이 네트워크를 사용하는 테크 가젯 제품의 경우 근거리에 있는 스마트폰에 탑재된 앱을 사용해서 제어합니다. 최근에는 저전력의 원거리 통신기술도 개발되었는데, 이 기술을 저전력 광역 통신기술(LPWA: Low-Power Wide-Area)이라고 부릅니다. 이 저전력 광역 통신기술로서 현재 개발되어 보급되고 있는 것으로 시그폭스(SIGFOX)와 로라(LoRa)가 있습니다. 두 가지 기술 모두 비면허 주파수 대역을 사용합니다.

무선 통신기술은 통신을 전달하는 통로로 주파수를 사용합니다. 이 주파수에는 특정 사업자가 요금을 지불하고 혼자서 사용하는 면허 대역과 여러 사업자들이 공용으로 사용하는 비면허 대역이 있습니다.

흔히 우리가 휴대폰을 사용할 때 이용하는 이동통신 네트워크는 면허 대역을 사용합니다. 통신사업자들은 수천억 원에서 많게는 수조 원의 금액을 지불하고 이 대역을 구매해서 이동통신 서비스를 제공합니다. 반면 비면허 주파수 대역은 원하는 사업자는 누구든 공짜로 사용할 수 있습니다. 우리가 흔히 사용하는 와이파이는 이 비면허 대역을 사용합니다. 우리가 와이파이 네트워크를 공짜 혹은 매우 저렴한 가격으로 이용할 수 있는 이유는 와이파이가 누구나 공짜로 이용할 수 있는 비면허 대역을 사용하기 때문입니다.

현재 저전력 광역 통신기술로 보급되고 있는 시그폭스와 로라는 모두 비면허 대역을 사용합니다. 때문에 사용자들은 공짜는 아니지만 매우 저렴한 가격으로 이들 네트워크를 이용할 수 있습니다.

현재 저전력 광역 통신기술 시장을 리드하고 있는 시그폭스는 프랑스의 스타트업 시그폭스라는 회사가 전개하고 있는 저전력 광역 통신 서비스입니다. 시그폭스는 일종의 무선랜 공유기와 같은 역할을 하는 소형 기지국을 판매하고 있습니다. 시그폭스 네트워크를 사용하고자 하는 유저는 이 소형 기지국을 구매해서 설치하면 여러 소형 디바이스들을 이 기지국을 통해 인터넷에 접속시킬 수 있습니다. 이것은 마치 우리가 집 안에 무선랜 공유기를 구매해서 설치하면 PC 등 여러 디바이스를 공유기에 연결해서 와이파이로 인터넷에 접속할 수 있는 것과 비슷합니다.

시그폭스 네트워크에 연결되는 디바이스들은 주로 소형의 센서 기기들입니다. 이들 센서는 주변 환경에 대한 다양한 정보를 센싱해서 시그폭스 네트워크를 통해 다른 디바이스로 전달할 수 있는데, 사실 사용자 입장에서 이 기능만으로 어떤 의미 있는 일을 수행하기는 어렵습니다. 센싱 디바이스로부터 수집한 정보를 활용하기 위해서는 센싱 데이터를 저장하고 분석해서 어떤 의미 있는 결과를 도출하는 일련의 과정이 필요한데, 이것을 시그폭스 사용자가 직접 하기를 기대하기는 쉽지 않기 때문입니다. 이러한 이유로 시그폭스는 네트워크 접속 서비스에 더해 사용자들을 위해 센싱 데이터를 수집, 분석해서 의미 있는 결과를 되돌려주는 서비스를 함께 제공하고 있습니다.

시그폭스는 일본 시장에도 진출하고 있는데, 이 시그폭스의 서비스를 이용하는 일본의 팜노트라는 회사가 있습니다. 팜노트는 소를 키우는 축사들을 대상으로 각 축사에 있는 모든 소의 목에 센서를 부착하고 그 센서로부터 소와 관련된 다양한 데이터를 수집합니다. 각 축사에는 시그폭스의 소형 기지국을 설치해서 소의 목에 부착한 센서로 수집한 데이터는 이 기지국을 통해 시그폭스가 운영하는 서버에 저장됩니다. 시그폭스는 수집한 데이터를 차트나 그래프 등으로 시각화해서 팜노트의 전문가들이 데이터의 의미를 쉽게 알 수 있도록 해서 다시 팜노트 측으로 전송해 줍니다. 그러면 팜노트의 전문가들은 이 시각화된 데이터를 보고 예를 들어 소의 질병 여부 등을 실시간으로 파악한 뒤 조처를 취할 수 있게 됩니다.

역시 시그폭스의 서비스를 이용하고 있는 일본의 주식회사 IHI는 시그폭스의 센서 데이터 분석 기능을 이용해서 이 회사가 전 세계에 설치한 가스터빈 제품의 원격 유지보수를 실현하고 있습니다. 이 회사가 전 세계에 설치한 가스터빈 제품에는 제품의 실시간 상황을 파악할 수 있는 센서가 부착되어 있고 이 가스터빈 제품을 원격지에서 제어할 수 있는 제어장치가 설치되어 있습니다.

가스터빈에 부착된 센서로부터 실시간으로 수집되는 데이터는 시그폭스 기지국을 거쳐 시그폭스 서버에 저장됩니다. 시그폭스는 수집한 데이터를 역시 차트나 그래프 등으로 시각화해서 IHI사의 일본 본사에 있는 유지보수 전문가들이 문제발생 여부 혹은 발생한 문제가 어떤 것인지를 쉽게 파악할 수 있게 해줍니다. IHI사의 유지보수 전문가들은 이 정보를 바탕으로 가스터빈 제품에 있는 원격 제어장치를 제어해서 문제를 해결합니다. 이렇게 해서 IHI사의 유지보수 인력을 제품이 설치되어 있는 해외로 직접 파견하지 않아도 일본 본사에서 문제를 해결할 수 있게 해줍니다.

시그폭스는 스타트업이면서도 이러한 데이터 수집과 분석 능력을 바탕으로 전 세계 저전력 광역 통신기술 시장을 리드하고 있습니다. 시그폭스는 여러 통신사업자와 삼성전자 등의 기업들로부터 현재까지 2억 7,700만 유로의 자금을 투자받고 있습니다. 최근에는 이동통신 사업자들이 주축이 되어 로라라는 저전력 광역 통신 네트워크 서비스를 제공하는 등, 향후 더 많은 저전력 광역 통신기술들이 등장할 가능성이 있습니다.

저전력 광역 통신기술은 PC나 스마트폰을 그 대상 디바이스로 하는 이동통신이나 와이파이 기술과는 달리 사물에 부착된 센서들로부터 정보를 수집하는 것을 그 목적으로 합니다. 이러한 종류의 통신기술에서는 기존 무선 통신기술들이 중요시하는 통신속도의 빠르기와 같은 요소보다는 시그폭스의 강점이기도 한 센서 데이터의 수집과 분석 능력이 더 중요해집니다. 따라서 사물인터넷 시대에는 통신사업자들 역시 핵심 경쟁력의 수정을 요구받게 될 것입니다.

이 시대에 통신사업자들의 핵심 경쟁력은 빅데이터 분석 능력, 즉 빅데이터를 가시화하고 분석해주는 능력에 있게 될 것입니다. 사물인터넷 네트워크의 경우 기존 이동통신 네트워크 서비스와 달리, 이러한 기능 없이 단순히 네트워크 접속기능만을 제공해서는 가입자를 유치하기가 쉽지 않을 것이기 때문입니다. 한마디로 사물인터넷 시대에 빅데이터 분석 능력은 사용자들이 통신사업자를 선택하는 핵심 요소가 될 것입니다.

객체(Object)와 같이 행동하는 사물들

사물인터넷 시대에 기본적으로 모든 사물은 각기 전용의 임베디드 소프트웨어로 제어될 것입니다. 사물의 특성에 따라 이 임베디드 소프트웨어는 디바이스 자체에 탑재되어 있을 수도 있고 스마트폰이나 원격지에 있는 서버에 탑재되어 있을 수도 있습니다.

네트워크에 연결되어 있으면서 전용 임베디드 소프트웨어로 제어되는 이들 사물은 그 차체로 어떤 역할을 수행할 수도 있지만 대개는 서로 연결되어 다른 사물들과 서로 명령을 주고받으면서 어떤 역할을 수행하게 됩니다. 말하자면 사물인터넷에 연결된 하나의 사물은 어떤 시스템을 구성하는 하나의 구성요소로서 작동하게 됩니다. 이것은 마치 자동차에서 ECU로 제어되는 엔진, 트랜스미션, 브레이크와 같은 각각의 부품들이 사고방지용 자동운전 시스템이라는 하나의 시스템 상에서 사고방지라는 목적 하에 각자의 역할을 수행하게 되는 것과 비슷하다고 볼 수 있습니다.

이러한 사물인터넷 시스템에는 예를 들어 사람이 집 안에 있는지 없는지 여부에 따라 필요한 가전들이 자동으로 켜지고 꺼지는 홈 네트워크 시스템, 제품 구매자가 오더메이드로 제품을 주문하면 그 순간 그 제품을 만들기 위해 필요한 부품이나 소재가 자동으로 주문, 발송되고 완제품 제조 공장의 공장 조립 라인이 해당 제품 용으로 자동으로 조립되어 제품이 생산되는 스마트 공장 자동화 시스템과 같은 것이 있을 수 있습니다.

이러한 사물인터넷 시스템을 실현하기 위해 사물인터넷에서는 네트워크에 연결되어 사물인터넷 시스템 상에서 어떤 역할을 하게 되는 모든 사물들이 객체지향 프로그램에서 사용되는 하나의 객체(Object)와 같이 행동할 것을 상정하고 있습니다.

10장에서 살펴본 바와 같이 객체지향 프로그래밍에서 프로그래머는 객체(Object)라는 것을 최소 단위의 데이터로 사용합니다. 객체는 데이터와 프로그램 코드를 하나의 모듈로 묶어서 인간이 인지할 수 있을 정도 크기의 개념으로 만든 어떤 것입니다. 객체지향 언어에서 어떤 프로그램, 즉 소프트웨어를 만드는 최소 단위인 객체는 어떤 입력값에 대해 가지고 있는 프로그램 코드의 알고리즘에 따라 출력값을 내놓는 하나의 작은 프로그램, 즉 소프트웨어입니다.

소프트웨어 프로그램은 어떤 입력값이 주어지면 프로그래밍된 대로 출력값을 내놓습니다. 객체지향 언어에서 모든 객체들은 서로 연결되어 있으면서 메시지를 주고받습니다. 이때 객체들이 주고받는 메시지는 소프트웨어에 주어지는 명령, 즉 입력값이 됩니다. 연결되어 있는 다른 객체로부터 메시지, 즉 명령을 받은 객체는 객체 안에 들어 있는 프로그램의 알고리즘에 따라 출력값을 내놓습니다. 이때 객체가 내놓는 출력값은 객체의 달라진 상태 혹은 어떤 행동이 됩니다.

예를 들어 게임에 등장하는 주인공 캐릭터와 악당 캐릭터는 모두 하나의 객체입니다. 게이머가 주인공 캐릭터를 조작해서 악당 캐릭터를 칼로 내려칩니다. 프로그램 상에서 이 행위는 주인공 캐릭터 객체가 악당 캐릭터 객체에 메시지를 보내는 일에 해당합니다. 메시지를 받은, 다시 말해 칼로 내려침을 당한 악당 캐릭터 객체는 내부에 들어 있는 프로그램 알고리즘에 따라 정해진 상태를 출력합니다. 만일 악당 캐릭터가 처음 칼에 맞았다면 악당 캐릭터에는 변화가 없습니다. 그러다 또 한 번 칼을 맞게 되는데 이때도 변화가 없습니다. 그러다 세 번째로 칼에 맞게 되면 악당 캐릭터는 소멸됩니다. 같은 메시지를 받더라도 악당 캐릭터의 상태, 즉 한 번 칼에 맞은 상태인가 혹은 세 번째로 칼에 맞은 상태인가에 따라 다른 결과값, 즉 다른 상태를 출력하는 것입니다.

현실 세계의 디지털 가전들은 게임에 등장하는 이러한 객체들과 어떤 면에서 유사한 행태를 보입니다. 디지털 에어컨의 예를 들어 볼까요? 무더운 여름날 어떤 사람이 에어컨을 켜고 온도를 25도로 설정해 둡니다. 그러면 에어컨이 가동되고 찬바람이 나오기 시작합니다. 한참 시간이 지나 실내 온도가 25도 아래로 떨어집니다. 그러면 에어컨은 잠시 가동을 멈춥니다. 그러다 실내 온도가 25도 이상으로 올라가면 다시 에어컨이 가동됩니다.

사람이 리모컨으로 에어컨을 켜고 온도를 25도로 설정하는 것은 에어컨 객체에 메시지를 보내는 일에 해당합니다. 메시지를 받은 에어컨 객체는 내부에 들어 있는 프로그램 알고리즘에 따라 정해진 상태를 출력, 즉 가동을 시작해서 찬바람을 내보냅니다. 이때 출력하는 값은 에어컨의 상태에 따라 달라지게 되는데, 여기서 말하는 에어컨의 상태는 에어컨에 부착되어 있는 센서로부터 수집한 실내 온도입니다. 실내 온도가 25도 이상이면 에어컨은 찬바람을 내보내고 25도 이하가 되면 가동을 멈춥니다. 이것은 일견 에어컨이 스스로 온도에 따라 가동 유무를 조절하고 있는 듯이 보이지만 실은 에어컨에 설치되어 있는 소프트웨어에 프로그램된 알고리즘에 따라 작동하고 있는 것입니다.

살펴본 예에서 인간과 에어컨을 하나의 객체로 본다면 인간이 에어컨을 조작하기 위해 사용하는 리모컨은 인간과 에어컨이 서로 커뮤니케이션하기 위한 일종의 '인터페이스'라고 할 수 있습니다. 인터페이스는 본래는 소통이 불가능한 어떤 것들의 중간에 위치하면서 소통할 수 있도록 해주는 '연결부'를 의미합니다.

인간과 기계가 소통하는데 있어 좋은 인터페이스는 사람이 자신의 요구사항을 간단하고 직관적인 방법으로 전달할 수 있는 것입니다. 그리고 그 요구 사항을 전달받은 기계는 내부의 작동 방식이 어떠하든 간에 인간으로부터 전달받은 내용을 충실히 수행하는 구조입니다. 그런 의미에서 리모컨이나 기계의 조작 버튼은 인간과 기계가 소통하는 매우 효과적인 인터페이스라고 할 수 있습니다.

리모컨이나 기계의 조작 버튼을 사용할 때 사용자에게 노출되는 것은 리모컨의 버튼과 어떤 버튼을 누르면 어떤 동작을 한다는 것을 알려주는 설명서뿐입니다. 사용자는 기계 내부에서 어떤 방법으로 기계가 작동되는지는 알지도 못할뿐더러 관심도 없습니다. 전원 버튼을 눌렀을 때 예상대로 전원이 켜지거나 꺼지기만 하면 되는 것입니다. 이처럼 좋은 인터페이스는 사람이 기계 내부의 작동 방식을 전혀 몰라도 기계를 사용할 수 있도록 해줍니다.

객체지향 프로그래밍에서 어떤 프로그램, 즉 소프트웨어를 구성하고 있는 수많은 객체들은 서로 연결되어 있으면서 메시지, 즉 명령을 주고받습니다. 이때 사람과 기계가 인터페이스를 사용해서 명령을 주고받는 것처럼 객체들도 인터페이스를 사용해서 명령을 주고받습니다. 단 사람과 기계의 관계는 사람은 명령을 내리고 기계는 명령을 수행하는 일방적인 관계이지만 객체지향 프로그램에서 모든 객체는 다른 객체에 명령을 내리기도 하고 다른 객체로부터 받은 명령을 수행하기도 하는 양방향 관계에 있습니다.

모든 객체는 만들어지는 시점에 명령을 받을 수 있는 인터페이스를 노출시키게 되는데, 이때 자신이 어떤 명령을 수행할 수 있는지를 공개해 둡니다. 이것은 마치 자신을 조작할 수 있는 리모컨을 제공하고 어떤 버튼을 누르면 어떤 기능을 수행할 수 있는가 하는 설명서를 공개해두는 것과 같습니다.

이때 사람이 리모컨으로 기계는 조작할 수 있지만 기계 내부에서 어떤 방식으로 기계가 작동하는지는 알 수 없는 것처럼 다른 객체는 어떤 객체가 공개해둔 인터페이스를 사용해서 명령을 내릴 수는 있지만 해당 객체가 내부에서 어떤 방식으로 그 기능을 수행하는지는 알 수 없습니다. 객체가 기능을 수행하는 방식은 객체가 가진 프로그램 알고리즘인데, 이것은 객체 내부에 캡슐화 혹은 블랙박스화되어 있습니다. 다시 말해 외부에 공개되지 않고 내부에 은폐되어 있습니다.

사실 객체 내부에 은폐되어 있는 것은 객체를 구성하는 데이터와 코드입니다. 이처럼 데이터와 코드가 은폐되어 있으면서도 객체의 기능은 인터페이스를 통해 간단히 이용할 수 있는 구조는 개발하는 프로그램의 규모가 커서 여러 개발자가 협력해서 프로그램을 개발해야 할 때 특히 효과를 발휘합니다.

객체지향 프로그램 개발은 일종의 모듈형 개발 방식입니다. 여러 개발자가 협력해서 프로그램을 개발할 경우 어떤 개발자가 만든 객체는 몇 번이든 재사용이 가능합니다. 만들어진 객체들은 공통 인터페이스를 가지고 있기 때문에 마치 레고 블록을 조립하듯이 조립해서 사용할 수 있습니다. 어떤 프로그래머가 다른 프로그래머가 만든 객체 부품을 가져다 쓸 때 객체 안에 들어 있는 데이터와 코드는 은폐되어 있습니다. 다시 말해 블랙박스처럼 건드릴 수 없도록 되어 있습니다. 이러한 구조 때문에 객체지향 개발에서는 여러 프로그래머가 작업하더라도 어떤 한 사람이 프로그램을 잘못 건드려서 전체 프로그램이 망가지는 일을 방지할 수 있습니다.

사물인터넷에서 어떤 시스템을 구성하는 모든 사물은 공통 인터페이스를 가지게 됩니다. 이 공통 인터페이스 사양을 갖추고 있기만 하면 네트워크상에 연결된 모든 사물은 서로 메시지를 주고받으면서 다른 사물을 작동시킬 수 있습니다. 예를 들어 구글이 인수한 자동 온도조절장치 네스트를 개발한 회사는 이 네스트와 연결되어 작동하는 화재 경보기 제품도 개발하고 있습니다. 이 두 제품은 네트워크상에서 서로 연결되어 있는데, 예를 들어 화재가 발생하여 화재 경보기가 울리게 되면 화재 경보기는 집 안 온도조절 장치인 네스트에 메시지를 보내 네스트의 전원을 끄도록 조처를 취합니다.

이처럼 서로 연결되어 있는 소프트웨어 부품들이 공통 인터페이스를 통해 메시지를 주고받으면서 전체 시스템을 작동시키는 구조를 사물인 터넷에 적용하려 하고 있는 것입니다. 이렇게 되면 사물인터넷에 연결된 사물들이 사람을 거치지 않고 서로 명령을 주고받으면서 어떤 목적, 즉 특정 시스템이 목표로 하는 바를 달성할 수 있게 됩니다.

사물인터넷 네트워크 아키텍처로서의 분산 오브젝트 기술

살펴본 것처럼 사물인터넷 시대에 연결된 모든 사물들은 객체지향 방식으로 개발된 소프트웨어의 개별 객체들처럼 행동합니다. 객체지향 소프트웨어의 경우 모든 객체는 같은 컴퓨팅 환경 상에서 구동됩니다. 다시 말해 같은 OS를 탑재한 컴퓨터상에서 구동됩니다. 그런데 사물인터넷의 경우 객체가 구동되는 컴퓨팅 환경은 각기 다를 수 있습니다. 다시 말해 서로 다른 OS를 탑재한 컴퓨터 상에서 구동되는 것입니다. 이처럼 서로 다른 컴퓨팅 환경에서 구동되는 소프트웨어들이 서로 협력하면서 어떤 일을 수행할 수 있도록 위해서는 좀 더 특별한 구조가 필요해집니다.

웹이 등장하기 전인 1980년대 후반, 선마이크로시스템즈와 IBM은

RPC(Remote Procedure Call)라는 인터넷 네트워크의 새로운 아키텍처를 제안합니다. 이것은 인터넷에 연결되어 있는 여러 서버에 조립 가능한 프로그램 부품들이 클라우드 방식으로 분산 구동되고 있고 이것들을 조립해서 특정한 기능을 구현하는 소프트웨어를 개발하는 방식입니다. 여러 서버에서 분산 구동되는 소프트웨어 부품들은 다른 소프트웨어 부품의 함수를 호출하는 방식으로 서로 연결됩니다. 이것은 앞서 설명한 구조적 프로그래밍 언어가 사용하는 것과 같은 방식입니다.

하지만 RPC는 성공을 거두지 못했는데, 가장 큰 실패 요인은 당시 인터넷 통신속도가 매우 제한적이었기 때문입니다. 다른 서버에 있는 소프트웨어의 함수를 불러내서 사용하는 데 너무 긴 시간이 소요되었던 것입니다. 또한 서버에서 구동되는 소프트웨어 부품들은 서로 다른 프로그램 개발언어로 개발된 것들이 많아 서로 호환이 되지 않는다는 문제도 있었습니다.

당시 RPC를 제안했던 사업자들은 같은 컴퓨팅 환경에서 함수를 호출해서 사용하는 것과 인터넷에 연결된 여러 서버에 분산 저장되어 있는 프로그램에서 함수를 호출해서 사용하는 것 사이에는 큰 차이가 있다는 사실을 체감하게 되었습니다.

RPC는 실패로 끝났지만 인터넷에 연결되어 있는 여러 서버에서 구동되는 소프트웨어 부품들을 조립해서 하나의 소프트웨어 기능을 실현할 수 있게 하려는 시도는 계속되었습니다. 이것이 실현되면 소프트웨어 개발자는 인터넷에서 서비스되는 수많은 소프트웨어 부품들을 조립하는 것 만으로 소프트웨어를 개발할 수 있게 됩니다. 그러면 소프트웨어의 개발 난이도가 크게 낮아지게 되고 그 결과 소프트웨어 산업 분야의 혁신이 가속화될 것으로 기대했던 것입니다.

시간이 흐른 뒤인 1991년, 선마이크로시스템즈와 HP 등이 주축이 된 OMG라는 소프트웨어 업계 단체는 CORBA라는 새로운 인터넷 네트워크 아키텍처를 발표합니다. 비슷한 시기에 마이크로소프트 또한 DCOM이라는 새로운 인터넷 네트워크 아키텍처를 발표합니다. CORBA와 DCOM은 흔히 분산 오브젝트(Distributed Object) 기술이라 불립니다. 분산 오브젝트 기술은 객체지향 프로그램 개발 방식의 객체(Object)들을 인터넷에 연결된 여러 서버에 분산 구동시키면서 활용하는 기술입니다.

인터넷에 연결되어 있는 서버에서 구동되는 소프트웨어 부품에서 함수를 호출해서 사용하는 RPC방식과 달리 분산 오브젝트 기술에서는 서로 다른 서버에 탑재되어 구동되는 객체들이 서로 메시지를 주고받으면서 어떤 기능을 실현하게 됩니다. 이때 객체들은 공통 인터페이스 사양을 갖추고 있으면서 그 인터페이스를 통해 서로 메시지를 주고받습니다. 이렇게 했을 때의 장점은 객체들이 서로 다른 프로그램 개발 언어로 개발되었더라도 인터페이스만 공통화되어 있다면 서로 메시지를 주고받으면서 협력해서 일하는 가능하다는 점입니다. CORBA와 DCOM은 각각 모든 소프트웨어 프로그램 개발자가 따라야할 공통 인터페이스 사양을 제시했습니다.

현재의 표준 인터넷 아키텍처인 웹(Web)은 사람이 직접 컴퓨터를 조작해서 사용하는 것을 전제로 만들어져 있습니다. 이것은 마치 사람이 리모컨을 사용해서 집 안의 가전을 조작하는 것과 같다고 할 수 있습니다. 사람이 리모컨을 사용해서 집 안의 가전을 조작할 경우 사람은 자신의 필요에 따라 필요한 기능을 사용하면 됩니다. 집 안에 있는 사람이 느끼기에 현재 집 안이 어둡다고 생각된다면 리모컨을 조작해서 집 안의 전등을 켤 것입니다. TV를 보고 싶다는 생각이 든다면 TV를 켜겠지요. 집 안이 좀 덥게 느껴진다면 에어컨 리모컨을 조작해서 에어컨을 켤 것입니다.

이에 비해 분산 오브젝트 기술이 실현된 인터넷 환경은 사람이 직접 조작하지 않아도 집 안에 있는 가전들이 서로 정보를 주고받으면서 사람이 필요할 것으로 생각되는 기능들을 자동으로 제공하는 환경이 구현된 것과 같다고 할 수 있습니다. 예를 들어 집 안에 있는 사람이 입고 있는 옷에 부착된, 사람의 생체 정보를 센싱하는 센서 데이터로부터 수집한 데이터를 분석한 결과 사람이 땀을 흘리고 있다고 판단되면 에어컨은 그 정보에 기반하여 즉시 자동으로 가동될 것입니다.

이것이 가능해지기 위해서는 현재 웹이 사용하고 있는 통신 프로토콜 HTTP가 아닌, 좀 더 고기능을 실현할 수 있는 새로운 통신 프로토콜을 사용할 필요가 있습니다. HTTP는 컴퓨터 앞에서 사람이 정보를 찾는 것을 전제로 만들어진 프로토콜이기 때문에 극히 단순한 기능만을 구현할 수 있습니다. 이에 비해 CORBA에서 제시한 통신 프로토콜 사양인 IIOP(Internet Inter-ORB Protocol)는 인터넷에 연결된 서버에서 구동되는 어떤 프로그램이 다른 서버에서 구동되는 프로그램을 제어하는 것이 가능하도록 하는 기능을 제공합니다. 이러한 프로토콜을 사용하게 되면 사람이 땀을 흘리고 있다고 판단한 옷을 제어하는 소프트웨어가 에어컨을 제어하는 소프트웨어에 명령을 보내 에어컨이 가동되도록 지시하는 것과 같은 일이 가능해지게 됩니다.

문제는 분산 오브젝트 기술이 등장한 시점인 1991년에는 이미 웹(Web)이 인터넷 표준으로 자리잡고 있던 시기였고, 그 결과 모든 네트워크 접속 시스템이 HTTP 프로토콜을 전제로 만들어져 있었다는 것입니다. 이것이 왜 문제가 되었는가 하면 일례로 기업들은 기업 내 정보 보안을 위해 사내 컴퓨터가 외부 컴퓨터와 접속하는 인터넷의 길목에 방화벽이라는 것을 설치해 두고 사내 컴퓨터가 의심스러운 외부 컴퓨터에 접속하는 것을 차단하고 있습니다. 보안을 위해 이 방화벽들은 사내 컴퓨터가 HTTP 이외의 다른 프로토콜을 사용하는 서버에는 접속할 수 없도록 하고 있습니다. 그도 그럴 것이 HTTP 프로토콜을 사용할 경우 외부 서버에 있는 프로그램이 사내 컴퓨터에 탑재되어 있는 프로그램을 제어하는 일이 불가능하지만 다른 프로토콜을 사용할 경우 악의를 가진 외부 프로그램이 사내 컴퓨터에 탑재된 프로그램을 제어해서 큰 문제를 일으킬 가능성이 있기 때문입니다.

이러한 인터넷의 네트워크 구조로 인해 많은 컴퓨터들이 분산 오브젝트 기술을 사용하는 CORBA와 DCOM 프로토콜을 사용해서 서비스를 제공하는 사업자 서버에 접속할 수 없다는 문제가 발생했습니다.

분산 오브젝트 기술의 문제점은 이 뿐만 아니었습니다. HTTP 프로토콜을 사용하는 웹은 어떤 정보를 찾는 것이 사람일 것을 전제로 만들어졌기 때문에 사람이 직접 URL을 입력해서 원하는 정보를 찾는 구조로 되어 있습니다. 이에 비해 분산 오브젝트 기술에서는 컴퓨터 프로그램이 필요한 다른 프로그램을 찾을 수 있어야 합니다. 그런데 이미 언급한 바와 같이 컴퓨터는 인터넷에 있는 정보를 스스로 찾을 수 없습니다. 인터넷에 있는 정보들은 컴퓨터가 이용할 수 있도록 구조화되어 있지 않기 때문입니다. 따라서 컴퓨터 프로그램, 즉 어떤 객체가 필요한 다른 컴퓨터 프로그램, 즉 객체를 찾을 수 있도록 하기 위해서는 인터넷에서 제공되는 모든 분산 객체들에 메타데이터를 부가하여 구조화해주는 작업이 필요합니다.

때문에 CORBA와 DCOM과 같은 분산 오브젝트 기술에서는 소프트웨어 부품, 즉 객체를 만들어 인터넷에서 서비스하는 사업자들이 자신의 소프트웨어에 대한 참조 레퍼런스를 만들어 함께 제공해야 합니다. 참조 레퍼런스는 어떤 사업자가 제공하는 소프트웨어를 다른 소프트웨어가 이용할 수 있도록 해당 소프트웨어에 대한 정보를 컴퓨터가 이해할 수 있도록 기술한 일종의 메타데이터입니다.

이 참조 레퍼런스는 융통성 없는 컴퓨터 프로그램이 사용하는 것인 만큼 정해진 일정한 형식을 갖추고 있어야 합니다. 또한 모든 사업자가 같은 프로그램 언어로 기술해야 합니다. 참조 레퍼런스에 등록되는 정보에는 등록된 객체를 어떤 메시지, 즉 어떤 명령어로 불러낼 수 있는가 하는 정보와 해당 객체가 어떤 서버의 어느 위치에서 구동되고 있는가 하는 객체의 위치정보 등이 포함됩니다.

이들 분산 오브젝트 기술이 제시하는 표준 프로토콜과 참조 레퍼런스의 기술언어, 그리고 기술방식 등이 바로 공통 인터페이스 사양에 해당하는 것들입니다.

결과적으로 CORBA와 DCOM과 같은 분산 오브젝트 기술들 역시 실패로 끝나고 말았습니다. 프로그램을 개발하는 개발자들이 이 방식으로 프로그램을 개발하려 하지 않았기 때문입니다. 프로그래머에게 있어 이 방식이 부담스러웠던 것은 분산 오브젝트 기술들이 공통 사양으로 제시하는 참조 레퍼런스 기술언어를 새로 배워야 했다는 점, 그리고 제공하는 소프트웨어 프로그램, 즉 객체에 어떤 변경사항이 있을 때마다 참조 레퍼런스의 내용도 함께 변경해 주어야 한다는 점 등이 번거로웠기 때문입니다.

그런데 사물인터넷이 실현되기 위해서는 실패로 끝나버린 바로 이 분산 오브젝트 기술을 구현하는 네트워크 환경이 실현되어야 합니다. 사실 인더스트리 4.0에서는 제조업에서 사용하게 될 분산 오브젝트 기술의 표준 인터페이스 사양을 정하는 작업이 진행되고 있습니다. 여러 나라의 제조기업들이 인더스트리 4.0에 참여한다는 것은 제품과 생산기기의 제어에 사용하는 소프트웨어 객체를 이 표준 인터페이스 사양에 따라 개발하게 된다는 것을 의미합니다.

사실 시간이 흘렀다고 해서 분산 오브젝트 기술이 실패로 끝나버릴 수밖에 없었던 여러 요인들이 사라진 것은 아닙니다. 따라서 앞으로 이러한 분산 오브젝트 기술의 실패 요인들을 극복하고 사물인터넷이 실현되는 일은 결코 쉬운 일은 아니라는 사실을 이해할 수 있습니다.

CPS(Cyber Physical System)
현실 세계와 조우하는 사이버 세상

사물인터넷 시대에 모든 사물은 기기 내부 혹은 어딘가의 서버에 탑재되어 있는 소프트웨어로 제어됩니다. 이때 개별 사물과 연결되어 있는 소프트웨어는 사물에 부착된 센서로부터 수집된 데이터를 실시간으로 분석해서 사물의 현재 상태를 실시간으로 파악하고 필요한 경우 명령을 내려 기기를 제어합니다. 특정 사물과 연결되어 있는 소프트웨어는 자신과 연결되어 있는 사물을 제어할 수도 있고 분산 오브젝트 기술이 구현될 경우 다른 소프트웨어에 메시지를 보내서, 즉 명령을 내려 그 소프트웨어가 제어하는 사물을 제어할 수도 있습니다.

사물인터넷의 이러한 구조는 CPS(Cyber Physical System)라는 기술로 설명됩니다. CPS는 사이버 세계와 물리 세계가 서로 영향을 주고받을 수 있도록 하는 기술이라고 할 수 있습니다. 사이버 세계에 속한 소프트웨어가 물리 세계에 있는 사물을 제어함으로써 물리 세계에 영향을 미치고, 물리 세계에 있는 사물의 상태는 센서 데이터를 통해 사이버 세계의 소프트웨어로 전달되어 사이버 세계에 영향을 주게 됩니다.

예를 들어 CPS가 구현된 시점에 무인 자율주행차가 사람을 거치지 않고 차량과 관련된 각종 서비스를 이용하는 장면을 생각해 보도록 하겠습니다. 무인 자율주행차를 제어하는 제어 소프트웨어는 사물인터넷에 연결된 어딘가에 있는 서버에 탑재되어 있습니다. 이 소프트웨어는 자동차에 탑재된 수많은 센서로부터 실시간으로 엄청난 양의 데이터를 수집하는데, 이 데이터를 분석하면 현재 이 차량의 위치, 속도, 사고유무 등의 상황, 배터리 잔량, 타이어의 마모 정도 등 차량과 관련된 모든 정보를 알 수 있습니다.

차량에 탑재된 센서들이 보내오는 센싱 데이터를 실시간으로 분석해서 차량의 배터리가 얼마 남지 않았다는 사실을 알게 된 차량 제어 소프트웨어는 차량이 가까운 배터리 충전소로 가도록 지시합니다. 충전소에 도착한 차량은 충전기기에서 배터리를 충전합니다. 충전소의 충전기기 역시 어딘가의 서버에 탑재되어 있는 자신의 제어 소프트웨어와 연결되어 있습니다. 차량이 충전기기에 멈추어 서면 충전기기의 제어 소프트웨어는 기기가 충전을 시작하도록 지시합니다.

충전이 끝나면 차량과 연결된 소프트웨어와 충전기기와 연결된 소프트웨어가 통신을 시작합니다. 충전기기와 연결된 소프트웨어는 차량과 연결된 소프트웨어에 충전 금액을 청구합니다. 그러면 차량용 소프트웨어는 차량 소유주의 은행계좌에서 충전 기기의 소유주 계좌로 청구된 금액이 입금되도록 지시합니다. 이때는 이들 은행계좌 역시 하나의 객체로서 소프트웨어로 제어되고 있습니다. 이렇게 해서 현실 세계에서 차량의 충전이 마무리되고 그에 대한 요금 지불은 사이버 세계에서 소프트웨어 간의 요금 정산으로 마무리가 됩니다.

차량과 연결된 소프트웨어는 자동차 타이어를 갈아야 할 시점이 되면 차량이 수리소로 가도록 지시합니다. 수리소에 도착한 차량은 점검을 받게 되고 요금 정산은 충전소에서와 마찬가지로 사이버 세계의 소프트웨어들 간에 메시지를 주고받으면서 마무리됩니다. 보험료를 지불하거나 차량과 관련된 각종 사무처리 역시 사람을 거치지 않고 자동차와 연결된 소프트웨어와 보험사 측의 소프트웨어가 서로 통신하면서 자동으로 이루어지게 됩니다.

이처럼 사물인터넷은 현실 세계와 사이버 세계가 끊임없이 서로 정보를 주고받으면서 영향을 미치는 세상을 실현합니다. 사물인터넷으로 인해 사이버 세상은 현실 세계와 조우하게 됩니다.

제13장
인터넷과 P2P, 그리고 비트코인

아나키스트와 비트코인

요즘같이 바쁜 세상에서 소설을 읽기 위해 시간을 낸다는 건 일종의 사치처럼 느껴집니다. 때문에 대학을 졸업한 뒤로 소설은 거의 읽지 못하고 있습니다. 그러한 와중에 읽은 몇 안되는 소설 중 하나가 오쿠다 히데오의 작품입니다. 그의 소설 속 주인공들은 대개 현실 속에 존재한다면 괴짜 혹은 골칫덩이로 여겨지며 사람들의 무시를 받거나 기피 대상이 되었을 만한 인물들입니다. 그러나 그들은 그들 나름의 삶의 방식을 가지고 꽤나 유쾌하게 살아갑니다. 그러면서 정상인이라고, 정상적으로 살아가고 있다고 생각하는 우리들에게 질문을 던집니다. 그렇게 사는게 정말 맞는 거냐고 말입니다.

오쿠다 히데오의 소설 중 '남쪽으로 튀어'(은행나무, 2006)에 나오는 주인공 지로의 아버지 우에하라 이치로도 그러한 인물들 중 하나입니다. 이치로는 아나키스트입니다. 국민연금을 내는 것은 국민의 의무라는 담당 공무원의 말에 그렇다면 일본 국민이기를 그만두겠다고 선언해 버리지요. 이치로는 정부나 정부 기관에서 하는 일이라면 무조건 의혹의 눈초리를 거두지 않고 의심하고 그렇지 않다는 걸 증명하라고 요구하는데, 예를 들어 아들인 초등학생 지로의 수학여행 비용이 너무 높게 책정되었다며 학교 측에 여행사와 모종의 커넥션이 없다는 것을 증명하라고 요구하면서 선생님들을 괴롭힙니다.

정말 일반인들 시각에서 보면 골치 아픈 사람인 것입니다. 그런데 촘스키는 '누가 무엇으로 세상을 지배하는가'(시대의 창, 2002)라는 책에서 이치로의 이러한 태도가 아나키스트들이 견지하는 기본 원칙이라고 말합니다. 아나키스트는 어떤 형태를 띠더라도 모든 지배 구조와 계급 구조를 의혹의 대상으로 보고 정당성을 확인하려 하는 사람들이라고 합니다. 이들이 보는 시각은 스스로 정당화될 수 있는 것은 이 세상에 존재하지 않는다는 것입니다. 정당성을 입증하라는 요구에도 불구하고 그것을 입증할 수 없는 지배구조는 부당한 것이기 때문에 그 관계를 전복할 권리가 개인에게는 있다는 것이지요. 일본 정부가 국민연금을 내야 하는 이유를 납득시켜 줄 수 없다면 일본 국민이기를 그만두겠다는 이치로처럼 말입니다.

이치로는 젊은 시절 일본 공산주의 운동권 단체인 혁마르의 핵심 인물이었던 것 같습니다. 공산주의 혁명을 통해 기득권 세력을 전복시키려는 세력에 가담했던 것이지요. 하지만 다치바나 다카시도 그의 저서에서 말했던 것처럼 기득권 세력의 부패를 척결하겠다며 일어선 혁마르 내부의 부패도 그보다 더 심하면 심했지 덜하지는 않았습니다.

소설에서 이치로는 부르짖습니다. "집단은 어차피 집단이라고. 부르주아도 프롤레타리아도 집단이 되면 모두 다 똑같아. 권력을 탐하고 그것을 못 지켜서 안달이지!" "개인 단위로 생각할 줄 아는 사람만이 참된 행복과 자유를 손에 넣는 거야!"

그리고 여기 현실 세계의 아나키스트가 있습니다. 위키리크스의 편집장이자 전 세계 사이퍼펑크(cypherpunk) 운동을 이끌고 있는 인물 줄리안 어산지입니다. 사이퍼펑크란 개인의 자유를 억압하는 정치세력과 사회를 변화시키는 수단으로 암호기술을 광범위하게 사용하는 활동가들을 가리킵니다. 사이퍼펑크 운동의 일환으로 전개되고 있는 위키리크스는 미국을 비롯한 주요 국가와 글로벌기업 등의 기밀정보를 비밀리에 빼내 공개하고 있는 웹사이트입니다. 위키리크스의 사명은 폭로자들로부터 정보를 입수하여 이를 대중에게 널리 알리고 그에 따르는 강력한 주류 세력들로부터 오는 법적, 정치적 공격들에 맞서는 것이라고 합니다.

위키리크스는 2010년 미국과 유럽의 주요 언론과 공동으로 미국 정부의 내부문서를 차례로 공개하면서 전 세계적인 유명세를 얻게 되었습니다. 위키리크스가 폭로한 정보들 중에는 미국 정부가 그 존재를 부정하고 있던 아프가니스탄과 이라크 전쟁에 관한 미군 내부문서가 있는데, 여기에는 민간인 사상자 수의 통계자료 등이 포함되어 있었습니다. 또한 이라크에서 군용 헬기가 실수로 기자 2명을 포함한 민간인을 사격해서 살해하는 장면이 담긴 기록 영상, 쿠바의 미군 관타나모 기지 테러 용의자 수용소의 인권침해 실상 등을 폭로하고 있습니다. 군 관련 기밀문서 외에도 위키리크스가 폭로한 정보 중에는 지구 온난화 데이터를 조작하는 것을 시사하는 학자들이 주고받은 이메일 정보 등이 있습니다.

위키리크스의 폭로 활동은 주로 미국과 그 동맹 국가들의 치부를 공개하는 것에 초점이 맞춰져 있습니다. 그럼으로써 미국은 선이고 독재 정권은 악이라는 일반적인 생각을 뒤흔듭니다. 어떤 정권이든 사람들을 지배하게 되는 순간 악이 된다는 점에서는 미국이나 독재 정권이나 다를 바 없다는 사실을 말하려는 것입니다.

사실 촘스키는 그의 저서를 통해 가장 나쁜 것은 미국이라고 말합니다. 그러면서 전 세계에서 벌어지고 있는 전쟁과 분쟁 때문에 생긴 민간인 학살의 배경에는 미국과 그 동맹 국가들의 탐욕이 자리잡고 있다는 사실을 알려 줍니다.

위키리크스의 폭로 직후 미 정부는 어산지와 위키리크스 직원, 후원자 및 관련자들에 대한 공동 범죄 수사에 착수했습니다. 어산지가 그의 저서 '사이퍼펑크 – 어산지, 감시로부터의 자유를 말한다'(열린책들, 2014)에서 언급한 바에 따르면 2010년 12월에는 미국의 여러 현역 정치인들이 법적 절차를 무시한 채 어산지의 암살을 거론했는데, 심지어 무인기 공습 방안까지 나왔다고 합니다. 테러리스트도 아닌, 일개 개인의 암살을 위해 무인기 공습 방안까지 거론하다니 위키리크스의 폭로 활동이 어지간히 그들의 심기를 건드렸나 봅니다.

2010년 어산지는 스웨덴에서 여성 2명에 대한 성폭행 혐의로 고소당했고 영국에서 체포되었습니다. 진실은 알 수 없지만 어쨌든 이 사건에 대해 어산지는 무죄를 주장하고 있습니다. 이후 잠시 풀려났던 어산지는 미국으로의 송환을 우려하여 2012년부터 영국에 있는 에콰도르 대사관에서 도피 생활을 하고 있습니다.

미 정부는 또한 인터넷 서비스 사업자들을 대상으로 위키리크스 웹사이트에 대한 서비스를 중단하도록 압박했습니다. 2010년 12월 1일에 아마존은 스토리지 서버에서 위키리크스 사이트를 삭제했고 12월 2일에는 위키리크스 도메인에 대한 DNS 서비스가 중단되었습니다. 현재 위키리크스 사이트는 지지자들이 운영하는 미러링 사이트를 통해 온라인상에서 간신히 명맥을 유지하고 있습니다.

위키리크스 운영에 가장 큰 타격을 입힌 것은 미 정부가 위키리크스에 대한 기부자들의 기부를 원천 봉쇄한 일이었습니다. 2010년 12월 비자와 마스터카드, 페이팔, 뱅크오브아메리카를 비롯한 주요 은행 및 금융 기관들은 위키리크스에 대한 금융 서비스를 전면 중단했습니다. 그러면서 정부로부터 비공식적인 압력을 받았음을 시인했습니다. 이들 기관들은 계좌이체뿐만 아니라 주로 신용카드로 이루어지는 위키리크스에 대한 모든 후원에 대한 서비스를 중단해 버렸습니다. 처음에는 미국 내에서만 시작되었으나 이후 똑같은 상황이 세계적인 금융기관들에 걸쳐 일어나면서 미국을 포함한 전 세계의 자발적 기부자들이 폭로활동을 후원하기 위해 위키리크스에 돈을 기부할 수 있는 모든 통로가 막혀 버렸습니다.

사실 줄리안 어산지와 그의 동료들이 위키리크스 활동을 시작하는 시점부터 이러한 공격은 예견된 것이었습니다. 그런데 이들에게는 그에 대항할 수 있는 비장의 무기가 하나 있었습니다. 바로 암호기술입니다. 이들이 주도하는 사이퍼펑크 운동은 '약자에게 프라이버시를, 강자에게 투명성을(privacy for the weak, transparency for the powerful)'이라는 모토 하에 권력 기관의 투명성과 책임성을 높이기 위해 표현의 자유를 강화하는 운동입니다. 사이퍼펑크는 이러한 사회적, 정치적 변화를 달성하기 위한 수단으로 암호기술 및 이와 유사한 방법을 활용합니다.

먼저 줄리안 어산지에 대한 암살 가능성을 차단하기 위해서는 보험용 파일 혹은 최후의 심판 파일이라고 불리는 파일을 인터넷에 유출시켰습니다. 이 파일은 1.38기가바이트나 되는 엄청난 크기에 미국과 관련된 아주 민감한 내용을 담고 있는 것으로 알려져 있습니다. 이 파일은 P2P 기술을 사용해서 암호화된 정보를 주고받을 수 있는 토르 네트워크를 통해 수많은 사람들에게 공유되었습니다. 파일 자체는 누구나 다운로드 받을 수 있지만 비밀번호를 모르면 누구도 열 수 없는데, 비밀번호는 파일을 만든 당사자 외에는 알 수 없습니다. 어산지는 자신이 암살당하는 순간 동료들이 비밀번호를 공개하여 파일을 다운로드받은 사람들이 파일을 열어볼 수 있도록 하겠다고 공포하고 있습니다.

한편 기부자들을 통한 기부가 원천 봉쇄된 문제와 관련해서 위키리크스는 2010년경부터 비트코인으로 기부금을 받기 시작했습니다. 비트코인은 P2P와 암호화 기술을 사용해서 비트코인 계좌의 주인이 누구인지 알 수 없게 하는 한편 국경을 초월해서 거래할 수 있도록 한 일종의 전자화폐입니다. 2017년에 줄리안 어산지는 자신의 비트코인 수익률이 무려 5만%에 이른다고 주장하면서 이 같은 수익률이 모두 미국 정부 덕분이라며 조롱했습니다. 2010년 미국의 위키리크스에 대한 금융거래 원천봉쇄 조치로 위키리크스가 기부금을 받을 수 있는 방법은 사실상 비트코인 뿐이었기 때문에 모든 기부금을 비트코인으로 받았던 것입니다. 당시 비트코인 거래가가 3달러 미만이었던 점을 감안하면 위키리크스는 그야말로 미국 정부 덕분에 엄청난 돈을 벌게 된 셈입니다.

그러면 줄리안 어산지와 그의 동료들이 이처럼 위험천만한 사이퍼펑크 운동을 통해 얻고자 하는 것은 무엇일까요? 바로 개인들에게 국가나 그 어떤 권력기관의 간섭이나 감시를 받지 않는 3가지 자유가 주어져야 한다는 것입니다. 첫 번째는 움직임의 자유, 즉 이동할 수 있는 물리적인 자유가 있어야 한다는 것이고 두 번째는 생각의 자유와 의사소통의 자유입니다. 세 번째는 경제적인 상호작용의 자유입니다. 개인들은 이러한 활동들을 함에 있어 익명성을 보장받아야 하는데 현재 구축되어 있는 모든 시스템은 익명으로 이러한 활동들을 하는 것이 불가능하다는 것입니다.

사이퍼펑크 운동 지지자들은 의사소통의 자유를 위해 P2P와 암호화 기술을 사용합니다. P2P기술을 사용한 파일공유 방식에 대해 어떤 사람들은 이것이 소련과 소련 연방 지배하에 있던 동유럽 국가들에서 행해지던 지하 출판활동 서미즈닷(Samizdat)과 같은 것이라고 말합니다.

서미즈닷은 뉴스나 금서를 사람에서 사람으로 전달하여 유통시키는 방법을 사용하는 지하출판이었습니다. 출판사에 전달하여 유통시키는 경우 출판사가 압력을 받으면 지하출판의 유통은 정지해 버립니다. 때문에 인적 네트워크를 사용하여 다수의 사람 손을 거쳐 정보를 유통시킴으로써 어딘가에 있는 유통거점이 파괴되어도 지하출판 네트워크가 단절되지 않도록 만든 시스템인 것입니다.

사이퍼펑크 운동 지지자들은 자유주의 국가에서 비밀리에 이루어지고 있는 정보감시 활동이 구 소련과 소련 연방 치하에 있던 동유럽 국가들에서의 언론 탄압과 다를 바가 없다고 보고 개인의 의사소통의 자유를 위해 IT기술을 활용하고 있는 것입니다.

한편 경제적인 상호작용의 자유란 익명으로 금융거래를 할 수 있는 자유를 말합니다. 미국 정부가 위키리크스에 대한 기부금을 전 세계적인 규모로 차단할 수 있었던 데서 보여지는 바와 같이 현재의 금융 시스템은 정부가 체제에 위협이 되는 활동을 하는 모든 단체에 대한 경제적 지원을 원천 차단할 수 있는 구조로 되어 있습니다. 때문에 사이퍼펑크 운동에서 경제적 상호작용의 자유를 실현할 수 있는 새로운 형태의 금융 시스템을 개발하는 일은 무엇보다 시급한 과제였습니다.

그리고 여기 또 한 명의 인물이 등장합니다. 나카모토 사토시라고 알려진, 비트코인의 창시자입니다. 비트코인은 나카모토 사토시라는 가명을 쓰는 익명의 인물이 1998년에 게재한 '비트코인: P2P 전자머니 시스템'이라는 제목을 가진 한 편의 논문에서 시작되었습니다. 9장으로 되어 있는 이 짧은 논문에서는 비트코인 시스템의 전체 구조를 설명하고 있습니다. 논문은 말하자면 비트코인 시스템에 대한 개념 설계도라고 할 수 있습니다.

이후 나카모토 사토시는 이 시스템 개발에 흥미를 느낀 개발자들을 모아 오픈소스 방식으로 비트코인 시스템을 개발해서 2009년 비트코인 어플리케이션을 오픈소스로 공개합니다. 비트코인 어플리케이션은 사용을 원하는 사람은 누구라도 무료로 다운로드받을 수 있도록 공개되어 있습니다. 나카모토 사토시는 다른 개발자들과 비트코인 시스템을 공동 개발하는 과정에서 이들과 직접 만나거나 통화하는 일 없이 오로지 이메일만으로 커뮤니케이션하면서 시스템 개발을 완료했습니다. 따라서 비트코인을 함께 개발한 개발자들조차 나카모토 사토시의 정체를 알지 못한다고 합니다.

인터넷에서 익명으로 금융거래를 할 수 있는 전자머니 시스템은 비트코인 이전에도 있었습니다. 하지만 모두 큰 성공을 거두지는 못한 채 사라졌습니다. 그 중에는 한때나마 성공을 거둔 사례도 있기는 합니다. 1996년 서비스를 개시한 이골드(e-gold)라는 디지털 화폐 시스템입니다. 이 서비스는 전성기였던 2009년까지 500만 계좌를 유치하고 연간 거래 금액이 20억 달러에 이를 정도로 큰 성공을 거두었습니다. 하지만 이골드가 범죄자들이 범죄 행위로 번 돈을 세탁하는데 주로 사용되었기 때문에 이골드를 개발한 사람은 결국 미국에서 고소를 당하고 서비스는 폐쇄되는 일이 있었습니다. 이골드의 실패 사례를 볼 때 비트코인 창시자가 자신의 정체를 밝히지 않고 있는 것은 어쩌면 당연한 일일지 모르겠습니다.

비트코인을 개발한 이후 나카모토 사토시는 2011년 돌연 자취를 감추기 전까지 함께 시스템을 개발한 개발자들과 이메일을 주고받거나 생각을 글로 인터넷에 게재하는 등의 방법으로 익명이기는 하지만 자신을 드러냈습니다. 당시 그는 사이퍼펑크 운동을 주도하고 있는 자유주의자와 무정부주의자들에게 다음과 같은 글귀를 남겼습니다. "그대들이 암호화 방식 속에서 정치 문제에 대한 해결책을 찾는 것은 불가능하다." 이 글귀에서 추측해 보건대 나카모토 사토시 역시 소설 속 주인공 이치로나 현실 세계의 줄리안 어산지와 비슷한 부류, 즉 아나키스트가 아닐까 생각됩니다. 다만 그 신념을 실현하는 방식은 조금 다르다고 할 수 있습니다. 나카모토 사토시는 세상과 끊임없이 충돌하면서 부조리함에 맞서는 이치로나 자신을 암살 위협에 노출시키면서까지 적극적인 방법으로 세상을 바꾸려 하는 줄리안 어산지와는 다른 방식으로 현실 세계에 엄청난 영향을 미쳤습니다.

나카모토 사토시가 세상에 내놓은 비트코인은 아나키스트들이 경제적인 상호작용의 자유를 실현하게 해주는 최초의 성공한 금융 시스템이 되었습니다. 그리고 이제 많은 사람들은 나카모토 사토시의 정체를 알고 싶어합니다. 나카모토 사토시는 자취를 감추기 전까지 앞으로 유통될 전체 비트코인 유통량의 5%에 해당하는 100만 비트코인을 보유하고 있었다고 알려져 있는데, 비트코인 시스템의 안정성을 걱정하는 사람들은 혹시라도 나카모토 사토시가 가지고 있는 비트코인을 모두 쏟아 내어 비트코인 가격이 폭락하지나 않을까 걱정하면서 나카모토 사토시의 정체를 알고 싶어합니다.

그러나 가장 적극적으로 나카모토 사토시의 정체를 캐고 있는 집단은 미국 정부기관입니다. 2018년 초 미국의 한 매체에 기고활동을 하고 있는 인물이 미국 정부는 이미 나카모토 사토시의 정체를 알고 있다는 기사를 게재하여 주목을 받았습니다. 이 기사에서는 꽤 구체적으로 그 근거를 들고 있는데 미국 국가안전보장국이 스타일로메트리(Stylometry)라 불리는 기술을 사용해서 나카모토 사토시의 정체를 밝혔다는 것입니다. 이 기술은 전자메일이나 논문 등에 나타난 문어체의 특징을 보고 해당 문장을 작성한 사람을 찾아내는 기술입니다. 나카모토 사토시가 자취를 감추기 전까지 남긴 수많은 전자 메일과 인터넷에 게시한 글들에 담긴 문체의 특징을 파악한 뒤 프리즘이라 불리는 대규모 감시 프로그램을 동원해서 나카모토 사토시를 찾아냈다는 것입니다.

나카모토 사토시 자신은 전혀 의도하지 않았겠지만 비트코인이라는, 정부의 관리를 벗어난 새로운 금융 시스템을 개발한 일로 인해 그는 줄리안 어산지처럼 쫓기는 신세가 되어버렸습니다. 사실 인터넷의 세계에서는 나카모토 사토시와 같은 소극적인 아나키스트가 자유를 쟁취하기 위해 개발한 시스템이 상상 이상으로 현실 세계에 영향을 미쳐 법적인 문제로 이어지는 경우가 종종 있어 왔습니다. 그리고 이러한 종류의 시스템은 모두 예외 없이 P2P기술을 사용한 것이었습니다. 줄리안 어산지가 이끄는 사이퍼펑크 운동에서 사용하는 기술도 P2P기술이지요. 그러면 인터넷 세계의 아나키스트들이 사랑하는 이 P2P라는 기술은 어떤 것인지 자세히 살펴보도록 하겠습니다.

인터넷과 오픈소스 운동

인터넷의 원형으로 알려진 컴퓨터 네트워크 알파넷(ARPANET)은 1969년 미국 고등연구계획국(Advanced Research Projects Agency)이 국방부 예산으로 개발한 것입니다. 그 목적은 다분히 군사적인 것으로, 적국의 공격을 받아 통신 시스템의 일부분이 파괴되어도 전체 시스템이 정지하지 않고 파괴된 곳을 우회하여 통신을 계속하는 컴퓨터 시스템을 만들기 위한 것이었습니다.

하지만 미 국방부는 알파넷의 내용에 대해서는 거의 관여하지 않았습니다. 알파넷의 설계자로 인터넷의 아버지라 불리는 존 포스텔과 빈튼 서프는 각각 UCLA와 스탠퍼드 대학 출신으로, 미국 서해안 지역의 대항문화를 인터넷의 설계 사상에 깊숙이 침투시켰습니다. 미 국방부가 목표로 한 어떻게든 연결되기만 하면 된다는 베스트 에포트(Best-Effort)식 발상과 주류 세력에 반발하는 미 서해안 지역의 대항문화가 결합되어 만들어진 것이 바로 인터넷입니다.

통신과 관련된 모든 기능을 사용자의 단말에 설치된 소프트웨어 측에서 담당하는 인터넷의 엔드투엔드 원칙은 네트워크에 일종의 공공재 혹은 공유자원과 같은 특성을 부여했습니다. 전화망은 통신회사가 네트워크를 관리할 책임을 지지만 인터넷은 모든 유저가 공동으로 관리하는 일종의 공동 소유권 개념이 적용된다고 보는 것입니다. 이러한 생각은 인터넷은 누구나 공평한 입장에서 자유롭게 이용할 수 있어야 한다는 네트워크 중립성 원칙으로 이어지게 됩니다.

인터넷에서 네트워크 중립성이 정식으로 논의되기 시작한 것은 2003년 콜롬비아 법과대학원의 팀 우 교수가 그의 논문 가운데서 네트워크 중립성 규칙을 제안하면서부터입니다. 이 논문에서 그는 네트워크 중립성의 입법화를 제안했습니다. 팀 우 교수가 우려한 것은 장래 통신사업자가 인터넷 서비스 사업자나 특정 서비스를 차별적으로 대우하여 예를 들어 돈을 지불한 사업자의 서비스에 대해서는 접속 속도를 빠르게 해 주는 등의 일을 하는 것이었습니다. 이러한 일이 발생하지 않도록 미리 법을 제정해 두자는 것이었는데, 예상할 수 있는 바와 같이 통신사업자들의 거센 반발이 있었습니다.

이후 네트워크 중립성 원칙에 찬성하는 소비자 단체와 구글, 아마존을 비롯한 인터넷 서비스 사업자 진영과 네트워크 중립성을 반대하는 통신사업자 진영 간에 치열한 논의가 전개되었습니다. 그러던 중 2011년, 미국의 통신 규제 기관인 FCC는 통신사업자에게 네트워크 운영의 투명성 확보를 위해 합법적인 콘텐츠를 막거나 합법적인 트래픽을 정당한 이유 없이 차별하는 것을 금지하는 명령을 발효했습니다. 네트워크 중립성 원칙이 법적으로 보호받게 된 것입니다.

그러나 현재 인터넷에서의 혁신을 가능하게 했던 네트워크 중립성 원칙은 큰 위기에 봉착해 있습니다. 2017년 12월, 트럼프 정권 하의 미국에서 네트워크 중립성 규제를 철폐한다는 결정이 내려진 것입니다. 이제 인터넷은 그 설계자들이 설계 사상의 근간으로 하던 '자유로운 정보의 유통'이라는 사상을 점차 잃어가고 있습니다.

인터넷이 중요한 정보의 유통 수단이 되면서 정부나 대기업과 같은 거대 세력이 가하는 압력은 갈수록 커지고 있습니다. 인터넷의 세계에는 이들에 맞서 인터넷에서 정보의 자유로운 유통을 수호하려는 세력이 늘 있어 왔는데, 사이퍼펑크 운동 지지자들도 이러한 세력들 중 하나라고 할 수 있습니다. 사이퍼펑크 운동 지지자들보다 좀 더 온건한 세력으로는 오픈소스 운동 지지자들이 있습니다.

인터넷의 근간이 되는 유닉스를 개발한 AT&T는 정부로부터 컴퓨터 사업 진입을 금지당하자 유닉스의 소스코드를 대학과 연구소에 무상으로 배포했습니다. 유닉스 자체가 오픈소스로 공개되어 있었기 때문에 유닉스상에서 사용하기 위한 용도로 개발된 어플리케이션은 모두 그 소스가 공개되어 원하는 사람은 누구나 자유롭게 사용할 수 있었습니다.

그러던 중 인터넷은 컴퓨터를 상호 접속하는 국제 네트워크 표준으로 자리잡게 되었고 영리를 목적으로 소프트웨어를 개발한 업체들은 그 소스코드를 비공개로 하고 저작권으로 보호했습니다.

오픈소스 운동은 이것에 반대하는 운동으로, 모든 소프트웨어의 소스코드를 인터넷상에 공개하고 누구라도 자유롭게 이용할 수 있도록 하자는 것입니다. 오픈소스 운동 지지자들은 소프트웨어는 물론이고 인터넷에서 유통되는 음악이나 영상과 같은 모든 정보(콘텐츠)에 대해서도 이것들이 자유롭게 유통될 수 있어야 한다고 주장합니다. 이들은 대개 인터넷에서 유통되는 정보에 대해 저작권을 주장하면서 그 자유로운 유통을 막는 모든 행위에 대해 적대감을 나타냅니다. 그리고는 저작권을 무효화시킬 수 있는 기술을 사용해서 정보의 자유로운 유통을 가능하게 하려 합니다. 이러한 목적으로 사용되어 온 대표적인 기술이 바로 P2P입니다.

주류 세력에 의해 평가 절하되어 온 P2P기술

1999년, P2P 방식의 음악 파일공유 서비스 냅스터가 등장했을 때 비로소 사람들은 정보의 자유로운 유통이란 것이 무엇을 의미하는지 알 수 있었습니다. 그것은 단순히 음악 파일을 공짜로 이용한다는 데서 오는 만족감이 아니라 세상에 나와있는 모든 정보에 제한 없이 접속할 수 있다는 데서 오는 만족감이었습니다.

웹 시스템에서 네트워크에 연결된 모든 컴퓨터는 정보를 제공하는 컴퓨터인 서버와 정보를 이용하는 컴퓨터인 클라이언트 PC로 구분됩니다. 이에 비해 P2P시스템에서 네트워크에 연결된 모든 컴퓨터는 정보의 제공자이자 정보의 이용자 두 가지 역할을 모두 수행하게 됩니다.

냅스터 어플리케이션을 인스톨하고 P2P로 네트워크에 연결된 모든 컴퓨터는 자신의 파일을 다른 컴퓨터와 공유할 수도 있고 다른 컴퓨터가 공유한 파일을 다운로드해서 사용할 수도 있었습니다. 웹 시스템에서 콘텐츠는 콘텐츠 서비스를 제공하는 사업자 서버에만 저장되어 있지만 냅스터의 P2P시스템에서 콘텐츠는 네트워크에 연결되어 있는 모든 컴퓨터들에 분산 저장되어 있었습니다. 콘텐츠를 이용하기 원하는 유저는 해당 파일을 가진 컴퓨터를 찾아낸 뒤 그 컴퓨터에 접속해서 파일을 다운로드하면 되었습니다.

냅스터는 사용자들이 원하는 음악 파일을 쉽게 찾을 수 있도록 돕기 위해 중앙 서버를 운영했습니다. 냅스터가 운영하는 중앙 서버에는 파일 자체는 저장되어 있지 않고 현재 네트워크에 접속하고 있는 모든 컴퓨터가 보유하고 있는 파일 리스트를 게재했습니다. 그리고는 사용자가 중앙 서버에 접속해서 파일 리스트 중 원하는 파일명을 찾아 클릭하면 해당 파일을 가지고 있는 컴퓨터로 연결해 주었습니다.

문제는 냅스터를 통해 사람들이 공유하는 콘텐츠가 모두 그러한 방식으로의 공유를 허용하지 않는 저작권을 가지고 있는 음악 파일들이었다는 점, 그리고 냅스터의 파급효과가 상상 이상으로 컸다는 점이었습니다. 냅스터는 등장 초기부터 음악 저작권자들이 제기한 소송에 시달려야 했습니다. 이 문제에 대해 미국의 사법 재판소가 내린 일련의 판결은 냅스터는 자사의 파일공유 네트워크상에서 일어나는 저작권 침해의 책임을 져야 한다는 것이었습니다. 그 결과 냅스터는 2002년에는 사실상 문을 닫고 말았습니다.

냅스터가 문을 닫은 뒤 인터넷에는 누텔라(Gnutella), 카자(Kazaa), 모피어스(Morpheus)와 같은 새로운 P2P 파일공유 서비스들이 생겨났고 이들 서비스를 통해 파일을 공유하는 유저는 오히려 더욱 폭발적으로 늘어났습니다. 냅스터를 통해 정보의 자유로운 유통이란 무엇인지를 알게 된 인터넷 사용자들이 P2P 파일공유 서비스로 몰려들었기 때문입니다.

냅스터에 이어 등장한 신규 P2P서비스들은 P2P기술의 특징을 살린 더욱 분산된 형태의 파일공유 서비스를 제공했습니다. 이들 P2P서비스는 냅스터가 제공하고 있던 것과 같은 중앙 서버를 운영하지 않고 P2P로 연결된 컴퓨터들이 가까운 거리에 있는 컴퓨터와 서로 정보를 주고받으면서 원하는 파일을 찾아내는 방식을 사용했습니다.

이러한 종류의 P2P서비스에서 어떤 사용자가 원하는 파일명을 검색하면 해당 사용자의 컴퓨터는 먼저 가장 가까운 거리에 있는 컴퓨터에 검색한 파일을 가지고 있는지 문의합니다. 만일 그 컴퓨터에 파일이 없다면 문의를 받은 컴퓨터는 다시 가장 가까운 거리에 있는 컴퓨터에 파일 유무를 문의합니다. 그 컴퓨터에도 파일이 없다면 그 컴퓨터가 다시 다른 컴퓨터에 파일 유무를 문의합니다. 이렇게 해서 파일을 가진 컴퓨터를 찾아내면 파일을 가진 컴퓨터는 자신에게 문의한 컴퓨터에 해당 파일을 카피해 줍니다. 그리고 다시 그 컴퓨터는 자신에게 문의한 컴퓨터에 파일을 카피해줍니다. 이런 식으로 처음 파일을 문의한 컴퓨터에까지 파일이 복사되면 파일을 검색한 사용자는 해당 파일을 사용할 수 있게 되는 것입니다. 물론 컴퓨터는 매우 빠른 속도로 일을 처리하기 때문에 이러한 일련의 과정들은 매우 빠른 시간 내에 처리됩니다.

냅스터 이후 새로 등장한 P2P서비스들은 이처럼 중앙 서버를 사용하지 않는 방식을 사용하여 저작권자들의 소송을 막아보려 했습니다. 서비스 사업자는 네트워크에 접속할 수 있는 앱을 만들어서 배포할 뿐이고 파일 공유는 사용자들 사이에서 이루어진 일이므로 서비스 사업자에게는 책임이 없다고 주장한 것입니다. 하지만 결국 법원은 이들 서비스에 책임이 있다는 저작권자의 손을 들어주었고 2005년경에는 이들 새로 등장한 P2P서비스들도 모두 문을 닫으면서 사실상 P2P기술을 사용해서 음악이나 영화와 같은 콘텐츠를 유통하는 서비스는 자취를 감추었습니다.

하지만 P2P기술 자체는 인터넷에서 음악이나 영화와 같이 용량이 큰 콘텐츠를 유통할 수 있는 가장 적합한 기술이라는 평가를 받아왔습니다. P2P기술을 사용할 경우 예를 들어 영화와 같이 용량이 큰 콘텐츠를 여러 PC에 분산 저장해 둘 수 있습니다. 사용자가 영화를 다운로드받을 때는 그 여러 대의 컴퓨터로부터 영화파일을 조각파일 형태로 나누어 다운로드 받을 수 있습니다. 이렇게 하면 예를 들어 한 편의 영화를 10대의 컴퓨터로부터 10개의 조각파일 형태로 다운로드하면 영화 다운로드에 걸리는 시간을 1/10로 단축할 수 있습니다.

이처럼 P2P는 인터넷에서 용량이 큰 콘텐츠를 네트워크의 부하를 피하면서 유통할 수 있는 매우 효과적인 기술이기 때문에 2006년부터 다시 새로운 P2P방식의 콘텐츠 유통 서비스들이 등장했습니다. 그 중에는 스카이프와 카자(Kazza)의 창업자가 2007년 개시한 주스트(Joost)와 같은 서비스도 있습니다. 하지만 저작권자들은 불법유통이라는 이미지가 강한 P2P서비스에 콘텐츠를 제공하려 하지 않았고 결국 이들 서비스들은 모두 문을 닫고 말았습니다. 주스트의 경우 창업자들이 워낙 유명인이었기에 처음에는 주목을 받으면서 비아콤과 같은 유명 콘텐츠 업체와 콘텐츠 유통 계약을 체결하는 등 성공을 거두는 듯이 보였습니다. 하지만 서비스를 계속 운영하기 위한 광고 수주에 어려움을 겪다 2009년부터는 사용자용 서비스를 중단하고 콘텐츠 유통회사를 위한 솔루션을 판매하는 B2B 모델로 변경해 버렸습니다.

그 밖에 P2P기술을 사용한 대표적인 서비스로 인터넷전화 서비스 스카이프가 있습니다. 070과 같은 일반 인터넷전화에서 서비스 사업자는 가입자가 통화를 할 수 있도록 해주는 모든 기능을 중앙 서버를 통해 제공합니다. 그런데 스카이프는 냅스터가 운영하던 중앙서버와 같이 가입자들을 서로 연결시켜 주기 위한 서버만 운영하면서 통화와 관련된 기능은 가입자 PC의 여유 저장공간을 활용합니다. 그 결과 운영비가 거의 들지 않으면서도 부하가 분산되기 때문에 통화품질은 더 좋은 인터넷전화 서비스를 제공할 수 있었습니다.

그런데 스카이프는 다른 전화 서비스들과 호환이 되지 않는 사양으로 되어 있었기 때문에 일반 전화나 070과 같은 다른 인터넷전화와는 통화할 수 없다는 문제가 있었습니다. 결국 스카이프는 이 문제를 해결하기 위해 이처럼 효율성 좋은 P2P방식의 사양을 버리고 다른 인터넷전화와 같이 서버를 통해 서비스를 제공하는 방식으로 전환할 수밖에 없었습니다.

이처럼 P2P기술은 기술적인 우수성은 인정받으면서도 현실 세계의 제도적인 문제 혹은 기존 기술과의 호환성 문제에 부딪혀 오랜 기간 잊혀진 기술로 남아있을 수밖에 없었습니다. 게다가 그 기간동안 이 기술을 사용한 것은 주로 인터넷 세계의 과격한 아나키스트들이었습니다. 때문에 P2P기술은 '불법적인', '지하 활동의' 등의 부정적인 이미지로 낙인찍힌 채 한동안 사람들의 기억에서 잊혀졌습니다.

이 기간 동안에 등장했던 지하 세계의 P2P서비스 중 하나로 프리넷(Freenet)이라는 P2P방식의 익명 네트워크가 있습니다. 이 서비스를 개발한 이안 클락은 프리넷을 개발하던 당시 에딘버러 대학에서 인공지능을 전공하고 있던 대학원생이었습니다. 프리넷은 인터넷상에서 사람들이 문서와 파일을 완전히 익명으로 공유할 수 있도록 하기 위해 만들어진 서비스입니다.

프리넷은 중앙 서버를 가지고 있지 않은 P2P 파일공유 서비스와 유사한 구조로 운영됩니다. 가장 특징적인 점은 프리넷 네트워크상에 게재된 콘텐츠는 그것이 합법적인 것이건 불법적인 것이건 간에 그것을 게시한 인물을 추적하는 일을 불가능하게 만들었다는 것입니다. 프리넷에서 어떤 문서나 파일이 공유되면 그 문서나 파일은 주변에 있는 다른 수많은 PC에 자동으로 복제됩니다. 또한 그 파일을 삭제할 목적으로 누군가 파일을 추적하기 시작하면 해당 파일은 더 많은 컴퓨터에 복제되면서 확산됩니다. 반대로 공유된 어떤 파일을 네트워크에 있는 어떤 컴퓨터도 오랜 시간 찾지 않는다면 해당 파일은 결국 사라집니다. 인기 있는 파일들이 해당 파일을 덮어 씌우면서 카피되기 때문입니다.

프리넷을 개발한 목적에 대해 이안 클락은 "나의 첫 번째 목적은 정보의 검열을 대단히 어렵게 만드는 것이었다. 인터넷에서 사람들은 지금까지 없었던 수준으로 검열을 받고 감시당하게 될 우려가 있다. 나는 이러한 것을 불가능하게 하는 테크놀러지를 개발하고 싶다고 생각했다."라고 말하고 있습니다. 프리넷이 저작권 침해 도구로 활용될 가능성에 대해서는 "언론의 자유를 보호할 수 있다는 가능성 쪽이 저작권을 보호하는 것보다 중요하다. 어차피 저작권이라는 것은 실리를 목적으로 하는 도구에 지나지 않는다."라고 말하고 있습니다. 이안 클락 역시 조금은 과격한 인터넷 세계의 아나키스트였던 것입니다.

비트코인 블록체인 데이터와 채굴

2008년 10월, 나카모토 사토시가 게재한 한 편의 논문은 인터넷 세계의 아나키스트들을 흥분시켰습니다. "P2P기술을 사용한 암호화폐 기술이라니. 젠장, 너무 멋진 걸!" 뭐 이런 느낌이었다고나 할까요. 이때까지 P2P기술을 사용해서 금융 서비스를 만들 수 있다고는 누구도 생각하지 못했던 것입니다. 금융 서비스의 경우 이중지불 문제를 해결하기 위해서는 반드시 중앙 서버의 존재가 필요하다는 것이 일반적인 시각이었습니다. 때문에 비트코인 이전에 등장한 모든 암호화폐는 중앙서버를 사용하는 구조로 되어 있었습니다. 그런데 사토시의 논문은 중앙서버의 존재 없이도 이중지불을 비롯한 암호화폐에 필요한 모든 문제를 해결할 수 있음을 증명하고 있었습니다.

논문을 읽은 오픈소스 진영의 개발자들은 그 의미를 명확히 이해할 수 있었습니다. 이것은 최초의 성공한 암호화폐가 될 수 있을 것이라는 확신이 들었습니다. 사토시의 이상에 동참한 몇 명의 오픈소스 개발자들이 비트코인 어플리케이션 개발에 참여했습니다. 그리고 2009년, 드디어 비트코인 어플리케이션이 오픈소스로 공개되기에 이릅니다.

그러면 여기서 P2P기술을 기반으로 하고 있는 비트코인의 기술적 특징을 간략하게 살펴보기로 하겠습니다.

비트코인은 P2P시스템이기 때문에 모든 네트워크 참가자는 정보의 제공자이자 이용자 양쪽의 역할을 수행하게 됩니다. 어떤 사용자가 비트코인 어플리케이션을 다운로드해서 인스톨하고 비트코인 네트워크에 참가하게 되면 그 사용자의 컴퓨터에는 자동으로 비트코인 블록체인이 카피되어 저장됩니다. 비트코인 블록체인에는 비트코인이 운용되기 시작한 시점부터 현재에 이르기까지 비트코인 네트워크상에서 거래된 모든 비트코인 거래 내역이 담겨 있는데, 그 용량은 2018년 5월 현재 150GB에 이릅니다. 그러니까 비트코인 블록체인이란 비트코인 거래 내역이 담긴 일종의 거대한 거래 원장 데이터라고 할 수 있습니다.

비트코인 블록체인은 비트코인 거래 내역 데이터가 담긴 블록들이 체인 형태로 연결되는 구조로 되어 있습니다. 비트코인 블록 하나에는 비트코인 네트워크상에서 거래된 10분간의 모든 거래 내역이 들어 있습니다. 비트코인 블록체인은 이처럼 10분간의 거래 내역이 담긴 블록들이 시간 순서에 따라 체인 형태로 죽 연결된 구조로 되어 있습니다. 하지만 실질적으로 블록들이 차례대로 연결되어 저장되는 것은 아닙니다. 비트코인 블록들은 컴퓨터에 무작위로 저장되어 있습니다. 말하자면 수많은 블록들이 더미로 쌓여 있는 모습을 생각하시면 됩니다.

그런데 각 블록에는 이전 블록을 찾을 수 있는 정보가 들어 있습니다. 일종의 링크와 같은 것이라고 보시면 될 것 같네요. 그 링크를 클릭하면 이전 블록으로 이동할 수 있는 것이지요. 최신 블록을 보고 있다면 그 블록의 링크를 타고 이전 블록으로 이동해서 그 블록의 데이터를 보고 다시 링크를 타고 그 이전 블록으로 이동하고... 이런 식으로 링크를 타고 이동해서 최초의 블록까지 거슬러 올라가면서 과거 블록들에 들어있는 모든 데이터를 볼 수 있습니다.

비트코인 어플리케이션을 인스톨하고 비트코인 네트워크에 참가하고 있는 컴퓨터들은 피어 혹은 노드라고 불립니다. 이하에서는 이들 컴퓨터를 비트코인 노드라고 부르기로 하겠습니다. 비트코인 노드가 공유하고 있는 비트코인 블록체인 데이터는 누구라도 볼 수 있도록 투명하게 공개되어 있습니다. 따라서 최신 비트코인 블록의 링크를 타고 거슬러 올라가면 비트코인 초기의 독특한 거래 기록도 찾을 수 있습니다. 10,000 비트코인이 거래된 이 거래 내역은 피자 2판을 주문하기 위한 것이었다고 하는 군요. 피자가게가 직접 비트코인을 받은 것은 아니고 비트코인을 채굴한 어떤 프로그래머가 다른 프로그래머에게 10,000비트코인을 전송해 주고 대신 피자 2판을 주문해 달라고 요청한 것인데요, 당시 비트코인 시세가 1센트 이하였기 때문에 이러한 가격이 책정된 것입니다. 비트코인 가격이 많이 떨어진 현재 시세로 따져 봐도 1비트코인 당 수백만 원이 넘으니 계산해 보면 정말 세상에서 가장 비싼 피자였던 셈입니다.

비트코인 노드는 어떤 작업을 통해 비트코인을 얻을 수 있는 비트코인 채굴에 참여할 수 있습니다. 비트코인 채굴은 작업 증명이라는 방법을 통해 이루어집니다. 먼저 비트코인 노드가 최근 10분간의 비트코인 거래 내역들을 모두 모아 최신 블록을 만드는 것을 작업이라고 부릅니다. 작업이 끝난 비트코인 노드들은 일종의 퀴즈게임에 참가하게 되는데, 여기서 어떤 한 노드가 퀴즈의 정답을 맞추면 다른 노드들이 그 노드가 정답을 맞췄다는 사실을 확인해 줍니다. 이것을 증명이라고 부릅니다.

비트코인 작업 증명은 모든 비트코인 노드가 공유하고 있는 블록체인

데이터가 위조되거나 변경되는 것을 막기 위한 시스템인데, 여기서는 통신 환경에서 데이터의 변경 유무를 확인하기 위해 활용하고 있는 해시함수라는 것을 사용하고 있습니다.

우리가 사용하는 컴퓨터는 끊임없이 데이터를 저장하거나 전송하는데, 이때 데이터가 변경되는 일이 빈번하게 발생합니다. 때문에 저장하거나 전송한 데이터가 변경되지 않았는지를 확인할 수 있는 방법으로 데이터의 변경 유무를 확인할 수 있는 값을 함께 전송합니다. 예를 들어 4, 6, 7, 5, 6이라는 숫자를 전송할 때 모든 숫자를 더한 다음 마지막 자릿수를 함께 전송하는 것입니다. 4+6+7+5+6=28이니까 4, 6, 7, 5, 6을 전송하면서 마지막에 8을 함께 전송하는 것이지요. 만일 전송 도중 가장 앞자리 숫자 4가 2로 변경되었다면 2+6+7+5+6=26이 되어서 모든 숫자를 더한 마지막 자릿수가 6이 됩니다. 이것은 올바른 값을 확인하기 위해 추가로 전송된 숫자 8과 같지 않기 때문에 데이터에 변경이 있었다는 사실을 알 수 있게 되는 것입니다.

해시함수란 컴퓨터가 저장하거나 전송한 데이터의 변경을 확인하기 위해 사용하는 이러한 종류의 트릭을 함수를 써서 좀 더 복잡하고 정교하게 구현한 것이라고 보시면 됩니다. 데이터를 전송할 때 송신자는 원본 데이터와 함께 해시함수 값을 함께 전송합니다. 수신자는 해시함수를 풀어서 수신한 데이터의 해시함수 값과 비교해 보고 수신한 데이터가 변경되었는지 아닌지를 확인합니다.

비트코인 시스템에서는 모든 노드가 공유하고 있는 비트코인 블록체인에 새로운 블록이 연결될 때 해시함수를 사용해서 새로 만들어진 블록체인 데이터의 변경 유무를 확인합니다. 비트코인 채굴에 참여하는 노드는 최근 10분간의 거래 내역을 모아 최신 비트코인 블록을 만듭니다.

그리고는 일종의 퀴즈게임에 참가한다고 했는데, 여기서 말하는 퀴즈는 최신 블록이 추가된 비트코인 블록체인의 올바른 해시함수 값을 구하는 것입니다. 단순히 해시함수 값을 구하는 것이라면 컴퓨터는 이것을 순식간에 풀 수 있습니다. 그런데 퀴즈에서 제시되는 문제는 어떤 조건을 만족시키는 해시함수 값을 찾는 것입니다.

퀴즈의 정답을 맞추기 위해 컴퓨터들은 올바른 값을 찾을 때까지 임의의 값을 넣어서 계산을 시도해 보아야 합니다. 이것을 풀 수 있는 공식이 없는 것입니다. 이것은 마치 비밀번호로 열리는 자물쇠의 비밀번호를 모르는 사람이 여러가지 경우의 수를 넣어보다가 우연히 올바른 번호를 넣었을 때 자물쇠를 열게 되는 것과 같다고 할 수 있습니다.

따라서 퀴즈에 참가한 컴퓨터들은 모두 동일한 조건에서 퀴즈에 참가하게 됩니다. 어느 컴퓨터든 우연히 가장 먼저 올바른 값을 찾게 되면 퀴즈에서 이기게 되는 것입니다. 컴퓨터가 퀴즈를 푸는 시간은 퀴즈의 난이도 조정을 통해 조절할 수 있습니다. 이것은 예를 들어 비밀번호가 4자리인 자물쇠와 비밀번호가 6자리인 자물쇠의 비밀번호를 시행착오를 통해 알아내는데 걸리는 시간이 다른 것과 마찬가지라고 할 수 있습니다. 비트코인의 경우 난이도를 컴퓨터들이 10분 정도에 풀 수 있는 수준으로 조정해 두었습니다.

퀴즈대결에 참가한 컴퓨터들 중 어느 한 컴퓨터가 퀴즈를 풀게 되면 작업에 참가한 다른 컴퓨터들이 그 사실을 확인해 주게 됩니다. 퀴즈를 푸는 데는 시간이 걸리지만 누가 정답을 맞췄는지 확인하는 증명 작업에는 시간이 걸리지 않습니다. 이것은 마치 자물쇠의 비밀번호를 알아내는 것은 어렵지만 비밀번호를 알아내면 자물쇠가 열리기 때문에 비밀번호를 알아냈는지 확인하는 것은 간단한 것과 같습니다.

이렇게 작업 증명이 끝나고 퀴즈를 풀어 블록을 채굴한 컴퓨터는 상으로 정해진 양의 비트코인을 받게 되는데, 현재 그 양은 12.5비트코인입니다. 블록을 채굴한 컴퓨터는 정해진 양의 비트코인에 더해 자신이 만든 새로운 블록에 들어 있는 거래에서 발생한 수수료 수익도 챙길 수 있습니다. 기본적으로 비트코인은 수수료가 없지만 송금하는 사람은 비트코인 노드가 자신의 거래를 빨리 채굴할 가능성을 높이기 위해 스스로 송금 수수료를 책정해서 송금 데이터를 전송합니다. 작업 증명이 끝나면 그 사실이 모든 노드에 전달되고 모든 노드는 가지고 있는 블록체인을 새로 만들어진 블록이 연결된 블록체인으로 업데이트함으로써 새로운 블록에 들어있는 거래가 확증됩니다.

작업 증명이 끝나는 순간 채굴에 참가하고 있는 컴퓨터들은 바로 다음 채굴 작업에 착수하고 10분마다 이러한 작업 증명 과정이 반복되어 10분마다 새로운 블록이 기존 비트코인 블록체인에 연결됩니다.

비트코인이 금전 거래의 신뢰를 확보하는 방법

"10분간의 퀴즈 대결로 12.5비트코인+수수료를 벌 수 있다니." 이렇게 보면 비트코인 채굴이라는 것이 꽤 매력적인 비즈니스로 보일 수 있습니다. 하지만 비트코인 채굴은 경쟁이 치열합니다. 비트코인 채굴에 참여하고 있는 수백~수천만 대의 컴퓨터 중 단 한 대의 컴퓨터가 랜덤으로 당첨되는 구조이니 말입니다. 그런데 비트코인 채굴을 위해 컴퓨터는 끊임없이 컴퓨터 자원(CPU)을 가동해야 합니다. 여기에는 많은 전기료가 듭니다. 그런데 예를 들어 1년을 이렇게 가동해도 단 한 번도 당첨되지 못할 확률이 높습니다. 그러면 전기료만 날리게 됩니다. 그래서 대개 채굴에 참여하는 컴퓨터를 운영하는 사람들은 서로 협력합니다. 예를 들어 수천~수만 대의 컴퓨터가 함께 채굴에 참여해서 그 중 한 대가 비트코인을 채굴하면 그 수익을 n분의 1로 나누는 것입니다.

이렇게 함께 협력해서 비트코인 채굴에 참여하는 컴퓨터들이 모여 있는 곳을 비트코인 채굴 공장이라고 부릅니다. 비트코인 채굴 공장의 가장 큰 비용 요소는 전기료입니다. 어떤 채굴 공장의 경우 하루 전기 요금만 4,400만 원이 든다고 합니다. 비트코인 채굴 공장은 전 세계에 산재해 있는데, 현재 전 세계 채굴 공장의 70% 이상은 중국에서 가동되고 있습니다. 이것은 아무래도 선진국에 비해 저렴한 전기료 때문일 것입니다. 하지만 비트코인 채굴에 워낙 많은 전기가 사용되다 보니 유럽이나 미국은 물론이고 최근에는 중국에서까지 비트코인 채굴 공장에 대한 전력 공급을 차단하는 일이 발생하고 있습니다. 때문에 비트코인 이후 등장한 이더리움과 같은 가상화폐 시스템에서는 새로운 블록을 생성하는 작업 증명 과정에 많은 전력을 소모하지 않는 방법으로의 전환을 꾀하고 있습니다.

지금까지 설명한 비트코인 블록체인 데이터를 모든 노드가 공유하면서 그 거래 내역이 투명하게 공개되어 있는 구조, 그리고 작업 증명을 통해 거래 내역의 위조나 변경을 방지하는 구조를 통해 비트코인 시스템은 중앙서버의 존재 없이 이중지불 문제를 해결하고 있습니다. 이중지불 문제란 한 번 사용한 돈을 다시 사용하게 되는 문제를 말합니다. 예를 들어 계좌 A에서 계좌 B로 돈이 송금되었는데 계좌 A에 여전히 그 돈이 남아 있다면 문제가 되겠지요. 또는 계좌 A에서 계좌 B와 계좌 C로 각각 100만 원을 송금했다면 계좌 A에서 200만 원이 빠져나가야 하는데 100만 원만 빠져나간다면 이것 역시 문제가 될 것입니다. 이중지불 문제란 이러한 종류의 금융 거래 데이터의 위변조로 인한 문제를 말합니다.

사실 현행 금융 시스템에서 금융 사업자들은 이중지불과 같은 거래 내역의 위변조 가능성을 차단하기 위해 엄청난 비용을 쏟아붓고 있습니다. 일례로 은행이 제공하는 송금 서비스에서의 이중지불 문제를 생각해 보기로 하겠습니다.

지방의 영세 은행인 A사 고객이 국내 대형 은행인 B사 고객의 계좌로 돈을 송금한다고 해보겠습니다. 대형 은행 입장에서 영세 은행인 A사가 작정하고 거래 데이터를 위변조하지 않을 것이라고 확신할 만한 근거가 있을까요? 사실 없습니다. 모든 거래 데이터가 모든 노드에 투명하게 공개되는 비트코인 시스템과 달리, 은행간 거래에서 거래 데이터는 두 은행의 서버에만 저장되고 다른 사람은 그 거래 내역을 볼 수 없습니다. 때문에 두 은행 중 한 은행이 거래 데이터를 위조하려고 마음먹는다면 그것을 막을 방법이 없는 것입니다.

따라서 은행간 송금 거래에서는 은행들 간의 송금 데이터를 모두 모아 관리하는 인증회사를 활용합니다. 인증회사는 은행들 간의 거래 데이터를 모두 자사 서버에 저장해 두고 거래 데이터에 위변조가 발생하지 않았다는 사실을 확인해 줍니다. 하지만 어떤 은행이 인증회사와 서로 짜고 데이터를 위변조할 가능성도 있지 않을까요? 이러한 문제를 막기 위해 경우에 따라서는 인증회사의 데이터가 위변조 되지 않았다는 사실을 확인해주는 회사, 즉 인증회사를 인증해주는 회사를 활용하기도 합니다.

그러면 해외 송금의 경우는 어떨까요? 아프리카에 있는 어느 영세 은행인 C사 고객이 국내 대형 은행 B사 고객의 계좌로 해외 송금을 한다고 해봅시다. B사 입장에서 C사가 작정하고 거래 데이터를 위변조하지 않을 것이라고 믿을 만한 근거가 있을까요? 물론 이 경우에도 그럴 만한 근거가 없습니다. 때문에 국경을 넘어 거래되는 은행간 송금거래 데이터를 인증해주는 글로벌 인증회사가 필요해집니다. 이런 식으로 은행간 거래에는 신뢰 확보를 위해 몇 단계의 인증회사를 거쳐야 하는데 그때마다 인증회사에 수수료를 지불해야 하고 그러다 보니 송금 수수료는 높아질 수밖에 없는 것입니다.

이처럼 현행 금융 시스템에서 많은 비용을 들여 해결하고 있는 신뢰 문제를 비트코인 시스템에서는 P2P기술을 사용해서 해결하고 있습니다. 먼저 비트코인은 P2P기술을 사용해서 모든 노드가 블록체인, 즉 비트코인상에서 발생한 모든 거래 내역을 공유합니다. 공유된 거래 내역은 누구라도 볼 수 있도록 투명하게 공개되어 있습니다. 만일 누군가 과거의 거래 데이터를 위변조하려 한다면 비트코인 네트워크에 참가하고 있는 모든 노드가 저장하고 있는 블록체인 데이터를 조작해야 합니다. 이것은 비트코인과 같이 엄청난 수의 노드가 참가하고 있는 시스템에서는 사실상 불가능합니다.

새로 발생한 거래 데이터를 새로운 블록에 추가하는 작업에서는 해시함수를 사용해서 데이터가 위변조되지 않았다는 사실을 확인합니다. 그리고는 그 사실을 비트코인 네트워크에 참가하고 있는 모든 노드의 51% 이상이 확인해 주어야 하는데 이것이 증명에 해당합니다. 그런데 이때 문제가 발생할 소지가 있기는 합니다. 비트코인 노드의 51% 이상이 짜고 위변조 거래 데이터가 들어있는 새로운 블록을 증명해 주어 이것이 비트코인 블록체인에 연결될 가능성이 있는 것입니다.

이렇게 되면 위변조된 거래 데이터가 확증됩니다. 이것을 51% 공격 문제라고 부릅니다. 사실 현행 비트코인 시스템에서 몇몇 비트코인 공장들이 서로 협력해서 작정하고 51% 공격을 감행한다면 이것이 꼭 불가능한 것은 아닙니다. 비트코인 역사에서 한때 하나의 비트코인 채굴 공장이 51% 이상의 노드를 확보한 시기도 분명 있었습니다. 하지만 채굴 공장이 51% 공격을 감행할 경우 얻는 것 보다 잃는 것이 더 큽니다. 만일 비트코인에서 51% 공격이 이루어져 위변조 데이터가 발생한다면 비트코인에 대한 신뢰도는 급격히 추락하게 되고 채굴 공장이 보유한 비트코인의 가치가 급속히 하락하게 될 것입니다. 이렇게 되면 비트코인 채굴로 수익을 얻고 있는 채굴 공장의 비즈니스 자체가 위협받게 되므로 채굴 공장이 이러한 종류의 공격을 감행할 이유가 없는 것입니다.

사실 비트코인에서 나온 비트코인 캐시라는 가상통화 시스템에서는 채굴자들이 비트코인 캐시의 가치를 높이기 위해 채굴한 비트코인 캐시를 대거 소각하는 일도 있었습니다. 이처럼 채굴자들이 원하는 것이 비트코인의 가치를 높이는데 있는 한 이러한 종류의 공격을 감행할 이유는 없습니다.

다만 채굴 공장에 의한 51% 공격이 가능해질 경우 이들 세력에 속한 노드에 대해서만 작업 증명을 해주어 비트코인 채굴을 한 세력이 독점할 가능성은 있습니다. 때문에 비트코인 시스템에서는 이것이 불가능하게 만들려는 개인단위로 노드를 운영하는 세력과 채굴을 독점하려는 채굴 공장 세력 간의 대립이 빈번하게 발생하고 있습니다. 그 점에 대해서는 비트코인의 스케일러빌러티 문제에서 좀 더 자세히 설명 드리도록 하겠습니다.

비트코인에서 디지털 서명이 활용되는 방식

다음으로 금융거래에서 발생할 수 있는 또 다른 문제는 어떤 계좌의 소유주가 아닌 사람이 그 계좌의 돈을 이체할 수 있는 가능성입니다. 현행 금융 시스템에서는 이 문제를 디지털 서명이라는 일종의 암호기술을 사용해서 해결하고 있습니다.

디지털 서명이라는 암호기술을 이해하기 위해 암호기술이라는 것에 대해 잠시 살펴보도록 하겠습니다. 암호의 역사는 문자의 탄생과 함께 시작되었습니다. 인간은 문자를 써서 메시지를 전달할 수 있게 되면서부터 그 내용을 감추고 싶어 했고, 다른 사람이 보게 되더라도 판독할 수 없도록 다양한 방법을 추구했습니다.

정보를 암호화하는 목적은 정보가 수신자에게 도달하기 전에 중간에 누군가 그 정보를 훔쳐가더라도 정보를 훔친 사람이 그 정보의 의미를 알 수 없도록 하는 것입니다. 그러기 위해서는 정보를 의미를 알 수 없는 다른 기호로 표시해야 합니다. 바로 이것이 암호화입니다. 하지만 정보를 수신하는 사람은 암호화된 정보를 의미를 지닌 본래 데이터로 다시 표시할 수 있어야 하는데 이것이 복호화입니다.

대부분의 암호기술에서는 정보의 송신자와 수신자가 특정 키를 공유함으로써 정보를 암호화하고 복호화합니다. 널리 알려진 오래된 암호기술로 로마 제국의 줄리어스 시저가 사용했다고 알려져 있는 시저 암호가 있습니다. 시저 암호는 본래 문장의 알파벳 순서를 거꾸로 세 번째인 문자로 치환해서 작성함으로써 중간에 누군가 그 정보를 훔쳐가더라도 의미를 알 수 없게 했습니다. 예를 들어 hello 라는 단어를 시저 암호를 사용해서 작성하면 ebiil이 됩니다.

암호화된 문장을 이해하기 위해서는 이 문장이 본래 문장의 알파벳 순서를 거꾸로 세 번째인 문자로 치환해서 작성되었다는 사실을 알고 있어야 합니다. 바로 이것이 문장을 암호화한 송신자와 문장을 복호화하는 수신자가 공유하는 키에 해당됩니다. 이러한 종류의 암호기술은 현대에 이르기까지 매우 복잡한 방법으로 진화했지만 그 핵심 전제는 동일합니다. 바로 정보를 암호화하는 정보 송신자와 정보를 복호화하는 정보 수신자가 같은 키를 공유하되, 제3자에게 그 키가 공개되어서는 안된다는 것입니다.

그러면 서로 한 번도 만난 적 없는 사람들 사이에 암호화된 정보를 주고받을 수 있는 방법은 없을까요? 1970년대에 이르러서야 이것을 가능하게 하는 암호기술이 등장하게 됩니다. 1974년, 당시 캘리포니아 대학교 버클리 캠퍼스에서 컴퓨터 보안 과목을 수강하던 학부생 랄프 머클(Ralph Merkle)은 오늘날 흔히 머클의 퍼즐(Merkle's puzzle)이라 불리는 암호화 기법을 고안해 냅니다.

머클의 퍼즐에서 정보의 송신자와 수신자는 서로 공개 정보를 주고받으면서 암호를 풀 수 있는 비밀키를 공유하게 됩니다. 먼저 정보의 송신자는 일련의 퍼즐을 여러 개 만들어서 수신자에게 보냅니다. 수신자는 송신자가 보내온 많은 퍼즐 중 하나를 골라 퍼즐을 풀게 됩니다. 퍼즐을 풀었다는 것은 해당 퍼즐의 비밀키를 알게 되었다는 것을 의미합니다. 수신자는 정보 송신자에게 자신이 푼 퍼즐의 비밀키로 정보를 암호화해서 보냅니다. 정보 송신자는 자신이 송신한 모든 퍼즐의 답을 이미 알고 있으므로 그 답들을 하나씩 넣어 정보를 복호화해 봅니다. 그러다 그중 하나로 암호화된 정보가 복호화되면 정보의 송신자는 수신자가 어떤 퍼즐을 풀었는지 알 수 있게 됩니다.

이제 정보의 송신자와 수신자는 하나의 비밀키를 공유하게 된 것입니다. 그다음 정보 송신자는 해당 비밀키로 정보를 암호화해서 수신자에게 보내고 수신자는 같은 비밀키를 공유하고 있으므로 그 정보를 복호화해서 볼 수 있습니다.

이 모든 일련의 과정은 다른 모든 사람들, 특히 비밀키를 알아내려는 사람에게도 공개됩니다. 하지만 다른 사람들은 정보 수신자가 어느 퍼즐을 풀었는지 알 수 없기 때문에 비밀키를 알아내기 위해서는 정보 송신자가 보낸 모든 퍼즐을 풀어본 뒤 그 모든 값을 대입시켜 보아야 합니다. 이렇게 하는 데는 엄청난 시간이 소요됩니다. 이렇게 해서 머클은 서로 만난 적 없는 정보의 송신자와 수신자가 같은 비밀키를 공유하고 암호화된 정보를 주고받을 수 있는 방법을 고안해 냈습니다.

그 후 3년 뒤인 1977년에는 머클의 암호기술을 더욱 발전시킨 RSA라는 암호기술이 개발됩니다. RSA는 MIT 컴퓨터과학 조교수였던 론 리베스트와 그의 두 동료가 개발한 것으로, 이들 세 사람의 이니셜을 따서 만들어진 명칭입니다. RSA는 공개키 암호화라는 방식을 사용합니다.

공개키 암호화 방식에서는 정보를 암호화하는 키와 정보를 복호화하는 키를 각각 다른 것을 사용합니다. 그리고는 그 중 하나를 누구나 이용할 수 있도록 공개해 둡니다. 이렇게 공개되는 키를 공개키라고 부릅니다. 그리고 공개하지 않고 자신만 가지고 있는 키를 비밀키라고 부릅니다.

정보의 수신자만 볼 수 있도록 암호화된 정보를 보낼 때는 정보를 암호화하는 키를 공개키로 설정해 두게 됩니다. 각 사람은 정보를 암호화하는 키와 정보를 복호화하는 키를 생성하는데, 암호화키와 복호화키는 항상 페어로 생성됩니다. 이렇게 생성된 키 중 암호화하는 키를 공개키로 공개해 둡니다. 정보의 송신자는 공개되어 있는 수신자의 암호화키를 가져다가 정보를 암호화해서 수신자에게 보냅니다. 수신자의 암호화키로 암호화된 정보는 페어로 생성된 수신자의 복호화키, 즉 비밀키로만 복호화되기 때문에 중간에 누군가 정보를 가로챈다 하더라도 그 정보를 볼 수 없습니다. 정보를 받은 수신자는 자신의 비밀키로 정보를 복호화해서 내용을 볼 수 있습니다.

디지털 서명은 바로 이 RSA 암호기술을 사용합니다. 디지털 서명은 어떤 정보의 작성자가 그 사람이 틀림없다는 사실을 인증해주는 기술입니다. 이것은 현실 세계에서 계약서를 작성한 사람이 그 계약서에 서명함으로써 본인이 그 계약서를 작성했다는 사실을 확증하는 것과 비슷합니다.

그러면 이것을 어떻게 디지털 세계에서 구현할 수 있을까요? 먼저 각 사람은 페어로 생성한 암호화키와 복호화키 중 이번에는 암호를 풀 수 있는 복호화키를 공개키로 공개해 둡니다. 예를 들어 A라는 사람이 자신의 계좌에서 B라는 사람의 계좌로 100만 원을 이체한다는 송금 정보를 작성해서 보낸다고 해보겠습니다. 이때 A는 가지고 있는 암호화키, 즉 비밀키로 송금 정보를 암호화해서 전송합니다. A가 작성한 송금 정보는 A가 공개키로 공개해둔 복호화키로만 복호화됩니다. 따라서 이 송금정보가 A가 작성한 것인지 확인하고 싶은 사람은 A가 공개해둔 공개키로 그 정보를 복호화해 봅니다. 이때 A가 공개해둔 공개키로 암호가 풀린다면 그 정보를 A가 보낸 것이 맞다는 사실을 알 수 있게 됩니다.

우리는 흔히 온라인 뱅킹을 사용해서 다른 계좌로 돈을 송금할 때 미리 설정해둔 공인인증서의 비밀번호를 입력합니다. 사실은 이 행위가 자신의 비밀키로 송금정보를 암호화하는 작업에 해당됩니다. 각 사람의 공개키에 해당하는 복호화키는 금융사와 공인인증서를 발급한 인증회사가 함께 보관해두고 있습니다. 우리가 암호화된 송금정보를 전송하면 금융회사와 인증회사가 함께 보관해 두고 있는 그 사람의 공개키로 정보를 복호화해 보고 그 사람이 보낸 정보가 맞는지 확인한 뒤에 해당 이체 건을 처리하게 되는 것입니다.

각 사람의 공개키를 금융회사와 인증회사가 함께 보관하는 이유는 역시 공개키를 보관하고 있는 금융회사가 공개키 정보를 위변조할 가능성이 있기 때문입니다. 예를 들어 어떤 금융회사가 작정하고 A가 공개해 둔 공개키를 B의 공개키로 바꾸어 놓을 수 있습니다. 그러면 B가 마치 A인 것처럼 A의 계좌에서 다른 계좌로 돈을 이체할 수 있게 됩니다. 현행 금융 시스템은 이 문제를 해결하기 위해 금융회사가 아닌 제3자가 관리하는 공인인증서를 사용해야 하고 그 공인인증서 사용에 대한 수수료를 지불해야 하는 구조로 되어 있습니다.

비트코인 시스템에서도 이체 정보의 암호화에 디지털 서명 암호화 기술을 사용합니다. 비트코인 시스템에서 사용자는 비트코인 지갑 앱을 사용해서 암호화키와 복호화키를 페어로 생성합니다. 이렇게 생성된 복호화키를 역시 공개키로 공개해 두게 됩니다. 그런데 비트코인에서는 이 공개키에 해당하는 복호화키를 해당 사용자의 비트코인 주소로 사용합니다. 따라서 이 복호화키는 누구라도 볼 수 있도록 투명하게 공개되어 있습니다.

비트코인 시스템에서 비트코인 주소는 은행 계좌번호와 같은 것입니다. A라는 사람이 B라는 사람에게 비트코인을 송금한다는 것은 A의 비트코인 주소에서 B의 비트코인 주소로 비트코인을 송금하는 것을 의미합니다. 예를 들어 A가 자신의 비트코인 주소에 1비트코인을 소유하고 있다고 해보겠습니다. A가 B에게 0.1비트코인을 송금하고자 한다면 지갑 앱을 사용해서 B의 비트코인 주소를 입력한 뒤 그 주소로 0.1비트코인을 송금한다는 송금 정보를 작성해서 전송하면 됩니다. 이때 A는 1비트코인을 소유하고 있는 주소로 사용하고 있는 복호화키와 페어로 생성된 암호화키, 즉 비밀키를 사용해서 송금정보를 작성합니다.

비트코인 블록 채굴자들은 이렇게 전송된 10분간의 송금정보를 모아 비트코인 블록을 만드는 작업을 하게 되는 것입니다. 이때 각 송금정보가 확실한지를 확인하기 위해 작성된 송금정보를 송금자가 주소 형태로 공개하고 있는 공개키를 사용해서 복호화해 봅니다. A라는 송금자의 송금 정보를 A의 공개키, 즉 A가 사용하는 비트코인 주소로 복호화해 보았을 때 복호화된다면 이 정보는 A가 작성한 것이 맞으므로 새로운 비트코인 블록에 포함될 수 있습니다. 이렇게 만들어진 블록의 증명 작업이 이루어지고 이 새로운 블록이 비트코인 블록체인에 연결되어 모든 노드가 그 정보를 업데이트하면 거래가 확증되는 것입니다.

이제 A의 비트코인 주소에는 0.9비트코인이 남았고 B의 비트코인 주소에는 0.1비트코인이 추가되었다는 사실이 모든 노드에 알려지게 됩니다. 사실 비트코인은 실체가 없는 무형의 전자화폐입니다. 누군가 비트코인을 얼마 소유하고 있다는 소유권은 어느 주소에 얼마의 비트코인이 남아 있다는 비트코인 블록체인 데이터의 기록으로 인해 확증될 뿐입니다.

비트코인 시스템에서는 어느 비트코인 주소에 얼마의 비트코인이 들어 있는지 누구에게나 투명하게 공개되어 있습니다. 그 주소의 비트코인을 다른 주소로 송금할 수 있는 권한은 해당 주소와 함께 페어로 생성된 비밀키를 소유한 사람에게 있습니다. 따라서 어떤 비트코인 주소에 비트코인을 보유하고 있는 사람이 그 주소의 비밀키를 잘 간직하고 있기만 하다면 누군가 다른 사람이 그 비트코인 주소에 들어있는 비트코인을 불법적으로 사용하는 일은 불가능합니다. 이러한 방법으로 비트코인에서는 금융기관의 도움 없이도 비트코인의 안전한 거래를 가능하게 하고 있습니다.

그런데 비트코인 주소에 들어있는 비트코인의 소유권은 그 사람이 누구인지와는 전혀 관계없이 해당 주소의 비밀키를 가지고 있는가 아닌가로 증명됩니다. 따라서 어떤 사람이 어떤 비트코인 주소의 소유주가 맞다 하더라도 만일 비트코인 주소의 비밀키를 잃어버리게 되면 해당 주소에 들어 있는 비트코인에 대한 소유권도 잃게 됩니다.

비트코인에서 비트코인 블록체인 데이터를 모두 자신의 PC에 저장하고 있는 노드를 풀노드라고 부릅니다. 비트코인에서는 이러한 풀노드로 참가해야만 지갑 앱을 사용해서 비트코인을 거래할 수 있습니다. 그런데 사실 현재 비트코인을 거래하는 대다수의 사람들은 비트코인에 풀노드로 참가하고 있는 사람들이 아닙니다. 비트코인에 풀노드로 참가하고 있지 않은 사람들도 비트코인을 거래할 수는 있습니다. 그런데 이 경우에는 특정 풀노드에 자신의 지갑을 맡겨야만 비트코인을 거래할 수 있습니다.

현재 비트코인을 거래하는 대부분의 사람들은 거래소를 통해 비트코인을 거래합니다. 거래소는 풀노드로 비트코인에 참가하고 있습니다. 거래소를 이용하는 사람들은 자신의 지갑 앱을 거래소에 맡기는 형태로 비트코인을 거래하게 되는 것입니다. 그런데 비트코인 사용자가 자신의 지갑을 거래소에 맡긴다는 것은 말하자면 자신의 은행 계좌로 거래할 수 있는 공인인증서와 그 공인인증서의 비밀번호까지 거래소에 맡기는 것과 같다고 보시면 됩니다. 때문에 위험부담이 매우 크다고 할 수 있습니다.

최근 비트코인 거래소에서 해킹 등의 문제가 빈번하게 발생하는 이유는 바로 이 때문입니다. 비트코인 시스템의 안전성과는 별도로 거래소가 사용자의 지갑을 저장해 두고 있는 서버가 공격당할 수도 있고 거래소가 지갑을 맡긴 사용자 몰래 비트코인을 부정 거래할 가능성도 있기 때문에 위험 부담이 커지게 되는 것입니다.

비트코인이 안고 있는 근본적인 한계

비트코인 시스템은 중앙서버의 존재 없이 이중지불 문제를 해결하는 한편 인증기관을 거치지 않고도 금융거래의 진실성을 담보할 수 있는 신뢰문제를 해결할 수 있도록 해주는 획기적인 금융 시스템입니다. 하지만 비트코인의 인기가 높아지고 거래량이 늘면서 그 시스템이 가지고 있는 본질적인 한계도 점차 드러나고 있습니다. 바로 스케일러빌러티 문제입니다.

비트코인이 최종 목표로 하는 것은 신용카드와 같이 사람들이 보편적으로 사용하는 금융거래 플랫폼이 되는 것입니다. 말하자면 신용카드 거래 플랫폼에 해당하는 비자나 마스터카드와 같은 존재가 되는 것입니다. 그러기 위해서는 엄청난 양의 금융 거래를 순식간에 처리할 수 있는 시스템을 갖추어야 합니다. 그런데 현행 비트코인 시스템은 그런 정도의 역량이 부족하다는 것이 문제인 것입니다.

많은 양의 거래 데이터를 처리해야 하는 문제와 관련하여 비트코인은 지금도 늘어나는 거래량을 감당하지 못해 많은 문제가 발생하고 있습니다.

앞서 비트코인 블록 하나에는 비트코인 네트워크에서 거래된 10분간의 모든 거래 기록이 저장된다고 했습니다. 그런데 현재 하나의 비트코인 블록의 크기는 1MB로 제한되어 있습니다. 시간이 지날수록 비트코인 거래 데이터가 쌓이고 그 결과 비트코인 노드가 저장해야 하는 전체 블록체인의 용량이 급격하게 증가하고 있기 때문에 그 부담을 줄여 주기 위해 블록의 크기를 작게 제한하고 있는 것입니다.

문제는 비트코인 거래량이 늘면서 1MB로 제한되어 있는 하나의 블록 안에 10분간의 모든 거래 데이터를 저장하지 못하는 일이 종종 발생하고 있다는 사실입니다. 이러한 상황에서 채굴자들은 거래 수수료를 많이 책정하고 있는 거래 데이터를 우선적으로 블록에 담아 처리해 주고 있습니다. 그러다 보니 거래 금액이 작거나 거래 수수료가 적은 거래 데이터의 경우 심하면 몇 시간이 지나도 최신 블록에 저장되지 못해서 거래가 확증되지 못하는 일이 심심치 않게 발생하고 있습니다.

때문에 비트코인 풀노드로 구성된 비트코인 커뮤니티에서는 블록의 크기를 늘려야 한다는 주장이 나오고 있습니다. 그러나 이것은 간단한 문제가 아닌데, 언급한 바와 같이 블록 데이터를 늘릴 경우 풀노드가 저장해야 하는 블록체인 데이터량이 기하급수적으로 증가하게 되기 때문입니다. 블록 사이즈를 1MB로 제한하고 있는 현행 블록체인 시스템에서는 초당 7건의 거래가 처리됩니다. 하루 처리량은 604,800건입니다. 이에 비해 비자나 마스터카드의 시스템은 현재 초당 45,000건을 처리합니다. 하루 처리량을 계산하면 4억 내지 5억 건에 달합니다. 만일 비트코인이 이 정도 거래를 처리해야 한다고 하면 하루에 생성되는 블록 데이터량은 129.6GB에 달하게 됩니다. 이 경우 모든 비트코인 노드는 연간 47 테라바이트의 블록체인 데이터를 저장해야 한다는 결론이 나옵니다.

비트코인이 이 정도 거래를 처리할 수 있는 시스템으로 가려 한다면 그 과정에서 비트코인 노드에는 이정도 데이터를 처리할 수 있는 몇 개의 대형 사업자만 남게 될 것입니다. 이것은 비트코인 시스템이 중앙 집권화된다는 것을 의미합니다. 이렇게 되면 비트코인이 탈 중앙화 시스템이기 때문에 가지고 있던 모든 이점이 사라지게 되는 것을 의미합니다. 현재의 비트코인 시스템은 이러한 역설적인 문제를 안고 이러지도 저러지도 못한 채 계속해서 나아가고 있는 상황이라고 할 수 있습니다.

비트코인 거래가 확증되는 기본 시간인 10분이라는 시간에 대해서도 같은 문제가 적용됩니다. 비트코인이 비자나 마스터와 같은 메인 금융거래 시스템이 되려면 거래 시간을 수초 단위로 단축시킬 필요가 있습니다. 하지만 그렇게 되면 다음 작업에 착수하는 시간이 얼마나 짧은가가 채굴 경쟁력을 좌우하게 되는데 이 경우 수많은 노드를 보유하고 있는 채굴 공장이 압도적으로 유리해지게 됩니다. 따라서 채굴 가능성이 없다고 판단한 수많은 개인 노드들이 비트코인 네트워크를 이탈할 가능성이 있습니다. 이렇게 되면 역시 비트코인 시스템의 중앙 집권화가 가속화되는 것입니다.

암호화폐의 새로운 가능성을 열어준 비트코인이지만 살펴본 것처럼 현행 금융 시스템을 대체하기에는 분명히 그 시스템 자체가 가진 본질적인 한계가 있습니다. 다음 장에서는 비트코인의 한계를 극복하기 위해 등장한 새로운 블록체인 시스템들이 어떻게 블록체인 기술의 한계를 극복하고 메인스트림이 되기 위한 노력을 하고 있는지 그 동향에 대해 살펴보도록 하겠습니다.

제14장
블록체인 기술이 여는 새로운 세계

블록체인 기반 플랫폼을 지향하는 이더리움

비탈릭 부테린이 비트코인에 대해 듣게 된 것은 고등학생이던 17세 때였습니다. IT애널리스트였던 아버지가 무심한듯 흘린 한마디를 통해서였습니다. "비트코인이라고 들어본 적 있니? 인터넷에서만 존재하는 화폐인데 정부가 인정하지 않는대." 부테린은 처음에는 큰 관심을 가지지 않았지만 비트코인에 대해 조사해 보기 시작하면서 "비트코인이라는 새로운 시스템에서 강력한 힘을 느낄 수 있었다."고 합니다.

비탈릭 부테린은 비트코인에 이어 시가총액 2위를 자랑하는 암호화폐 이더리움의 창시자입니다. 부테린은 러시아 출생으로, 모스크바에서 남동쪽으로 약 100km 떨어진 콜롬나에서 태어났습니다. 러시아에서 어린 시절을 보내다 6세 때 캐나다 토론토로 이주했다고 합니다. 부테린은 영어, 러시아어, 프랑스어 등 다양한 외국어를 구사하며 베이직, C++, 자바 등 다양한 프로그래밍 언어에도 통달하고 있습니다. 이미 초등학교 3학년 때부터 수학과 프로그래밍에 재능을 보였다고 합니다.

스스로를 제너럴리스트라고 말하는 부테린은 수학과 컴퓨터 과학, 암호학, 경제학과 정치 사회적 문제에 대해 박식함을 자랑하며, 여느 10대들과 마찬가지로 인터넷에서 많은 시간을 보내면서 주류에서 벗어난 다양한 생각을 접했다고 합니다. 그런 그가 사이퍼펑크 운동에도 관심을 가졌을 것이라 추측해 보는 것은 어쩌면 당연한 일일 것입니다. 어린 나이에 캐나다로 이주하기는 했지만 개인에 대한 통제가 강한 사회인 러시아 출생이라는 점을 생각해 봐도 그렇습니다.

사실 부테린의 말을 들어 보면 그가 이더리움을 만든 이유는 이안 클락이 프리넷을 만든 이유와 크게 다르지 않다는 것을 알게 됩니다. 부테린은 사이퍼펑크 철학에 대한 자신의 견해를 다음과 같이 말하고 있습니다.

"21세기에 암호학은 특별한 의미를 지닌다. 암호학은 적대적 갈등이 계속해서 수비수에게 유리하게 작용하는 극히 소수의 분야 중 하나이기 때문이다. 근본적으로 사이퍼펑크 철학은 개인의 자율성을 더 잘 보존하는 세계를 만들기 위해 이 비대칭성을 활용하는 방식을 다루며 암호 경제학은 이를 확장해 복잡한 협업 시스템의 안전성과 생명력을 보호하는 방식을 다룬다. 사이퍼펑크 정신을 계승하는 시스템이라면 이러한 기본적인 속성을 내포해야 하며 시스템을 정상적으로 사용하고 유지하는 비용보다 파손하거나 파괴할 때의 비용이 훨씬 커야 한다. 사이퍼펑크 정신은 단지 이상주의에 관한 것이 아니다. 공격하는 것보다 방어하기 쉬운 시스템을 만드는 공학의 정수가 담겨 있는 것이다."

앞서 언급한 바와 같이 사이퍼펑크 운동 지지자들은 결국은 미국과 같은 강대국 국가나 은행과 같은 거대한 시스템을 상대로 싸우게 될 것이기 때문에 그들 강한 세력으로부터의 시스템 파괴에 대한 압력을 끊임없이 받을 수밖에 없습니다. 그런데 이들이 사용하는 P2P기반의 암호기술은 공격자가 공격하려 하면 할수록 파괴가 더 어려워지는 구조를 가지고 있습니다. 그렇게 해서 오히려 내버려 두는 것이 더 낫다고 생각하게끔 만듭니다.

예를 들어 프리넷에서는 공격자들, 즉 저작권자들이 파일의 출처를 알아내려 하면 할수록 해당 파일은 더 많은 노드로 카피되며 급속도로 확산됩니다. 비트코인 시스템의 경우 시스템을 파괴할 수도 있는 51% 공격을 감행하기 위해서는 엄청난 규모의 CPU파워가 필요해지게 됩니다. 여기에는 하드웨어 구매비용, 전기료 등의 엄청난 비용이 들게 되는데 이러한 엄청난 비용을 들여 시스템을 파괴했을 때 얻을 수 있는 것이 거의 없다면 굳이 이러한 공격을 감행할 이유가 없게 되는 것입니다.

비트코인에 관심을 갖게 된 부테린은 대학에 들어가서도 비트코인 매거진에 글을 기고하는 등 비트코인 관련 프로젝트에 주 30시간 이상을 바치면서 매진하게 됩니다. 결국 부테린은 대학을 그만두고 전 세계 비트코인 관련 프로젝트들을 직접 보고 다니는 여행을 시작하게 됩니다. 5개월간 계속된 여행 중에 그는 사람들이 블록체인 기술을 가상통화 이외의 것들에 응용하려 한다는 사실을 알게 됩니다. 예를 들어 블록체인 기술을 사용한 크라우드펀딩 시스템, 분산형 송금 시스템, 개인인증 시스템 등을 만들려는 사람들이 있다는 것을 알게 된 것입니다.

이에 부테린은 특정 어플리케이션에 특화된 블록체인을 만드는 것이 아니라 많은 사람들이 다양한 목적을 가지고 블록체인 기반의 어플리케이션을 만들 수 있도록 해주는 블록체인 플랫폼을 개발해야겠다는 생각을 품게 됩니다. 사실 바로 이것이 이더리움의 핵심이 되는 아이디어로, 이더리움의 설계 사상이라고 할 만한 것입니다.

부테린은 지금까지 당연시되어 왔던 인터넷 서비스 사용자들이 구글과 페이스북과 같은 인터넷 사업자의 데이터베이스에 자신에 관한 모든 데이터를 저장하도록 허락하는 행태에 의문을 제기합니다. 블록체인 기반 어플리케이션의 가장 큰 장점은 사용자들이 자신에 관한 모든 정보를 서비스 사업자에게 맡기지 않고 스스로의 관리하에 둘 수 있게 된다는 점이 될 것이었습니다.

여행에서 돌아온 부테린은 약 6개월 동안 이 설계 사상을 담은 이더리움 프로젝트의 화이트페이퍼를 만들어 인터넷에 공개합니다. 당시 부테린의 나이는 19세였습니다. 그리고 그 1년 뒤인 2014년, 가상화폐로 창업자금을 모금하는 ICO를 통해 1,800만 달러의 자금을 조달한 뒤 2015년 이더리움을 창업하게 됩니다.

이더리움의 스마트 계약 시스템

이더리움은 기본적으로는 비트코인과 같은 구조를 가지고 있습니다. 이더리움에서는 이더라는 가상화폐를 사용합니다. 이더리움에서 풀노드로 참가하는 컴퓨터는 이더리움 네트워크상에서 거래된 모든 이더의 거래 내역이 들어 있는 이더리움 블록체인 데이터를 다운로드해야 합니다. 그리고 나면 이더를 채굴할 수 있습니다. 이더의 채굴에는 블록체인과 같은 작업 증명 방식이 사용됩니다.

이더리움이 비트코인과 차별화되는 가장 큰 요소는 스마트 계약 시스템을 도입했다는 점입니다. 스마트 계약은 1994년 닉 재보라는 암호학자가 처음으로 제안한 개념입니다. 여기서는 제3의 중개기관을 참여시키지 않고 개인간에 계약을 체결하고 이것이 자동으로 실행되도록 함으로써 계약 내용이 반드시 실행되도록 하는 시스템을 제안하고 있습니다.

닉 재보는 이해를 돕기 위해 스마트 계약이 자동판매기와 같은 것이라고 설명합니다. 자동판매기는 구매자가 동전을 넣으면 음료 판매자가 음료를 제공한다는 계약이 설정되어 있고 실제로 구매자가 동전을 넣으면 기계를 통해 그 계약이 자동으로 실행됩니다.

스마트 계약에서는 제3자가 관여하지 않고 계약 당사자 간에 계약이 체결되고 실행됩니다. 사실 어떤 계약에서 제3자가 관여하게 되는 이유는 계약 당사자들이 상호간에 성실하게 계약을 이행할 것인지 확실하지 않기 때문입니다. 때문에 계약 당사자들은 제3자를 통해 계약이행 여부를 확인 받으려 하게 됩니다. 그런데 스마트 계약에서는 계약상의 조건이 충족되면 계약이 자동으로 실행되는 구조로 되어 있기 때문에 계약 당사자들은 상대방이 실제로 계약을 이행할 것인지를 걱정할 필요가 없습니다.

그러면 이더리움에서는 어떤 방법으로 스마트 계약 시스템을 도입하고 있을까요? 바로 컴퓨터 프로그램, 즉 소프트웨어가 계약상의 조건이 충족되었는지를 확인하면 자동으로 계약을 실행하는 구조를 도입함으로써입니다. 이것은 마치 디지털 가전을 제어하는 임베디드 소프트웨어가 센서를 통해 수집한 데이터를 기반으로 어떤 조건을 충족하면, 예를 들어 에어컨 가동을 위한 조건인 온도가 25도 이상 올라가는 상태가 되면 에어컨을 가동시키는 것과 비슷하다고 볼 수 있습니다. 눈에 보이지 않는 기계, 즉 소프트웨어가 일을 수행한다는 점만 다를 뿐 어떤 조건을 충족시키면, 즉 동전을 집어넣으면 계약을 실행하는, 즉 음료를 내놓는 자동판매기와도 비슷한 개념입니다.

이더리움에는 비트코인 주소와 같이 사람이 사용하는 이더리움 주소 이외에 스마트 계약용으로 사용되는 주소가 별도로 제공됩니다. 이더리움에서 사람이 이더를 주고받기 위해 만들어 사용하는 계정은 외부 계정(externally owned accounts)이라 부릅니다. 한편 스마트 계약을 위해 사용되는 주소는 계약 계정(contract accounts)이라 불립니다.

이더리움 계약 계정을 사용하는 주체는 사람이 아닌, 컴퓨터 프로그램입니다. 앞서 12장에서 설명드린 객체지향 개발 방식에서 사용되는 객체들이 기억나시나요? 사실 이더리움 계약 계정을 사용하는 주체는 이더리움 네트워크상에서 서로 정보를 주고받으며 일하는 일종의 객체들입니다. 설명 드린 바와 같이, 네트워크상에 연결되어 있는 객체들은 공통 인터페이스를 통해 서로 메시지를 주고받으면서 협력해서 정해진 일을 수행합니다. 이와 마찬가지로 이더리움 네트워크상에서 계약 계정을 사용하는 객체들은 이더리움이 제공하는 공통 인터페이스를 통해 서로 메시지를 주고받으면서 정해진 대로 계약을 실행시킵니다.

예를 들어 음원 스트리밍 서비스를 제공하는 스마트 계약 프로그램(객체)이 있다고 해보겠습니다. 이 스마트 계약 프로그램(객체) 자신은 이더리움 블록체인에 저장되어 있습니다. 그러므로 이 프로그램은 이더리움에 참가하고 있는 모든 노드가 공유하게 됩니다. 스마트 계약 프로그램은 각기 하나의 이더리움 주소, 즉 계약 계정을 가지고 있습니다. 이 계정을 통해 다른 스마트 계약 프로그램(객체)들과 이더를 주고받을 수 있습니다. 다른 스마트 계약 프로그램들도 각자의 계약 계정을 가지고 있지요.

비트코인 블록체인에는 비트코인 블록체인 거래 원장이 저장되어 있습니다. 이더리움 블록체인에는 이더리움 거래 원장에 더해 스마트 계약 프로그램들도 저장되어 있습니다. 아울러 스마트 계약 프로그램이 계약과 관련된 어떤 일을 실행하면 그와 관련된 모든 내역도 블록체인에 기록되어 저장됩니다. 비트코인에서 모든 참가 노드가 블록체인에 저장된 모든 데이터를 볼 수 있는 것과 마찬가지로 이더리움에서도 모든 참가 노드는 이더리움 블록체인에 저장된 모든 데이터를 볼 수 있습니다. 따라서 모든 이더리움 참가 노드는 어떤 스마트 계약 프로그램이 어떤 계약 계정을 사용하는지, 그 계약 프로그램이 계약 내용에 따라 어떤 일들을 수행했는가 하는 모든 거래 내역을 볼 수 있습니다.

음원 스트리밍 서비스 객체 내부에는 프로그램을 실행시키는 코드와 데이터, 즉 음악 콘텐츠 데이터가 들어 있습니다. 음원 스트리밍 서비스 객체가 가지고 있는 프로그램 코드에 따라 이더리움에 참가하고 있는 어떤 노드가 이더리움 블록체인에 저장되어 있는 음원 스트리밍 서비스 객체에 접속해서 음악을 플레이하면 해당 노드가 보유하고 있는 이더리움 계정에서 음악 서비스 객체가 보유하고 있는 계약 계정으로 예를 들어 음원 1곡 당 100원에 해당하는 이더가 자동 송금됩니다. 이것은 음악 서비스 객체가 가지고 있는 프로그램 코드에 '음원 1곡이 플레이될 때마다 100원에 해당하는 이더가 송금된다.'라는 계약 내용이 프로그램되어 있기 때문입니다.

물론 이러한 음악 서비스 객체와 같은 모든 스마트 계약 객체들은 이더리움이 제공하는 공통 인터페이스상에 이러한 계약 내용을 공개해 둡니다. 어떤 노드가 어떤 스마트 계약 객체에 접속해서 그 기능을 이용한다는 것은 이 계약 객체가 공개해둔 계약 내용에 동의한다는 것을 의미합니다. 그리고 그 기능을 이용하게 되면 계약 객체가 가지고 있는 프로그램 코드에 따라 계약 내용이 자동으로 실행됩니다. 이러한 구조는 자동판매기를 이용하는 사람이 자동판매기에 동전을 넣는 행위가 그 자체로 '300원을 넣으면 커피가 나온다.'라는 계약 내용에 동의하는 것을 의미하고 실제로 동전을 넣으면 자동으로 그 계약이 실행되는 것과 같다고 할 수 있습니다.

우리가 이용하는 인터넷에는 이미 수많은 음악 서비스들이 제공되고 있습니다. 그러면 이러한 음악 서비스를 제공하는 사업자가 굳이 이더리움 네트워크를 통해 서비스를 제공할 이유가 있을까요? 혹은 서비스를 이용하는 사용자가 굳이 이더리움 네트워크를 통해 음악 서비스를 이용할 이유가 있을까요?

이더리움 네트워크상에서 스마트 계약 시스템을 사용해서 거래하는 가장 큰 장점은 계약과 관련된 모든 거래 내역이 투명하게 공개된다는 점입니다. 음악 서비스의 경우 음원 저작권자는 음악 서비스 사업자를 믿고 음원 콘텐츠를 제공합니다. 음악 서비스 사업자는 음원 콘텐츠가 플레이된 만큼 매달 저작권자에게 돈을 지불하지만 사실상 저작권자들이 음악 서비스 사업자의 정산 내역을 확인할 방법은 없습니다. 하지만 이더리움의 스마트 계약 시스템을 사용하게 되면 어떤 노드가 어떤 음원을 몇 번 플레이했는가 하는 모든 내역이 블록체인상에 기록되고 그 내역을 모든 노드가 볼 수 있습니다. 뿐만 아니라 그 내역에 따라 정산이 자동으로 이루어지기 때문에 저작권자는 정산에 대한 부분을 신경 쓸 필요도 없습니다.

음악 서비스 사용자 입장에서는 매월 정액 요금을 지불하고 음악 서비스를 이용하지 않아도 자신이 음악을 들은 만큼만 그 음악을 제공하는

저작권자에게만 요금을 지불하는 것이 가능해집니다. 예를 들어 수십 원
~수백 원 정도의 소액 서비스라도 수수료를 걱정하지 않고 또 어떻게 지
불할지를 걱정하지 않고 얼마든지 이용할 수 있습니다.

이더리움 네트워크상에서 스마트 계약을 통해 거래하는 또다른 장점
은 계약 당사자가 서로를 신뢰할 수 있기 때문에 중개업자를 거치지 않
고 직접 거래하는 것이 가능해진다는 점입니다. 현재 인터넷에서 이루어
지는 대부분의 거래는 중개업자를 거쳐 거래되는 경우가 많습니다. 예를
들어 인터넷으로 상품을 거래할 때 상품 구매자는 상품 판매자가 돈을
받은 다음 정말로 상품을 보내줄 것인지 확신할 수 없습니다. 때문에 중
간에서 구매자에게 돈을 받은 다음 구매자가 확실히 상품을 받은 것을
확인하고 판매자에게 대금을 지불하는 중개업자들이 존재합니다. 인터
넷 마켓플레이스를 운영하는 11번가나 옥션, 지마켓과 같은 사업자들이
그들입니다.

하지만 이더리움 네트워크의 블록체인 기술을 이용하면 구매자가 상
품을 받으면 구매자의 이더리움 계정에서 판매자의 이더리움 계정으로
자동으로 이더가 송금됩니다. 문제는 '구매자가 상품을 받았다.'는 사실
을 이더리움 계약 객체가 어떻게 확인할 수 있는가 하는 것이겠지요. 현
재는 구매자가 상품을 받았다는 확인을 해주면 자동으로 송금이 이루어
지는 방식으로 시스템을 만들 수 있을 것입니다. 하지만 궁극적으로는
여기에 사물인터넷 기술이 도입될 필요가 있습니다. 판매자가 보내는 상
품에 통신기능을 가진 센서가 부착되고 쇼핑몰 계약 객체는 그 센서가
송신하는 정보를 통해 상품이 구매자에게 전달되었는지를 자동으로 확
인할 수 있습니다. 이렇게 상품이 전달된 사실을 자동으로 확인한 뒤 계
약 객체는 구매자 계정에서 판매자 계정으로 이더를 자동 이체합니다.

이더리움에서는 이런 식으로 누구라도 계약 계정을 사용하는 객체 프로그램을 블록체인상에서 실행시킬 수 있습니다. 이런 식으로 만들 수 있는 스마트 계약 프로그램에는 사실상 제한이 없습니다. 따라서 상상할 수 있는 모든 종류의 스마트 계약 프로그램을 이더리움 네트워크상에서 실행시킬 수 있습니다.

현재 이더리움에서 구동되고 있는 스마트 계약 프로그램 중에는 기업이 일종의 주식에 해당하는 기업 토큰을 발행할 수 있는 것도 있습니다. 기업은 스마트 계약 프로그램을 사용해서 기업 토큰의 가격을 설정해 둡니다. 누군가 일정 금액을 해당 프로그램의 계약 계정으로 송금하면 스마트 계약 프로그램은 해당 금액에 상당하는 기업 토큰을 자동으로 발행해 줍니다. 토큰을 발급받은 사용자들은 이것을 다른 이더리움 유저와 이더를 주고받으면서 자유롭게 거래할 수 있기 때문에 기업 토큰의 가격은 마치 주식과 같이 거래 상황에 따라 변동됩니다. 따라서 토큰을 구매한 사람은 토큰 가격이 오르면 시세 차익을 거둘 수 있습니다.

보통 인터넷에서의 주식 거래는 주식 거래 사이트를 통해 이루어지고 사용자들은 주식을 거래할 때마다 주식 거래 사이트에 일정 수수료를 지불해야 합니다. 하지만 이더리움 네트워크에서 토큰 방식으로 주식을 거래하게 되면 수수료를 지불할 필요가 없습니다. 이러한 중개업자를 통하지 않은 토큰의 거래 역시 거래 당사간에 서로를 신뢰할 수 있다는 블록체인 기술의 특징 때문에 가능해집니다.

기업이 토큰을 발행하는 경우는 이뿐만이 아닙니다. 예를 들어 게임회사라면 게임에서 아이템을 거래하는 통화로서 토큰을 발행할 수도 있습니다. 게임 사용자들은 해당 토큰을 구매한 뒤 게임 내 아이템을 구매할 때나 게임유저 간에 아이템을 거래할 때 사용할 수 있습니다. 게임유저간 아이템 거래 역시 인터넷에서는 사기를 당하는 경우가 많은데 블록체인 스마트 계약 시스템을 이용하게 되면 이러한 거래 역시 보다 안전하게 할 수 있습니다.

그러면 이더리움에서는 어떤 방법으로 계약 당사자가 서로를 신뢰할 수 있도록 해주는 것일까요? 사실 이더리움에서 어떤 스마트 계약 프로그램을 이용할 때 사용자는 이 프로그램이 계약대로 실행될지 확신할 수는 없습니다. 다만 스마트 계약 프로그램이 무언가를 실행한 기록은 모두 이더리움 블록체인상에 기록됩니다. 비트코인에서 비트코인의 거래 내역이 블록체인상에 기록되고 그 기록을 모든 노드가 공유하는 것과 마찬가지로 이더리움 블록체인상에 기록된 스마트 계약 프로그램의 실행 내용은 모든 노드가 공유하게 됩니다. 또한 모든 노드가 공유하고 있는 비트코인 블록체인상에 기록된 거래 내역을 누구도 변경할 수 없는 것과 마찬가지로 이더리움 블록체인상에 기록된 스마트 계약 프로그램의 실행 기록도 누구도 변경할 수 없습니다.

따라서 누군가 스마트 계약 프로그램을 실행하고 계약 사항을 이행하지 않았다면 모든 이더리움 사용자가 그것을 알 수 있습니다. 결국 계약 내용을 이행하지 않는 스마트 계약 프로그램은 누구도 이용하려 하지 않게 될 것이기 때문에 속이는 프로그램을 실행한 사업자가 얻을 수 있는 것은 많지 않을 것입니다. 이더리움의 이러한 구조야 말로 부테린이 말한 공격하는 것보다 방어하기 쉬운 시스템에 다름 아니라고 할 수 있습니다.

사용자 자신이 서비스 이용과 관련된 사용자 데이터를
직접 관리

이더리움의 스마트 계약 시스템을 활용해서 서비스를 제공하게 되면 서비스 제공 사업자는 사용자와 관련된 정보를 직접 관리하지 않아도 됩니다. 예를 들어 기존의 음악 콘텐츠 사업자는 사용자가 음악 콘텐츠를 이용하면서 업로드한 사용자 정보를 활용해서 사용자가 좀 더 편리하게 서비스를 이용할 수 있도록 해줍니다. 사용자가 자신이 이전에 들었던 음악 리스트를 볼 수 있도록 해준다거나 사용자가 만들어 둔 음악 플레이리스트를 다음에 접속했을 때도 사용할 수 있도록 해주는 식입니다.

한편 이더리움 스마트 계약 시스템을 사용해서 음악 서비스를 제공하는 사업자는 이러한 사용자 정보를 직접 관리하지 않아도 됩니다. 사용자가 음악 콘텐츠 서비스에서 들은 음원 리스트, 혹은 사용자가 만들어 둔 플레이리스트 등의 사용자 데이터는 모두 블록체인상에 기록됩니다. 이러한 개인 정보는 블록체인상에 기록되기는 하지만 이 경우 암호화된 데이터 형태로 저장됩니다.

어떤 사용자가 스마트 계약 서비스를 이용하면서 생성된 모든 사용자 정보는 사용자가 공개해둔 공개키로 암호화되어 블록체인상에 저장됩니다. 이 암호화된 사용자 정보를 보기 위해서는 반드시 사용자 자신이 가지고 있는 개인키가 있어야 합니다. 어떤 사용자가 스마트 계약 서비스에 접속해서 서비스를 이용할 때 해당 사용자의 사용자 정보가 필요할 경우 서비스 제공 사업자는 사용자의 동의를 얻어 암호화되어 블록체인상에 저장되어 있는 해당 사용자의 사용자 정보를 일시적으로 복원할 수 있습니다. 서비스 사업자가 사용자 정보를 이용하기 위해 사용자에게 동의를 구하면 사용자는 비밀번호를 입력하는 것과 같은 형태로 해당 사업자가 자신의 사용자 정보를 일시적으로 볼 수 있도록 해주는 것입니다.

이러한 방법으로 이더리움에서는 4차 산업 혁명 시대의 귀중한 자원인 개인 사용자 정보를 서비스 사업자가 가져가는 것이 아니라 사용자 자신이 관리할 수 있게 해줍니다. 경우에 따라 이 사용자 정보를 이용하기 원하는 사업자는 사용자 자신에게 사용자 정보를 이용하는 대가를 지불하고 그 정보를 이용하게 됩니다. 물론 이때 지불은 사용자 계정과 사업자의 계약 계정 사이에서 이더를 주고받는 방법으로 이루어집니다.

같은 방법으로 블록체인 기술을 사용하면 의료 정보나 유전 정보와 같은 민감한 개인 정보를 안전하게 거래할 수 있습니다. 개인의 의료 기록이나 건강정보와 같은 데이터는 매우 민감한 개인 정보이기 때문에 현재는 이러한 데이터를 인터넷상에서 거래하는 것이 불가능합니다. 예를 들어 의료기관이 가지고 있는 개인의 의료 기록을 인터넷을 통해 제공하다가 이것이 악의를 가진 사람에게 유출되기라도 하면 큰일이기 때문입니다. 이러한 이유로 많은 기대를 모으고 있는 인터넷을 통한 본격적인 헬스케어 서비스는 아직 제공되지 못하고 있습니다. 대다수 사업자들은 이러한 민감한 개인 정보를 자사 서버에 수집해서 관리하는 것을 부담스러워합니다.

블록체인 기술을 사용하면 의료기관 등은 개인들이 공개한 공개키를 사용해서 의료기록 등을 암호화한 뒤 그 데이터를 블록체인상에 저장해 둘 수 있습니다. 이렇게 암호화된 데이터는 해당 공개키를 공개한 개인이 페어로 생성한 비밀키가 있어야 볼 수 있습니다. 헬스케어 서비스를 제공하는 사업자들은 개인들에게 서비스를 제공할 때 필요할 때마다 해당 개인의 민감한 정보를 개인의 동의를 얻어 일시적으로 활용할 수 있게 됩니다. 사업자는 민감한 개인 정보를 직접 자사 서버에 저장해 두고 관리하지 않아도 되기 때문에 정보 유출에 대한 부담을 덜 수 있게 됩니다.

사용자 역시 자신의 민감한 개인 정보는 물론 인터넷에서 서비스를 이용하면서 자신도 모르게 생성한 많은 사용자 정보를 자신이 관리할 수 있게 되므로 안심할 수 있습니다. 뿐만 아니라 자신의 사용자 데이터를 활용하기 원하는 사업자에게는 요금을 받고 사용자 데이터를 이용할 수 있도록 해줄 수도 있습니다. 9장에서 언급한 바와 같이 지금까지 인터넷 서비스 사업자들은 사용자의 동의 없이 사용자 데이터를 수집해서 활용함으로써 엄청난 수익을 창출해 왔습니다. 이제 사용자들은 그들로부터 자신의 사용자 정보 이용에 대한 대가를 받을 수 있게 된 것입니다.

블록체인 스마트 계약 시스템과 사물인터넷의 결합

사물인터넷 시대에 사물인터넷 네트워크에 연결된 모든 사물은 다른 디바이스에 접속해서 정보를 이용하기도 하고 그 자신이 다른 디바이스에 정보를 제공하기도 합니다. 사실 사물인터넷 네트워크는 기본적으로 P2P시스템을 전제로 하고 있습니다. 그런 점에서 블록체인 기술은 사물인터넷에 적용되기에 매우 적합한 기술이라고 할 수 있습니다.

블록체인상에 저장되어 있는 스마트 계약 객체가 사물인터넷의 어떤 사물을 제어하는 제어 소프트웨어라면 무슨 일들이 가능해질까요? 예를 들어 기상정보를 수집하는 센싱 디바이스와 이 센싱 디바이스를 제어하는 스마트 계약 객체가 있다고 해보겠습니다. 기상정보를 제공하는 사업자들은 이 센싱 디바이스의 스마트 계약 객체에 접속해서 센싱 디바이스가 수집한 정보를 이용할 수 있습니다. 이때 센싱 디바이스의 스마트 계약 객체에는 수집한 정보를 한번 제공할 때마다 얼마의 이용요금을 받는다는 계약이 설정되어 있습니다. 기상정보 제공업체들은 암묵적으로 그 계약에 동의한다는 전제 하에 센싱 디바이스 스마트 계약 객체에 접속해서 정보를 이용합니다. 설정된 계약 내용에 따라 한 번 정보를 제공받을 때마다 정해진 금액의 이더가 기상정보 업체의 이더리움 계정에서 센싱 디바이스 스마트 계약 객체의 계약 계정으로 전송됩니다.

이번에는 무인 자율주행차를 제어하는 이더리움 스마트 계약 객체가 있다고 가정해 보겠습니다. 어떤 고객이 이 무인 자율주행차 스마트 계약 객체에 접속해서 무인 자율주행차를 호출합니다. 무인 자율주행차는 고객을 목적지까지 데려다 줍니다. 무인 자율주행차 스마트 계약 객체에는 사용자가 주행거리와 시간에 따라 정해진 요금을 지불하는 스마트 계약이 설정되어 있습니다. 무인 자율주행차를 호출한 고객은 암묵적으로 그 계약에 동의한 셈이 됩니다. 고객이 목적지에 도착해서 내리면 고객의 이더리움 계정에서 스마트 계약 내용에 따라 산정된 금액의 이더가 무인 자율주행차의 계약 계정으로 송금됩니다.

블록체인 스마트 계약 시스템은 향후 제조업의 모든 밸류체인상에서 다수의 참가자 간에 이루어지는 복잡한 업무를 자동화하는 데도 매우 유용하게 활용될 것으로 기대를 모으고 있습니다. 밸류체인상의 다양한 사업자들이 종이로 주고받던 계약 서류를 블록체인의 스마트 계약으로 대체할 수 있게 되는 것입니다. 예를 들어 완제품 자동차 공장과 부품 공장이 부품공급 계약을 체결했다면 해당 계약 내용과 계약이 실행되고 대금이 지불되기까지의 모든 과정이 블록체인상에 기록됩니다.

이때 부품공장이 생산한 모든 부품에는 센서가 탑재되어 관련된 모든 정보를 수집하게 됩니다. 스마트 계약 객체는 이 센싱 데이터를 통해 예를 들면 부품공장이 주문 받은 부품을 만들어 완제품 조립 공장에 납품한 사실을 자동으로 확인한 뒤 그 내용을 블록체인상에 기록할 수 있습니다. 이처럼 계약 내용 및 그 이행과 관련된 모든 내용이 블록체인상에 자동으로 기록되고 모든 관련 당사자가 공유하게 되기 때문에 계약을 충실히 이행하지 않는 사업자는 자연히 도태되고 계약을 충실히 이행하는 사업자는 더 많은 거래 기회를 얻게 됩니다.

4부
4차 산업 혁명과
제조업의 미래

현재의 IT산업을 있게 한 정보 혁명이란 무엇이고 그 본질은 무엇인지를 설명한 2부와 4차 산업 혁명을 가능하게 하는 IT기술들을 설명한 3부의 긴 여정을 거쳐 이제 4부에서는 다시 4차 산업 혁명이 가져올 제조업의 미래에 대해 생각해볼 것입니다. 1부에서 이미 4차 산업 혁명이 가져올 제조업의 변화 모습이란 어떤 것일지를 대략적으로 설명 드렸습니다만, 이것을 가능하게 하는 IT기술들을 살펴 본 이후인 4부에서는 기술적인 면들을 부가하여 좀 더 구체적으로 설명드릴 수 있을 것입니다.

제15장
디지털 세계와 현실 세계를 잇는 디지털 트윈 기술

디지털 트윈 기술을 적용, 서비타이제이션(Servitization)을
실현한 GE

  현재의 제조산업 분야에서 높은 부가 가치를 창출하기 위한 조건은 무
엇일까요? 바로 중국과 같은 개발도상국들은 모방할 수 없는 높은 개념
설계 역량을 보유한 분야의 제품을 생산하는 것입니다. 주로 가스터빈,
철도, 항공엔진, 공장 자동화기기, 의료기기와 같은 기간산업 및 산업용
기계 분야가 여기에 속합니다. 현재 이 시장을 리드하고 있는 회사가 GE
입니다.
  GE는 기계산업 분야의 선두주자입니다. 선두주자답게 GE는 항상 높
은 기술력이 요구되고 제품 라이프사이클이 길며 신흥국 메이커와의 가
격경쟁에 휘둘리지 않아도 되는 사업에 주력해 왔습니다. 그러다 보니

1990년대 후반 들어서는 한국이나 중국 제조사와의 경쟁으로 가격 경쟁력이 떨어져 버린 반도체, 통신기기, PC, 휴대전화기, 조명, 원자력발전 등의 사업 분야는 과감하게 정리해 버리기도 했습니다. 그러고 나서 이제 GE가 집중하고 있는 사업 분야가 바로 발전용 가스터빈, 항공엔진, 철도, 공장 자동화기기, 의료기기와 같은 산업용 기계 분야입니다.

GE가 생산하는 발전기의 가스터빈이나 항공엔진, 의료기기와 같은 제품을 구매하는 고객들은 가격 경쟁력보다는 제품의 성능을 최우선적으로 고려합니다. 이러한 제품들의 경우 고장 시 고객사에 치명적인 손실을 입힐 수 있기 때문입니다. 제품 고장으로 인해 가스터빈이나 항공엔진의 가동이 멈출 경우 고객사는 그로 인한 엄청난 손실을 감수해야 합니다. 의료기기의 경우에는 제품 고장으로 인해 사람이 생명을 잃을 수도 있습니다. 때문에 이 분야의 기기들은 PLM(Product Lifecycle Management)이라는 기업용 솔루션을 사용하는 경우가 많습니다.

PLM, 즉 제품 라이프사이클 관리 솔루션은 제품 개발의 기획 단계부터 설계, 생산, 출하 후의 유지보수와 지원에 이르기까지 제품이 태어나서 폐기될 때까지의 모든 과정에서 발생하는 제품과 관련된 데이터를 일괄적으로 관리해 줍니다.

PLM소프트웨어를 사용해서 제품의 라이프사이클 전체에 걸쳐 수집한 다양한 데이터들을 체계적으로 관리하게 되면 이것을 제품 설계, 제조 과정, 유지보수 등에서 활용할 수 있게 됩니다. 제품 구매 후 고객이 제품을 어떻게 사용했는가 하는 데이터를 수집하면 이것을 추후 제품 설계에 반영해서 고객 입장에서 보다 매력적인 제품을 개발할 수 있습니다. 제품 제조와 관련된 데이터를 수집해서 관리하게 되면 제품 생산 시 불량품을 줄이거나 품질을 향상시킬 수 있습니다. 또한 제품의 수리나 유지보수 등에 관한 데이터를 수집해서 관리하면 제품의 고장 시기나 부품 교체 시기를 미리 예측해서 대응할 수도 있습니다.

GE는 최근에 우리가 3부에서 살펴본 IT기술들을 활용하여 PLM솔루션을 고도화한 디지털 트윈(Digital Twin)이라는 기술을 활용하고 있습니다. 디지털 트윈은 제품의 개발에서 생산, 유지보수에 이르는 전 과정을 디지털화한 개념입니다.

예를 들어 항공기 엔진을 디지털 트윈 방식으로 개발해서 고객에게 제공하는 경우를 생각해 보기로 하겠습니다. 디지털 트윈에서 제품을 개발하는 방식은 우리가 앞서 3장에서 살펴본 모델 베이스 개발(MBD)을 사용합니다. 먼저 컴퓨터상에서 항공기 엔진을 설계한 뒤 시제품을 3D모형으로 만듭니다. 그다음 이것이 실제 제품화되었을 때 어느 정도의 출력과 연비가 나올 것인지 등을 확인할 수 있는 시뮬레이션 모델을 만들어 컴퓨터상에서 시뮬레이션합니다. 이 시뮬레이션 과정이 시제품 테스트에 해당됩니다.

사실 항공기 엔진과 같은 첨단 제품에서는 이 시뮬레이션 모델을 얼마나 잘 만드는가가 제조사의 경쟁력을 좌우하는 핵심 요소라고 할 수 있습니다. 여기에는 두 가지 요소에 대한 깊은 이해가 필요한데, 첫 번째는 물리법칙, 화학반응 등 일반적인 법칙에 근거한 현상을 이해할 수 있는 능력입니다. GE에는 물리학자나 화학자와 같은 많은 과학자들이 근무하고 있는데, 이들은 바로 이 시뮬레이션 모델을 만드는 일에 관여하고 있습니다. 두 번째로 제품에 대한 경험과 지견이 필요합니다. 경험 많은 베테랑 엔지니어는 단지 감각적으로 제품이 제대로 작동하고 있는지 아닌지를 알 수 있는 지식을 가지고 있습니다. 잘 만들어진 시뮬레이션 모델에는 이러한 경험 많은 엔지니어의 제품에 대한 경험지라는 요소도 반드시 필요합니다.

GE가 항공기 엔진과 같은 산업용 기계 분야에서 시장을 리드하고 있는 이유는 바로 제품 개발 단계에서 만들어진 3D모형과 시뮬레이션 모델을 만드는 능력의 우수성 때문이라고 해도 과언이 아닙니다. 그런데 GE는 여기서 그치지 않고 이 제품 3D모형과 시뮬레이션 모델을 만들어진 실제 제품과 연동시키는 기술을 개발했는데, 바로 이것이 디지털 트윈입니다.

디지털 트윈은 우리가 12장 사물인터넷에서 다룬 CPS(Cyber Physical System) 기술의 일종입니다. 다시 말해 물리 세계와 사이버 세계가 서로 정보를 주고받으면서 어떤 일을 수행할 수 있도록 해주는 기술입니다.

디지털 트윈 기술을 사용해서 GE는 제품 개발 때 만든 항공엔진의 3D모형과 실제 만들어진 항공엔진을 연동시킵니다. 그 방법은 실제 만들어진 항공엔진에 통신기능을 가진 센서를 부착하여 항공엔진과 관련된 모든 실시간 상황 데이터를 수집하고 그 데이터 분석을 통해 알게 된 정보를 해당 항공엔진과 연동하는 항공엔진의 3D모형에 실시간으로 적용하는 것입니다. 여기서 센서 데이터를 분석하여 실제 항공엔진에 어떤 변화가 있었는지를 예측하는 역할은 시뮬레이션 모델이 담당하게 됩니다.

특정 항공엔진에 부착된 센서로부터 수집한 데이터들은 그 항공엔진의 실시간 상태에 대해 많은 것을 알려줄 수 있습니다. 엔진 날개 등 각 부품에 부착된 센서는 엔진이 가동할 때의 연료 특성, 비행 시 바깥 온도, 모래먼지와 같은 흡입 분자의 양 등 엔진이 가동되는 환경에 대한 다양한 데이터를 수집합니다. 그리고는 이 데이터를 GE의 클라우드 서버로 전송합니다.

GE의 클라우드 서버에는 해당 제품과 연동하는 3D모형과 시뮬레이션 모델이 가동되고 있습니다. 시뮬레이션 모델이 해당 항공엔진으로부터 수집한 데이터를 분석하면 항공기 운항에 따른 실물 엔진의 마모 정도와 같은 실제 엔진의 변화를 예측할 수 있습니다. 이렇게 예측한 실제 엔진의 변화 상태를 3D모형에 반영하는 것입니다. 이렇게 하면 어떤 항공엔진이 실제로 항공기에 탑재되어 가동되면서 변화된 모든 세부사항들이 그대로 GE의 서버에서 운용되는 3D모형에 적용됩니다.

이제 이 3D모형은 실제 항공엔진의 변화된 모습을 그대로 반영하는 말 그대로 특정 항공엔진의 디지털 트윈이 됩니다. 이제 이 디지털 트윈은 연동하는 제품의 변화되어 가는 모습을 컴퓨터상에서 그대로 재현하면서 제품과 운명을 같이하게 됩니다. 해당 제품이 수명을 다하여 폐기되면 디지털 트윈도 함께 폐기됩니다.

GE는 이 디지털 트윈 기술력을 바탕으로 항공엔진의 판매방식을 바꾸었습니다. 일반적으로 항공엔진은 여느 제품과 마찬가지로 제품 구매대금을 받고 제품을 판매하는 방식으로 판매되었습니다. 일단 판매가 완료되면 이후 제품에 문제가 생길 경우 정해진 기간 동안 애프터서비스를 해주고 그 기간이 넘어가면 돈을 받고 수리해주는 식이었습니다.

하지만 언급한 바와 같이 항공엔진에서는 제품의 가동이 중단되지 않는 일이 무엇보다 중요합니다. 제품이 중단 없이 가동되기 위해서는 예지보전 서비스가 제공되어야 합니다. 예를 들어 제품이 고장 난 다음에 수리를 해주는 것이 아니라 제품이 고장 날 것 같은 전조 증상들을 보이기 시작하면 고장 나기 전인 바로 그 시점에 미리 조처를 취해야 합니다. 부품 교체와 관련해서도 부품에 문제가 발생한 다음에 교체하는 것이 아니라 그런 문제가 발생하기 전에 미리 교체해주는 것입니다. 그러기 위해서는 시뮬레이션 모델을 사용해서 문제를 미리 예측하는 능력이 필요합니다.

GE는 항공엔진 판매 방식을 마치 클라우드 소프트웨어 판매방식과 같은 형태로 바꾸었습니다. 항공사에 제품을 납품한 뒤 구매대금을 한꺼번에 받는 것이 아니라 사용한 시간만큼 매월 혹은 연간 단위로 돈을 받는 것입니다. 이것은 자동차를 리스 방식으로 구매하는 것과 비슷하다고 보시면 될 것 같습니다. 이러한 판매 방식에서 GE는 제품을 판매하면 그것으로 끝나는 것이 아니라 제품이 중단 없이 가동되도록 하는데 역량을 집중하게 됩니다. 제품이 고장 나서 가동이 중단되면 GE는 그 시간에 해당되는 만큼 돈을 받지 못하기 때문에 손실을 입게 됩니다. 제조사인 GE가 고객의 손실에 대해 책임을 떠맡는 방식인 것입니다.

GE의 이러한 새로운 항공엔진 판매방식을 서비타이제이션(servitization), 즉 서비스화라고 부릅니다. 제조사가 제품을 판매하는 방식을 제품을 판매한다는 관점에서 제품을 서비스한다 라는 관점으로 전환한 것입니다.

GE가 항공엔진을 서비스화할 수 있게 해주는 핵심 기술이 바로 디지털 트윈입니다. 현재 GE의 디지털 트윈 기술에서는 전문 엔지니어의 역할이 매우 중요합니다. 판매된 모든 항공엔진의 디지털 트윈을 실시간으로 모니터링하면서 전 세계에서 운항되고 있는 항공엔진에 어떤 문제가 있는지를 예측하고 부품 교체 시기를 판단하는 것은 GE의 전문 엔지니어들입니다. 현재의 디지털 트윈 기술은 실시간으로 수집되는 센서 데이터를 통해 만들어진 제품의 3D모형, 즉 제품의 디지털 트윈을 사람이 보고 어떤 판단을 내릴 수 있도록 가시화해서 보여주는 역할을 주로 하고 있습니다.

GE는 향후 이 디지털 트윈에 머신러닝 기반의 인공지능 기술을 적용한다는 계획입니다. 이때는 인공지능을 가진 소프트웨어가 머신러닝 기술을 사용해서 수집된 센서 데이터로 그려지는 그래프의 패턴을 학습하게 됩니다.

이것은 마치 현재 컴퓨터가 주가분석 차트의 패턴을 학습해서 특정한 그래프 모양 패턴이 나타났을 때 이것이 무엇을 의미하는지 알게 되는 것과 같습니다. 주가 차트를 분석하는 인공지능 소프트웨어는 특정 모양의 그래프 패턴이 나타나면 이것이 주식을 사야 할 신호라고 해석하고 주식을 삽니다. 그리고 또다른 특정 모양의 그래프 패턴이 나타났을 때는 이것이 주식을 팔아야 할 신호라고 해석하고 주식을 팝니다. 사실 인공지능 소프트웨어에 있어 그 그래프의 패턴이 무엇을 의미하는지는 중요하지 않습니다. 어쨌든 특정 패턴이 나타나서 주식을 샀는데 주가가 오른다면 학습이 성공한 것이고 주가가 떨어진다면 좀 더 학습이 필요하다는 것을 의미하게 됩니다.

이와 마찬가지로 GE의 인공지능 소프트웨어는 항공엔진에 부착된 센서가 보내오는 데이터로 만들어지는 그래프의 패턴을 학습합니다. 특정 패턴이 나타났을 때 곧 고장이 날 것이라는 신호로 해석하고 제품을 수리해야 한다고 알려줍니다. 또 다른 특정 패턴이 나타나면 특정 부품을 교체해야 할 신호로 해석하고 그 부품을 교체해야 한다고 알려줍니다.

학습이 잘 이루어진다면 GE의 인공지능 소프트웨어는 현재 GE의 전문 엔지니어들이 하고 있는 역할을 대신할 수 있게 될 것입니다. 바로 이것이 현재 제조기업인 GE가 머닝러신 알고리즘을 개발하는 소프트웨어 엔지니어들을 대거 유치하고 있는 이유입니다. 이 시점이 되면 GE에는 더 이상 제품 제조와 관련된 전문 엔지니어가 필요치 않게 될 가능성도 있습니다. 제품 개발 및 운용과 관련된 모든 경험적 지식을 축적한 인공지능 소프트웨어가 그 일을 대신하게 될 것이기 때문입니다.

디지털 트윈 기술을 적용한 지멘스의 스마트 공장

지멘스는 GE와 같은 길을 걷고 있는 유럽 기계산업 분야의 대표주자입니다. 지멘스 역시 GE와 마찬가지로 기계제조 분야의 높은 기술력을 바탕으로 신흥국 국가의 제조기업들과 경쟁하지 않는 분야에 역량을 집중해 왔습니다.

현재 지멘스가 집중하고 있는 분야는 공장 자동화 기기입니다. 지멘스는 주로 소프트웨어로 제어되는 디지털 방식의 공장 자동화기기를 생산하고 있습니다. 또한 지멘스는 IT기술을 활용해서 제조 공장의 생산성을 향상시키는 기술인 MES(Manufacturing Execution System)솔루션 분야의 강자입니다.

MES는 제조기업의 현장관리를 돕는 솔루션입니다. 여기서는 제조 현장의 다양한 데이터를 수집해서 평가/분석함으로써 제품 생산의 QCD(품질, 비용, 납기)를 관리해 줍니다. 제조기업이 MES솔루션을 사용하게 되면 공장의 각종 설비에 센서를 부착하여 제품의 제조 조건, 제조 실적, 생산된 제품의 품질과 같은 일련의 데이터를 수집하게 됩니다. 그런 다음 이들 데이터의 상관관계를 전용 소프트웨어로 분석해서 품질 개선이나 공장 설비의 순간정지를 방지할 수있는 방안 등을 도출한 뒤 제조현장에 적용합니다. 한마디로 MES솔루션은 이전까지 공장에 있는 베테랑 현장 직원의 암묵지로 해결해 왔던 문제들을 데이터를 수집/분석해서 해결해 줍니다.

지멘스는 자사 MES솔루션을 강화하기 위한 방법으로 자사의 공장 자동화기기에 디지털 트윈 기술을 적용하고 있습니다. 공장 자동화기기의 실시간 상태를 보여주는 디지털 트윈을 만들어 운용하는 것입니다.

언급한 바와 같이 GE는 실제 항공엔진과 연동하는 3D모형을 만들고 실제 항공엔진에 부착된 센서가 보내오는 데이터를 분석해서 항공엔진의 실시간 상태를 예측하는 시뮬레이션 모델을 만들어 운용합니다. 이렇게 하면 실제 항공엔진과 연동하는 3D모형은 그 항공엔진의 실시간 상태를 반영하게 됩니다. 바로 이 3D모형이 디지털 트윈입니다.

마찬가지로 지멘스는 실제 공장에서 운용되는 개별 자동화 기기마다 3D모형을 만들고 기기에 부착된 센서로부터 수집되는 데이터를 분석해서 해당 자동화기기의 실시간 상태를 예측하는 시뮬레이션 모델을 만들어 운용합니다. 이렇게 하면 실제 공장 자동화기기와 연동하는 3D모형은 그 기기의 실시간 상태를 반영하게 됩니다. 바로 이 3D모형이 공장 자동화기기의 디지털 트윈이 됩니다.

디지털 트윈 기술을 적용한 지멘스 MES솔루션의 1차 타겟은 글로벌 자동차 회사나 부품회사와 같이 세계 각지에서 공장을 운영하고 있는 회사들입니다. 예를 들어 독일 보쉬는 본국에 있는 포이어바흐 공장과 중국을 비롯한 세계 각국에서 공장을 운영하고 있습니다. 보쉬는 이미 지멘스의 자동화기기와 솔루션을 사용하고 있는 대표적인 고객사입니다.

보쉬와 같은 회사들이 지멘스의 MES솔루션을 도입하게 되면 특히 중국과 같은 신흥국 국가들에 있는 공장 운영을 효율화 할 수 있습니다. 언급한 바와 같이 중국에서 공장을 운용하는 회사들은 경험 있는 엔지니어를 고용하는 일이 쉽지 않습니다. 한 회사에 오래 머무르면서 경험을 쌓는 인력을 구하기가 쉽지 않기 때문입니다. 대부분의 인력은 다른 회사에서 좀 더 나은 조건을 제시하면 바로 떠나버립니다. 그러다 보니 경험이 부족한 초보 인력을 사용해서 공장을 운용해야 하는 경우가 많습니다. 이러한 구조로 인해 신흥국에 있는 공장에서 어떤 문제가 발생하면 본국에 있는 전문 엔지니어를 파견해야 하는 경우가 종종 발생합니다.

이러한 공장들에서 운용되는 기기에 통신기능을 가진 센서를 부착하고 그 센서 데이터를 본국에 있는 공장에서 운용되는 서버가 일률적으로 수집합니다. 그리고는 수집한 데이터를 기반으로 각 공장 기기의 디지털 트윈을 만들어 운용합니다. 본국에 있는 엔지니어가 이 디지털 트윈을 모니터링하면 해외 공장에 있는 어떤 기기에 어떤 문제가 발생했는지를 파악할 수 있게 됩니다. 이렇게 되면 굳이 본사에 있는 엔지니어를 해외 공장에 파견하지 않고도 문제를 해결할 수 있게 되는 것입니다.

지멘스의 MES솔루션 역시 초기에는 센서 데이터를 사람이 보고 직관적으로 알 수 있도록 시각화해주는데 초점을 맞춥니다. 하지만 궁극적으로는 고객사의 본국 마더공장에 있는 서버에서 운용되는 인공지능 소프트웨어가 문제를 해결하게 될 것입니다. 인공지능 소프트웨어는 공장 기계들에 부착된 센서가 보내오는 데이터로 만들어지는 그래프의 패턴을 학습합니다. 특정 패턴이 나타났을 때 이것이 무엇을 의미하는 것인지를 알게 되면 문제가 발생하기 전에 미리 조치를 취할 수 있게 됩니다. 공장 운영에서의 예지보전 서비스가 가능해지는 것입니다.

학습이 잘 이루어진다면 고객사가 지멘스 솔루션을 사용해서 자사 서버에서 운용하고 있는 인공지능 소프트웨어는 고객사의 전문 엔지니어들이 하고 있는 역할을 대신할 수 있게 될 것입니다. 따라서 지멘스의 고객 기업인 제조사들 역시 머신러닝 알고리즘을 개발하는 소프트웨어 엔지니어를 필요로 하게 됩니다. 이 시점에는 이들 회사에서 경험 많은 엔지니어가 담당해 왔던 일들을 제품 개발 및 운용과 관련된 모든 경험적 지식을 축적한 인공지능 소프트웨어가 대신하게 될 것입니다.

지멘스의 자동화기기와 MES솔루션을 도입한 보쉬의 독일 포이어바흐 공장은 대표적인 스마트 공장 사례로 언급됩니다. 사실 스마트 공장에서 중요한 부분은 자동화된 공장기기가 아닌, 그 기기를 제어하는 제어 소프트웨어에 있습니다. 스마트 공장은 보쉬와 같이 제조 역량과 공장 운용 역량이 뛰어난, 다시 말해 개념설계 역량이 뛰어난 기업이 그 역량을 디지털화, 즉 소프트웨어화할 수 있도록 해주는 일종의 솔루션입니다.

이 스마트 공장 솔루션을 통해 제조기업은 가장 뛰어난 개념설계 역량을 보유하고 그 역량을 소프트웨어화해서 서비스로서 제공하는 기업과 그 솔루션을 이용해서 제품을 생산하는 생산공장으로 양분될 것입니다. 제조산업 분야에 이러한 새로운 구조가 도입되면 전 세계 모든 생산공장의 생산능력은 평준화될 것입니다. 같은 소프트웨어를 사용하기만 하면 같은 수준의 제품생산 능력을 가지게 될 것이기 때문입니다.

제16장
제조업의 모듈화가 의미하는 것

글로벌 SCM(Service Chain Management)의 구현이 어려운 이유

　지금까지 IT업계에서는 사람, 물건, 돈과 같은 기업의 리소스를 최적화할 수 있도록 업무 프로세스를 관리해주는 소프트웨어를 제공해서 기업의 효율성 향상을 지원해 왔습니다. 이것이 ERP(Enterprise Resource Planning)소프트웨어입니다.

　또한 기업 내 리소스를 최적화하는 데서 한걸음 더 나아가 다른 기업과의 거래를 통해 이루어지는 업무 프로세스를 하나의 밸류체인으로 보고 그 전체를 최적화할 수 있도록 관리하는 서비스도 제공하고 있습니다. 자재나 부품 조달부터 생산, 판매, 물류까지의 기업 횡단적인 업무 흐름을 관리하는 SCM(Service Chain Management)이 그것입니다.

SCM은 제품의 수요 상황에 맞추어 최적의 시점에 최적의 양만큼 생산/공급함으로써 과잉 재고와 기회 손실을 최소화해서 기업의 경쟁력을 향상시키는 것을 그 목적으로 하고 있습니다.

SCM을 실현하기 위해 지금까지 시도되어 온 대표적인 방법은 생산된 제품에 RFID태그를 부착하여 관리하는 것입니다. 제조사가 생산된 모든 제품에 RFID태그를 부착하고 제품이 생산되어 판매되기까지의 과정에 있는 모든 정보를 관리할 수 있다면 제조 공장의 부품 재고, 물류 창고의 유통 재고, 판매점의 소매 재고 상황을 실시간으로 파악할 수 있고 최종 소비자가 어떤 상품을 구매했는가 하는 정보도 실시간으로 파악할 수 있을 것입니다. 이렇게 되면 그 상황에 맞추어 많이 팔린 제품을 생산하면 되기 때문에 적정 재고를 유지할 수 있게 됩니다.

그러나 현실적으로 이 정도 수준의 SCM을 실현하고 있는 제조 기업은 존재하지 않습니다. RFID를 사용한 재고 관리는 유통사업자 단계에서 일부 실현되고 있을 뿐입니다. 소비자가 스마트폰 앱으로 상품의 RFID태그를 스캔하면 상품의 원산지나 생산자를 알 수 있도록 해준다든가 유통업체의 매장과 창고에 어떤 물건이 얼마나 있는가를 파악할 수 있도록 해주는 정도의 수준입니다.

기업 횡단적인 SCM이 실현되지 못하고 있는 가장 큰 이유는 서로 다른 기업들이 구축하고 있는 기업 정보 시스템의 사양이 서로 다르기 때문입니다. 각 기업마다 보유한 정보를 담고 있는 서버에 탑재된 OS와 어플리케이션 제품이 서로 다르고 때로는 서버 간을 잇는 통신 네트워크 사양도 서로 다릅니다. 사실은 대기업의 경우 심지어 기업 내에서도 원활한 정보의 공유가 이루어지지 못하고 있는데, 기업 내 서로 다른 시스템들, 예를 들어 재고 관리 시스템, 회계 관리 시스템, 구매 관리 시스템의 사양이 서로 다르기 때문입니다.

인더스트리 4.0에서는 제조업의 서플라이 체인상에 있는 모든 기업의 정보 시스템 사양을 통일해서 서로 간에 원활한 정보 공유가 이루어지도록 하는 것을 목표로 하고 있습니다. 이렇게 하면 예를 들어 최종 소비자가 특정 제품을 구매한 정보가 실시간으로 서플라이체인상에 있는 모든 기업들에 전달되어 그 상황에 맞추어 부품업체는 해당 제품을 만들 수 있는 부품을 완제품 제조업체에 전달하고 완제품 제조업체는 공급된 부품으로 판매된 그 제품을 다시 만들어 유통업체에 공급해서 재고량을 맞추는 것입니다.

그러나 현재 구축되어 있는 서로 다른 기업의 정보 시스템을 특정 사양으로 통일하고 그 사양에 맞추어 시스템을 바꾸라고 요구한들 이것이 가능해질 리 없습니다. 그렇게 하기 위해서는 엄청난 비용이 소요될 것이기 때문입니다.

사실 최근 대기업들은 기존에 구축한 정보 시스템이 서로 호환이 되지 않기 때문에 기업 내에서도 원활한 정보 공유가 이루어지지 않는다는 문제에 직면하고 있습니다. 예를 들어 판매 관리 시스템과 재고 관리 시스템 간에 원활한 정보 공유가 이루어진다면 특정 제품이 판매된 순간 재고 관리 시스템의 재고 DB가 자동으로 해당 상황에 맞추어 재고가 하나 줄었음을 표시해주면 좋을 텐데 이것이 되지 않고 있는 것입니다. 이 문제 역시 기업의 모든 정보 시스템을 같은 사양으로 재구축해서 서로 다른 시스템을 연결하면 해결될 일이지만 같은 기업 내에서도 이렇게 하는 것이 쉬운 일은 아닙니다.

예를 들어 어떤 기업이 큰맘 먹고 기업 내 원활한 정보의 공유를 위해 자사의 모든 정보 시스템 사양을 통일하고 그 사양에 맞추어 기업 시스템을 대대적으로 재구축했다고 해봅시다. 그러면 모든 문제가 해결될까요? 그렇지 않습니다. 기업의 사업 환경은 끊임없이 변화합니다. 특히 최근에는 그 변화 속도가 엄청납니다. 때문에 또 다른 정보 시스템을 기존 시스템에 연결해야 할 필요성에 직면하게 될 것입니다. 그런데 연결해야 하는 정보 시스템의 사양이 기업의 현재 정보 시스템 사양과 다를 수 있습니다. 그러면 기껏 많은 돈을 들여 기업 시스템 사양을 통일해 놓은 것이 아무 소용 없게 되어 버리는 것입니다.

같은 기업 내에서도 정보 시스템의 사양을 통일하는 것이 이렇게 어렵다면 기업의 서비스체인 상에 있는 수많은 기업들 간에 기업 시스템을 통일하는 것은 얼마나 더 어려울 것인가를 짐작해 볼 수 있을 것입니다. 더구나 이제는 자국 내에서만 비즈니스를 전개하는 기업은 거의 없습니다. 많은 기업은 글로벌에 걸쳐 기업 자산을 보유하고 있으며 그 서비스체인은 전 세계에 흩어져 있는 수많은 종류의 다양한 기업들과 연결되어 있습니다. 이들 서로 다른 국가의 수많은 다양한 기업들 간에 같은 사양의 정보 시스템을 공유한다는 것은 거의 불가능해 보입니다.

인더스트리 4.0을 통한 모듈형 글로벌 SCM의 실현과 그 가능성

인더스트리 4.0은 지금까지 실현되지 못하고 있는 제조업 분야의 글로벌 SCM을 실현하는 것을 그 목표로 하고 있습니다. 방법은 인더스트리 4.0에 참가하는 모든 기업 시스템의 하드웨어 부문과 소프트웨어 부문을 각각 모듈화해서 필요할 때마다 레고블록처럼 조립하는 방법으로 공급망, 즉 서비스체인을 만드는 것입니다.

이것을 실현하기 위해 인더스트리 4.0에서는 12장에서 다룬 일종의 분산 오브젝트 기술을 사용합니다. 분산 오브젝트 기술은 인터넷에 연결되어 있는 서로 다른 서버상에서 구동되는 소프트웨어 부품, 즉 객체들이 다른 객체들과 서로 메시지, 즉 명령을 주고받으면서 전체 시스템을 구성할 수 있도록 하는 기술입니다.

기존의 분산 오브젝트 기술에서 하나의 객체로서 서로 메시지를 주고받는 것은 서로 다른 서버에 탑재되어 서비스로서 제공되고 있는 소프트웨어 부품들입니다. 4차 산업 혁명 시대에는 인터넷에 연결되어 있는 사물 하드웨어와 사물을 제어하는 제어 소프트웨어가 각각 하나의 객체로서 기능하게 됩니다. 이것이 가능해지게 되면 제품 개발에서 생산, 유통에 이르는 전 과정이 사람을 거치지 않고 최적화된 형태로 자동으로 진행될 수 있습니다.

예를 들어 제조기업은 제품을 개발한 뒤 그 제품을 생산하는 공정에 관한 정보를 담고 있는 소프트웨어를 서버상에서 운용할 수 있습니다. 해당 제품을 생산하기 원하는 제조공장은 해당 소프트웨어를 서비스하고 있는 사업자의 서버에 접속해서 서비스를 이용합니다. 이때 공정에 관한 정보를 담고 있는 소프트웨어는 접속한 공장의 기기들을 제어해서 해당 상품을 제조할 수 있는 조립라인을 구성하고 제조기기들을 제어해서 해당 상품이 생산되도록 합니다.

제조기업은 단지 제품을 개발한 뒤 그 제품을 생산할 수 있는 공정에 관한 정보를 소프트웨어에 담아 서비스로서 제공하기만 하면 됩니다. 해당 제품을 생산하기 원하는 공장이 그 소프트웨어 접속하기만 하면 자동화기기들이 자동으로 그 제품을 생산해내게 됩니다. 그 과정에서 사람은 필요 없습니다. 사물인터넷에 연결된 소프트웨어와 사물에 해당하는 자동화 기기들이 서로 메시지, 즉 명령을 주고받으면서 자동으로 제품을 생산해내기 때문입니다. 제품 생산공장은 제품을 판매해서 이윤을 얻을 수 있고 제품개발을 담당한 제조기업은 생산 공장들로부터 받은 소프트웨어 사용료로 수익을 얻게 됩니다.

유통업체와 제품 개발기업, 완제품 생산공장, 부품공장들은 모두 이런 식으로 연결되어 자동으로 작업을 수행할 수 있습니다. 생산된 제품이 한 대 판매되면 그 판매된 상품을 다시 한 대 생산하는 방식으로 공장을 운영하는 생산공장이 있다고 해보겠습니다. 유통업체 재고 관리 시스템의 소프트웨어 객체가 완제품 생산공장의 주문 관리 시스템 소프트웨어 객체에 상품이 한 대 판매되었으니 한 대를 더 보내 달라는 메시지를 보냅니다.

메시지를 받은 생산공장의 주문 관리 시스템 소프트웨어 객체는 제품을 개발한 제조기업의 공정 관리 소프트웨어 객체에 메시지를 보내 제품을 한 대 제조해 줄 것을 요청합니다. 제조기업의 공정 관리 소프트웨어 객체는 해당 공장의 자동화기기 하드웨어 객체들에 메시지를 보내서, 즉 기기들을 제어해서 제품을 생산합니다. 생산이 완료되면 생산공장의 주문 관리 시스템 소프트웨어 객체는 배송 관리 소프트웨어 객체에 메시지를 보내 완성된 제품을 유통업체로 배송해줄 것을 요청합니다. 배송 관리 소프트웨어 객체는 자율주행 트럭을 제어하는 소프트웨어 객체에 메시지를 보내 상품을 배송해줄 것을 요청합니다. 자율주행 트럭을 제어하는 소프트웨어 객체는 자율주행 트럭 하드웨어 객체에 메시지를 보내서, 즉 제어해서 완성된 제품이 유통업체로 배송되도록 합니다.

완성된 제품의 배송이 완료되었다는 사실을 통보받은 주문 관리 시스템 소프트웨어 객체는 해당 제품 생산에 필요한 부품을 만드는 부품회사들의 주문 관리 시스템 소프트웨어 객체에 메시지를 보내 부품을 보내줄 것을 요청합니다. 부품회사에서는 역시 완제품 생산공장에서와 비슷한 수순으로 부품을 생산해서 완제품 공장으로 배송해 줍니다.

살펴본 것과 같은 완전 자동화된 글로벌 SCM 시스템이 실현되기 위해서는 전체 시스템을 구성하는 각각의 소프트웨어 객체와 하드웨어 객체가 공통 인터페이스 사양에 따라 만들어질 필요가 있습니다. 아울러 서비스로서 제공되는 모든 소프트웨어 객체와 하드웨어 객체에 대한 메타데이터를 기술한 문서를 만들어 제공하는 일도 필요합니다. 앞서 언급한 바와 같이 자신이 사용하는 데이터를 스스로 구조화하고 계층구조에 따라 분류할 수 없는 컴퓨터는 반드시 자료에 대한 메타데이터를 필요로 하기 때문입니다.

분산 오브젝트 기술에서와 마찬가지로 인더스트리 4.0에서는 객체지향 방식의 소프트웨어 부품들이 서로 메시지를 주고받으면서 전체 시스템을 구성하는 구조를 상정하고 있습니다. 하나의 객체에 해당하는 각 소프트웨어 부품은 그 코드와 데이터를 내부에 은폐하고 있습니다. 다시 말해 블랙박스화해서 외부에서는 그것을 보거나 손댈 수 없도록 만들어져 있습니다. 따라서 객체가 어떤 프로그램 개발 언어로 작성되었든 관계없이 서로 호환이 가능하도록 되어 있습니다. 단 객체와 객체가 서로 메시지를 주고받는 부분의 개발언어와 메시지를 주고받는 형식은 공통화해야 합니다. 바로 이것이 공통 인터페이스에 해당됩니다. 인더스트리 4.0에서는 바로 이 공통 인터페이스 부분에 대한 표준화 작업이 진행되고 있습니다.

한편 각각의 소프트웨어, 즉 객체가 다른 객체를 호출해서 그 객체의 기능을 이용하기 위해서는 전체 시스템상에 어떤 객체들이 있고 그 객체들이 어디에 있으며 어떤 명령을 수행할 수 있는가 하는 정보를 알아야 합니다. 바로 이 정보가 객체들에 대한 메타데이터에 해당합니다. 이 메타데이터는 객체를 서비스하는 기업이 작성해 주어야 하며 객체에 어떤 변화가 생길 때마다 메타데이터를 변경하는 등의 관리도 해주어야 합니다. 이때 메타데이터를 기술하는 언어는 공통화되어야 합니다.

인더스트리 4.0에서는 이러한 메타데이터를 기술하는 언어와 메타데이터를 서비스하는 구조에 대한 표준화 작업이 진행되고 있습니다.

이렇게 보면 인더스트리 4.0은 결국은 실패로 끝난 CORBA나 DCOM과 같은 분산 오브젝트 기술과 거의 같은 것이라고 볼 수 있습니다. IT의 세계에서 어떤 새로운 시도가 실패로 끝난 경우 시간이 지나 다른 기업들이 다시금 같은 시도를 할 때 첫 번째 시도가 실패로 끝났던 바로 그 이유로 인해 다시 실패하는 경우는 비일비재합니다. 많은 기업들이 시도했다 실패로 끝난 제 3의 모바일 플랫폼이 그 한 가지 사례라고 할 수 있습니다.

따라서 인더스트리 4.0에서 추진하고 있는 공통 인터페이스 사양의 제정과 적용은 실패로 끝난 CORBA와 DCOM과 같은 이유로 실패할 가능성이 매우 높습니다. 바로 시스템을 개발하는 개발자들 입장에서 기존의 웹 시스템을 개발하는 것에 비해 너무도 번거로운 작업을 많이 요하기 때문입니다. 사실 CORBA와 DCOM은 일종의 시맨틱웹을 구현하는 한 가지 방법이었습니다. 다시 말해 인더스트리 4.0은 제조업의 글로벌 SCM 시스템을 시맨틱 웹 방식으로 구현하고자 하는 시도라고 할 수 있습니다.

10장 비구조화 데이터의 처리 문제에서 다룬 것처럼 컴퓨터가 스스로 데이터를 구조화하고 계층구조에 따라 분류하는 일을 할 수 없는 한 이러한 구조의 시스템이 성공을 거두기는 매우 어렵습니다. 따라서 이 문제에 대한 해결책을 찾기까지의 상당 기간 동안 인더스트리 4.0을 통해 완전 자동화된 글로벌 SCM을 구현하는 일은 쉽지 않아 보입니다.

따라서 어느 정도의 기간 동안은 사람이 개입된 형태로 제조업의 모듈화 구조가 형성될 것으로 보입니다. 그런 의미에서 빅데이터를 시각화해서 사람이 어떤 판단을 내릴 수 있도록 해주는 디지털 트윈이나 VR/AR과 같은 사람을 위한 빅데이터 시각화 기술들은 앞으로도 한동안 제조업과 IT기술 분야에서 매우 중요한 기술로 자리매김하게 될 전망입니다.

맺음말

어느덧 4차 산업 혁명이란 무엇인지 알아보는 긴 여정을 마무리할 시간이 되었습니다. 이 책을 읽고 독자 여러분이 4차 산업 혁명이란 무엇인지, 그 기술들의 기저에 있는 사상을 좀 더 잘 이해할 수 있게 되셨다면 더 바랄 나위가 없을 것 같습니다. 하지만 사실 이 책의 집필을 통해 가장 많은 도움을 얻은 것은 저 자신이었습니다.

지금으로부터 10년 전인 2008년은 제가 IT전략 컨설팅이라는 낯선 분야의 일을 시작한지 10년째 되는 해였고 IT업계에서는 웹 2.0이라는 키워드가 이야기되고 있던 시기였습니다. 당시 저는 10년이나 IT시장의 큰 그림을 그리고 서비스를 분석하는 일을 해오고 있었으면서도 도무지 시장에 대한 감을 잡지 못하고 있었습니다. 마치 코끼리라는 동물이 어떻게 생겼는지 알지도 못하면서 코끼리 다리를 보고 코끼리는 이런 거랍니다 라고 이야기하고 또 코끼리의 코를 보고는 코끼리는 또 이렇기도 하답니다 하고 이야기하고 다니는 기분이었습니다.

그도 그럴 것이 인문학을 전공한 저는 당시까지만 해도 IT기술에 대한 깊이 있는 이해가 부족했습니다. 뿐만 아니라 시장의 전체 그림을 보기 위해서는 관련된 모든 기술에 대한 어느 정도의 깊이 있는 이해는 물론, 그것들을 연결할 수 있는 능력도 필요했습니다. 이러한 것들이 필요하다고는 생각했지만 어디서 그러한 지식을 얻을 수 있을 것인지는 막막하기만 했습니다. 서점을 뒤져 보아도 제가 필요로 하는 지식을 얻게 해주는 책은 찾을 수 없었습니다.

그러한 상황에서 그렇다면 내가 직접 책을 써보자 라고 생각하고 발간하게 된 책이 '웹 3.0 시대의 파워게임'(2008, 이머징테크)이라는 책이었습니다. 지금 와서 다시 읽어보면 부끄러운 내용도 있지만 그래도 많은 연구조사를 통해 수행된 이 책의 집필을 통해 저는 어렴풋이나마 코끼리의 전체상을 볼 수 있었습니다. 그리고 이 작업은 이후 10년간 제가 이 일을 계속할 수 있게 해준 원동력이 되었습니다.

그리고 10년이 지나 4차 산업 혁명이 이야기되고 있는 지금, 다시 한 권의 책을 세상에 내놓게 되었습니다. 이 책의 집필을 통해 저는 이제야말로 제가 늘 이야기하던 코끼리가 어떻게 생겼는지 제대로 알게 된 것 같은 느낌이 듭니다. 그리고 4차 산업 혁명 시대를 함께 살아가게 될 동시대의 많은 사람들에게 이것을 알려주어야겠다는 사명감을 느낍니다. 바로 이 사명감이 앞으로 제가 이 일을 계속해 나갈 새로운 원동력이 될 것입니다.

이 책을 집필하는 동안 필요한 많은 일들을 미루어 놓을 수밖에 없었습니다. 그런 상황을 이해해준 가족의 이해와 도움이 없었더라면 이 일을 완료할 수 없었을 것입니다. 이 기회에 지면을 빌어 깊은 감사를 전합니다.